劉禹錫集箋證

[唐]劉禹錫 著

瞿蜕園 箋證

劉禹錫集箋證卷第二十八

送別四十六首

送工部張侍郎入蕃弔祭 時張兼修史。

月窟賓諸夏，雲官降九天。飾終鄰好重，錫命禮容全。水咽猶登隴，沙鳴稍極邊。路因乘馹近，志爲飲冰堅。毳帳差池見，烏旗摇曳前。歸來賜金石，榮耀自編年。

【校】

〔題〕題下原注：時張兼修史。崇本修作御。按：此原注乃所以解末句榮耀自編年之意，侍郎充使，當云兼中丞，無兼御史之理，況詩中無一語涉及憲官乎？顯爲校者見字壞而臆改。修史有本事，另詳。

〔降九天〕英華、全唐詩降均作向。
〔沙鳴〕全唐詩鳴下注云：一作明。
〔烏旗〕紹本、崇本、中山集烏均作烏。

【箋證】

按：張侍郎謂張薦，舊唐書一四九、新唐書一六一均有傳。薦爲撰龍筋鳳髓判之張鷟之孫，其子則李逢吉黨八關十六子中之張又新也。舊傳云：「薦少精史傳，顏真卿一見歎賞之。大曆中，浙西觀察使李涵表薦其才可當史任，乃詔授左司禦率府兵曹參軍。既至闕下，以母老疾，竟不拜命。母喪闋，禮部侍郎于邵舉前事以聞，召充史館修撰，兼陽翟尉。朱泚之亂，薦變姓名伏匿城中，因著史遁先生傳。德宗還宫，擢拜左拾遺。貞元元年（七八五）冬，上親郊，時初克復，簿籍多失，禮文錯亂，乃以薦爲太常博士，參典禮儀。四年（七八八），迴紇和親，以檢校右僕射、刑部侍郎關播充使，送咸安公主入蕃，以薦爲判官，轉殿中侍御史，使還轉工部員外郎，改户部本司郎中。十一年（七九五），拜諫議大夫，仍充史館修撰。時裴延齡恃寵，譖毁士大夫，薦欲上書論之，屢揚言未果，延齡聞之怒，奏曰：諫官論朝廷得失，史官書人君善惡，則領史職者不宜兼諫議。……月餘改祕書少監。延齡排擯不已，會差使册迴紇毘伽懷信可汗及弔祭，乃命薦兼御史中丞入迴紇。二十年（八〇四），吐蕃贊普死，以薦爲工部侍郎兼御史大夫，充入吐蕃弔祭使，涉蕃界二千餘里，至赤嶺東被病，殁於紇壁驛，吐蕃傳其柩以歸。順宗即位，凶問至，詔贈禮部尚書。薦自拾遺至侍郎，僅二十年，皆兼史館修撰，三使絶域，皆兼憲職。以博洽多能，敏於占對被選。有文集三十卷，及所撰五服圖、宰輔略、靈怪集、江左寓居録等，並傳於時。」據權德輿所撰薦墓誌（見全唐文五〇六），以貞元二十年（八〇四）七月殁於青海西，永貞元年（八〇五）三月，喪至京師。禹錫時方得志，或不暇爲輓詩矣。德輿亦有送張曹長工部大夫奉使西蕃詩，詩體與此正同，知必餞送時同作。不細審史傳，不知禹錫詩之字無泛設也。

〔志爲飲冰堅〕莊子養生主載葉公子高將使於齊，有「今吾朝受命而夕飲冰，吾其内熱與」之語，故用以喻薦之奉使。

早秋送臺院楊侍御歸朝　兄弟四人偏歷諸科，二人同在省。

仙署棣華春，當時已絶倫。今朝丹闕下，更入白眉人。重振高陽族，分居要路津。一門科第足，五府辟書頻。鷙鳥得秋氣，法星懸火旻。聖朝寰海静，所至不埋輪。

【校】

〔題〕題下原注：兄弟四人偏歷諸科，二人同在省。緐本末三字作同在籍，注云：一作同省。

按：詩之首聯云「仙署棣華春，當時已絶倫」，即是同在省之意，作籍者非。中山集脱省字。

全唐詩無在字。

〔辟書〕全唐詩辟下注云：一作郡。

〔白眉〕英華眉作雲。

【注】

〔白眉〕三國志蜀志馬良傳：良字季常，兄弟五人並有才名，鄉里爲之諺曰：「馬氏五常，白眉最良。」良眉中有白毛，故以稱之。

〔高陽〕左傳文十八年：高陽氏有才子八人……天下之人謂之八元。

〔法星〕晉書天文志：法星主陰刑。

〔埋輪〕後漢書張綱傳：選遣八使，徇行風俗，綱獨埋其車輪於洛陽都亭曰：「豺狼當道，安問狐狸！」

【箋證】

按：因話録：「御史臺三院：一曰臺院，其僚曰侍御史，衆呼爲端公。二曰殿院，其僚曰殿中侍御史，衆呼爲侍御。三曰察院，其僚曰監察御史，衆呼亦曰侍御。」此楊侍御乃侍御史，故冠以臺院，用别於殿中、監察之泛稱侍御者。題曰歸朝，詩云：「所至不埋輪」，則其人必奉使於外者。雖未能確其爲何人，以詩注參之，頗疑爲楊於陵諸子之一。傳云其四子爲景復、嗣復、紹復、師復，皆官臺省。於陵生於天寶末，至貞元中年約五十，禹錫云兄弟四人徧歷諸科，二人同在省，似年代相當，惟既送歸朝，則禹錫必不在京，則不知爲在淮南時，抑貶官後耳。

送工部蕭郎中刑部李郎中並以本官兼中丞分命充京西京北覆糧使

霜簡映金章，相輝同舍郎。天威巡虎落，星使出鴛行。尊俎成全策，京坻閱見糧。歸來虜塵滅，畫地奏明光。

【校】

〔題〕工部英華作刑部，全唐詩工下注云：一作兵，郎中注云：一作侍郎。按：作侍郎者非。

【箋證】

按：詩有「歸來虜塵滅」之句，似是邊境有警，故有儲備軍糧之舉，未能確定其爲何時，蕭、李二人亦待考。

送李尚書鎮滑州

自浙西觀察徵拜兵部侍郎，月餘有此拜。

南徐報政入文昌，東郡須才別建章。視草名高同蜀客，擁旄年少勝荀郎。黄河一曲當城下，緹騎千重照路旁。自古相門還出相，如今人望在巖廊。其後果繼韋平之族。

【校】

〔荀郎〕畿本、全唐詩荀下均注云：一作周。按：荀郎指荀羨，晉書稱：「羨爲北中郎將徐州刺史，中興方伯未有如羨之年少者」，唐人常用此爲早達之故事。作周郎者必淺人所臆改。

〔果繼〕原注：其後果繼韋平之族，乃禹錫於編集時追加之語。畿本脱繼字。

【注】

〔南徐〕唐制，浙江西道觀察使治潤州，即前此之南徐州也。

〔東郡〕謂滑州。

〔蜀客〕謂司馬相如，漢書淮南王安傳：每爲報書及賜，常召司馬相如等視草乃遣。

【箋證】

按：李尚書謂李德裕。文宗紀：大和三年（八二九）七月，以前浙西觀察使、檢校禮部尚書李德裕爲兵部侍郎。九月，以兵部侍郎李德裕檢校户部尚書兼滑州刺史、義成軍節度使。唐高宗時曾改尚書省爲文昌臺，故注云：月餘有此拜。詩云：「南徐報政入文昌，東郡須才别建章。」至大和七年，德裕方加平章事。末句注云：「其後果有韋、平之族」，必晚年禹錫録稿時所加。據此一節，知禹錫至早在大和七年以後尚手訂詩集。不然，無此語也。

送渾大夫赴豐州 自大鴻臚拜，家承舊勳。

鳳銜新詔降恩華，又見旌旗出渾家。故吏來辭辛屬國，精兵願逐李輕車。氈裘君長迎風帽，錦帶酋豪踏雪衙。其奈明年好春日，無人喚看牡丹花。

【校】

〔題〕題下原注：自大鴻臚拜，家承舊勳，崇本承作丞，非。

〔渾家〕畿本、全唐詩渾下均注云：一作漢，英華作漢，注云：一作渾。按：渾氏本爲鐵勒九姓部落之渾部，見舊唐書渾瑊傳，渾家猶云渾族也。

〔君長迎風帽〕明鈔本長作帳，帽作馭。全唐詩作馭。

〔錦帶〕紹本、崇本、中山集帶均作領。全唐詩注云：一作領。

【箋證】

按：渾大夫當謂渾鐬。據舊唐書一三四渾瑊傳，鐬爲瑊第三子。元和初爲豐州刺史，旋以贓貶袁州司户，後復以諸衛大將軍卒。大夫爲例加之官，唐人常以稱節將，亦非必真帶憲長也。觀此詩語氣，必禹錫未被罪時在長安所作，若如傳所云元和初出刺豐州，則禹錫已遠貶矣。疑元和初三字不確，或元和爲大和之誤，則較近似。大和初禹錫正以郎官學士在京也。

〔辛屬國〕〔李輕車〕辛屬國指漢辛慶忌，以其爲武賢之子，世爲將帥，切渾鐬之家世，惟屬國二字未知所本。李輕車當指漢李蔡，見李廣傳，傳言蔡爲人在下中，用典殊有分寸，蓋禹錫不甚許其人。

〔牡丹花〕白居易有看渾家牡丹花詩。參見本集卷二十五渾侍中宅牡丹詩。又卷三十傷循州渾尚書詩有云：「遥想長安此時節，朱門深巷百花開。」渾宅中牡丹擅名可知，宜其一再以充詩料。

送源中丞充新羅册立使

侍中之孫。

相門才子稱華簪，持節東行捧德音。身帶霜威辭鳳闕，口傳天語到雞林。煙開鼇背千尋碧，日浴鯨波萬頃金。想見扶桑受恩後，一時西拜盡傾心。

【校】

〔身帶〕崇本、明鈔本身作官。

〔日浴〕崇本、明鈔本浴均作落，纖本作洛，均誤。

〔恩後〕全唐詩後作處，注云：一作後。

【箋證】

按：題下注云：侍中之孫。則是玄宗時宰相源乾曜之後裔。據舊唐書，太子左諭德兼御史中丞源寂持節使新羅，即其人。是大和五年（八三一）事，禹錫正在京。

送陸侍御歸淮南使府五韻　用年字。

江左重詩篇，陸生名久傳。鳳城來已熟，羊酪不嫌羶。歸路芙蓉府，離堂瑇瑁筵。泰山呈臘雪，隋柳布新年。曾忝揚州薦，因君達短牋。時段丞相鎮揚州，嘗辱表薦。

【校】

〔泰山〕紹本、崇本、英華泰均作秦，似是。

〔段丞相〕原注：時段丞相鎮揚州，嘗辱表薦。崇本段作從。按：段文昌鎮揚州在大和初，疑禹錫罷和州後文昌有薦剡。玩詩意當作於在京時，故云曾忝，禹錫於文昌非有深分，故措詞不甚重，且禹錫已官省郎，亦不當復結外援。段字改作從，必是校者疑其不類禹錫口吻而易之，不知題既云歸淮南使府，何必更云從丞相鎮揚州，表薦者又爲何人乎？唐人自注皆專爲釋詩意、題意所未盡者，乃自注以指實之，從無與題複者。

【箋證】

按：侍御爲使府幕僚例加之憲銜，陸爲吴中著姓，故云江左重詩篇。其人待考。自注云：「時段丞相鎮揚州，嘗辱表薦。」段丞相謂段文昌，據紀，其出鎮淮南在大和元年（八二七）六月，而移鎮荆南在四年（八三〇）三月，是此詩之作必在四年以前，禹錫方以郎官學士在京也。

送太常蕭博士棄官歸養赴東都

時元兄罷相爲少師，仲兄爲郎官，並分司洛邑。

兄弟盡鴛鸞，歸心切問安。貪榮五采服，遂挂兩梁冠。侍膳曾調鼎，循陔更握蘭。從今别君後，長向德星看。

【校】

〔長向〕全唐詩向作憶，注云：一作向。

【箋證】

按：舊唐書一七二蕭俛傳：「俛與（皇甫）鎛及令狐楚同年登進士第。明年（元和十四年八一九），鎛援楚作相，二人雙薦俛於上。……穆宗即位之月，議命宰相，令狐楚援之，拜中書侍郎平章事，……時令狐楚左遷，西川節度使王播廣以貨幣賂中人權幸，求爲宰相，而宰相段文昌復左右之，俛性嫉惡，延英面言播之纖邪納賄喧於中外。……長慶元年（八二一）正月……罷知政事。……穆宗乘章武（憲宗）恢復之餘，即位之始，兩河廓定，四鄙無虞，而俛與文昌屢獻太平之策。……又以兵不可頓去，請密詔天下軍鎮處，每年百人之中限八人逃死，謂之消兵。……由是復失河朔，蓋消兵之失也。……寶曆三年（八二七），復以（太子）少保分司東都。文宗即位，授檢校左僕射守太子少師，俛稱疾篤不任赴闕，乞罷所授官。」此詩自是大和初禹錫在京時所作，注云「元兄罷相爲少師」，謂俛也。文宗紀，大和元年（八二七）四月乙卯，以禮部尚書蕭俛爲太子少師分司。與此注正合。所謂仲兄者，蓋俛之弟傑。傳云「累官侍御史，遷主客員外郎」，不言有分司事。其官太常博士者，蓋其弟俶，傳但言開成二年俶曾爲楚州刺史，太常博士蓋其前此所歷之官。

〔兩梁冠〕舊唐書輿服志載，三品以上三梁冠，五品以上兩梁冠。正如紫衣緋衣之比，太常博士止從七品，尚未及兩梁之體制，或蕭之散官已至五品耳。

送王司馬之陝州 自太常丞授，工爲詩。

暫輟清齋出太常，空攜詩卷赴甘棠。府公既有朝中舊，司馬應容酒後狂。案牘來時唯署字，風煙入興便成章。兩京大道多遊客，每遇詞人戰一場。

【校】

〔工爲詩〕題下原注：自太常丞授，工爲詩。結一本工作王，誤。按：自太常丞授者釋詩之第一句，工爲詩者釋詩之第六句，又足證自注之無一字泛設也。

〔朝中舊〕全唐詩舊下注云：一作晝。

【注】

〔清齋〕後漢書周澤傳：周澤爲太常。清絜循行，盡敬宗廟。常卧疾齋宫，其妻哀澤老病，闚問所苦。澤大怒，以妻干犯齋禁，遂收送詔獄謝罪。當世疑其詭激。時人爲之語曰：「生世不諧，作太常妻，一歲三百六十日，三百五十九日齋。」

〔甘棠〕按以陝州爲甘棠，是用召公分陝之意，此唐人習氣也。

【箋證】

按：王司馬謂王建。唐詩紀事四四：「王建赴陝州司馬，樂天、夢得以詩送之。」此詩云：「府公既有朝中舊，司馬應容酒後狂。」府公謂王起。文宗紀，大和二年（八二八）二月丁亥朔，以兵部侍郎王起爲陝虢觀察使。白居易送建詩云：「陝州司馬去何如！養静資貧兩有餘。公事閑忙同少尹，俸錢多少敵尚書。只攜美酒閑爲伴，惟作新詩趁下車。自有鐵牛無詠者，計君投刃必應虚。」又有别陝州王司馬詩云：「笙歌惆悵欲爲别，風景闌珊初過春。争得遣君詩不苦？黄河岸上白頭人。」居易以大和二年（八二八）授刑部侍郎在京，故得與禹錫同送，其第二詩則三年春罷刑部侍郎東歸洛陽過陝州所作也。觀此知建赴司馬與王起赴鎮約略同時，而禹錫此詩定作於大和二年（八二八）也。

〔自太常丞授〕唐詩紀事云建爲太府丞，蓋即據建之詩中自述，此詩注云自太常丞授，詩又云「暫輟清齋出太常」，則必自太府丞遷太常丞也。太常丞從五品，太府丞從六品。

洛中送楊處厚入關便遊蜀謁韋令公

洛陽秋日正淒淒，君去西秦更向西。舊學三冬今轉富，曾傷六翮養初齊。王城曉入窺丹鳳，蜀路晴來見碧雞。早識卧龍應有分，不妨從此躡丹梯。

【校】

〔題〕崇本、明鈔本、英華均無「謁韋令公」四字。按：鎮蜀者惟韋皋加中書令，而皋之卒在憲宗即位之年，此詩自當作於貞元中，是禹錫之少作也。若題中無此四字，則詩中「早識卧龍」一語無根，而詩之時代亦無從考見矣。

〔曉入〕畿本、全唐詩入下注云：一作日，來下注云：一作天。按：首句已云秋日，斷無再用曉日之理。曉入者，謂自洛入蜀必先入長安，題中有「入關便遊」四字即以此。凡唐人製題必與詩中詞意相應，校者多不解此而臆改。

【箋證】

按：韋令公謂韋皋，皋，舊唐書一四〇、新唐書一五八均有傳。據紀，皋即於永貞元年憲宗即位之月卒於西川節度使任。永貞政變，皋雖未親預其事，而逼順宗遜位之舉，實自皋啓之。此詩似作於貞元中禹錫尚居洛陽未赴揚州杜佑使幕時。然皐加檢校司徒中書令在貞元十七年(八〇一),若在此以前不應稱爲令公,尚待考。楊處厚亦待考,疑是楊歸厚之弟兄行,歸厚已見本集卷八鄭州刺史東廳壁記。楊氏與禹錫爲姻家,彼此蓋均在少年,而處厚或曾遭譴而失意,此就「舊學三冬,曾傷六翮」兩句而可窺知。「早識卧龍」則比鎮蜀之人爲諸葛亮也。此與次首題皆有洛中字,但決非同時作,且相去甚遠。

洛中逢韓七中丞之吴興口號五首

昔年意氣結羣英,幾度朝回一字行。海北天南零落盡,兩人相見洛陽城。

自從雲散各東西,每日歡娱卻慘悽。離别苦多相見少,一生心事在書題。

今朝無意訴離杯,何況清弦急管催。本欲醉中輕遠别,不知翻引酒悲來。

駱駝橋上蘋風起,鸚鵡杯中箬雨春。水碧山青知好處,開顔一笑向何人。

溪中士女出笆籬,溪上鴛鴦避畫旗。何處人間似仙境?春山攜妓采茶時。

【校】

〔題〕全唐詩逢作送。

〔天南〕全唐詩天作江,注云:一作天。

〔書題〕全唐詩書下注云：一作詩。
〔風起〕全唐詩起作急，注云：一作起。
〔箬雨春〕紹本、絶句、全唐詩雨均作下。

【箋證】

按：韓七中丞謂韓泰，本集卷九及外集卷六、卷八均迭見。據吴興志，泰以大和元年（八二七）自睦州刺史拜湖州刺史。詳外集卷六遥和韓睦州元相公二君子詩箋證中。觀此詩知泰罷睦州後仍入京，方有新命也。是時禹錫方以主客郎中分司東都，故得於泰經洛陽時贈以詩。第一首昔年意氣云云，直敍永貞中王、韋一黨之結納，蓋時閱二十年，中更憲、穆、敬、文四朝，已不須諱飾矣。此五首詩格極似白居易，蓋真率之詩，故標以口號，禹錫製題大都必有用意。

〔駱駝橋〕清一統志：「駱駝橋在（湖州）府治西，一名迎春橋。寰宇記：橋在霅溪上，唐垂拱元年（六八五）造，以形似槖駝之背，故名。劉禹錫送人之吴興詩曰：駱駝橋上蘋風起，鸚鵡杯中箬下春，即此橋也。」

〔箬雨春〕輿地紀勝云：「上箬溪在長興縣，悉生箭箬，南岸曰上箬，北岸曰下箬，村民取下箬水釀酒，醇美勝於雲陽，俗稱下箬酒。韋昭吴録云：烏程箬下酒有名，山謙之吴興記云上箬下箬村並出美酒。」又苕溪漁隱叢話：「藝苑雌黄云：張景陽七命云：乃有荆南烏程、豫北竹葉，説者以荆南爲荆州耳。然烏程縣今在湖州，與荆州相去甚遠，南五十步有箬溪，夾溪悉生箭箬，南岸曰上箬，北岸曰下箬。居人取下箬水釀酒醇美，俗稱箬下酒，劉夢得詩云：駱駝橋畔蘋風起，鸚鵡杯中箬下春，即此也。荆溪在縣南六十里，以其水出荆山，因名之。張元之山墟名云：昔漢荆王賈登此山，因以爲名。故所謂荆南烏程，即荆溪之南耳。若以爲荆州，則烏程去荆州三千餘里，封壤大不相接矣。苕溪漁隱曰：余以湖州圖經考之，烏程縣以古有烏氏程氏居此，能醖酒，因此名焉。其荆溪則在長興縣西南六十里，此溪出荆山。張協七命云，酒則荆南烏程，荆南則此荆溪之南也。藝苑雌黄引長興縣南五十步箬溪水釀酒醇美，稱箬下酒以爲烏程酒，反以夢得詩爲證，皆誤矣。」

又按：李太白集王琦注：「唐人名酒多以春，杜子美詩云：聞道雲安麴米春，韓退之詩：且須勤買拋青春，劉夢得詩：鸚鵡杯中若下春。」王氏以箬雨爲若下，或所見爲别本。

〔采茶時〕苕溪漁隱叢話引蔡寬夫詩話云：「唐以前茶惟貴蜀中所産，孫楚歌云：茶出巴蜀，張孟陽登成都樓詩云：芳茶冠六情，溢味播九區。他處未見稱者。唐茶品雖多，亦以蜀茶爲重，然惟湖州紫筍入貢，每歲以清明日貢到，先薦宗廟，然後分賜近臣。紫筍生顧渚，在湖、常二境之間，當採茶時，兩郡守畢至，最爲盛會。杜牧詩所謂溪盡停蠻棹，旗張卓翠苔。柳村穿窈窕，松澗渡喧豗。劉禹錫何處人間似仙境，青山攜妓採春時，皆以此。」考白居易夜聞賈常州崔湖州茶山境會想羨歡宴因寄此詩云：「遥聞境會茶山夜，珠翠歌鐘俱遶身。盤下中分兩州界；燈前合作一家春。青娥遞舞應争妙，紫筍齊嘗各鬬新。自歎花時北窗下，蒲黄酒對病眠人。」賈常州謂賈餗，崔湖州謂崔玄亮，亦足爲禹錫此詩佐證。

送周使君罷渝州歸郢州别墅

君思郢上吟歸去，故自渝南擲郡章。野戍岸邊留晝舸，緑蘿陰下到山莊。池荷雨後衣香起，庭草春深綬帶長。只恐鳴騶催上道，不容待得晚菘嘗。

【校】

〔題〕崇本州作中，似是。

〔到山莊〕全唐詩到下注云：一作有。崇本、明鈔本山均作仙，似是。

〔香起〕英華起作老。全唐詩注云：一作老。

【注】

〔晚菘〕南史周顒傳：王儉謂顒曰：卿在山中何所食？顒曰：赤米白鹽、緑葵紫蓼。文惠太子問顒：菜食何味最勝？顒曰：春初早韭，秋末晚菘。

【箋證】

按：周使君名不詳，據詩題罷渝州歸郢州，而禹錫能送之，則似爲禹錫在夔州時事，自渝東下，必經夔州也。

發華州留别張侍御 一作賈。

束簡下延閣，買符驅短轅。同人惜分袂，結念醉芳尊。切切别弦思，蕭蕭征騎煩。臨岐無限意，相視卻忘言。張詩云：夫子生知者，相期妙理中。遂有忘言之句。

【校】

〔題〕紹本、崇本侍御下均作賈，無一作二字。

〔買符〕崇本買作假。

〔弦思〕崇本、全唐詩思均作急。

〔征騎〕全唐詩騎下注云：一作馬。

〔妙理〕崇本、明鈔本妙作性。

【箋證】

按：詩題下結一本注云：「一作賈。」而景印紹興八年本（後簡稱紹本）則直題爲别張侍御賈。此可疑也。郎官石柱題名考三輯録張賈事跡云：「唐詩紀事五九：賈爲韋夏卿所知，後至達官，初以謫御史爲華州上佐。昌黎先生集十送張侍郎詩（五百家注本引眉山孫汝聽全解云：元和十二年（八一七），張賈初自兵部侍郎出爲華州刺史。舉正云：侍郎，閣本作侍御，非。）諸藏言故國子司業贈給事中扶風竇府君牟詩序：貞元二年（七八六）舉進士，與故兵部侍郎張公賈等同年上第。李文饒別集三：從姪尚書右丞賈奉和張宏靖山亭書懷詩，元和十三年（八一八）六月題（唐詩紀事作左丞）。呂温故太子少保贈尚書左僕射京兆韋府君神道碑銘：分正東郊，開府辟士，則有今禮部員外郎清河張賈。（新唐書韋夏卿傳：所辟士如張賈等至達官，故世稱知人。大唐傳載：韋獻公辟吏八人，張尚書賈等皆至顯官。）韓愈祭太常裴少卿文：元和九年（八一四），吏部侍郎張賈等。」據此，張賈是貞元二年（七八六）進士，年輩在禹錫之前，與此詩語氣不合。詩云「束簡下延閣」，乃禹錫自謂由集賢院出官，此時張賈安得猶爲侍御？又，賈符崇本作假符，尤似出刺蘇州之語氣。禹錫此詩蓋是大和五年（八三一）之末，赴任蘇州路經華州所作。參看外集卷五答張侍御賈詩。又文宗紀有太府卿，鴻臚卿張賈，通鑑會昌元二年（八四二）尚有鴻臚卿張賈，必別爲一人，又非前一張賈。

奉送家兄歸王屋山隱居二首

據道書：王屋山一名陽洛山。

陽洛天壇上，依稀似玉京。夜分先見日，月静遠聞笙。雲路將雞犬，丹臺有姓名。古來成道者，兄弟亦同行。

春來山事好，歸去憶逍遥。水浄苔莎色，露香芝朮苗。登臺吸瑞景，飛步翼神飆。願薦塤篪曲，相將學玉簫。

【校】

〔陽洛〕全唐詩作洛陽，注云：一作陽洛。按：作洛陽者誤，陽洛乃山名，與洛陽無涉。

〔天壇〕明鈔本壇作臺。按：此必校者不知天壇爲山名而臆改。

〔遠聞〕英華、全唐詩遠作忽。

【箋證】

按：本集卷十上杜司徒書云：同生無手足之助。卷十八上中書李相公啓云：「内無手足之助，外無强近之親。」知禹錫非獨無胞兄，即從兄亦未必有之，此或爲同曾祖兄耳。

〔天壇〕明一統志二十八：天壇山在濟源縣西一百二十里，王屋山北峯突兀，其東曰日精，西曰月華，絶頂有石壇，名清虚小有洞天，旦夕有五色影，夜有仙燈，即唐司馬承禎得道之所。唐李白詩：願隨天子天壇上，閑與仙人掃落花。劉禹錫詩：陽洛天壇上，依稀似玉京，夜分先見日，月浄遠聞笙。唐人詠天壇之詩多至不可枚舉。餘詳卷二十三天壇遇雨詩注。

送王師魯協律赴湖南使幕　即永穆公之孫。

翩翩馬上郎，驅傳渡三湘。橘樹沙洲暗，松醪酒肆香。素風傳竹帛，高價騁琳琅。楚水多蘭若，何人事擷芳？

【校】

〔題〕全唐詩魯下注云：一作曾。

〔騁琳琅〕畿本騁下注云：一作聘。全唐詩與一作同。

〔蘭若〕全唐詩若作芷，注云：一作若。

〔擷芳〕紹本、崇本、中山集擷均作搴，畿本、全唐詩均注云：一作擷。

【箋證】

按：王師魯事跡待考。自注云：「即永穆公之孫。」亦疑。詳詩意似是禹錫未貶官時作。元積集中有送王協律遊杭越詩，當即其人。

別友人後得書因以詩贈

前時送君去，揮手青門橋。路轉不相見，猶聞馬蕭蕭。今得出關書，行塵日已遥。春還遲君至，共頫芳蘭茗。

【校】

〔行塵〕全唐詩塵作程，注云：一作塵。

〔共纈〕紹本、崇本、畿本、中山集纈均作結，似是。全唐詩作結，注云：一作纈。

【箋證】

按：詩有青門之語，自是禹錫在長安時所作。詩意既泛，製題亦含渾，可知其人其事皆不足存者。

奉送浙西李僕射相公赴鎮

奉送至臨泉驛，書禮見徵拙詩，時在汝州。

建節東行是舊遊，歡聲喜氣滿吴州。郡人重得黄丞相，童子争迎郭細侯。詔下初辭温室樹，夢中先到景陽樓。自憐不識平津閣，遥望旌旗汝水頭。

【校】

〔題〕結一本浙西作浙江，誤。又英華無相公二字。又書禮，紹本、畿本、明鈔本、全唐詩均作書札，似是。

【箋證】

按：李僕射相公謂李德裕。德裕初次罷相出鎮浙西，正爲大和八年（八三四），禹錫方在汝州刺史任，於德裕赴鎮途中親送其行也。德裕本傳略云：「大和六年（八三二）冬，召德裕爲兵部尚書。僧孺罷相，出爲淮南節度使。七年（八三三）二月，德裕以本官平章事。六月，宗閔亦罷，德裕代爲中書侍郎，集賢大學士。八年（八三四）九月十日，後召宗閔於興元，授中書侍郎平章事，代德裕，出德裕爲興元節度使（當云山南西道節度使）。德裕中謝日，自陳戀闕，不願出藩。追敕守兵部尚書，宗閔奏，制命已行，不宜自便，尋改檢校尚書左僕射，潤州刺史、鎮海軍節度、蘇常杭潤觀察等使，代王璠。」此即德裕與牛、李水火而被排擠之事實也。禹錫是時已與僧孺蹤跡稍密，而與德裕又爲舊交，汝州之授，蓋即由德裕援引，故於兩派之争不能有所左右袒。本卷於德裕之行，凡有兩詩致意，但敍重領舊鎮，而不涉罷相一字。且此詩「自憐不識平津閣」一語，尤似有深意存焉。殆禹錫深慮爲牛、李所不悦，故爲此語以自明，若曰德裕雖爲相，初未得其垂顧耳。綜兩詩觀之，愈可見兩派相仇之劇，禹錫廁身其間，彌有難於自處者矣。

重送浙西李相公頃廉問江南已經七載後歷滑臺劍南兩鎮遂入相今復領舊地新加旌旄

江北萬人看玉節，江南千騎引金鐃。鳳從池上遊滄海，鶴到遼東識舊巢。城下清波含百谷，窗中遠岫列三茅。碧雞白馬回翔久，卻憶朱方是樂郊。

【校】

〔題〕崇本廉問作嘗鎮。按：李德裕初至浙西，實爲觀察使，非節鎮，故稱以廉問，此亦唐人習用語。作嘗鎮者，必校者不識其義而臆改。又德裕以大和八年（八三四）授鎮海節度使，距長慶三年（八二三）之授浙西觀察使已十二年，此云七載者，蓋謂其初在浙西七年，至大和三年（八二九）始離任也。英華題作送浙江李相公重赴舊鎮加旄節。又滑臺全唐詩於滑下注云：一作清，誤。

〔卻憶朱方〕英華作卻擁朱方，注云：擁，集作憶；方，集作幢。按：唐浙江西道節度觀察治潤州，故云朱方，作朱幢者大誤。此又校者不識其義而臆改，不知已有玉節金鐃之語，不得再云朱幢也。

【注】

〔三茅〕南史七六陶弘景傳：止于句容之句曲山，恒曰：此山下是第八洞宫，名金壇華陽之天，周回一百五十里，昔漢有咸陽三茅君得道來掌此山，故謂之茅山。

【箋證】

按：舊唐書李德裕本傳云：「長慶二年（八二二）六月，（李）逢吉代裴度爲門下侍郎平章事。既得權位，鋭意報怨，時德裕與牛僧孺俱有相望，逢吉欲引僧孺，懼（李）紳與德裕禁中沮之，九月，出德裕爲浙西觀察使。……文宗即位，就加檢校禮部尚書。大和三年（八二九）八月，召爲兵部侍郎。裴度薦以爲相，而吏部侍郎李宗閔有中人之助，是月拜平章事，懼德裕大用，九月，檢校禮部尚書，出爲鄭滑節度使。德裕爲逢吉所擯，在浙西八年，雖遠離闕庭，每上章言事，文宗素知忠藎，採朝論徵之，到未旬時，又爲宗閔所逐，中懷於悒，無以自申，賴鄭覃侍講禁中，時稱其善，雖朋黨流言，帝乃心未已，宗閔尋引牛僧孺同知政事，二憾相結，凡德裕之善者皆斥之於外。四年（八三〇）十月，以德裕檢校兵部尚書、成都尹、劍南西川節度副大使。……六年（八三二），召德裕爲兵部尚書。僧孺罷相，出爲淮南節度使，七年（八三三）二月，德裕以本官平章事。……六月，宗閔亦罷。……」此即詩題中所述之事。詩題云「今復領舊地，新加旌旄」，以德裕前度僅爲觀察使，今爲節度使也。浙西一道，或稱觀察，或稱節度，視居位之人之資歷，初無一定。德裕曾爲宰相，且曾居西川大鎮，故加節度使之名。詩中碧雞指西川，白馬指滑州，朱方指潤州，皆唐人習用語，以此作結，亦似感慨，亦似慰藉，而不及交情一語，可謂巧於措詞者。

送華陰尉張苕赴邕府使幕

張即燕公之孫，頃坐事除名。

昔忝南宮郎，往來東觀頻。嘗披燕文傳，聳若窺三辰。翊聖崇國本，保賢正朝倫。高視緬今古，清風夐無鄰。蘭錡照通衢，一家十朱輪。酇國嗣侯絶，韋卿世業貧。夫子承大名，少年振芳塵。青袍仙掌下，矯首凌煙旻。公冶本非罪，潘郎一爲民。風霜苦摇落，堅白無緇磷。一旦逢良時，天光燭幽淪。重爲長裾客，佐彼觀風臣。分野窮禹畫，人煙過虞巡。不言此行遠，所樂相知新。雨起巫山陽，鳥鳴湘水濱。離筵出蒼莽，別曲多悲辛。今朝一桮酒，明日千里人。彼此孤舟去，悠悠天海春。

【校】

〔南宮郎〕結一本郎作節，誤。

〔燕文〕崇本、畿本、全唐詩文均作公，似是。按：張説謚文貞。

〔保賢〕畿本保下注云：一作像，全唐詩與一作同。注云：一作保。

〔韋卿世〕紹本、崇本、畿本、中山集均作蔿鄉貴，畿本注云：蔿一作韋，貴一作世。按：蔿鄉貴或用史記滑稽列傳孫叔敖事。

〔承大名〕全唐詩承下注云：一作成，英華與一作同。

〔悲辛〕紹本、崇本、畿本、中山集悲均作愁。

〔彼此〕畿本彼下注云：一作從，全唐詩作從，注云：一作彼。

【箋證】

按：詩題下自注云：「張即燕公之孫，頃坐事除名。」燕公謂張説也。檢世系表，説之孫有岩，未注官職，字形相近，未知即其人否。據舊唐書九七張説傳云：「麟臺監張易之與其弟昌宗搆陷御史大夫魏元忠，稱其謀反，引説令證其事。説至御前，揚言元忠實不反，此是易之誣搆耳。

元忠由是免誅，説坐忤旨配流欽州。又睿宗謂侍臣曰：有術者上言，五日内有急兵入宫，卿等爲朕備之。説進曰：此是讒人設計欲動揺東宫耳。陛下若使太子監國，則君臣分定，自然窺覦路絶，災難不生。睿宗大悦，即日下制，皇太子監國，明年，又制皇太子即帝位。」此詩云：「翊聖崇國本，保賢正朝倫。」指此二事也。説子均爲中書舍人，垍尚寧親公主，説兄光爲慶王傅，加銀青光禄大夫，榮寵莫與爲比，故詩云：「一家十朱輪。」及均、垍兄弟受安禄山官，後世遂不振，故詩云：「鄭國嗣侯絶，韋卿世業貧。」今張苕爲華陰尉，不知復以何事陷罪。玩詩中有「彼此孤舟去」之句，似禹錫於途中遇之，或即在永貞初貶時遇於湘楚。雖據「雨起巫山陽」一語得疑爲在夔州作，但夔州非赴邕府必經之路，不足爲證也。政和本草一四引傳信方云：瘰瘻方得之邕州從事張岩，自即此張苕，與世系表之張岩連名，定是作苕者誤矣。

送湘陽熊判官孺登府罷歸鍾陵因寄呈江西裴中丞二十三兄

射策志未就，從事府云除。篋留馬卿賦，袖有劉弘書。忽見夏木深，悵然憶吾廬。復持州民刺，歸謁專城居。君家誠易知，勝絶傾里閭。人言北郭生，門有卿相輿。鍾陵藹千里，帶郭西江水。朱檻照河宫，旗亭緑雲裏。前年初缺守，慎簡由宸泉。臨軒弄郡章，得人方付此。是時左馮翊，天下第一理。貴臣持牙璋，優詔發青紙。迎風汙吏免，先令疲人喜。何武劾腐儒，陳蕃禮高士。昔升君子堂，腰下綬猶黄。中丞時爲萬年尉。汾陰有寶氣，赤堇多奇鋩。束簡下曲臺，佩韃來歷陽。綺筵陪一笑，蘭室襲餘芳。風水忽異勢，江湖遂相忘。因君儻借問，爲話老滄浪。中丞爲博士，製相國柳宜城謚議，識者韙之。頃授予以其本，厥後牧和州，節度使杜司徒以中丞材譽俱高，欲全軍裝以重戎府，故授以本州團練使，滿座觀腰韃，禮成驩甚，相視而笑。後房燕樂，卜夜縱談。予忝司徒之賓，時獲末坐。初中丞自尚書屯田員外郎出守，踵其武者，今給事中穆公，代給事者，右丞段公。予不佞，繼右丞之後，故曰襲餘芳焉。

【校】

〔題〕明鈔本湘陽作襄陽。按：潭州無湘陽之稱，襄陽亦似未是，此二字尚待考。熊判官之熊字崇本作能，誤。又崇本下有三首三字。

〔府云除〕畿本云作去。按：唐人以節鎮移改爲府除，作去者非。又全唐詩府作歲，更是校者不諳其義而臆改。

〔鍾陵〕崇本此下分爲第二首，昔升以下分爲第三首。按：此爲轉韻古詩，分三首者非。

〔前年〕全唐詩年下注云：一作來。

〔汙吏〕全唐詩汙作姦，注云：一作汙。
〔奇鋌〕全唐詩奇下注云：一作光。
〔儻借〕全唐詩儻下注云：一作忽，英華與一作同。
〔話老〕結一本老作長，誤。
〔謚議〕崇本無謚字，非。
〔材譽〕崇本譽作器。
〔俱高〕崇本高作偉。
〔全軍裝〕紹本、畿本、中山集、全唐詩全均作令，崇本無此字。按：作令者似是。
〔授以〕畿本授作擾，似誤。

【注】

〔赤堇〕越絶書：薛燭曰：當造此劍之時，赤堇之山破而出錫，若耶之溪涸而出銅。

【箋證】

按：此詩題中之裴中丞謂裴堪，詩與自注，敘堪事跡至爲明確，蓋堪自萬年尉爲太常博士，製柳渾謚議，遷屯田員外郎，出爲和州刺史，擢同州防禦使，頗有治績，再遷江西觀察使。自注中未明言其在江西爲何年，但憲宗紀則載元和七年（八一二）十一月甲申，以同州刺史裴堪爲江西觀察使。其去江西爲何年，無明文，吴廷燮唐方鎮年表則謂元和十年（八一五）之江西觀察使爲裴次元，固未見確據，然當禹錫任和州時，去元和已遠，必無堪仍在江西之理，況元和末至寶曆中任江西者尚有王仲舒、薛放、殷侑諸人乎？詩中有「東簡下曲臺，佩韃來歷陽。倚筵陪一笑，蘭室襲餘芳」之句，曲臺似指堪自太常出官，佩韃謂堪加和州團練使，此是追述貞元中在揚州杜佑幕中相見之事，固於注中言之甚晰。注中又言：「中丞自尚書屯田員外郎出守，踵其武者今給事中穆公，代給事者右丞段公，予不佞，繼右丞之後，故曰襲餘芳焉。」則此詩必作於禹錫任和州以後可知。敬宗紀：寶曆元年（八二五）閏七月丙戌，户部尚書致仕裴堪卒，則禹錫到和州未及一年，而堪已以致仕官終於牖下矣。何得詩題尚稱爲裴中丞二十三兄耶？殊不可解。或者此詩實作於元和中，而編集時禹錫有所修飾，而忘其時代之不合，理亦有之。蓋集中自注如本卷送李尚書鎮滑州詩注云：「其後果繼韋、平之族」，顯然非作詩時之語。因追加自注而將原詩稍加竄易，亦情理所有也。至岑仲勉唐人行第録以裴二十三爲裴誼，則時代事實全不相符，蓋未細審詩注之故，附辨於此。

〔熊判官孺登〕熊孺登見唐詩紀事四三，云：鍾陵人，登進士第，終於藩鎮從事。有至日荷李常侍過郊居及和竇中丞歲酒喜見小男兩歲詩。白居易有洪州逢孺登詩云：「靖安院裏辛夷下，醉笑狂吟氣最麤。莫問别來多少苦，低頭看取白髭鬚。」鍾陵本南昌縣，隋改豫章，唐避代宗諱改鍾陵。熊氏乃南昌望族也。

〔何武〕漢書何武傳：「九江太守戴聖，禮經號小戴者也。行治多不法，前刺史以其大儒優容之。

及武爲刺史，行部録囚徒，有所舉以屬郡，聖曰：後進生何知！乃欲亂人治。皆無所决。武使從事廉得其罪，聖懼自免。」禹錫用此事以稱裴堪，必有所指，今不可考矣。

〔柳宜城〕柳宜城謂貞元初宰相柳渾。舊唐書一二五、新唐書一四二均有傳。柳河東集故銀青光禄大夫右散騎常侍輕車都尉宜城縣開國伯柳公行狀：「貞元十五年正月，太常博士裴堪議，宜謚曰貞，奉勅依。」此詩注云：「中丞爲博士，製相國柳宜城謚」，正指此。

〔穆公〕穆質，舊唐書一五五、新唐書一六三均有傳。質曾爲給事中，但據舊唐書本傳，似是元和初事，此詩注稱以今給事中，未詳。傳亦未言質曾刺和州。

〔段公〕段平仲已見本集卷二十四。據舊唐書一五三本傳，爲尚書左丞（左爲右之誤），但亦未言曾刺和州。禹錫集中涉及平仲者，尚有卷三十遥傷段右丞詩。

送韋秀才道沖赴制舉

鷙禽一辭巢，棲息無少安。秋扇一離手，流塵蔽霜紈。故侣不可追，涼風日已寒。遠逢杜陵士，别盡平生歡。逐客無印綬，楚江多芷蘭。因君時暇遊，長鋏不復彈。閲書南軒霽，緪瑟清夜闌。萬境身外寂，一杯腹中寬。伊昔玄宗朝，冬卿冠鴛鸞。肅穆升内殿，從容領儒冠。游夏無措詞，陽秋垂不刊。至今羣玉府，學者空縱觀。世人希德門，揭若攀峯巒。之子向明訓，鏘如振琅玕。一旦西上書，班衣拂征鞍。荆臺宿暮雨，漢水浮春瀾。君門起天中，多士如星攢。煙霞覆雙闕，抃舞羅千官。清漏滴銅壺，仙廚下雕槃。熒煌仰金榜，錯落濡飛翰。古來長策人，所歎遭時難。一鳴從此始，相望青雲端。

【校】

〔因君時暇遊〕全唐詩作因居暇時遊，注云：一作因君時暇遊。

〔南軒霽〕全唐詩霽下注云：一作際。

〔領儒〕全唐詩注云：一作頂高。

〔班衣〕紹本、崇本均作斑裳。

〔征鞍〕英華征作行。

〔銅壺〕崇本壺作臺。

〔濡飛〕紹本、崇本、畿本、中山集、英華二字均乙，似非。

〔長策人〕畿本注云：一作才傑士。全唐詩與一作同。

〔所歎〕全唐詩歎作嗟。

【箋證】

按：詩云：「伊昔玄宗朝，冬卿冠鴛鸞。肅穆升内殿，從容領儒冠。」當指韋述。據舊唐書一〇二述傳，遷尚書工部侍郎，故云冬卿。又傳云：「述在書府四十年，居史職二十年，勒成國史一百一十三卷。述早以儒術進，當代宗仰，而純厚長者，澹於勢利，道之同者，無問貴賤皆禮接之。家聚書二萬卷，皆自校定鉛槧，雖御府不逮也。」又云：「自唐已來，氏族之盛，無踰於韋氏，其孝友詞學，承慶、嗣立爲最，明於音律，則萬石爲最，達於禮義，則叔夏爲最，史才博識，以述爲最。弟逌，學業亦亞於述，尤精三禮，與述對爲學士，弟迪同爲禮官，時人榮之。」以上所言皆與詩意相合。至禹錫自敍之語云：「逐客無印綬，楚江多芷蘭。因君時暇遊，長鋏不復彈。」蓋在朗州時語氣。韋道沖所赴舉，或即元和二年（八〇七）之制科也。據登科記考一六，元和元年（八〇六）制科登第者，韋姓有三人，除韋淳外，有韋慶復、韋珩，未知韋道沖在內否。

送李策秀才還湖南因寄幕中親故兼簡衡州吕八郎中

深春風日浄，争長幽鳥鳴。僕夫前致辭，門有白面生。攝衣相問訊，解帶坐南榮。端志見眉睫，苦言發精誠。因出懷中文，調孤詞亦清。悄如促柱弦，掩抑多不平。乃言本蜀士，世降岷山靈。前人秉懿文，高視來上京。曳綬司徒府，所從信國楨。析薪委空林，善響難繼聲。何處翳附郭？幾人思郈成？雲天望喬木，風水悲流萍。前與計吏西，始列貢士名。森然就筆札，從試春官卿。帝城歧路多，萬足伺晨星。茫茫風塵中，工拙同有營。寒女勞夜織，山苗榮寸莖。侯門方擊鐘，衣褐誰將迎。弱羽果摧頹，壯心鬱怦怦。諒無蟠木容，聊復蓬累行。昨日訊靈龜，繇言利艱貞。當求捨拔中，必在審已明。誓將息薄遊，焦思窮筆精。蒔蘭在幽渚，安得揚棻馨？曰余摧落者，散質負華纓。一聆苦辛詞，再動伊鬱情。身棄言不動，愛才心尚驚。恨無羊角風，使爾化北溟。論罷情益親，涉旬忘歸程。日攜邑中客，閒眺江上城。晝渴命金罍，宵談轉璿衡。蕙風香麈尾，月露濡桃笙。忽被戒羸驂，薄言事南征。火雲蔚千里，旅思浩已盈。湘江含碧虛，衡嶺浮翠晶。豈伊山水異？適與人事并。油幕似崑丘，粲然疊瑶瓊。庾樓見清月，孔坐多綠醽。復有衡山守，本自雲龍庭。至和在靈府，發越侔咸英。一麾出滎陽，惠彼嗤嗤氓。隼旟辭灞水，居者皆涕零。惟昔與伊人，交歡在夙齡。一從雲雨散，滋我鄙恡萌。北渚不堪愁，南音誰復聽？離憂若去水，浩漾無時停。嘗聞祝融峯，上有神禹銘。古石琅玕姿，祕文螭虎形。聖功奠遠服，神物擁休禎。賢人在其下，仿像疑蓬瀛。君行歷郡齋，大袂拂雙旌。飾容遇朗鑒，肝鬲可以呈。昔日馬相如，臨邛坐盡傾。勉君刷羽翰，早取凌青冥。

【校】

〔題〕黻本、全唐詩吕下均注云：一作李。按：吕八即吕温，時方在湖南，作李者非。

〔争長〕全唐詩争作晝。

〔苦言〕全唐詩苦下注云：一作芳。

〔懿文〕全唐詩懿作藝。

〔國楨〕結一本、崇本楨均作禎。按：禎字與下文複。

〔空林〕全唐詩空作寶，注云：一作空。

〔難繼〕全唐詩作繼家，注云：一作難繼。

〔翳〕崇本、明鈔本均作依。

〔郈成〕紹本、崇本、中山集成均作城。全唐詩注云：一作城。按：作城者誤。

〔始列〕崇本列作引。

〔伺〕全唐詩注云：一作俟。

〔方擊鐘〕崇本、明鈔本均作武繼踵。

〔聊復蓬累行〕崇本復作覆，全唐詩行下均注云：一作生。

〔曰余〕黻本、全唐詩曰下均注云：一作嗟。

〔苦辛〕崇本二字乙。

〔伊鬱〕崇本伊作依，誤。

〔不動〕紹本、中山集動均作重。

〔尚驚〕全唐詩尚作上。

〔晝渴〕崇本、畿本、全唐詩、明鈔本渴均作愬。

〔蕙風〕全唐詩蕙作薰，注云：一作蕙。

〔山水〕崇本二字乙。

〔似崑丘〕全唐詩似作侶，注云：一作似。

〔至和〕全唐詩作抗志，注云：一作至和。

〔滎陽〕紹本、崇本滎作營。按：此指吕温爲道州刺史，當作營陽爲是。

〔嗤嗤氓〕崇本氓作民，誤。

〔灞水〕按：灞字似誤。

〔交歡在〕全唐詩在作經，注云：一作在。

〔彷像〕全唐詩作彷彿。

【注】

〔蓬累〕史記老子列傳：不得其時，則蓬累而行。索隱：蓬累猶扶持也，説者云：頭戴物兩手扶之而行，謂之蓬累。

〔羊角〕莊子逍遥遊：摶扶摇羊角而上者九萬里。注：司馬云：風曲上行若羊角。

〔桃笙〕文選吴都賦：桃笙象簟，韜於筒中。注：桃笙，桃枝簟也，吴人謂簟爲笙。

〔庾樓〕晉書庾亮傳：在武昌，諸佐吏殷浩之徒，乘秋夜往共登南樓，俄而不覺亮至，諸人將起避之。亮徐曰：「諸君少住，老子於此處興復不淺。」

【箋證】

按：吕八郎中謂吕温，已見本集卷十九。温以元和五年（八一〇）自道州轉衡州刺史。詩之首句云：「深春風日浄」，則詩當作於六年（八一一）之春也。禹錫正在朗州，謫居無聊，故有「曰余摧落者，散質負華纓」之句。於李策之求名不遂，感喟更深。

〔幾人思郈成〕此謂李策尚無居止也。吕氏春秋觀表篇：「郈成子爲魯聘於晉，過衛，右宰穀臣止而觴之，陳樂而不樂，酒酣而送之以璧；……郈成子曰：夫止而觴我，與我歡也；陳樂而不樂，告我憂也；酒酣而送之以璧，寄之我也。若由是觀之，衛其有亂乎？倍衛其有亂乎，聞甯喜之難作，穀臣死之。還車而臨，三舉而歸。至，使人迎其妻子，隔宅而異之，分禄而食之，其子長而反其璧。孔子聞之曰：夫智可以微謀，仁可以託財，其郈成子之謂乎？」詩意用此，極言策之孤貧無依。

送張盥赴舉 并引

古人以偕受學爲同門友，今人以偕升名爲同年友。其語熟見，縉紳者皆道焉。余於張盥爲友丈人，由是道也。曩吾見爾之始生，以老成爲祝。今吾見爾之成人，以未立爲憂。吾不幸，嚮所謂同年友，當其盛時，聯袂齊鑣，亘絶九衢，若屏風然。今來落落，如曙星之相望。借曰會合不煩異席，可長太息哉？然而尚書右丞衞大受、兵部侍郎武庭碩二君者，當時偉人，咸萬夫之望，足以訂十朋之多也。第如京師，無騷騷爾，無忻忻爾。時秋也，吾爲若叩商之謳，幸有感夫二君子。

爾生始懸弧，我作坐上賓。引箸舉湯餅，祝詞天麒麟。今成一丈夫，坎坷愁風塵。長裾來謁我，自號廬山人。道舊與撫孤，悄然傷我神。依依見眉睫，嘿嘿含悲辛。永懷同年友，追想出谷晨。三十二君子，齊飛凌煙旻。曲江一會時，後會已彫淪。況今三十載，閱世難重陳。盛時一已過，來者日日新。不如摇落樹，重有明年春。火後見琮璜，霜餘識松筠。繡機乃獨秀，武部亦絶倫。爾今持我詩，西見二重臣。成賢必念舊，保貴在安貧。清時爲丞郎，氣力侔陶鈞。乞取斗升水，因之雲漢津。

【校】

〔題〕英華盥作輿，明鈔本、全唐詩舉下均有詩字。

〔爲友丈人〕紹本、崇本、全唐詩均無友字，畿本無丈字，尤非。按：所謂丈人者即後世所謂世丈、年丈，禹錫自謙則曰友丈人。

〔借曰〕崇本、全唐詩均作昔日。
〔忻忻〕紹本作恇恇。
〔坎坷〕畿本坷作軻。
〔煙旻〕全唐詩旻下注云：一作冥，非。
〔肅機〕全唐詩機作風，注云：一作機。
〔武部〕崇本、明鈔本、英華部均作抱，畿本、全唐詩注云：一作抱。按：武部謂兵部，作抱者未詳其義。
〔念舊〕結一本作舊念，誤。
〔保貴〕畿本、全唐詩貴下注云：一作節。
〔丞郎〕結一本作情節，不可解。按：尚書左右丞及侍郎爲丞郎，此唐人常語。有以丞郎爲指郎官者，大誤。衞中行、武儒衡一爲右丞，一爲兵侍，正合稱丞郎。舊唐書文宗紀：「左丞庾敬休之卒，詔曰：官至丞郎，朕所親委。」是其明證。

【箋證】

按：登科記考一三：「貞元九年（七九三）進士有張復元，唐人謂同年之父爲同年丈人，禹錫蓋與張盥之父同年，疑即張復元，俟考。」此詩似當作於長慶二年，蓋詩有「況今三十載」之句，貞元九年（七九三）至長慶二年（八二二），正三十年也，詳見後條。

〔衛大受〕韓昌黎集舊注：衛中行，字大受，貞元九年進士。憲宗紀：元和十四年正月乙未，以中書舍人衛中行爲華州刺史、潼關防禦鎮國軍等使。穆宗紀：元和十五年（八二〇）十一月，以華州刺史衛中行爲陜州長史、陜虢觀察使。敬宗紀：寶曆二年（八二六）正月甲午，以國子祭酒衛中行爲福建觀察使。文宗紀：大和三年（八二九）八月，播州流人衛中行卒。於中行之配流，未著其獲罪之故。據南部新書：衛中行自福察有贓，流於播州，會赦北還，死于潘之館。則中行以贓得罪也。禹錫稱之爲尚書右丞，紀未見，疑是自陜虢除右丞，復於寶曆中改祭酒。

〔武庭碩〕武儒衡亦貞元九年（七九三）進士。新唐書一五二武元衡傳附其事跡云：「從父弟儒衡。儒衡，字廷碩，姿狀秀偉，不妄言，與人交始終一節。宰相鄭餘慶不事華絜，門下客多垢衣敗服，獨儒衡上謁未嘗有所易，以莊詞正色見重於餘慶。元衡歿，帝待之益厚，累遷户部郎中，知諫議大夫事，俄兼知制誥。皇甫鎛以宰相領度支，剥下以媚天子，儒衡疏其狀，鎛自訴於帝，帝曰：乃欲報怨耶？鎛不敢對。儒衡論議勁正有風節，且將大用，宰相令狐楚忌之，會以狄兼謨爲拾遺，楚自草制，引武后革命事，盛推仁傑功，以指切儒衡，且沮止之。儒衡泣見上曰：臣祖平一當天后時，避仕終老，不涉於累。帝慰勉之，自是薄楚爲人也。遷中書舍人。時元稹倚宦官知制誥，儒衡鄙厭之，會食瓜，蠅集其上，儒衡揮以扇曰：適從何處來，遽集於此！一坐皆失色。然以疾惡太分明，終不至大任。以兵部侍郎卒，年五十六，贈工部尚書。」按：舊唐書云，自中書舍人遷禮部侍郎，與禹錫此詩小引中所稱之官不合，故當以新唐書爲長。惟舊唐書云長慶四年卒，足補新唐書所未備。據全唐文六三九李翺所撰儒衡墓誌，卒於長慶四年（八二四）四月壬辰。因之可以考知禹錫此詩必作於長慶中。又詩云：「永懷同年友，追想出谷晨。況今三十載，閲世難重陳。」謂追溯貞元九年（七九三）之同舉爲三十年，則當在長慶二年（八二二）左右。詩有「西見二重臣」之句，禹錫於送裴處士應制舉詩亦有西徂之語，蓋自夔州向長安，仍得云西也。詩引又云：「時秋也，吾爲若叩商之謳。」當是長慶二年秋在夔州作。

又按：禹錫與儒衡同年，而以其從兄元衡之故，二人恐非相厚者。儒衡本傳中語，採自李翺墓誌，多浮談溢美。其謂令狐楚以狄兼謨制語爲憲宗所薄，尤疑不實。蓋楚爲宰相，既未必自草制詞，即使其不悦儒衡，制語推崇狄仁傑，固無可議也。至其「適從何處來，遽集於此」之語，乃進士出身之人憎元稹之不由進士專由制科而進，爲唐時士大夫自相同異之習氣，亦不足以言疾惡。附辨於此。

〔湯餅〕馬永卿嬾真子云：「東坡詩云：『贜欲去爲湯餅客，却愁錯寫弄麞書。』弄麞乃李林甫事。湯餅人皆以爲明皇王后故事，非也。劉禹錫贈進士張盥詩：『憶爾懸弧日，余爲座上賓。舉筯食湯餅，祝辭天麒麟。』東坡正用此詩，故謂之湯餅客也。必食湯餅者，則世所謂長命麪也。」按：新唐書王皇后傳：「獨不念阿忠脱紫半臂易斗麪，爲生日湯餅邪？」此事可證生子作湯餅是唐時風俗，後乃沿爲每年生日食長壽麪耳。

送裴處士應制舉 并序

晉人裴昌禹讀書數千卷，於周官、小戴禮尤邃。性是古敢言，雖侯王不能卑下。故與世相參差。凡抵有位以素合，行天下幾徧。常歎諸侯莫可遊，欲一見天子而未有路。會今年詔書徵賢良，昌禹大喜以爲可以盡豁平生。搏髀爵躍曰：「一觀雲龍庭足矣。」繇是裹三月糧而西徂，咨余以七言爲遊之資藉耳。

裴生久在風塵裏，氣勁言高少知己。注書曾學鄭司農，歷國多於孔夫子。往年訪我到連州，無窮絶境終日遊。登山雨中試蠟屐，入洞夏裏披貂裘。白帝城邊又相遇，斂翼三年不飛去。忽然結束如秋蓬，自稱對策明光宮。人言策中説何事，掉頭不答看飛鴻。彤庭翠松迎曉日，鳳銜金榜雲間出。中貴腰鞭立傾酒，宰臣委佩觀搖筆。古稱射策如彎弧，一發偶中何時無？由來草澤無忌諱，努力滿挽當雲衢。憶得童年識君處，嘉禾驛後聯牆住。垂鈎鬭得王餘魚，踏芳共登蘇小墓。此事今同夢想間，相看一笑且開顏。老大希逢舊鄰里，爲君扶病到方山。

【校】

〔題〕明鈔本、全唐詩舉下有詩字。并序，據全唐詩作并引。

〔素合〕紹本、崇本、全唐詩素作索，似是。

〔可以盡豁〕紹本、崇本均作盡可以豁。

〔爵躍〕畿本注云：一本無爵字。全唐詩與一本同。

〔爲遊〕紹本、崇本爲下均有西字。

〔往年〕崇本年作來。

〔雨中〕全唐詩注云：一作日長。

〔中貴〕全唐詩中下注云：一作七。

〔鞭立傾酒〕全唐詩注云：一作問傾酒觥。

〔雲衢〕全唐詩雲作亭，注云：一作雲。

〔童年〕全唐詩童作當，注云：一作童。

〔垂鈎〕紹本、崇本、明鈔本鈎均作釣。

〔方山〕畿本、全唐詩方下均注云：一作芳。

【箋證】

按：詩序云：「今年詔書徵賢良。」考唐會要，長慶元年（八二一）十二月有賢良方正直言極諫科。而詩有「白帝城邊又相遇」之句，乃明指作詩時在夔州。禹錫之到夔州，在長慶二年（八二二）正月，則非元年之制科矣。裴昌禹何人，俟考。詩云「憶得童年識君處，嘉禾驛後聯墻住」及

「往年訪我到連州」，則與禹錫交情亦不淺，特其人恐碌碌無奇，不足以傳耳。至禹錫此詩猶存大曆風格，固非率爾命筆者，亦足徵禹錫詩風所自。

〔嘉禾驛〕按：卞孝萱劉禹錫年譜引陸廣微吴地記：「嘉興縣……有晉妓蘇小墓。」嘉禾縣之名始於三國吴黄龍三年，因嘉禾野生之故。但嘉禾驛是驛名，未必即在唐之嘉興縣。惟據蘇小墓、王餘魚二語知其必爲吴地耳。王餘魚見文選吴都賦。

和州送錢侍御自宣州幕拜官便於華州覲省

五綵繡衣裳，當年正相稱。春風舊關路，歸去真多興。蘭陔行可采，蓮府猶回瞪。楊家紺幰迎，侍御即王相公貴壻。謝守瑶華贈。宣州崔相公有詩贈行。御街草泛灩，臺柏煙含凝。曾是平昔遊，無因理歸乘。

【校】

〔題〕崇本無和州二字。

〔舊關〕全唐詩舊下注云：一作函。

〔御街〕明鈔本街作階。

〔臺柏〕崇本柏作相，誤。

〔凝〕全唐詩注云：一作暝。

〔平昔〕全唐詩作平生，注云：一作主者。

〔遊〕全唐詩注云：一作留。

【箋證】

按：詩注中之王相公謂王涯，崔相公謂崔羣。錢侍御當即錢可復，其父則錢徽也，諸人皆已分別見前。禹錫以長慶四年冬到和州刺史任，亦曾道經宣州，其時崔羣正爲宣歙觀察使，而錢徽亦正爲華州刺史。據徽本傳，子可復、可及皆登進士第，可復以甘露之變在鳳翔爲鄭注參佐，爲監軍所害。此詩注云爲王涯之壻，則宜其被甘露之禍矣。餘詳本集卷二十四途次華州陪錢大夫登城北樓春望一詩。

又按：太平廣記三四六引續玄怪録云：「殿中侍御史錢方義，故華州刺史禮部尚書徽之子，寶曆初，獨居長樂第。」按其時亦正相合，恐非。據新唐書徽本傳，徽二子有方義，無可及，疑可及後改名方義，亦未可定。此詩題之錢侍御，當是可復。又按：此詩風格爲大曆詩之正宗，元和後所罕見。

將赴汝州途出浚下留辭李相公

長安舊遊四十載，鄂渚一别十四年。後來富貴已零落，歲寒松柏猶依然。初逢貞元尚文主，雲闕天池共翔舞。相看卻數六朝臣，屈指如今無四五。夷門天下之咽喉，昔時往往生瘡疣。聯翩舊相來鎮壓，四海吐納皆通流。久别凡經幾多事，何由説得平生意？千思萬慮盡如空，一笑一言真可貴。世間何事最殷勤？白頭將相逢故人。功成名遂會歸老，請向東山爲近鄰。

【校】

〔題〕崇本李相公下有表臣二字。按：此必禹錫原本如是，非後人所能加，蓋以别於李逢吉，特著其爲李程也。諸本删去，知失去本來面目如此類者多矣。禹錫與程故交相狎，故常稱其字。

〔猶依然〕全唐詩猶下注云：一作尚。

〔平生意〕畿本、全唐詩意下均注云：一作愁。按：此以愁字屬上韻，故下文貴字注云：一作休，似不如作兩韻者尤合劉詩風格。

【注】

〔六朝〕謂德、順、憲、穆、敬、文六朝。

【箋證】

按：李相公謂李程。集中涉及程者頗多，有卷十八、二十二、二十三，外集卷四、五、十等篇。據文宗紀，大和七年（八三三）七月，李程檢校司空充宣武軍節度使。外集卷五有鄂渚留别李二十一表臣大夫詩。禹錫除汝州是大和八年（七三四）事，詩云：「鄂渚一别十四年」，足證鄂渚相逢在元和十五年，大和八年距元和十五年正爲十四年，禹錫自連州奉母喪北歸時。據程本傳，貞元十二年（七九六）進士登第，累辟使府，二十年入朝爲監察御史，其年充翰林學士。與禹錫締交在此時，故詩云：「初逢貞元尚文主，雲闕天池共翔舞。」自元和以來，鎮宣武者，韓弘以後，張弘靖、令狐楚、李逢吉及程，皆曾爲宰相，故詩云：「聯翩舊相來鎮壓。」程於大和九年（八三五）六月始離宣武，復鎮河中，禹錫則八年（八三四）七月自蘇州刺史除汝州，詩當作於是年秋間。

送令狐相公自僕射出鎮南梁

夏木正陰成，戎裝出帝京。沾襟辭闕淚，回首别鄉情。雲樹褒中路，風煙漢上城。前旌轉谷去，後騎蹋橋聲。久領鴛行重，無嫌虎綬輕。終當提一筆，再入副蒼生。

【校】

〔久領〕全唐詩久下注云：一作又。

〔虎綬〕全唐詩綬下注云：一作節，英華與一作同。

〔當提一筆〕英華提作持，全唐詩作提一麾去，注云：一作當持一筆。

〔副蒼生〕畿本、全唐詩均注云：副一作福，英華與一作同。

【箋證】

按：令狐相公謂令狐楚。據楚本傳，開成元年（八三六）四月，檢校左僕射、興元尹、充山南西道節度使。此詩云「夏木正陰成」，時景正合。是時禹錫甫到同州刺史任未久，蓋遥以詩送之而已。

送趙中丞自司金外郎轉官參山南令狐僕射幕府　趙氏兄弟皆僕射門客。

緑樹滿褒斜，西南蜀路賒。驛門臨白社，縣道過黄花。相府開油幕，門生逐絳紗。行看布政後，還從入京華。

【校】

〔題〕司金，畿本、全唐詩均注云：一作司直，英華作司直郎。外郎，畿本注云：一無外字，紹本、崇本、明鈔本、全唐詩均無外字。

〔臨白社〕畿本社下注云：一作草。英華此二句作：驛門臨赤縣，道路過黄花，赤縣下注云：集作白草。崇本作白草，全唐詩注云：一作經赤縣。

〔縣道過〕全唐詩作縣道入，注云：一作道路過。

【箋證】

按：郎官石柱題名考一六，金部員外郎有趙棿，勞格謂疑即此人。此詩題云趙以郎官帶中丞參使幕，非行軍司馬即副使也。令狐楚以開成元年（八三六）出鎮，趙當亦於是時從至南梁。

〔褒斜〕輿地紀勝云：「郡國志謂北口曰斜，南口曰褒，長四百七十里，同爲一谷，兩谷高峻，中間谷道，褒水所流。……斜谷路在府西北，入于斜谷，至鳳州界一百五十里，有棧閣二千九百八十九間，板閣二千八百九十三間，土人云：其間有一溪可以行舟，賦税極輕，人家多臺也。」按：本集卷八有山南西路新修驛道記，亦指此。

奉送裴司徒令公自東都留守再命太原

本封晉國公，兩任相去十六年。

星使出關東，兵符賜上公。山河歸舊國，管籥換離宫。行色旌旗動，軍聲鼓角雄。愛棠餘故吏，騎竹見新童。漢壘三秋静，胡沙萬里空。空餘天下望，旦夕詠清風。

【校】

〔本封〕崇本本作自，按：不合詩之原意，非。

〔空餘〕紹本、崇本、全唐詩作其如。

【箋證】

按：舊唐書一七〇裴度傳，大和八年三月，以本官（謂守司徒）判東都尚書省事，充東都留守。九年十月，進位中書令。開成二年（八三七）五月，復以本官兼太原尹、北都留守、河東節度使。詔出，度累表固辭老疾，不願更典兵權，優詔不允。此詩之作即在此時，禹錫已以賓客分司東都，故得親送之也。其第一次鎮河東在元和十四年（八一九），故注云「兩任相去十六年」。時當甘露變後，殆不能無隱憂而不敢宣洩，故止作平泛之語。

奉送李户部侍郎自河南尹再除本官歸闕

昔年内署振雄詞，今日東都結去思。宫女猶傳洞簫賦，國人先詠袞衣詩。華星卻復文昌位，别鶴重歸太乙池。想到金門待通籍，一時驚喜見風儀。

【校】

〔題〕崇本無奉字。

〔内署〕全唐詩署下注云：一作史，英華與一作同。

〔金門〕全唐詩門作闈。

〔通籍〕全唐詩注云：一作稱，崇本與一作同。

〔驚喜〕畿本、全唐詩喜下均注云：一作起。

【注】

〔洞簫賦〕漢書王褒傳：太子喜褒所爲甘泉及洞簫頌，令後宫貴人左右皆誦讀之。

〔衮衣詩〕詩豳風九罭：「是以有衮衣兮，無以我公歸兮。」

【箋證】

按：李户部侍郎謂李珏，舊唐書一七三、新唐書一八三均有傳。舊傳云：「進士擢第，又登書判拔萃科，累官至右拾遺。……遷吏部員外郎，轉司勳員外郎，知制誥。大和五年（八三一），李宗閔、牛僧孺爲相，與珏親厚，改度支郎中、知制誥，遂入翰林充學士。七年（八三三）三月，正拜中書舍人。九年（八三五）五月，轉户部侍郎充職。七月，宗閔得罪，珏坐累出爲江州刺史。開成元年（八三六）四月，以太子賓客分司東都，遷河南尹。二年（八三七）五月，李固言入相，召珏復爲户部侍郎判本司事。三年（八三八），楊嗣復輔政，薦珏以本官同平章事。珏與固言、嗣復相善，自固言得位，相繼援引居大政，以傾鄭覃、陳夷行、李德裕三人，凡有奏議，必以朋黨爲謀，屢爲覃所廷折。」此詩正送李珏還朝，即李固言援之入相之際也。其人亦牛、李黨中人物，禹錫臭味不同，特曾同分司，不得不與之周旋耳，餘詳本集卷二十二奉和吏部楊尚書太常李卿二相公策免後即事書懷詩。會昌中李德裕秉政，珏被逐，大中時復起，則禹錫不及見矣。

送蘄州李郎中赴任

楚關蘄水路非賒，東望雲山日夕佳。薤葉照人呈夏簟，松花滿盌試新茶。樓中飲興因明月，江上詩情爲晚霞。北地交親長引領，早將玄鬢到京華。

【校】

〔楚關〕全唐詩關下注云：一作門。

〔飲興〕英華作餘興，注云：集作酒非，殊不可解。

〔玄鬢〕鐖本玄作亢，誤。

【箋證】

按：李郎中謂李播。唐詩紀事四七：「播登元和進士第，以郎中典蘄州，有李生攜詩謁之，播曰：此吾未第時行卷也。李曰：頃於京師書肆百錢得此，遊江淮間二十餘年矣。欲幸見惠。播遂與之，因問何往。曰：江陵謁盧尚書。播曰：公又錯也。盧是某親表。李慚悚失次，進曰：誠若郎中之言，與荆南表丈一時乞取。再拜而出。」（江陵謁盧尚書句下疑有脱誤，語意未完）此節笑柄寫唐時游士落拓江湖、到處干謁之醜。禹錫集中贈人之作，亦難免此輩溷於其中也。至李播似亦能詩者，此詩「江上詩情」之句亦非泛語，白居易贈李詩亦云：「席上何人解和詩。」又云：「動筆詩傳鮑謝風。」（見附録）又按：岑仲勉唐人行第録云：李商隱集有爲汝南公（錢振倫説當作濮陽公）與蘄州李郎中狀。至謂唐語林二有吴郡守李穰，不知即其人否，則非也。張采田玉溪生年譜會箋繫於開成五年（八四〇），時亦差合。蓋白居易集亦有送蘄州李使君赴任詩，編次約當開成三年（八三八），與禹錫此詩自是同時之作。

又按：前人之評此詩者，顧嗣立寒廳詩話云：「作詩用故實以不露痕迹爲高，昔人所謂使事如不使也。劉賓客明月、晚霞一聯，一用庾亮，一用謝朓，讀之使人不覺。」考李商隱中元詩：「曾省驚眠聞雨過，不知迷路爲花開。」馮浩注引徐逢源説謂暗用高唐、天台二事。顧、徐二氏之説皆甚確。此亦商隱傳禹錫詩法之一證。

〔薤葉照人呈夏簟〕白居易亦有寄李蘄州詩有句云：「笛愁春盡梅花裏，簟冷秋生薤葉中。」自注：「蘄州出好笛及薤葉簟。」又寄蘄簟與元九詩云：「笛竹出蘄春，霜刀劈翠筠。織成雙鎖簟，寄與獨眠人。」韓愈鄭羣贈簟詩云：「蘄州笛竹天下知，鄭君所寶尤瓌奇。攜來當晝不得卧，一府争看黄琉璃。」足徵唐人盛稱蘄州出簟。餘見本集卷二十五武昌老人説笛歌。

附録一　白居易　送蘄春李十九使君赴任

可憐官職好文詞，五十專城未是遲。曉日鏡前無白髮，春風門外有紅旗。郡中何處堪攜酒，席上何人解和詩？唯共交親開口笑，知君不及洛陽時。（按：可證禹錫贈李之詩乃與居易同作，故語意相似。其時當在開成三年（八三八），據白集之編次可知。白、劉二人亦同在洛陽也。）

附録二 白居易 寄李蘄州

下車書奏龔黄課，動筆詩傳鮑謝風。江郡謳謡誇杜母，洛城歡會憶車公。笛愁春盡梅花裏，簟冷秋生薤葉中。不道蘄州歌酒少，使君難稱與誰同？

洛中春末送杜録事赴蘄州

尊前花下長相見，明日忽爲千里人。君過午橋回首望，洛城猶自有殘春。

【校】

〔洛城〕全唐詩城下注云：一作陽。

【箋證】

按：此詩在前詩之次，杜録事雖未詳何人，必與李播偕赴蘄州無疑。蓋在開成三年（八三八）之春末。

夜宴福建盧常侍宅因送之鎮

暫駐旌旗洛水隄，綺筵紅燭醉蘭閨。美人美酒長相逐，莫怕猿聲發建溪。

【校】

〔題〕常侍，結一本作侍御，誤，當依紹本、崇本改。纖本作侍御而注云：一作侍郎，又作常侍，全唐詩作侍郎，注云：一作常侍。按：既云送之鎮，則必非幕職，不得猶帶侍御，觀察使帶常侍，方於例合。

【箋證】

按：盧常侍謂盧貞。全唐詩小傳云：盧貞，字子蒙，官河南尹，開成中爲大理卿，終福建觀察使。所敘似微誤。文宗紀：開成四年（八三九）閏正月丙午，以大理卿盧貞爲福建觀察使。此詩云：「暫駐旌旗洛水隄」，即貞出長安途經洛陽之時。禹錫方爲賓客分司。據白居易詩自注：「會昌五年（八四五）三月二十一日，於白家履道宅同宴，河南尹盧貞以年未七十，雖與會而未及列。」則其官河南尹尚在官福建觀察使之後也。貞之前任爲司農卿李玘，以諫官論劾，乃改命。

附録　盧貞　和劉夢得歲暮懷友詩

文翰走天下，琴尊卧洛陽。貞元朝士盡，新歲一悲涼。名早緣才大，官遲爲壽長。時來知病已，莫歎步趨妨。（按子劉子自傳云：後被足疾，改太子賓客分司東都。故廬詩有莫歎步趨妨之句。據此亦可知禹錫與貞常有往還也。）

洛中送崔司業使君扶侍赴唐州

緑野方城路，殘春柳絮飛。風鳴驌驦馬，日照老萊衣。洛苑魚書至，江村雁户歸。相思望淮水，雙鯉不應稀。

【校】

〔方城〕畿本方下注云：一作芳。按：方城即唐州屬縣，作芳者非。

【注】

〔驌驦〕左傳定三年：「唐成公如楚，有兩驌驦馬，子常欲之，弗與。亦三年止之。唐人或相與謀，竊馬而獻之子常，子常歸唐侯。」此用唐之故典也。

【箋證】

按：崔司業待考。白居易有送唐州崔使君侍親赴任詩云：「連持使節歷專城，獨賞崔侯慶最榮。烏府一抛霜簡去，朱輪四從板輿行。發時正許沙鷗送，到日方乘竹馬迎。唯慮郡齋賓友少，數盃春酒共誰傾？」時地皆合，必與禹錫同賦。

送河南皇甫少尹赴絳州

祖帳臨周道，前旌指晉城。午橋羣吏散，亥字老人迎。詩酒同行樂，别離方見情。從兹洛陽社，吟詠欠書生。

【校】

〔同行〕畿本、全唐詩均注云：一作每同，崇本與一作同，似較勝。明鈔本作美同。

〔欠書生〕全唐詩欠作屬。

【箋證】

按：皇甫少尹謂皇甫曙。唐詩紀事五二云：「曙，元和十一年（八一六），中書舍人李逢吉下登第。」白居易醉吟先生傳中之皇甫朗之，即其人也。白居易有皇甫郎中親家翁赴任絳州宴送出城詩云：「慕賢入室交先定，結援通家好復成。新婦不嫌貧活計，嬌孫同慰老心情。洛橋歌酒今朝散，絳路風煙幾日行？欲識離羣相戀意，爲君扶病出都城。」禹錫與曙相稔，殆亦因居易之故，故於其出任絳州時，同作詩送之。據白集之編次，與前一首皆當在開成五年（八四〇）之春。

送前進士蔡京赴學究科 時舊相楊尚書掌選。

耳聞戰鼓帶經鋤，振發名聲自里閭。已是世間能賦客，更攻窗下絶編書。朱門達者誰能識？絳帳書生盡不如。幸遇天官舊丞相，知君無翼上空虚。

【校】

〔題〕題下原注：「時舊相楊尚書掌選。」畿本於舊相下注云：一作崔相公；崇本、全唐詩與一作同。按：於唐制不合，當以作舊相爲是。

〔名聲〕全唐詩二字乙。

〔書生〕紹本書作諸。

【箋證】

按：蔡京事跡見唐詩紀事四九，云：「邕州蔡大夫京者，故令狐文公楚鎮滑臺日，於僧中見，曰：此童眉目疏秀，進退不慴，惜其單幼，可以勸學乎？師從之，乃得陪學於相國子弟，後以進士舉上第，尋又學究登科，作尉畿服。既爲御史，覆獄淮南，李相紳憂悸而卒，頗得繡衣之稱。謫居澧州，爲厲員外玄所辱，稍遷撫州刺史，以辭氣自負。……劉夢得有送前進士蔡京赴學究科詩云：已是世間能賦客，更攻窗下絶編書。又云：幸遇天官舊丞相，知君無翼上空虚。蓋欲薦之時相也。京以進士舉登學究科，時爲（謂）好及第，惡科名，有錦上披簑之誚焉。（按：進士學究同爲科目，而唐人專以進士爲重。以進士必長於文采，而學究止抱一經，應此科者多朴拙無能之人，故以爲戲。）令狐文公在天平後堂宴樂，京時在坐，故義山詩云：白足禪僧思敗道，青袍御史擬休官。謂京曾爲僧也。或云：咸通中爲廣西節度，褊忮貪克，峻條令，爲炮熏刳斮法。御下慘毒，爲軍中所逐，後貶死。」禹錫自注云：「時舊相楊尚書掌選。」一本作崔相公，楊尚書當謂楊嗣復，崔相公當謂崔羣。羣之兼吏部尚書在大和五年（八三一）似太早，楊嗣復則在開成五年（八四○），而爲時甚短。見本集卷二十二奉和吏部尚書太常李卿二相公策免後即事述懷詩。姑存疑俟考。

送唐舍人出鎮閩中

暫辭鴛鷺出蓬瀛，忽擁貔貅鎮粵城。閩嶺夏雲迎皁蓋，建溪秋樹映紅旌。山川遠地由來好，富貴當年別有情。了卻人間婚嫁事，復歸朝右作公卿。

【校】

〔朝右〕全唐詩右下注云：一作闕。

【箋證】

按：唐舍人謂唐扶，舊唐書一九○下唐次傳：「子扶，元和五年（八一○）進士登第，累佐使府，入朝爲監察御史，出爲刺史。大和初入朝爲屯田郎中。五年（八三一），充山南道宣撫使，……俄轉司勳郎中。八年（八三四），充弘文館學士判院事。九年（八三五），轉職方郎中，權知中書舍人事。（按：此蓋知制誥之别稱。）開成初，正拜舍人，踰月，授福州刺史、御史中丞、福建觀察使。……扶佐幕立事，登朝有名，及廉問甌閩，政事不治。身歿之後，僕妾争財，詣闕論訴，法司按劾，其家財十萬歸於二妾。又嘗枉殺部人，爲其家所訴，行己前後不類，時論非之。」則此詩所謂「富貴當年别有情」者，殆微詞也。唐人言當年，即正當盛時之意，如「芳桂當年折一枝」，「當年紫綬榮」，皆是。餘參見本集卷二十五唐郎中宅詩。

又按：文宗紀，開成元年（八三六）五月丁巳，以中書舍人唐扶爲福建觀察使。開成四年卒於鎮，其繼任者即盧貞也。其奉詔赴鎮蓋在元年（八三六）夏秋之間，故此詩有「閩嶺夏雲」、「建溪秋樹」之句。

送盧處士歸嵩山别業

世業嵩山隱，雲深無四鄰。藥爐燒姹女，酒甕貯賢人。曉日華陰霧，秋風函谷塵。送君從此去，鈴閣少談賓。

【校】

〔嵩山〕全唐詩注云：一作陽，英華與一作同。

〔曉日〕全唐詩曉作晚，注云：一作曉。

【注】

〔賢人〕三國志魏書徐邈傳：時科禁酒，而邈私飲至於沈醉。校事趙達問以曹事，邈曰：「中聖人。」達白之太祖，太祖甚怒。度遼將軍鮮于輔進曰：「平日醉客謂酒清者爲聖人，濁者爲賢人，邈性脩慎，偶醉言耳。」竟坐得免刑。

〔華陰霧〕御覽一五引謝承後漢書：河南張楷字公超，性好道術，能作五里霧於華陰。

【箋證】

按：盧處士待考。據詩中「鈴閣少談賓」一語，似爲開成二年（八三七）以前裴度任東都留守時之門客，故禹錫以度之故，爲詩以應酬之。「世業嵩山隱」，指盧鴻一開元以前隱於嵩山也。鴻一新唐書作鴻，均見隱逸傳。

送李友路秀才赴舉

誰憐相門子，不語望秋山。生長綺紈内，辛勤筆硯間。榮親在名字，好學棄官班。佇俟明年桂，高堂開笑顔。

【校】

〔綺紈〕紹本、崇本二字乙。

〔桂〕全唐詩注云：一作社。

【箋證】

按：宰相世系表無李友路之名，此詩有「誰憐相門子」之語，不知爲宰相何人之子。

送國子令狐博士赴興元覲省

相門才子高陽族，學省清資五品官。諫院過時榮棣萼，謝庭歸去踏芝蘭。山頭花帶煙嵐晚，棧底江涵雪水寒。伯仲到家人盡賀，柳營蓮府遞相歡。

【校】

〔學省〕全唐詩學下注云：一作才。

〔山頭〕崇本、全唐詩頭均作中。

〔煙嵐晚〕全唐詩嵐下注云：一作霞，晚作曉。

〔江涵〕崇本涵作含。

〔伯仲〕英華仲作虎。

【箋證】

按：令狐博士當謂令狐緒。據令狐楚傳，楚二子，緒、綯，緒以蔭授官，歷隨、壽、汝三州刺史。國子博士似即緒所曾歷之官。綯則據傳未嘗爲博士。此詩題云赴興元覲省，則必在開成元、二年（八三六、八三七）楚爲山南西道節度使時，楚之卒即在二年。傳云，綯丁父喪，服闋授左拾遺，尋改左補闕。斷無自博士下遷遺補之理，自非指綯。

〔諫院〕苕溪漁隱叢話後集：「文昌雜録云：唐諫議大夫拾遺補闕在左右省，而劉禹錫送令狐博士詩云諫院過時榮棣蕚，已有諫院之名，何哉？按會要：貞元中，薛元興爲諫議大夫，奏云：諫官所上封章，事皆機密，每進一封，兩省印置署，凡有封奏，人且先知，請别鑄諫院印，庶無漏洩。乃知諫院之名舊矣。」

送李二十九兄員外赴邠寧使幕

家襲韋平身業文，素風清白至今貧。南宫通籍新郎吏，西候從戎舊主人。城外草黄秋有雪，烽頭煙静虜無塵。鼎門爲别霜天晚，賸把離觴三五巡。

【校】

〔身業文〕全唐詩身下注云：一作生。

〔西候〕畿本、全唐詩候下均注云：一作族。按：此用漢書「東南一尉，西北一候」語，作族似非。

〔烽頭〕明鈔本烽作峰。按：唐人以烽臺爲烽，不當作峰。

〔煙静〕明鈔本静作雨，誤。

【箋證】

按：李二十九待考。據首聯「家襲韋平身業文，素風清白至今貧」之語，甚似即前詩之李友路秀才。惟此詩云鼎門爲别，鼎門指洛陽，則是禹錫開成中在洛陽時，其時鎮邠寧者爲李用、李直臣。

送分司陳郎中衹召直史館重修三聖實録

蟬鳴官樹引行車，言自成周赴玉除。遠取南朝貴公子，重脩東觀帝王書。常時載筆窺金匱，暇日登樓到石渠。若問舊人劉子政，如今頭白在商於。

【校】

〔題〕崇本無三聖二字。

〔帝王書〕全唐詩王下注云：一作皇。

〔頭白在商於〕全唐詩作白首在南徐，注云：一作頭白在商於。按：禹錫晚年未嘗至潤州，在商於者，謂爲賓客分司也，必校者不解商於之義而臆改致誤。

【注】

〔三聖〕當指順、憲、穆三宗。

〔東觀〕後漢書安帝紀：詔謁者劉珍及五經博士，校定東觀五經、諸子、傳記、百家藝術，整齊脱誤，是正文字。

【箋證】

按：陳郎中待考。武宗紀：會昌元年（八四一）四月辛丑，勅憲宗實録舊本未備，宜令史官重修進内。疑陳即緣此直史館。此詩首句有「蟬鳴官樹」語，亦切夏令。若然，則距禹錫之卒僅一年矣。是時禹錫檢校禮部尚書兼太子賓客，故有「頭白在商於」之語，商於以商皓爲比也。禹錫曾爲集賢殿學士，故有「常時載筆」等語，而以舊人自稱。其時距禹錫大和初直集賢時已十餘年，語氣甚合。

又按：黄徹䂬溪詩話云：「老杜：卿到朝廷説老翁，漂零已是滄浪客。又：朝覲從容問幽仄，勿云江漢有垂綸。其後夢得送陳郎中云：若問舊人劉子政，而今頭白在商於。送惠休則云：休公久别如相問，楚客逢秋心更悲。」此謂禹錫詩有源出杜詩者。送惠休當作送慧則，見本集卷二十九。

送李中丞赴楚州

緹騎朱旗入楚城，士林皆賀振家聲。兒童但喜迎賢守，故吏猶應記小名。萬頃水田連郭秀，四時煙月映淮清。憶君初得崑山玉，同向揚州攜手行。

【校】

〔小名〕全唐詩小作姓，注云：一作小。

【箋證】

按：李中丞謂李德修，吉甫之子，德裕之兄，新唐書一四六李栖筠傳後附其事，云：「子德修亦有志操，寶曆中爲膳部員外郎，張仲方（按：即駁吉甫謚者）入爲諫議大夫，德修不欲同朝，出爲舒、湖、楚三州刺史，卒。」據楚州金石録，唐楚州官屬題名幢：使太中大夫使持節楚州諸軍事楚州刺史，充本州團練使、淮南營田副使、上柱國、襲趙國公食邑三千户、賜紫金魚袋李德修，大和五年（八三一）四月十九日授。則禹錫是時爲郎官學士，尚未除蘇州刺史。觀末句知二人早年曾同往淮南，德修似亦曾舉進士。至「故吏猶應記小名」指吉甫曾鎮淮南，楚州爲淮南巡屬也。「萬頃水田連郭秀」，指楚州有營田，詳見本集卷十二論廢楚州營田表。

送李庚先輩赴選

一家何啻十朱輪？諸父雙飛秉大鈞。曾脱素衣參幕客，卻爲精舍讀書人。離筵洛水侵梧色，征路函關向晚塵。今日山翁舊賓主，知君不負帝城春。

【校】

〔山翁舊賓主〕紹本、崇本、英華、全唐詩翁均作公，畿本、全唐詩主字下均注云：一作山居賓主話，似非。

【注】

〔精舍〕後漢書黨錮傳：劉淑少學，明五經，遂隱居，立精舍講授，諸生常數百人。

【箋證】

按：李庚待考，據「諸父雙飛秉大鈞」之句，或是指李絳、李珏，據世系表皆東祖房也。岑仲勉續貞石證史謂指李程、李石，亦近是。山翁喻吏部尚書，疑是楊嗣復，此詩似在開成、會昌之間。稱先輩者，唐音癸籤云：「先輩原以稱及第者，觀諸家詩集中題有下第獻新先輩詩，可見後乃以爲應試舉子通稱。」

送廖參謀東遊二首

九陌逢君又別離，行雲別鶴本無期。望嵩樓上忽相見，看過花開花落時。

繁花落盡君辭去，緑草垂楊引征路。東道諸侯皆故人，留連必是多情處。

【校】

〔望嵩〕崇本嵩作高，非。

【箋證】

按：廖參謀已見本集卷二十四。卞孝萱劉禹錫年譜引尚野望嵩樓記：「汝郡多佳山水，嵩高不遠百里，得天地中和之氣爲多，公解後圃舊有望嵩樓……讀劉禹錫詩有望嵩樓上忽相見之句，相傳建自唐，然究莫知其詳也。」據此，詩當作於禹錫任汝州刺史時。禹錫蓋先在洛陽與相識，故云「九陌逢君又别離」也。

送從弟郎中赴浙西　并引

從弟三復十餘年間凡三爲浙右從事，往年主公入相，薦歟登朝，中復從事鎮南未幾而罷。昨以尚書外郎奉使至洛，旋承新命，改轅而東，三從公皆舊地。徵諸故事，敻無其倫。故賦詩贈之，亦志異也。

銜命出尚書，新恩换使車。漢庭無右者，梁苑重歸歟。又食建業水，曾依京口居。劉前軍傳云：本莒人，世家京口。共經何限事，賓主兩如初。

【校】

〔從事鎮南〕紹本、崇本、全唐詩事均作公，鎮南誤，恐當作鎮海，浙西爲鎮海軍節度。

〔舊地〕紹本、崇本、全唐詩舊上均有在字。

〔前軍〕崇本前作將，非。

〔何限〕結一本限作恨，誤。崇本何作無。

【箋證】

按：劉三復事見舊唐書一七七劉鄴傳，云：「父三復，聰敏絶人，幼善屬文。少孤貧，母有廢疾，三復丐食供養，不離左右，久之不遂鄉賦。長慶中，李德裕拜浙西觀察使。三復以德裕禁密大臣，以所業文詣郡干謁，德裕閲其文，倒屣迎之，乃辟爲從事，管記室，母亡哀毁，殆不勝喪。德裕三爲浙西，凡十年，三復皆從之。汝州刺史劉禹錫以宗人遇之，深重其才，嘗爲詩贈三復，……」即取此詩之小引，所引文字小異，蓋經翦裁耳。傳又云：「又從德裕歷滑臺、西蜀、揚州，累遷御史中丞。會昌中，德裕用事，自諫議、給事拜刑部侍郎，弘文館學士判館事。……未幾病卒。」北夢瑣言復詳記之云：「唐大和中，李德裕鎮浙西，有劉三復者，少貧苦學，有才思，時中人賫御書至，以賜德裕。德裕試其所爲，謂曰：子可爲我草表，能立就，或歸以創之。三復曰：文理貴中，不貴其速。德裕以爲當言。三復又請曰：漁歌樵唱，皆傳公述作，願以文集見示，德裕出數軸與之，三復乃體而爲表，德裕嘉之，因遣詣闕求試，果登第，歷任臺閣。……其子鄴，勅賜及第，登廊廟，上表雪德裕，以朱崖神櫬歸葬洛中。」至唐人與三復往還之詩甚多，兹不備録。

劉禹錫集箋證卷第二十九

送僧二十四首

贈别君素上人 并引

曩予習禮之中庸，至不勉而中，不思而得，憮然知聖人之德，學以至于無學。然而斯言也，猶示行者以室廬之奥耳。求其經術而布武未易得也。晚讀佛書見大雄念物之普，級寶山而梯之。高揭慧火，巧鎔惡見，廣疏便門，旁束邪徑。其所證入，如舟泝川，未始念於前而日遠矣。夫何勉而思之邪？是余知突奥於中庸，啓鍵關於内典。會而歸之，猶初心也。不知予者誚予困而後援佛，謂道有二焉。夫悟不因人，在心而已。其證也，猶喑人之享太牢，信知其味而不能形於言以聞于耳也。口耳之間兼寸耳，尚不可使聞。他人之不吾知，宜矣。開士君素偶得予於所親，一麻棲草，千里來訪。素以道眼視予，予以所視視之，不由陛級，攜手智地。居數日，告有得而行，乃爲詩以見志云。

窮巷唯秋草，高僧獨扣門。相歡如舊識，問法到無言。水爲風生浪，珠非塵可昏。去來皆是道，此别不銷魂。

【校】

〔題〕明鈔本人下有詩字。

〔經術〕紹本、崇本、全唐詩經均作徑。

〔泝川〕紹本、崇本、明鈔本、全唐詩泝均作沿。

〔予困〕崇本困作因，似非。

〔聞于〕崇本聞下注去字。

〔所視視之〕明鈔本無下視字。

〔陛級〕結一本陛作陞，誤。

〔爲風〕全唐詩爲下注云：一作與。

〔去來〕全唐詩去作悟，注云：一作去。

【注】

〔上人〕釋氏要覽：十誦律云：有四種，一麄人，二濁人，三中間人，四上人。瓶沙王呼佛弟子爲上人。古師云：内有智德，外有勝行，在人之上，名上人。

〔開士〕玄應音義：「開士謂以法開導之士，或言菩薩是也。」釋氏要覽：「經中多呼菩薩爲開士。」前秦苻堅賜沙門有德解者號開士。

〔一麻〕按佛在雪山修道，苦行六年，日食一麻一米，見因果經。

【箋證】

按：此詩在禹錫集中贈僧諸篇居首，揭明其融儒入佛之由來。據千里來訪及窮巷秋草等語，自是謫朗州時作。以下諸篇大抵皆同。

又按：前人之評此詩者，黄徹䂬溪詩話云：「夢得云：去來皆是道，此别不銷魂。坡云：古今正自同，歲月何必書？此等語皆通徹無礙，釋氏所謂具眼也。」

送深法師遊南岳 上人本在資聖寺。

師在白雲鄉，名登善法堂。十方傳句偈，八部會壇場。飛錫無定所，寶書留舊房。唯應銜草雁，相送至衡陽。

【校】

〔題〕題下原注：上人本在資聖寺，崇本、明鈔本、全唐詩在均作住。

〔名登〕全唐詩登下注云：一作高，英華與一作同。

〔銜草〕纖本、全唐詩草均作果，全唐詩注云：一作草。按，銜草即銜蘆，雁銜蘆以避矰繳，相送至衡陽，以衡山有迴雁峯也，作果似非。

【注】

〔八部〕法華經鈔：世尊於靈山會上爲大衆説經，天龍八部，咸悉歡喜。

〔飛錫〕文選孫倬遊天台山賦：應真飛錫而躡虚。李周翰注：應真，得真道之人，執錫杖而行於虚空，故云飛也。

廣宣上人寄在蜀與韋令公唱和詩卷因以令公手札答詩示之

碧雲佳句久傳芳，曾向成都住草堂。振錫常過長者宅，披文猶帶令公香。一時風景添詩思，八部人天入道場。若許相期同結社，吾家本自有柴桑。

【校】

〔題〕崇本示之作相示，是。

〔長者〕明鈔本者作老。

〔披文〕纖本文下注云：一作衣，全唐詩與一作同，注云：一作文。

〔自有〕唐詩紀事上句社作舍，有作近。按：吾家本自有柴桑，謂白蓮社中之劉遺民也，見下篇，以作有者爲是。

【注】

〔碧雲〕文選江淹雜體擬休上人詩：日暮碧雲合，佳人殊未來。

〔長者〕法華玄贊云：心平性直，語實行敦，齒邁財盈，名爲長者。

【箋證】

按：本集卷二十四之宣上人遠寄賀禮部王侍郎放榜後詩，即此廣宣。韋令公謂韋皋。唐詩紀事七二：「廣宣會昌間有詩名，與劉夢得最善。……退之有廣宣上人頻見過詩云：三百六旬長擾擾，不衝風雨即塵埃。久慚朝士無裨補，空愧高僧數往來。學道窮年何所得？吟詩竟日未能回。天寒古寺遊人少，紅葉窗前有幾堆。……宣以應制詩示樂天，時詔許上人居安國寺紅樓，以詩供奉。樂天有詩云：道林談論惠休詩，一到人天便作師。香積筵承紫泥詔，昭陽歌唱碧雲詞。紅樓許住請銀鑰，翠輦陪行踏玉墀。惆悵甘泉頻侍從，與君先後不同時。李益贈宣大師云：一國沙彌獨解詩，人人道勝惠休師。先皇詔下徵還日，今上龍飛入內時。看月憶來松寺宿，尋花思作杏溪期。論因佛地求心地，祇説常吟是住持。」當時文士與廣宣往還者不少，其廣通聲氣、追逐勢利，亦可想見。唐兩京城坊考三：「大安國寺有紅樓，睿宗在藩時舞榭，元和中，廣宣上人住此院，有詩名。時號爲紅樓集。」至紀事所云會昌中有詩名，乃沿摭言之誤，以賀王起詩觀之，會昌當作長慶，所與往還諸人亦罕能及會昌者。所謂「先皇詔下」，必指憲宗，「今上龍飛」，則穆宗也。且廣宣既曾遊蜀見韋皋，及長慶時亦三十餘年矣。禹錫此詩未敢定其爲何時，要以在朗州時爲近似。

送僧仲剬東遊兼寄呈靈澈上人

釋子道成神氣閑，住持曾上清涼山。晴空禮拜見真像，金毛玉髻卿雲間。西遊長安隸僧籍，本寺門前曲江碧。松間白月照寶書，竹下香泉灑瑶席。前時學得經論成，奔馳象馬開禪扃。高筵談柄一麾拂，講下聽從如醉醒。舊聞南方多長老，次第來入荆門道。荆州本自重彌天，南朝塔廟猶依然。宴坐東陽枯樹下，經行居止故臺邊。忽憶遺民社中客，爲我衡陽駐飛錫。講罷同尋相鶴經，閒來共蠟登山屐。一旦揚眉望沃州，自言王謝許同遊。憑將雜擬三十首，寄與江南湯惠休。

【校】

〔晴空〕纖本、全唐詩均注云：一作清室。

〔玉髻〕紹本、崇本玉均作五。全唐詩作五，注云：一作玉。

〔長安〕全唐詩安下注云：一作樂。

〔本寺〕中山集寺作是。
〔聽從〕紹本、崇本、中山集均作聽徒，英華、全唐詩作門徒。
〔長老〕全唐詩長下注云：一作禪，英華與一作同。
〔彌天〕英華、全唐詩彌均作諸。按：晉書習鑿齒傳：「桑門釋道安俊辯有高才，自北至荆州，與鑿齒初相見，曰彌天釋道安，鑿齒曰四海習鑿齒，時人以爲名對。」所謂荆州本自重彌天指此，諸天必校者不識彌天之義而臆改。
〔居止〕崇本止作此。全唐詩注云：一作此。按：疑當作居士，已云宴坐經行，不當更云居止也。
〔許同〕全唐詩許下注云：一作與，崇本與一作同。

【注】

〔清涼山〕華巖經菩薩住處品云：東北有處，名清涼山，從昔以來，諸菩薩衆於中止住，現有菩薩名文殊師利，與其眷屬諸菩薩衆一萬人俱，常在其中而演説法。華嚴經疏云：清涼山者即代州雁門郡五臺山也，以歲積堅冰，夏仍飛雪，曾無炎暑，故名清涼。今按詩意只是借用，非必實指五臺之清涼山也。
〔經論〕佛教以經、律、論爲三藏，經説定學，律説戒學，論説慧學，經爲修多羅藏，論爲阿毗達磨藏，經論皆闡明教義者，故獨舉此以禰説法之僧。
〔遺民〕宋書卷九三周續之傳：入廬山事沙門釋慧遠，時彭城劉遺民遁迹廬山，陶淵明亦不應徵命，謂之尋陽三隱。

〔相鶴經〕文選鮑照舞鶴賦李善注：相鶴經者，出自浮丘公，公以自授王子晉。崔文子者，學仙於子晉，得其文藏於嵩高山石室，乃淮南八公採藥得之，遂傳於世。

〔慧休〕南史顏延之傳：每薄湯慧休詩，謂人曰：「慧休制作，委巷中歌謡耳。」鍾嶸詩品：惠休淫靡，情過其才，世遂匹之鮑照。

【箋證】

按：靈澈已見本集卷十九澈上人文集紀。全唐詩小傳：「靈澈，字源澄，姓湯氏，會稽人，雲門寺律僧也。少從嚴維學爲詩，後至吴興，與僧皎然遊。貞元中，皎然薦之包佶，又薦之李紓，名振輦下，緇流嫉之，造飛語激中貴人，貶徙汀州，會赦歸鄉。」大致即據禹錫之文。禹錫於詩，與靈澈頗相契。自童幼相識，老而不忘。江淹雜體三十首，末一首擬惠休，禹錫以江自比，而以惠休比靈澈，惠休與靈澈皆姓湯，可謂精切。此詩雖不詳作於何時，而據「忽憶遺民社中客，爲我衡陽駐飛錫」之句，疑指吕温方爲衡州刺史，温刺衡州在元和六年（八一一），七年（八一二）卒，故當在此時。禹錫仍在朗州也。

又按：此詩仍是大曆格調，而加以開闔動盪，是禹錫中年在朗州時獨造之境，後此李商隱亦頗取之。

送僧元暠南遊 并引

予策名二十年，百慮而無一得。然後知世所謂道無非畏途。唯出世間法可盡心耳。繇是在席硯者多旁行四句之書，備將迎者皆赤頿白足之侶。深入智地，静通道源。客塵觀盡，妙氣來宅。内視胸中，猶煎鍊然。開士元暠姓陶氏，本丹陽名家。世有人爵，不藉其資。於毗尼禪那極細密之義，於初中後日習總持之門。妙音奮迅，願力昭答。雅聞予事佛而佞，亟來相從。或問師隳形之自，對曰：「小失怙恃，推棘心以求上乘，積四十年有羸，老將至而不懈。始悲浚泉之有冽，今痛防墓之未遷。塗芻莫備，薪火恐滅。諸相皆離，此心長懸。雖萬性歸佛，盡爲釋種，如河入海，無復水名，然具一切智者，豈遺百行？求無量義者，寧容斷思？今聞南諸侯雅多大士，思扣以苦調而希其末光，無容至前，有足悲者。予聞是説已，力不足而悲有餘。因爲詩以送之，庶乎踐霜露者聆之有惻。」

寶書翻譯學初成，振錫如飛白足輕。彭澤因家凡幾世？靈山預會是前生。傳鐙已悟無爲理，濡露猶懷罔極情。從此多逢大居士，何人不願解珠瓔？

【校】

〔題〕明鈔本遊下有詩字。

〔席硯〕崇本二字乙。全唐詩硯下注云：一作觀。

〔深入〕紹本深作罙。
〔道源〕紹本、崇本、畿本、中山集、全唐詩道均作還。
〔名家〕紹本、崇本、中山集名均作居。
〔細密〕崇本、紹本、中山集密均作牢。
〔於初中〕紹本、崇本均無初字，畿本於下注云：一有初字。按：有初者是。
〔小失〕紹本、崇本小均作少。
〔有羸〕崇本有作餘，按：羸當作贏，積四十年有贏爲一句，有贏謂有餘也。校者必誤以羸字屬下讀，而改作羸，不知語不可通矣。全唐詩作贏。
〔萬性〕崇本性作姓。
〔豈遺〕全唐詩豈下有惟字。是。
〔容斷思〕全唐詩斷下有聞字。畿本斷下注云：一有聞字。按：作斷聞思者爲是，容字衍。
〔聆之〕全唐詩聆作聽，注云：一作聆。
〔有惻〕崇本下有云字。
〔已悟〕結一本已作以，誤。

【注】

〔旁行〕漢書西域傳：安息國臨澙水，商賈車船行旁國，書革，旁行爲書記。

〔四句〕金刚經：若有善男子、善女人，發菩提心，特於此經，乃至四句偈，受持誦讀，爲人演説，其福勝彼。

〔赤頿〕高僧傳：佛陁耶舍爲人赤髭，善解毗婆沙，時人號曰赤髭毗邪沙。

〔白足〕高僧傳：釋曇始足白於面，雖跣涉泥水，未嘗沾濕，天下咸稱白足和尚。

〔毗尼〕毗婆羅論：善分别戒名爲毗尼。楞嚴經：嚴浄毗尼。按毗尼義譯即戒律之意。

〔禪那〕楞嚴經：得成菩提妙奢摩他禪那最初方便。按禪那亦稱禪定，爲六波羅蜜之一。

〔棘心〕詩邶風凱風：凱風自南，吹彼棘心。棘心夭夭，母氏劬勞。

〔上乘〕法華經：若諸菩薩，智慧堅固，了達三界，求最上乘。按：佛法有三乘，法華經云：三乘者，一曰聲聞乘，二曰緣覺乘，三曰菩薩乘。菩薩乘即大乘。初根人爲小乘，行四諦法；中根人爲中乘，受十二因緣；上根人爲大乘，則修六度。並見魏書釋老志。

〔浚泉〕詩邶風凱風：爰有寒泉，在浚之下。

〔防墓〕禮記檀弓：孔子既得合葬於防，曰：吾聞之，古也墓而不墳。今丘也，東西南北之人也，不可以弗識也。於是封之，崇四尺。孔子先反，門人後，雨甚至。孔子問曰：爾來何遲也？曰：防墓崩。

〔薪火〕莊子養生主：指窮於爲薪，火傳也。不知其盡也。

〔靈山〕傳燈録：釋迦在靈山會上，手拈一花示衆，迦葉見之，破顔微笑，世尊遂付以正法眼藏。

〔傳鐙〕大般若經：如來爲他宣説法要與諸法常不相違，諸佛弟子依所説法，精勤修學，證法實性，由是爲他有所宣説，皆與法性不相違，故佛所言，如燈傳照。

【箋證】

按：小引云「予策名二十年」，謂自貞元九年（七九三）至元和七八年（八一二、八一三）也。其與元暠交誼，見柳宗元送元暠師序：「中山劉禹錫，明信人也。不知人之實未嘗言，言未嘗不讎。元暠師居武陵有年數矣，與劉遊久且暱，持其詩與引而來，余視之，申申其言，勤勤其思，某爲知而言也信矣。余觀世之爲釋者，或不知其道，則去孝以爲達，遺情以貴虚。今元暠衣粗而食菲，病心而墨貌，以其先人之葬未返其土，無族屬以移其哀，行求仁者以冀終其心，勤而爲逸，遠而爲近，斯葢釋之知道者歟！釋之書有大報恩十篇，咸言由孝而極其業，世之蕩誕慢訑者，雖爲其道而好違其書，於元暠師吾見其不違，且與儒合也。元暠，陶氏子，其上爲通侯，爲高士，爲儒先生，資其儒故不敢忘孝，跡其高故爲釋，承其侯故能與達者遊。其來而從吾也，觀其爲人益見劉之明且信，故又與之言，重敍其事。」宗元時在永州謫籍中，而禹錫謂此僧猶欲扣以苦調而希其末光，遊僧乞食之無聊可以概見。

送如智法師遊辰州兼寄許評事

前日過蕭寺，看師上講筵。都人禮白足，施者散金錢。方便無非教，經行不廢禪。還知習居士，發論待彌天。

【校】

〔題〕全唐詩作海門潮别浩初師。

〔還知〕全唐詩還下注云：一作遥。

〔待彌天〕全唐詩待作侍，注云：一作待。

【箋證】

按：此乃代如智向許評事作竿牘，詞意淺率，其人蓋不足道者，以下各篇亦多類此。

贈長沙讚頭陀

外道邪山千萬重，真言一發盡摧峯。有時明月無人夜，獨向昭潭制惡龍。

【注】

〔昭潭〕水經注：湘水逕昭山西，山下有旋泉，深不可測，故言昭潭，無底也。亦謂之湘州潭。

〔惡龍〕王維詩：薄暮空潭曲，安禪制毒龍。趙殿成注引涅槃經，但我住處有一毒龍，其性暴急，恐相危害。毒龍宜作妄心譬喻，猶所謂心馬情猴者。可以移詮此詩。

送慧則法師上都因呈廣宣上人 并引 師精浄名經。

佛示滅後，大弟子演聖言而成經，傳心印曰法，承法而能專曰宗，由宗而分教曰支，坐而攝化者，勝義皆空之宗也。行而宣教者，摧破邪山之支也。釋子慧則，生於像季，思濟刼濁，乃學於一支，開彼羣迷。以爲盡妙理者莫如法門，變凡夫者莫如佛土，悟無染者莫如散花。故業于浄名，深達實相。自京師涉漢沔，歷鄢郢，登衡湘，聽徒百千，耳感心化，法無住，道行而歸。顧予有社内之因，故言别之日，愛緣瞥起。時也秋盡，詠江淹雜擬以送之。前見宣上人，爲我多謝。

昨日東林看講時，都人象馬蹋瑠璃。雪山童子應前世；金粟如來是本師。一錫言歸九城路；三衣曾拂萬年枝。休公久别如相問，楚客逢秋心更悲。

【校】

〔題〕崇本、明鈔本、英華、全唐詩師下均有歸字，是。按：此必校者不知唐人稱長安爲上都而誤删。

〔曰支〕紹本、中山集支均作友，下同。崇本惟摧破邪山之支句作友。

〔刼濁〕鐖本濁下注云：一作溺，全唐詩與一作同。

〔佛土〕紹本土作士。

〔衡湘〕紹本、崇本、畿本衡均作熊，畿本注云：一作衡。
〔多謝〕全唐詩多作致。
〔東林〕全唐詩林下注云：一作鄰。
〔象馬〕全唐詩象下注云：一作乘，英華與一作同。
〔三衣〕全唐詩衣下注云：一作年，英華與一作同，誤。

【注】

〔像季〕二字未詳，文選王簡棲頭陀寺碑云，正法既没，像教陵夷，似無據此稱像季之理，俟考。
〔散花〕維摩詰經時維摩詰室有一天女，見諸大人，聞所説法，便現其身，即以天花散諸菩薩大弟子上。花至諸菩薩，即皆墜落，至大弟子，便著不墜，一切弟子，神力去花，不能令去。
〔浄名〕浄名經義鈔：梵語維摩詰，此云浄名。按：浄者清浄無垢，名者聲名遠播也。
〔東林〕高僧傳：沙門慧永居在西林，與慧遠同門舊好，遂要同上，永謂刺史桓伊曰：遠公方當弘道，今徒屬已廣，而來者方多，貧道所棲褊狹，不足相處奈何？桓乃爲遠復於山東更立房殿，即東林是也。
〔雪山童子〕按佛入雪山修行，故謂佛爲雪山童子。釋氏要覽：智度論云：梵語鳩摩羅迦，秦言童子。
〔金粟如來〕浄名經義鈔：梵語維摩詰，此云浄名。般提之子，母名離垢，妻名金械，男名善思，女名月上，過去成佛，號金粟如來。

〔三衣〕按圖覺經，一曰僧伽梨，即大衣也，二曰鬱多羅僧，即七條也，三曰安陀會，即三條也。詩云：三衣曾拂萬年枝，謂慧則本自京師來，今復入京也。

【箋證】

按：此詩自是禹錫在朗州時所作，故有楚客逢秋之句。小引文格頗似李白，乃集中之又一體。

秋日過鴻舉法師寺院便送歸江陵 并引

梵言沙門，猶華言去欲也。能離欲則方寸地虚，虚而萬景入，入必有所泄，乃形乎詞。詞妙而深者，必依於聲律。故自近古而降，釋子以詩名聞於世者相踵焉。因定而得境，故翛然以清。由慧而遣詞，故粹然以麗。信禪林之蘤萼，而誡河之珠璣耳。初鴻舉學詩於荆郢間，私試竊詠，發於餘習。蓋榛楛之翠羽，弋者未之盼焉。今年至武陵，二千石始奇之，有起予之歎。以方袍親絳紗者十有餘句，繇是名稍聞而蓺愈變。閏八月，余步出城東門謁仁祠，而鴻舉在焉，與之言移時，因告以將去。且曰：「貧道雅聞東諸侯之工爲詩者莫若武陵，今幸承其話言，如得法印，寶山之下，宜有所持。豈徒衣裓之中衆花而已？」余聞是説，乃叩商而吟，成一章，章八句。郡守以坐嘯餘詠激清徵而應之，師其行乎！足以資一時中之學矣。

看畫長廊徧，尋僧一逕幽。小池兼鶴浄，古木帶蟬秋。客至茶煙起，禽歸講席收。浮杯明日去，相望水悠悠。

【校】

〔題〕明鈔本陵下有詩字。

〔寺院〕崇本無寺字。

〔翛然〕崇本翛作脩。

〔竊詠〕崇本竊作切。

〔發於〕崇本無於字。

〔盼焉〕紹本、畿本、全唐詩盼均作眄。

〔而吟〕崇本重而字，非，蓋當重吟字。

〔餘詠〕崇本無詠字。

〔時中〕崇本、全唐詩無中字，畿本注云：一無中字。

〔看畫〕畿本、全唐詩看下均注云：一作學。

【注】

〔沙門〕四十二章經：辭親出家，識心達本，解無爲法，名曰沙門。

〔仁祠〕釋門正統：精舍所踞，號曰仁祠。按：釋迦義譯爲能仁，故佛寺亦稱仁祠。

〔法印〕法華經譬喻品：我此法印，爲欲利益世間故説。

〔坐嘯〕後漢書黨錮傳：汝南太守宗資任功曹范滂，南陽太守成瑨亦委功曹岑晊。二郡爲謡曰：汝南太守范孟博，南陽宗資主畫諾，南陽太守岑公孝，弘農成瑨但坐嘯。

〔浮杯〕法苑珠林：西晉杯度嘗寄宿一家，家有金像，杯度晨興輒持而去。主人策馬追之，度自徐行，而騎走不及。及河，乘一小杯以渡孟津。因號曰杯渡。

【箋證】

按：此文中有「閏八月」一語，據憲宗紀，有閏八月者爲元和九年（八一四），其時禹錫亦將去朗州矣。所云二千石，即朗州刺史竇常。與本集卷二十四竇朗州見示與澧州元郎中早秋贈答命同作一詩是同時所作。然鴻舉自江陵至朗州，安得以朗州刺史爲東諸侯？殊不可解。詩意專從遊寺著筆，蓋亦於其人有所不足而勉强酬應者。

重送鴻舉赴江陵謁馬逢侍御

西北秋風彫蕙蘭，洞庭波上碧雲寒。茂陵才子江陵住，乞取新詩合掌看。

【校】

〔題〕絶句作送僧赴江陵謁馬逢侍御。

【箋證】

按：馬逢當是荆南節度使府之幕僚帶憲銜者。茂陵才子謂司馬相如，唐人常省稱司馬爲馬，然以司馬相如比馬逢，終未免牽强。鴻舉蓋猶以前詩爲未足，復乞一詩以爲竿牘，游僧之習氣如此。元稹集中有送東川馬逢侍御使回詩云：「風水荆門闊，文章蜀地豪。眼青賓禮至，眉白衆情高。……詞鋒倚天劍，學海駕雲濤。……旋吟新樂府，便續古離騷。」亦以能詩譽馬，與此詩語意相合。元詩編在貶江陵士曹時，蓋其人本在東川幕府而暫住江陵。

送僧方及南謁柳員外 并引

九江僧方及既出家，依匡山，一時中頗屬詩以攄思。古詩人曁今號爲能賦詩，有輒求其詞吟呻之，拳拳然多多益嗜。影不出山者十年。嘗登最高峯，四望天海，沖然有遠游之志。頓錫而言曰：神馳而形閡者，方内之徒。及吾無方，閡於何者？繇是耳得必目探之，意行必身隨之。雲遊鳥凸，無迹而遠。予爲連州，居無何而方及至，出裓中詩一篇以貺予，其詞甚富。留一歲，觀其行結矩如教，益多之。一旦以行日來告，且曰：「雅聞鳥味之下有賢諸侯，願躋其門，如蹈十地。敢乞詞以抵之。」予唯而賦，顧其有重請之色，起於顏間耳。

昔事廬山遠，精舍虎溪東。朝陽照瀑水，樓閣虹霓中。騁望羨游雲，振衣若秋蓬。舊房閉松月，遠思吟江風。古寺歷頭陀，奇峯攀祝融。南登小桂嶺，卻望歸塞鴻。衣裓貯文章，自言學雕蟲。搶榆念陵厲，覆簣圖穹崇。遠郡多暇日，有詩訪禪宫。石門崇峭絶，竹院含空濛。幽響滴巖溜，晴芳飄野叢。海雲懸颶母，山果屬狙公。忽憶吴興郡，白蘋正蔥蘢。願言挹風采，邈若窺華嵩。桂水夏瀾急，火山宵燄紅。三衣濡菌露，一錫飛煙空。勿謂翻譯徒，不爲文雅雄。古來賞音者，樵爨得孤桐。按狙公宜斥賦芧者，而越絶書有猿公，張衡賦南都有「猿父長嘯」之句，古文士又云玃父，繇是而言，謂猿爲父舊矣。

【校】

〔題〕明鈔本員外下有詩字。

〔賦詩〕各本均無詩字，結一本有，當删。

〔影不〕崇本影作願。

〔其詞〕崇本其上有視字。

〔行結〕崇本結作潔。

〔予唯〕崇本唯下有然字。

〔起於〕全唐詩起作見。

〔昔事〕全唐詩事下注云：一作日。

〔圖〕全唐詩注云：一作而。

〔有詩〕崇本詩作時。

〔崇峭〕紹本、崇本、中山集崇作聳。全唐詩作聳，注云：一作崇。

〔狙公〕全唐詩狙下注云：一作猨。

〔夏瀾〕明鈔本瀾作潤。

〔宵餤〕紹本宵作消，全唐詩注云：一作燒。

〔菌〕紹本、崇本、中山集均作菵。

〔南都〕按：此乃左思吴都賦語，南字誤。

〔父長嘯之句〕崇本作父哀吟。下無「古文士又云權父」七字。

【注】

〔十地〕楞嚴經，是善男子，於大菩提，善得通達，覺通如來，盡佛境界，名歡喜地。異性入同，同性亦滅，名離垢地。浄極明生，名發光地。明極覺滿，名餤慧地。一切同異，所不能至，名難勝地。無爲真如，性浄明露，名現前地。盡真如際，名遠行地。一真如心，名不動地。發真如用，名善慧地。是諸菩薩從此已往，修習畢功，功德圓滿，亦目此地。名修習位，慈陰妙雲，覆涅槃海，名法雲地。華嚴經：一切佛法，皆以十地爲本，十地究竟，修行成就，得一切智。

〔虎溪〕廬山記：惠遠居廬山東林寺，送客不過溪，過此，虎輒號鳴。一日，與陶潛、道士陸修静共話，不覺踰之，虎輒驟鳴，三人大笑而別，後建三笑亭。

〔颶母〕通雅：天文：颶言東西南北之風皆具也，春夏秋之交見斷虹狀，名颶母。

〔狙公〕莊子齊物論：狙公賦芧，曰：朝三而暮四。衆狙皆怒。曰：然則朝四而暮三。衆狙皆悦。名實未虧而喜怒爲用，亦因是也。

【箋證】

按：文中既云「予爲連州，居無何而方及至」，又云「留一歲」，則當爲元和十一年（八一六）所作。詩中自注，釋狙公即猿父，不指養狙之人，可見禹錫精於用字，下筆不苟。但陸德明經典釋文已引李曰：老狙也。説不始於禹錫。

贈日本僧智藏

浮杯萬里過滄溟，偏禮名山適性靈。深夜降龍潭水黑，新秋放鶴野田青。身無彼我那懷土？心會真如不讀經。爲問中華學道者，幾人雄猛得寧馨？

【校】

〔性靈〕英華、全唐詩俱作舊扃。

〔浮杯〕崇本浮作深。

【箋證】

按：此詩雖無時地可考，據編詩之次第及詩中遍禮名山一語，似是在連州時作。

〔寧馨〕馬永卿嬾真子云：「山濤見王衍曰：何物老嫗，生寧馨兒！寧作去聲，馨音亨，今南人尚言之，猶恁地也。宋前廢帝悖逆，太后怒，語侍者曰：將刀來剖我腹，那得生寧馨兒！此兩寧馨同爲一意。」丹鉛總録一五：「寧馨馨字，晉人以爲語助辭。王衍傳：何物老嫗，生寧馨兒！世説：劉真長語桓温曰：使君如馨地，寧或鬬戰求勝？王導與何次道語，舉手指地曰：正自爾馨！王朝之雪中詣王螭，持其臂，螭撥其手曰：冷如鬼手馨，强來捉人臂！劉惔譏殷浩曰：田舍兒强學人作爾馨語。合此觀之，其爲語辭了然。唐劉禹錫詩：幾人雄猛得寧馨，得晉人語意矣。」容齋隨筆四略同。翟灝通俗編則云：「容齋隨筆：寧馨字，晉宋間人語助耳。今吴人語多用寧馨爲問，猶言若何耳。王若虚雜辨：容齋引吴語爲證是矣，而云若何，則義未允。惟（城陽居士）桑榆雜録云：寧猶言如此，馨語助也。此得其當。按山濤謂王衍：何物老嫗，生寧馨兒！宋廢帝母王太后疾篤，怒帝不往視謂侍者取刀來，蒡視我腹，那得生寧馨兒！南唐陳貺五十方娶，曰：僕少處山谷，莫預世事，不知衣裙下有寧馨事。詳審諸語，則雜録爲的是。……（今按以上爲翟氏略引王氏語，而又雜以己語，王氏原文見滹南遺老集三二。）又寧字應讀去聲如甯。張謂詩：家無阿堵物，門有寧馨兒。蘇軾詩：六朝人物（澊南遺老集人物作興廢）餘丘隴，空使英雄笑寧馨。可證。劉禹錫詩：爲問中華學道者，幾人雄猛得寧馨。恐誤。」翟氏之言如此，然王氏於劉詩則謂平仄雖殊，其義一也。較爲平允通達。前人辨寧馨二字者甚多，如吴曾漫録，已爲王氏所斥，不復録。要之，唐人於六朝語尚以時相接，語相通，不致誤用，不似宋人之多臆説。

贈眼醫婆羅門僧

三秋傷望遠，終日泣途窮。兩目今先暗，中年似老翁。看朱漸成碧，羞日不禁風。師有金篦術，如何爲發蒙？

【校】

〔望遠〕全唐詩作望眼，注云：一作遠望。

〔泣〕全唐詩作哭，注云：一作泣。

〔似老〕崇本似作已。

〔發蒙〕崇本蒙作矇。

【箋證】

按：隋書經籍志有西域名醫所集要方四卷，婆羅門諸仙藥方二十卷，婆羅門藥方五卷。知婆羅門醫術傳至中國久矣。龍樹菩薩藥方亦有論眼疾者。黃鶴注杜詩引法苑珠林：「後周張元，其祖失明，元讀經然燈，夢一翁以篦療之，後三日果痊。涅槃經：如目盲人爲治目，故造諸良醫，即以金篦刮其眼膜。」所謂金篦術，自是一種醫療法，而法苑珠林以迷信闌入之。據此詩之意，禹錫患眼在中年，當是在朗州時，後此未聞復有眼疾，蓋得此醫而竟愈矣。

海陽湖別浩初師 并引

瀟湘間無土山，無濁水，民乘是氣，往往清慧而文。長沙人浩初生既因地而清矣，故去葷洗慮，剔顛毛而壞其衣。居一都之殷，易與士會，得執外教，盡捐苛禮。自公侯守相，必賜其清閒。耳目灌注，習浮於性。而里中兒賢適與浩初比者，嬰冠帶，豢妻子，吏得以乘陵之。汩没天慧不得自奮，莫可望浩初之清光於侯門上坐，第自吟羨而已。浩初益自多其術，尤勇於近達者而歸之。往年之臨賀唁侍郎楊公，留歲餘，公遺以七言詩手筆於素。前年省柳儀曹於龍城，又爲賦三篇，皆章書。今復來連山，以前所得雙南金出於褫，亟請予賡之。按師爲詩頗清，而弈棊至第三品，二道皆足以取幸於士大夫，宜薰餘習以深入也。會吴郡以山水冠世，海陽又以奇甲一州，師慕道，於泉石宜篤，故攜之以嬉，及言旋，復引與共載於湖上，弈於樹石間，以植沃州之因緣，且賦詩具道其事。

近郭有殊境，獨遊常鮮懽。逢君駐錙錫，觀兒稱林巒。湖滿景方霽，野香春未闌。愛泉移席近，聞石輟棊看。風止松猶韻，花繁露未乾。橋形出樹曲，巖影落池寒。湘東架險凡四橋，山下出泉，逗嵒爲池，泓澄可愛者不可徧舉，故狀其境以貽好事。别路千嶂裏，詩情暮雲端。他年買山處，似此得隳官。

【校】

〔題〕浩初，結一本作涉初，誤。

〔而文〕明鈔本而下有妙字。

〔清閒〕崇本、全唐詩均作清問，畿本閒下注云：一作問。按：清問出書呂刑「皇帝清問下民」，恐非唐之臣子所敢用，以作閒爲是。

〔宜篤〕崇本宜下有爲字，全唐詩宜作爲。

〔且賦詩〕全唐詩且作宜。

〔有殊境〕全唐詩有作看，注云：一作有。

〔觀皃〕紹本皃作白，崇本作貌，是。按：皃即古貌字，形壞而誤作白字耳。明鈔本作見，似亦誤。

〔未乾〕全唐詩未下注云：一作晚，紹本與一作同。

〔湘東〕崇本湘作湖。

〔嶂裏〕全唐詩注云：一作峰外。

〔似此得〕紹本、崇本得均作則。

【箋證】

按：文中有云：「前年省柳儀曹於龍城，又爲賦三篇，皆章書。」檢柳集涉浩初者有文一，詩二。其送僧浩初序云：「儒者韓退之與余善，嘗病余嗜浮圖言，訾余與浮圖遊。近隴西李生礎自東都來，退之又寓書罪余，且曰：見送元生序，不斥浮圖。浮圖誠有不可斥者，往往與易、論語合，誠樂之，其於性情奭然不與孔子異道，退之好儒未能過揚子，揚子之書於莊、墨、申、韓皆有取焉。浮圖者，反不及莊、墨、申、韓之怪僻險賊耶？曰以其夷也。果不信道而斥焉以夷，則將友惡來、盜跖而賤季札、由余乎？非所謂去名求實者矣。吾之所取者與易、論語合，雖聖人復生不可得而斥也。退之所罪者其跡也，曰髡而緇，無夫婦父子，不爲耕農蠶桑而活乎人，若是雖吾亦不樂也。退之忿其外而遺其中，是知石而不知韞玉也。吾之所以嗜浮圖之言以此，與其人遊者，未必能通其言也。且凡爲其道者，不愛官，不争能，樂山水而嗜閑安者爲多。吾病世之逐逐然唯印組爲務以相軋也，則舍是其焉從？吾之好與浮圖遊以此。今浩初閑其性，安其情，讀其書，通易、論語，唯山水之樂，有文而文之，又父子咸爲其道以養而居，泊焉而無求，則其賢於爲莊、墨、申、韓之言而逐逐然唯印組爲務以相軋者，其亦遠矣。李生礎與浩初又善，今之往也，以吾言示之，因北人寓退之，視何如也。」其與浩初上人同看山寄京華親故詩云：「海畔尖山似劍鋩，秋來處處割愁腸。若爲化得身千億，散上峰頭望故鄉。」其浩初上人見貽絶句欲登仙人山因以酬之詩云：「珠樹玲瓏隔翠微，病來方外事多違。仙山不屬分符客，一任凌空錫杖飛。」宗元之言如此，似隱刺宦途中人之貪妬卑劣。禹錫之文亦似於浩初有微詞。所謂「益自多其術，尤勇於近達者而歸之」，又以詩棋二道爲足以取幸於士大夫，蓋明其人爲江湖遊客耳。

〔海陽湖〕輿地紀勝云：「海陽湖在桂陽縣東北二里。唐大曆初，道州刺史元結到此，雅好山水，修創林洞，通小舟遊泛。刺史劉禹錫重修。」參見外集卷八海陽湖雜詠。

〔侍郎楊公〕侍郎楊公謂楊憑，舊唐書一四六、新唐書一六〇均有傳。傳云：「舉進士，累佐使府，徵爲監察御史，不樂檢束，遂求免。累遷起居舍人、左司員外郎、禮部、兵部郎中、太常少卿、湖南、江西觀察使，入爲左散騎常侍、刑部侍郎。……元和四年（八〇九），拜京兆尹，爲御史中丞李夷簡劾奏憑前爲江西觀察使贓罪及他不法事，勑付御史臺覆按。……詔曰：楊憑頃在先朝，委以藩鎮，累更選用，位列大官。近者憲司奏劾，暴揚前事，計錢累萬，曾不報聞，蒙蔽之罪，於何逃責？又營建居室，制度過差，侈靡之風，傷我儉德。以其自尹京邑，人頗懷之。將議刑書，是加愍惻。宜從遐譴，以誡百僚。可守賀州臨賀縣尉同正，仍馳驛發遣。先是憑在江西，夷簡自御史出官在巡屬，憑頗疎縱，不顧接之，夷簡常切齒。」憑貶臨賀在元和四年（八〇九），禹錫此文云：浩初先謁憑於臨賀，留歲餘，繼謁柳宗元於柳州，其間相去殆七八年，必尚逗留他處，故文云往年又云前年，非自賀州即往柳州也。柳集中祭楊憑詹事文云：「顛沛三載，天書乃徵。」此三年中，憑又曾任杭州長史，其在賀州，時亦非甚久可知，宗元爲憑之從子壻，故浩初以此因緣遨遊於劉、柳之間耳。

〔沃州〕白居易有沃洲山禪院記云：「沃洲山在剡縣南三十里，禪院在沃洲山之陽，天姥岑之陰，南對天台，而華頂、赤城列焉。北對四明，而金庭、石鼓介焉。……東南山水越爲首，剡爲面，沃洲、天姥爲眉目。夫有非常之境，然後有非常之人棲焉。晉、宋以來，因山洞開，厥初有羅漢僧西天竺人白道猷居焉。次有高僧竺法潛、支道林居焉。次又有乾、興、淵、支、遁、開、威、蘊、崇、實、光、識、斐、藏、濟、度、逞、印凡十八僧居焉。高士名人有戴逵、王洽、劉恢、許玄度、殷融、郗超、孫綽、桓彦表、王敬仁、何次道、王文度、謝長霞、袁彦伯、王蒙、衛玠、謝萬石、蔡叔子、王羲之凡十八人，或遊焉，或止焉。」

觀棊歌送儇師西遊

長沙男子東林師，閒讀蓺經工弈棊。有時凝思如入定，暗覆一局誰能知？今年訪予來小桂，方袍袖中貯新勢。山城無事愁日長，白晝懵懵眠匡牀。因君臨局看鬭智，不覺遲景沈西牆。自從山人遇樵子，直到開元王長史。前身後身付餘習，百變千化無窮已。初疑磊落曙天星，次見搏擊三秋兵。雁行布陣衆未曉，虎穴得子人皆驚。行盡三湘不逢敵，終日饒人損機格。自言臺閣有知音，悠然遠起西遊心。商山夏木陰寂寂，好處裴回駐飛錫。忽思争道畫平沙，獨笑無言心有適。藹藹京城在九天，貴游豪士足華筵。此時一行出人意，賭取聲名不要錢。

【校】

〔來小桂〕此三字結一本作杖小拄，不可解，今依各本改。小桂者連州本由桂陽分出也。

〔新勢〕結一本作新藝，據紹本、崇本、全唐詩改。

〔山城〕全唐詩城作人。

〔愁〕崇本作秋，全唐詩作秋，注云：一作愁。

〔山人〕全唐詩山作仙，注云：一作山。

〔無窮〕全唐詩注云：一作看不。

〔損機〕纖本損作捐，非。

〔商山〕英華商作高。

〔晝〕全唐詩注云：一作盡。

〔豪士〕英華豪作華。

【箋證】

按：前人之評此詩者，苕溪漁隱叢話一二云：「夢得觀棋歌云：初疑磊落曙天星，次見搏擊三秋兵。雁行布陣衆未曉，虎穴得子人皆驚。予嘗愛此數語，能模寫奕棋之趣，夢得必高於手談也。」觀海陽湖別浩初師詩有「弈於樹石間」一語，禹錫誠爲能棋者無疑。

〔王長史〕薛用弱集異記云：玄宗南狩，百司奔赴行在，翰林善圍棋者從焉。謂王積薪也。稱爲王長史，未知何據。李遠有贈寫御容李長史詩，疑翰林供奉得除王府長史官以食其俸，因以爲泛稱。

贈別約師 并引

荆州人文約，市井生而雲鶴性，故去葷爲浮圖，生瘖而證，入興南，抵六祖始生之墟，得遺教甚悉。今年訪余于連州，且曰：「貧道昔浮湘川，會柳儀曹謫零陵，宅于佛寺，幸聯棟而居者有年，繇是時人大士得落耳界。」夫聞爲見因，今日之來曩時之因耳。時儀曹牧柳州，與八句贈別。

師逢吴興守，相伴住禪扃。春雨同栽樹，秋鐙對講經。廬山曾結社，桂水遠揚舲。話舊還惆悵，天南望柳星。

【校】

〔生瘖〕崇本瘖作悟。

〔興南〕紹本、中山集興作與，崇本、全唐詩無此字。按：此處句讀疑。

〔時儀曹〕崇本時作今。

〔吴興守〕全唐詩守下注云：一作寺。按：吴興守謂柳渾，以切柳宗元之姓。

〔秋燈〕全唐詩燈下注云：一作風。

【箋證】

按：韓愈集有和歸工部送僧約詩云：「早知皆是自拘囚，不學因循到白頭。汝既出家還擾擾，何人更得死前休？」舊注云：「工部，歸登也。約，荆州人。詳見劉夢得集。」此詩序云「約市井生而雲鶴性」，蓋與韓皆不甚許之之詞。其人既與柳宗元同居永州佛寺有年，今復往謁之於柳州，而柳集中未嘗涉及。

送鴻舉師遊江南　并引

始余適朗州，爾時是師振麻衣，斐然而前，持文篇以爲僧贄。唧唧而清，如蟲吟秋。自然之響，無有假合。有足佳者，故爲賦二章以聲之。距今年過于建平，赤譔益蓄，文思益深，而内外學益富。既訊已，探裓中出前所與詩閲之，紙勞墨瘁，與我同來。因思夫苒苒之光，渾渾之輪。時而言，有初中後之分，日而言，有今昨明之稱，身而言，有幼壯艾之期。乃至一謦欬，一彈指，中際皆具。何必求三生以異身邪？然而視予之文，昔與今有莛楹之别，視余之書，昔與今有鈞石之懸，視余之仕，昔與今乃唯阿之差耳。豈有工拙之數存乎其間哉？蓋可勉而進者與日月而至矣。彼儻來外物，雖日月無能至焉。是歲師告余遊江西，復爲賦七言以爲遊地爾。

禪客學禪兼學文，出山初似無心雲。從風卷舒來何處？繚繞巴山不得去。山州古寺好閒居，讀盡龍王宫裏書。使君灘頭揀石硯，白帝城邊尋野蔬。忽然登高心瞥起，又欲浮杯信流水。煙波浩渺魚鳥情，東去三千三百里。荆門峽斷無盤渦，湘平溪闊清光多。廬山霧開見瀑布，江西月浄聞漁歌。鍾陵八郡多名守，半是西方社中友。與師相見便談空，想得高齋師子吼。

【校】

〔題〕崇本南作西。

〔二章〕崇本二作三。

〔過于〕紹本、崇本、全唐詩過均作遇。

〔同來〕崇本來作容。

〔乃至〕崇本二字乙。

〔莛楹〕崇本莛作筵，誤。按：莛楹對舉，見莊子齊物論。

〔之懸〕崇本之下有相字。

〔今乃〕崇本無乃字。

〔何處〕紹本、崇本作處處。

〔巴山〕英華山作江。

〔山州〕全唐詩注云：州一作川。

〔魚鳥情〕畿本情作憐，注云：一作情。

〔三百〕崇本三作二，誤。

〔溪闊〕紹本、崇本、中山集、英華、全唐詩溪均作漢。

〔八郡〕紹本郡作部。

〔想得高齋〕全唐詩注云：一作竚聽高聲。

【注】

〔唯阿〕老子：唯之與阿，相去幾何。文意言己之文與書皆有所進，而仕宦則依然故我，此時爲夔州刺史，猶未得善地也。

〔三千三百里〕古樂府懊儂歌：江陵去揚州，三千三百里，已行一千三，所有二千在。

〔師子吼〕楞嚴經：富樓那云：世尊知我，有大辯才，以聲音輪，教我發揚，我於佛前，助佛轉輪，因獅子吼，成阿羅漢。

【箋證】

按：鴻舉已見前，彼時禹錫方在朗州，此則復遇之於夔州也。是時爲江西觀察使者當是王仲舒。小引云：「師告余遊江西。」題中江南二字似爲江西之誤。

送霄韻上人遊天台

曲江僧向松江見，又道天台看石橋。鶴戀故巢雲戀岫，比君猶自不逍遥。

【校】

〔題〕崇本霄作宵，畿本、全唐詩注云：一作竇，英華與一作同，絶句全題作送僧遊天台。

〔比君〕英華比作此。

【箋證】

按：詩云：「鶴戀故巢雲戀岫，比君猶自不逍遥。」此反言以譏遊僧。曲江之僧既往吴又往越，何雲鶴之可言？即韓愈所謂「汝既出家還擾擾」之意。

送義舟師卻還黔南 并引

黔之鄉在秦楚爲争地。近世人多過言其幽荒以談笑，聞者又從而張皇之。猶夫束蘊逐原燎，或近乎語妖。適有沙門義舟道黔江而來，能畫地爲山川，及條其風俗纖悉可信。且曰：「貧道以一錫遊他方衆矣，至黔而不知其遠。始遇前節使而聞，今節使益賢而文，故其佐多才士。摩圍之下，曳裾秉筆，彬然與兔園同風。番僧以外學嗜篇章，時或攝衣爲末坐客。其來也約主人乘秋風而還，今乞詞以颾之。如捧意珠，行住坐卧，知相好耳。」余曰唯。命筆爲七言以應之。

黔江秋水浸雲霓，獨泛慈航路不迷。猿狖窺齋林葉動，蛟龍聞咒浪花低。如蓮半偈心常悟，問菊新詩手自攜。常説摩圍似靈鷲，卻將山屐上丹梯。

【校】

〔聞者〕崇本聞作問。

〔節使〕崇本使作度。

〔而聞〕崇本聞作問。

〔番僧〕紹本、全唐詩番均作蕃，崇本作貧。

〔末坐〕紹本、中山集、全唐詩坐均作至。

〔浸〕紹本作侵，誤。

〔問菊〕崇本問作聞，英華作悶，注云：集作問。

【注】

〔意珠〕楞嚴經：如人於自衣繫如意珠，不自覺知。窮露他方，乞食馳走，忽有智者，指示其珠，所願遂心，致大饒富，方悟神珠，非從外得。

〔靈鷲〕即佛經中之耆闍崛。西域記云：摩竭陀國之正中名上茅城，五山周圍如城郭，是爲摩竭陀國之舊都，自此東北四五里有王舍城，毗婆娑羅王之新都也，自此東北十里，靈鷲山在焉。即五山中之最高者。

【箋證】

按：文中言「今節使益賢而文」，當是指竇羣。羣爲黔中觀察使是元和三年（八〇八）至六年（八一一）事，禹錫方在朗州。

〔摩圍〕清一統志：「摩圍山在四川彭水縣西隔江四里。」

送景玄師東歸 并引

廬山僧景玄袖詩一軸來謁，往往有句輕而遒。如鶴雛襹褷，未有六翮，而步舒視遠，戞然一唳，乃非泥滓間物。獻詩已，斂衽而辭，且曰：「其來也與故山秋爲期。夫丐者僧事也，今無他請，唯文是求。」故賦一篇以代瓔珞耳。

東林寺裏一沙彌，心愛當時才子詩。山下偶隨流水出，秋來卻赴白雲期。灘頭躡屐挑沙菜，路上停舟讀古碑。想到舊房拋錫杖，小松應有過檐枝。

【校】

〔題〕畿本玄作元，下同。明鈔本歸下有詩字。

〔一軸〕全唐詩軸作輻。

【注】

〔瓔珞〕法華經普門品：解頸上衆寶珠瓔珞，價值百千兩金而以與之。

〔沙彌〕法華義疏云：沙彌，此云息惡行慈。玄應音義云：梵言室末拏伊洛迦，此云勞之小者也。亦言息慈，謂息惡行慈，義譯也。舊言沙彌者，訛略也。

【箋證】

按：此僧之詩固不足道者，而禹錫贈句乃雋逸乃爾，其人藉此得傳矣。引中云今無他請，唯文是求，可見當時遊僧處處乞布施，有應接不暇之苦。

送元曉上人歸稽亭

重疊稽亭路，山僧歸獨行。遠峯斜日影，本寺舊鐘聲。徒侶問新事，煙雲含別情。應誇乞食處，躡徧鳳凰城。

【校】

〔元曉〕畿本曉下注云：一無曉字。全唐詩作元，注云：一作元曉。

〔含別〕全唐詩含作愴，注云：一作含。

【箋證】

按：此僧必尤無可取，末句頗寓調侃。

送惟良上人 并引

以貌窺天者，曰乾然健，單于然而高，以數迎天者，曰其用四十有九。天果以有形而不能脱乎數。立象以推筴，既成而遺之。古所謂神交造物者，非空言耳。軒皇受天命，其佐皆聖人，故得之。惟唐繼天，德如黄帝，有外臣一行，亦聖之徒。與刊曆考元，書成化去。今丹徒人惟良生而能知，非自外求。以乾坤之筴當十期之數。凝神運指，上感躔次，視玄黄溟涬，無倪有常，絶機泯知，獨以神會。數起於復之初九，音生乎黄鍾之宫。積微本隱，言與化合乎天人之數，極而含變，變而靡不通。神趨鬼懾，不足駭也。惟良得一行之道，故亦慕其爲外臣。謬謂余爲世間聰明，孑孑來訪，初以説合，至于不言。言息而理冥，復申之以嗟歎。曰：師其庶幾乎！信神與之而不能測神之所以付，信術通之而不能知術之所以洩哉！余聞乎曾井蛙醯雞之不若也。長慶四年冬十一月甲子語至夜艾，遂爲詩以志焉。

高齋灑寒水，是夕山僧至。玄牝無關鎖，瓊書捨文字。鐙明香滿室，月午霜凝地。語到不言時，世間人盡睡。

【校】

〔題〕明鈔本人下有詩字。

〔乾然健單于然而高〕崇本然下有而字，下單字無。

〔迎天〕崇本迎作逆。

〔外求〕崇本求作來。

〔言與〕崇本二字乙。

〔合乎〕紹本、崇本、全唐詩乎均作夫。

〔洩哉〕紹本、崇本、全唐詩洩作淺，崇本上有至字，淺字屬下讀。

〔灑〕全唐詩注云：一作映。

〔捨文字〕畿本、全唐詩捨下注云：一作拾，英華與一作同。

〔盡睡〕畿本盡下注云：一作人，全唐詩注云：一作自，英華作自。

【注】

〔單于然〕按漢書匈奴傳，單于者廣大之貌也，言其象天單于然也。或無單字者，蓋校者不知出處而臆删。

〔一行〕開天傳信録：「釋一行，姓張氏，鉅鹿人，邢和璞嘗曰：漢洛下閎造大衍曆，云：後八百歲當差一日，則有聖人定之，今年期畢矣，而一行正其差謬，閎之言驗矣。」按：一行，唐高僧，張公瑾之孫，精通曆數天文。

【箋證】

按：本卷送僧詩以在朗州時所作爲多，此篇注明長慶四年（八二四）冬十一月，則禹錫初至和州時也。在朗州所作，雖聊以資應酬，然詩多工妙，蓋遷謫中姑以自遣耳。

送元簡上人適越

孤雲出岫本無依，勝境名山即是歸。久向吴門遊好寺，還思越水洗塵機。浙江濤驚師子吼，稽嶺峯疑靈鷲飛。更入天台石橋路，垂珠璀璨拂三衣。

【校】

〔勝境〕全唐詩境下注云：一作景。

〔濤驚〕按：驚當作警。

〔石橋路〕籤本路下注云：一作去，全唐詩作去，注云：一作路。

〔三衣〕英華三作山，誤。

送宗密上人歸南山草堂寺因詣河南尹白侍郎

宿習修來得慧根，多聞第一卻忘言。自從七祖傳心印，不要三乘入便門。東泛滄江尋古跡，西歸紫閣出塵喧。河南白尹大檀越，好把真經相對翻。

【校】

〔題〕紹本堂作屋，全唐詩作詣，注云：一作詣。

〔滄江〕全唐詩江下注云：一作浪。

〔塵喧〕明鈔本喧作寰，誤。

【注】

〔七祖〕傳燈録：初祖達摩至六祖慧能，以法及衣相傳，自七祖以後不傳衣。又河津神會禪師，於天寶四載入京，著顯宗記，以訂兩宗，南能頓宗，北秀漸宗也。師嗣六祖，禪宗推爲七祖。

〔三乘〕謂聲聞、緣覺、菩薩三乘，聲聞以四諦爲乘，緣覺以十二因緣爲乘，菩薩以六度爲乘。

【箋證】

按：宗密爲大和中名僧，所著禪源諸詮集等書見新唐書藝文志。與李訓爲友，甘露之變，能守正不移（詳見附録），其爲人頗與當時政局有關可知。此詩爲大和五年（八三一）冬禹錫在長安尚未赴蘇州時所作，以白居易大和三年（八二九）罷刑部侍郎，是年正爲河南尹，過此以往，禹錫即出京矣。

〔紫閣〕張禮遊城南記：「圭峯紫閣，粲在目前。」注曰：「圭峯紫閣在（終南山）祠之西，圭峯下有草堂寺。……紫閣之陰即渼陂，杜詩：紫閣峯陰入渼陂，是也。」

附録一　唐圭峯草堂寺宗密傳（高僧傳三集六）

釋宗密姓何氏，果州西充人也，家本豪盛，少通儒書，欲干世以活生靈，負俊才而隨計吏。元和二年（八〇七），偶謁遂州圓禪師，圓未與語，密欣然而慕之，乃從其削染受教。此年進具於拯律師，尋謁荆南張，張曰：汝傳教人也，當宣導於帝都。復見洛陽照禪師，照曰：菩薩人也，誰能識之？末見上都華嚴觀，觀曰：毗盧華嚴能隨我遊者，其惟汝乎！初在蜀，因齋次受經，得圓覺十二章，深達義趣，誓傳是經。在漢上，因病僧付華嚴句義，未嘗肄習，即爾講之。……密累入内殿，問其法要。大和二年（八二八）慶成節，徵賜紫方袍，爲大德，尋請歸山。會昌元年（八四一）正月六日，坐滅於興福塔院，儼若平日，容貌益悦，七日遷於函。其自證之力可知矣。……俗齡六十二，僧臘三十四，遺誡令舁尸施鳥獸，焚其骨而散之，勿塔，勿得悲募以亂禪觀。每清明上山，必講道七日而後去。其餘住持儀則，當合律科，違者非吾弟子。初，密道既芬馨，名惟烜赫。内衆慕羶既如彼，朝貴答響又如此。當長慶、大和已來，中官立功執政者孔熾，内外猜疑，人主危殆。時宰臣李訓酷重於密，及開成

（按當作大和）中，僞甘露事發，中官率禁兵五百人出閤，所遇者一皆屠戮。時王涯、賈餗、舒元輿方在中書會食，聞難作，奔入終南投密，唯李訓欲求翦髮匿之，從者止之。訓改圖趨鳳翔。（按通鑑二四五：李訓素與終南僧宗密善，往投之，宗密欲剃其髮而匿之，其徒不可，訓出山將奔鳳翔，爲盩厔鎮遏使宋楚所擒，械送京師，其他王涯、舒元輿皆爲禁兵所追獲，賈餗先逃後自首，非皆投宗密也。）時仇士良知之，遣人捕密入左軍，面數其不告之罪，將害之。密怡然曰：貧道識訓年深，亦知其反叛，然本師教法，遇苦即救，不愛身命，死固甘心。中尉魚弘志嘉之，奏釋其罪。朝士聞之，扼腕出涕焉。

附録二　白居易　贈草堂宗密上人詩

吾師道與佛相應，念念無爲法法能。口藏宣傳十二部，心臺照耀百千燈。盡離文字非中道，長住虛空是小乘。少有人知菩薩行，世間只是重高僧。

附録三　白居易　喜照密閑實四上人見過詩

紫袍朝士白髯翁，與俗乖疎與道通。官秩三回分洛下，交遊一半在僧中。臭帑世界終須出，香火因緣久願同。齋後將何充供養，西軒泉石北窗風。

劉禹錫集箋證卷第三十

哀挽悲傷三十八首

德宗神武孝文皇帝挽歌二首

出震清多難，乘時播大鈞。操弦調六氣，揮翰動三辰。運偶升天日，哀深率土人。瑤池無轍跡，誰見屬車塵？

鳳翣擁銘旌，威遲異吉行。漢儀陳祕器，楚挽咽繁聲。駐綍辭清廟，凝笳背直城。唯應留内傳，知是向蓬瀛。

【校】

〔駐綍〕結一本綍字誤從馬旁。

〔留内傳〕全唐詩留下注云：一作晉，非。

【箋證】

按：德宗於代宗初年以雍王爲天下兵馬元帥，平史朝義後，方立爲皇太子，故詩之首句云：「出震清多難。」舊唐書德宗紀論云：「天才秀茂，文思雕華，文雅中興，敻高前代。」嘗屢以詩賜臣下，故謚爲「神武孝文」，詩所云「揮翰動三辰」也。禹錫爲此詩或已在永貞政變以後，蓋德宗之葬在永貞元年（八〇五）十月也。

敬宗睿武昭愍孝皇帝挽歌三首

寶曆方無限，仙期忽有涯。事親崇漢禮，傳聖法殷家。晚出芙蓉闕，春歸棠棣華。玉輪今日動，不是畫雲車。

任賢勞夢寐，登位富春秋。欲遂東人幸，寧虞杞國憂？長楊收羽騎，太液泊龍舟。唯有衣冠在，年年愴月遊。

講學金華殿，親耕鉤盾田。侍臣容諫獵，方士信求仙。虹影俄侵日，龍髯不上天。空餘水銀海，長照夜燈前。

【校】

〔月遊〕崇本遊作秋，誤。

〔求仙〕全唐詩求下注云：一作遊。

【注】

〔月遊〕史記叔孫通傳：願陛下爲原廟渭北，衣冠月出游之。上乃詔有司立原廟。

〔金華殿〕漢書敍傳，班伯少受詩於師丹，大將軍王鳳薦伯宜勸學，召見宴昵殿，誦説有法，拜爲中常侍。時上方鄉學，鄭寬中、張禹朝夕入説尚書、論語於金華殿中，詔伯受焉。

〔鈎盾田〕漢書昭帝紀：上耕於鈎盾弄田。

〔諫獵〕漢書司馬相如傳：嘗從上至長楊獵，是時天子方好自擊熊豕，馳逐壄獸，相如因上疏諫。

按敬宗好深夜自捕狐狸，夜獵還宫，與宦官劉克明、軍將蘇佐明等擊毬飲酒，遂被害。下句虹影侵日已暗示其事。

〔水銀海〕漢書楚元王傳：秦始皇葬於驪山之阿，水銀爲江海，黄金爲梟鴈。

【箋證】

按：敬宗以寶曆二年（八二六）十二月遇害，事出非常，故詩云「仙期忽有涯」。「事親尊漢禮」者，謂尊其生母王氏爲皇太后，以漢文帝尊薄太后爲比也。「傳聖法殷家」者，謂中官王守澄等擁立敬宗之弟江王，是爲文宗也。敬宗廣宣索，耽宴遊，詩之第二三首託諷之意甚明。李商隱舊頓詩：「東人望幸久咨嗟」，可爲此詩「欲遂東人幸」句作注脚。馮浩注云：「舊書裴度傳：敬宗欲幸洛陽，宰相及兩省諫官論列，不聽，令度支員外郎盧貞檢計行宫及洛陽大内。會度自興元來，帝語及巡幸，度曰：國家營創兩都，蓋備巡幸，然自艱難以來，此事遂絶，宫闕營壘廨署悉多荒廢，亦須稍稍修葺，一年半歲後，方可議行。又朱克融、史憲誠各請以丁匠五千助修東都，帝遂停東幸。」所證甚確。

文宗元聖昭獻孝皇帝挽歌三首

繼體三才理，承顔九族親。禹功留海内，殷曆付天倫。調露曲長在，秋風詞尚新。本支方百代，先讓棣華春。

月落宫車動，風凄儀仗閒。路唯瞻鳳翣，人尚想龍顔。御宇方無事，乘雲遂不還。聖情悲望處，見日下西山。

享國十五載，升天千萬年。龍鑣仙路遠，騎吹禮容全。日下初陵外，人悲舊劍前。周南有遺老，掩淚望秦川。

【校】

〔秋風詞〕全唐詩詞下注云：一作調。

〔見日〕紹本、中山集見均作兒，是。説詳唐音癸籤。崇本、畿本作沉，全唐詩沉日下注云：一作見日，一作兒日，明鈔本作兒，但爲校者改作見。

【箋證】

按：開成五年（八四〇）正月，文宗暴卒，仇士良等矯詔廢太子成美，立潁王瀍，是爲武宗。宫闈劇變，沉寃莫白。詩云：「本支方百代，先讓棣華春。」乃慨歎文宗之受制於閹宦也。文宗紀，大和七年（八三三）八月詔，諸王自今年後相次出閤，授緊望以上州刺史佐，其十六宅諸縣主委吏部於選人中簡擇配匹。爲天寶以來之曠舉。所謂「承顔九族親」，亦非泛語也。禹錫自開成以後即以賓客分司東都，不復入長安矣，故末章有周南遺老之句。白居易詩云：「大曆年中騎竹馬，幾人及見會昌春。」如禹錫者，蓋已歷見七帝之嬗代，自料亦不久於人世，末章言外之意，則非僅以輓文宗，亦不啻自輓矣。

又按：文宗於甘露變後爲詩云：「輦路生春草，上林花發時。憑高何限意，無復侍臣知。」詩中「秋風詞尚新」一語，蓋暗用漢武帝作秋風詞事，以悼文宗之抑鬱也。甘露之變，禹錫從無一言及之，蓋既不能以曲筆附和仇士良之黨，亦不能正言其事，僅於此五字中稍寓其悲憤耳。

又按：詩中「調露曲長在」一語亦有事實。舊唐書一六八載馮定事云：「文宗每聽樂，鄙鄭、衛聲，詔奉常習開元中霓裳羽衣舞，以雲韶樂和之。」唐詩紀事載李肱開成二年（八四七）舉狀頭詩云：「開元太平日，萬國賀豐歲。梨園厭舊曲，玉座流新製。……誰肯聽遺音，聖明知善繼。」禹錫即指此爲言。

又按：禹錫登朝以後諸帝之殁皆有輓歌，獨缺順宗，殆以難於措詞之故。憲宗無輓歌，則以方在母喪中。穆宗卒時，禹錫方在夔州，理不應無，或已佚矣。

〔見日〕唐音癸籤二三：「聖情悲望處，兄日下西山。人君兄日姊月，出春秋感精符，武宗以弟及，故用之。今本作沉日，是淺學所改。又劉有公主下嫁詩：天母親調粉，日兄憐賜花。」按：此説極確，既云下西山即不得云沉日，作見日者更無理矣。況既云聖情悲望，乃指繼體之君，其非指文宗本人，更不待言。此字獨紹本不誤，校者不詳察文義，逞臆竄改，類此者多矣。

故相國燕國公于司空挽歌二首

彤弓封舊國，黑矟繼前功。十年鎮南雍，九命作司空。池臺樂事盡，簫鼓葬儀雄。一代英豪氣，曉散白楊風。

陰山貴公子，來葬五陵西。前馬悲無主，猶帶朔風嘶。漢水清山郭，襄陽白銅鞮。至今有遺愛，日暮人悽悽。

【校】

〔一代〕崇本缺以下十字，不可解。

〔風嘶〕畿本嘶作斯，誤。

〔清山〕紹本、崇本、中山集清均作青，是。全唐詩作晉，注云：一作青。

〔銅鞮〕紹本鞮作蹄，崇本作堤。

【箋證】

按：于司空謂于頔，已見本集卷十及二十五。舊唐書本傳云：「貞元十四年（七九八），爲襄州刺史，充山南東道節度觀察。地與蔡州鄰，吴少誠之叛，頔率兵赴唐州，收吴房、朗山縣，又破賊於濯神溝。於是廣軍籍，募戰士，器甲犀利，倜然專有漢南之地，小失意者皆以軍法從事。因請升襄州爲大都督府，府比鄆、魏。時德宗方姑息方鎮，聞頔事狀亦無可奈何，但允順而已，頔奏請無不從。於是公然聚斂，恣意虐殺，專以凌上威下爲務，鄧州刺史元洪，頔誣以臟罪奏聞，朝旨不得已爲流端州，命中使監焉。至隨州棗陽縣，頔命部將領士卒數百人劫洪至襄州拘留之，中使奔歸京師，德宗怒，笞之數十。頔又表洪其責太重，復降中使景忠信宣旨慰諭，遂除洪吉州長史，然後洪獲赴謫所。又怒判官薛正倫，奏貶峽州長史，及勅下，頔怒已解，復奏請爲判官，德宗皆從之。正倫卒，未殯，頔以兵圍其宅，令孽男逼娶其嫡女。頔累遷至左僕射、平章事、燕國公。俄而不奉詔旨，擅總兵據南陽，朝廷幾爲之旰食。及憲宗即位，威肅四方，頔稍戒懼，以第四子季友求尚主，憲宗以長女永昌公主降焉。其第二子方屢諷其父歸朝入覲，册拜司空平章事。」新唐書頔傳略同。此詩云：「十年鎮南雍」，自其貞元十四年（七九八）除山南東道節度使至元和三年（八〇八）入拜司空，實不止十年，聊舉成數耳。此後頔於元和八年（八一三），因男敏殺人貶官，十三年（八一八）授太子賓客，其年八月卒。禹錫作詩時正在連州也。綜頔之一生，蓋貴游公子習於豪縱者，禹錫似無緣與之相稔，集中雖有爲于興宗題圖及題于家公主舊宅詩，皆在頔死後，疑禹錫赴貶時，頔方處貴盛，或有所佽餽，因而有文字往還耳。

又按：唐人挽詩多以平仄韻五律行之，此獨不純爲律體，是别出新意者。

〔黑矟〕于頔爲北周于謹之後，而謹爲後魏于栗磾之後，栗磾有黑矟公之稱號，故稱之。謹封燕公，頔亦如之，故首句云封舊國。

〔陰山〕北史于栗磾傳，栗磾，代人，從道武帝征伐，爲魏之世臣，故云「陰山貴公子」。

重至衡陽傷柳儀曹　并引

元和乙未歲，與故人柳子厚臨湘水爲别。柳浮舟適柳州，余登陸赴連州，後五年，余從故道出桂嶺，至前别處，而君没於南中，因賦詩以投弔。

憶昨與故人，湘江岸頭别。我馬映林嘶，君颿轉山滅。馬嘶循故道，颿滅如流電。千里江蘺春，故人今不見。

【校】

〔流電〕崇本流作雷，誤。

【箋證】

按：詩引中所謂元和乙未歲云云，指元和十年（八一五）劉、柳二人俱南行過衡陽也。及十四年（八一九）十一月，柳卒，劉以奉母喪去連州北還，觀外集卷十祭柳員外文云：「甫遭閔凶，三使來弔，期以中路，更申願言。途次衡陽，云有柳使，謂復前約，忽承訃書。」則至衡陽始聞柳喪也。此詩之意旨音節皆極短促，轉益悲慘，蓋在重憂之中，不能爲詩而又不能無詩耳。

又按：後來晏殊之踏莎行有云：「居人匹馬映林嘶，行人去棹依波轉。」正用此詩之語入詞，而各極其妙。歷來論詩詞者皆未嘗措意及此。周邦彦西河之「山圍故國繞清江」，吴激青衫溼之「舊時王謝，堂前燕子，飛入誰家」，皆融禹錫詩語入詞，則人皆知之。良以禹錫詩多新意，故能啓導由詩至詞之路。

謫居悼往二首

悒悒何悒悒，長沙地卑溼。樓上見春多，花前恨風急。猿愁腸斷叫，鶴病翹趾立。牛衣獨自眠，誰哀仲卿泣？

鬱鬱何鬱鬱，長安遠如日。終日念鄉關，燕來鴻復還。潘岳歲寒思；屈平顦顇顔。殷勤望歸路，無雨即登山。

【校】

〔如日〕紹本、崇本如均作於，似是。

【箋證】

按：此詩兼遷謫與悼傷兩意。長沙泛指楚地，暗以賈誼爲比，當是初到朗州時作。與本集卷一傷往賦參看，似禹錫初謫朗州時鰥居。

哭吕衡州時予方謫居

一夜霜風彫玉芝，蒼生望絶士林悲。空懷濟世安人略，不見男婚女嫁時。遺草一函歸太史，旅墳三尺邇要離。朔方徙歲行當滿，欲爲君刊第二碑。

【校】

〔望絶〕英華作絶望。

〔旅墳〕蟣本、全唐詩旅下均注云：一作孤。

〔邇〕紹本、崇本、英華、全唐詩均作近。

〔當滿〕全唐詩滿下注云：一作晚，非。

【注】

〔要離〕後漢書梁鴻傳：鴻至吳，依大家皋伯通，居廡下。伯通察而異之，曰：非凡人也。乃方舍之於家。及卒。伯通等爲求葬地於要離冢傍。

【箋證】

按：呂衡州謂呂温，已見本集卷十九呂君集紀。據傳，温爲刑部郎中知雜，以劾李吉甫交通術士虚誣，貶道州刺史，元和五年（八一〇）轉衡州，秩滿歸京，不得意發疾卒。此史傳之文，微有舛誤，此詩云「旅墳三尺邇要離」，更證以柳宗元、元稹之詩，實卒於衡州，未歸京也。元和五年（八一〇），温量移衡州，正吉甫再入相之時，權德輿、李絳同列，皆不似蓄怨蔽賢者。若其不死，當不至終於淪棄，傳云秩滿歸京不得意，亦非情事。柳河東集有同劉二十八哭呂衡州兼寄江陵李元二侍御詩，李謂李景儉、元謂元稹，詩云：「衡岳新摧天柱峯，士林顦顇泣相逢。祇令文字傳青簡，不使功名上景鐘。三畝空留懸磬室，九原猶寄若堂封。遥想荆州人物論，幾回中夜惜元龍。」元稹集有哭呂衡州詩六首，其一云：「氣敵三人傑，交深一紙書。我投冰瑩眼，君報水憐魚。髀股惟誇瘦，膏肓豈暇除？傷心死諸葛，憂道不憂餘。」其二云：「望有經綸釣，虔收宰相刀。江文駕風遠，雲貌接天高。國待球琳器，家藏虎豹韜。盡將千載寶，埋入五原蒿。」其三云：「白馬雙旌隊，青山八陣圖。請纓期擊虜，枕草誓捐軀。勢激三千壯，年應四十無。遥聞不瞑目，非是不憐吴。」其六云：「杜預春秋癖，揚雄著述精。在時兼不語，終古定歸名。耒水波文細；湘江竹葉輕。平生思風月，潛寐若爲情？」數人之詩合看，非獨劉、柳、元、李之於吕爲深交可知，即劉、柳、元、李四人之志趣行藏始終相合，亦於此見其端倪。劉詩「空懷濟世安人略」一語，與柳、元詩所推之語略同，蓋吕之才幹爲時論所重也。

〔朔方〕後漢書蔡邕傳：「於是下邕、質於洛陽獄，劾以仇怨奉公，議害大臣，大不敬，棄市。事奏，中常侍吕强愍邕無罪，請之，帝亦更思其章，有詔減死一等，與家屬髡鉗徙朔方，不得以赦令除。……會明年大赦，乃宥邕還本郡，邕自徙及歸凡九月焉。」蓋禹錫引此以自況。

遥傷段右丞 江湖舊遊，南宫交代。

江海多豪氣，朝廷有直聲。何言馬蹄下，一旦是佳城？

【校】

〔題〕全唐詩無遥字。

【箋證】

按：段右丞謂段平仲，已見本集卷二十四揚州春夜一詩。新唐書一六二平仲本傳云：杜佑、李復之節度淮南，連表掌書記，擢監察御史。其從事使府與禹錫同，故曰江湖舊遊。舊唐書一五三本傳云：後除屯田、膳部二員外郎。與禹錫先後官屯田，故曰南宫交代也。新唐書本傳云：「元和初爲諫議大夫，憲宗使吐突承璀討鎮州，亟疏争不可，及還無功，又請斬之，再遷尚書右丞，朝廷有得失，未嘗不論奏，世推其敢直云，終太子右庶子。」舊唐書作左丞，據此詩知以新唐書爲正。不舉所終之官者，禹錫方在謫中不及知，故詩題云遥傷也。

傷桃源薛道士

壇邊松在鶴巢空，白鹿閒行舊徑中。手植紅桃千樹發，滿山無主任春風。

【校】

〔題〕全唐詩道士下注云：一作尊師。

〔松在〕絶句松作僧。

〔閒行〕英華行作來。

王思道碑堂下作

蒼蒼宰樹起寒煙，尚有威名海内傳。四府舊聞多故吏，幾人垂淚拜碑前。

【校】

〔垂淚〕結一本垂作重，誤。

【箋證】

按：王思道未詳何人，據新唐書王忠嗣傳，忠嗣原名訓，意者思道其字也。漢以太傅、太尉、司徒、司空爲四府，此疑是借用。忠嗣爲河西隴右節度使，權朔方河東節度，佩四將印，所謂四府故吏，當指李光弼等。忠嗣卒於貶所，疑不復返葬，故禹錫得過其碑堂，又無贈謚，故稱其字。玩此詩語氣，非人物如忠嗣者不足以當之，姑臆測以俟知者。

又按：王思政爲西魏名將，爲荆州刺史年久，後與東魏戰於潁川，城陷被俘。據其生平，亦足當「威名海内傳」之語，久鎮荆州，容有墓碑尚在，爲禹錫行蹤所經，然思政思道仍有一字之異，與故吏垂淚之意亦未甚合。

遥傷丘中丞　并引

河南丘絳有詞藻，與余同升進士科，從事鄴下，不幸遇害，故爲傷詞。

鄴下殺才子，蒼忙冤氣凝。枯楊映漳水，野火上西陵。馬鬣今無所，龍門昔共登。何人爲弔客？唯是有青蠅。

【校】

〔題〕全唐詩無遥字。

〔蒼忙〕崇本、全唐詩忙均作茫。

〔西陵〕崇本陵作林，誤甚。

【注】

〔馬鬣〕禮記檀弓：昔者夫子言之曰：吾見封之若堂者矣，見若訪者矣，見若覆夏屋者矣，見若斧者矣，從若斧者焉，馬鬣封之謂也。

〔青蠅〕三國志吴志虞翻傳注：引翻别傳：翻放棄南方，自恨疏節，當長没海隅，生無可與語，死以青蠅爲弔客，使天下一人知己者，足以不恨。

【箋證】

按：丘中丞謂丘絳。其人附見舊唐書一四一田季安傳中，云：「有進士丘絳者，嘗爲田緒從事，及季安爲帥，絳與同職侯臧不協，相持争權。季安怒，斥絳爲下縣尉，使人召還，先掘坎於路左，活排而瘞之，其凶暴如此。」此詩題稱丘中丞，蓋朝廷卹贈之官。據登科記考，丘絳貞元九年（七九三）進士。與禹錫同科。又按：集古録跋尾八：田緒神道碑，節度判官丘絳撰。此絳之文僅傳者，故詩中「鄴下殺才子」一語亦非泛設。

傷獨孤舍人 并引

貞元中，余以御史監祠事，河南獨孤生始仕爲奉禮郎，有事宗廟郊畤，必與之俱，繇是甚熟。及余謫武陵九年間，獨孤生仕至中書舍人，視草禁中，上方許以宰相。元和十年春，余祗召抵京師，次都亭日，舍人疾不起，余聞因作傷詞以爲弔。

昔别矜年少，今悲喪國華。遠來同社燕，不見早梅花。

【校】

〔疾不〕崇本、全唐詩疾上均有以字。

〔矜年少〕紹本、崇本、絶句矜均作一，英華作公。全唐詩矜下注云：一作公。

【箋證】

按：韓愈集中獨孤府君墓志銘云：「君諱郁，字古風，河南人，常州刺史贈禮部侍郎憲公諱及之第二子。……君生之年，憲公殁世，與其兄朗畜於伯父氏。始微有知，則好學問，咨禀教飭，不煩提諭，月開日益，卓然早成。年二十四登進士第，時故相太常權公掌出詔文，望臨一時，登君於門，歸以其子。選授奉禮郎。楊於陵爲華州，署君鎮國軍判官，奏授協律郎，朋遊益附，華問彌大。元和元年（八〇六）對詔策，拜右拾遺，二年，兼職史館，四年，遷右補闕。詔中貴人承璀將兵誅王承宗河北，君奏疏諫，召見問狀，有言動聽。其後上將有所相，不可於衆，君與起居舍人李約交章指摘，事以不行。五年，遷起居郎，爲翰林學士，愈被親信，有所補助。權公既相，君以嫌自列，改尚書考功員外郎，復史館職。七年，以考功知制誥，入謝，因賜五品服。八年，遷駕部郎中，職如初。權公去相，復入翰林，九年，以疾罷，尋遷祕書少監，即閒於郊。十年正月，病遂殆。甲午，輿歸，卒於其家。贈絳州刺史。」其敍奉禮郎與卒之年月皆與此詩引相合。郁，舊唐書一六八、新唐書一六二均有傳。新唐書云：帝遇之厚，議者亦謂當宰相。亦與詩引所云上方許以宰相者合。而兩傳皆不敍奉禮郎，舊唐書傳中亦不及許以宰相之語，故參綜以證明禹錫之言。惟詩引云仕至中書舍人，與郁之仕履不合。蓋知制誥亦可泛稱舍人。元氏長慶集，中書省議舉縣令狀繫銜云：「年月日，中書舍人臣武儒衡等奏，駕部郎中知制誥臣李宗閔、中書舍人臣王起、庫部郎中知制誥臣牛僧孺、祠部郎中知制誥臣元稹。」末云：「同前五舍人同署。」是其證。或者禹錫但記其知制誥，而不知其未正拜舍人，久謫於外，初抵都門，不及細審，殆亦情理所有也。禹錫與德輿爲父執後輩，其於郁尤有切望。郁之卒，年甫四十，禹錫在永貞（八〇五）中亦僅三十，故詩有「昔別矜年少」之句。以二十字隱括其生平，行蹤時令亦無漏筆，而哀感之意邈然無窮，真所謂能以少許勝人多許者。

〔監祠事〕柳宗元監祭使壁記云：「貞元十九年（八〇三）十二月，……明年，中山劉禹錫始復舊制，由禮與敬，以臨其人，而官事益理。」本集卷二十四有監祠夕月壇書事詩。

〔奉禮郎〕據百官志：太常寺奉禮郎（舊唐書職官志缺郎字）二人，從九品上，掌君臣版位以奉朝會祭祀之禮。

途次敷水驛伏覩華州舅氏昔日行縣題詩處潸然有感

昔日股肱守，朱輪兹地遊。繁華日已謝，章句此空留。蔓草佳城閉，故林棠樹秋。今來重垂淚，不忍過西州。

【校】

〔途次〕結一本作余次；紹本、崇本、全唐詩余均作途，似較勝。

【注】

〔股肱守〕史記季布傳，布爲河東守，孝文召至留邸，一月見罷。布因進曰：「陛下無故召臣，此人必有以臣欺陛下者；今臣至，無所受事，罷去，此人必有以毁臣者。」上默然良久曰：「河東吾股肱郡，故特召君耳。」

〔西州〕晉書謝安傳：羊曇者，知名士也。爲安所愛重。安薨後，輟樂彌年，行不由西州路。嘗因石頭大醉，扶路唱樂，不覺至州門。左右白曰：此西州門。曇悲感不已，以馬策扣扉，誦曹子建詩曰：「生存華屋處，零落歸山丘。」慟哭而去。

【箋證】

按：華州舅氏當指盧徵，舊唐書一四六、新唐書一四九均有傳。詳見外集卷三箋證中，彼詩爲禹錫任同州刺史時作，此詩是元和十年（八一五）抑大和二年（八二八）行經敷水時作，則未敢定。

〔敷水驛〕清一統志云：「敷水鎮在華陰縣西，即唐敷水驛。唐元和中，元微之自河南還京，次敷水驛，與中官劉士元争廳，至以箠傷其面。」又云：「敷水在華陰縣西。水經注：敷水南出石上之敷谷，北逕告平城東，又北逕集靈宫西，西北流注於渭。縣志：敷水在縣西二十五里，源出大敷谷，即羅敷谷，以别於小敷谷也。」

湖南觀察使故相國袁公挽歌三首

五驅龍虎節，一入鳳凰池。令尹自無喜，羊公人不疑。天歸京兆日，葉下洞庭時。湘水秋風至，凄涼吹素旗。

丹旐發江皋，人悲雁亦號。湘南罷亥市，漢上改詞曹。表墓雙碑立，尊名一字褒。常聞平楚獄，爲報里門高。

返葬三千里，荆衡達帝畿。逢人即故吏，拜奠盡沾衣。地得青烏相，賓驚白鶴飛。五公碑尚在，今日亦同歸。

【校】

〔題〕全唐詩湖南作河南，誤。

〔亥市〕崇本亥作痎，明鈔本作玄，校者改作互，均誤。按：白居易自江州赴忠州詩：「亥市魚鹽聚，神林鼓笛鳴。」亥市見唐人詩者尚有多處。

〔即〕全唐詩注云：一作多。

〔五公〕全唐詩五下注云：一作羊，誤。

【注】

〔白鶴〕尚書故實：司馬承禎尸解去日，白鶴滿庭，異香郁烈。

【箋證】

按：袁公謂袁滋，舊唐書一八五、新唐書一五一均有傳。新唐書本傳云：「袁滋，字德深，蔡州朗山人。（按：舊唐書云：陳郡汝南人，當滋時既不稱陳郡，亦無汝南縣，作蔡州朗山乃得之，此與後來滋之得罪有關，不當含混。新唐書多不及舊唐書翔實，此傳獨能與禹錫此詩相發明，故不録舊傳而專録新傳。）陳侍中憲之後。（按：新唐書喜據韓、柳文，獨此語與韓作袁氏先廟碑立異，不解其故。）强學博記，少依道州刺史元結讀書，自解其義，結重之。後客荆、郢間，起學廬講授。建中初，黜陟使趙贊薦於朝，起處士授試校書郎，累辟張伯儀、何士幹幕府，進詹事府司直。部官以盜金下獄，滋直其冤。御史中丞韋貞伯（舊傳作韋縚）聞之，表爲侍御史。刑部、大理覈罪人，失其平，憚滋守法，因權勢以請，滋終不署奏。遷工部員外郎。韋皋始招來西南夷，南詔異牟尋内屬，德宗選郎吏可撫循者，皆憚行，至滋不辭，帝嘉之。擢祠部郎中，兼御史中丞，賜金紫，持節往，踰年還。使有旨，進諫議大夫，遷尚書右丞，知吏部選。求外遷，爲華州刺史。……召爲左金吾衛大將軍，以楊於陵代之。……憲宗監國，進拜中書侍郎、同中書門下平章事。劉闢反，詔滋爲劍南東西川、山南西道安撫大使，半道，以檢校吏部尚書平章事爲劍南東西川節度使。是時，賊方熾，又滋兄峯在蜀爲闢所劫，滋畏不得全，久不進，貶吉州刺史。未幾徙義成節度使。滑，用武地，東有淄青，北魏博，滋嚴備而推誠信，務在懷來，李師道、田季安畏服之。〔據紀，滋以元和元年（八〇六）十月授義成，七年（八一二）十月改官。〕……以户部尚書召，改檢校兵部尚書，拜山南東道節度使，徙荆南。吴元濟之反，滋言蔡兵勁，與下同欲，非朝夕計可下，宜廣方略，離潰其心。及宿兵三年，調發益屈，詔出禁錢繼之。滋揣天子且厭兵，自表入朝，欲議罷淮西事，道聞蕭俛、錢徽坐沮議黜去，滋翻其謀，更言必勝，順可天子意，乃得還。俄而高霞寓敗，帝思以恩信傾賊，且滋嘗云云，乃授彰義節度，僑治唐州。又以滋儒者，拜陽旻爲唐州刺史，將其兵。滋先世墳墓在蔡，吴少陽時爲修墓，禁芻牧，諸袁多署右職，稟給之。滋至治，去斥候，與元濟通好，賊圍新興，滋卑辭講解，賊因是易滋不爲備。時帝責戰急，而滋至六月，以無功貶撫州刺史。未幾，遷湖南觀察使，累封淮陽郡公，卒年七十，贈太子少保。滋既病，作遺令處後事，訖三年皆有條次。性寬易，與之接者皆自謂可見肺肝，至家人不得見喜愠，薄居處飲食。能爲春秋，嘗以劉惲悲甘陵賦褒善斥惡戾春秋旨，然其文不可廢，乃著後序。工篆隸，有古法。子均，右拾遺，郊，翰林學士。」觀此知禹錫詩所謂「令尹自無喜，羊公人不疑」，不獨寫滋之爲人，亦暗指其與吴元濟通好。至於「常聞平楚獄，爲報里門高」，亦確有事實也。故備引本傳以爲讀詩之助。

又按：此詩前二首，全唐詩亦收入權德輿卷，德輿卒於元和十三年，而據憲宗紀，滋之卒則爲是年六月，僅在德輿之前數月，未知孰是。就詩而論，尤似禹錫之作，是時禹錫方在連州，恐無由爲德輿代筆，或代他人，則未可知。

〔五驅龍虎節〕滋凡歷五鎮：一劍南，二義成，三山南東道，四彰義，五湖南。湖南雖非節度，亦方鎮也。

〔亥市〕白居易江州赴忠州詩：「亥市魚鹽聚，神林鼓笛鳴。」青箱雜記云：「蜀有亥市，亥音皆，言如痎瘧，間日一發也，諱痎，故云亥市。」又文苑英華辨證云：「顧況歷陽苦雨詩，亥市風煙接，亥或改作互。按：張籍江南詩云，江村亥日長爲市。又洪氏芻隆興職方乘曰：分寧縣本武寧縣之常州亥也。嶺南村落有市謂之虚，不當會多虚日。西蜀曰痎，如痎疾間而復作也，江南曰亥，本與蜀同，惡以疾稱，止曰亥耳。」二説如此，則爲亥市明矣。

〔青烏〕況周儀蕙風簃隨筆云：「地師青烏之術，今人訛作青烏。唐書藝文志：王璨新撰青烏子三卷。王維能禪師碑：擇吉祥之地，不待青烏；變功德之林，皆成白鶴。劉賓客集故相袁公挽歌：地得青烏相，賓驚白鶴飛。柳子厚伯祖妣李夫人墓銘：艮之山，兑之水，靈之車，當返此。子孫百代承麟趾，誰之言者青烏子。惠棟松崖筆記飯鱔條引青烏子算書，皆確證也。」地師之術荒誕無術，姑因其書列入藝文志而略辨之。

〔五公〕按傳稱滋名陳侍中憲之後，故用漢袁氏四世五公事，然韓愈袁氏先廟碑則謂爲北魏鴻臚恭之後，似韓文據袁氏家乘爲可信。五公者，袁安、袁湯、袁逢、袁隗、袁京。

代靖安佳人怨二首 并引

靖安，丞相武公居里名也。元和十一年六月，公將朝，夜漏未盡三刻，騎出里門，遇盜薨于牆下。初公爲郎，余爲御史，繇是有舊故。今守于遠服，賤不可以誄，又不得爲歌詩聲于楚挽。故代作佳人怨以裨于樂府云。

寶馬鳴珂蹋曉塵，魚文匕首犯車茵。適來行哭里門外，昨夜華堂歌舞人。

秉燭朝天遂不回，路人彈指望高臺。牆東便是傷心地，夜夜秋螢飛去來。

【校】

〔舊故〕崇本無故字。

〔秋螢〕全唐詩秋作流，注云：一作秋。

〔靖安〕唐兩京城坊考三，朱雀門街東第二街靖安坊有門下侍郎、同中書門下平章事武元衡宅。

【注】

【箋證】

按：靖安指武元衡。舊唐書一五八元衡本傳云：「元衡宅在靖安里，十年（八一五）六月三日將朝，出里東門，有暗中叱使滅燭者，導騎呵之，賊射之中肩，又有匿樹陰突出者，以棓擊元衡左股，其徒馭已爲賊所格奔逸，賊乃持元衡馬東南行十餘步害之，批其顱骨懷去，及衆呼偕至，持火照之，見元衡已踣於血中，即元衡宅東北隅牆之外。」此詩云「牆東便是傷心地」，可謂無一字虛。是時禹錫方赴貶連州，猶在道途中也。詩引云元和十一年（八一六），不合事實。一字誤衍。

又按：禹錫於元衡有宿怨，詩引中微露其意，云：「初公爲郎，余爲御史，由是有舊。」謂二人名位本相埒也。云：「今守于遠服，賤不可以誄。」謂貶斥由於元衡也。其不爲挽詩而託於樂府，雖不爲快意語，亦固不許其爲人矣。前人之評此詩者，頗有不同之論，略採數條如左：葛立方韻語陽秋云：「元和十一年（按此仍沿劉集之誤，當作十年。）六月，武元衡將朝，夜漏未盡三刻，騎出里門，遇盜死于牆下。許孟容謂國相橫尸而盜不得，爲朝廷恥，遂下詔募捕，竟得賊，始得張晏者，王承宗所遣，訾嘉珍者，李師道所遣也。初，元衡策李錡之必反，已而錡果反就誅，由是諸鎮桀驁者皆不自安，以至于是。劉夢得有代靜安佳人怨詩云……考夢得爲司馬時，朝廷欲澡濯補郡，而元衡執政，乃格不行，夢得作詩傷之，而借託于静安佳人，其傷之也，乃所以快之歟！」胡震亨唐詩談叢云：「夢得靖安佳人怨及白氏大和九年（八三五）某月日感事詩，爲武相伯蒼、王相廣津作者，實有並銜宿怨故。劉先於叔文時斥武，宜武有補郡見格之報。白嘗因覆策事救王，王固不應下石訐白母大不幸事，令白有江州謫也。事各有曲直而怨之淺深亦分，在風人忠厚之教，總不宜有詩。然欲爲兩人曲諱如坡公之説，則正自不必耳。」劉克莊後村詩話後集云：「子厚古東門行，夢得靖安佳人怨，恐皆爲武相元衡作也。柳云……猶有嫉惡閔忠之意，夢得昨夜畫堂歌舞人之句，似傷乎薄。世言柳、劉爲御史，元衡爲中丞，待二人滅裂，果然，則柳賢於劉矣。」

附録　柳宗元　古東門行

漢家三十六將軍，東方雷動横陣雲。雞鳴函谷客如霧，貌同心異不可數。赤丸夜語飛電光，徼巡司隸眠如羊。當街一叱百吏走，馮敬胸中函匕首。凶徒側耳潛愜心，悍臣被膽皆吐口。魏王卧内藏兵符，子西掩袂真無辜。羌胡轂下一朝起，敵國舟中非所擬。安陵誰辨削礪功，韓國詎明深井里。絶臏斷骨那下（或作可）補，萬金寵贈不如土。

按：觀詩中魏王、子西二語，似宗元不以元衡爲力主討淮西者。全詩之意但慨唐室之無能，間諜縱横於都市，而吏卒莫之誰何。題託樂府，亦與禹錫之製題隱約略同。

傷愚溪三首　并引

故人柳子厚之謫永州，得勝地，結茅樹蔬，爲沼沚，爲臺榭，目曰愚溪。柳子没三年，有僧遊零陵，告余曰：「愚溪無復曩時矣。」一聞僧言，悲不能自勝，遂以所聞爲七言以寄恨。

溪水悠悠春自來，草堂無主燕飛回。隔簾惟見中庭草，一樹山榴依舊開。

草聖數行留壞壁，木奴千樹屬鄰家。唯見里門通德榜，殘陽寂寞出樵車。

柳門竹巷依依在，野草青苔日日多。縱有鄰人解吹笛，山陽舊侣更誰過？

【校】

〔曩時〕明鈔本曩作那。

〔日日〕全唐詩於下日字注云：一作月。

〔舊侣〕全唐詩侣下注云：一作里。

【注】

〔草聖〕魏志劉劭傳注：弘農張伯英者，凡家之衣帛，必書而後練之，臨池學書，池水盡黑。下筆必爲楷則，至今世人尤寶之，韋仲將謂之草聖。

〔通德〕後漢書鄭玄傳，孔融曰：昔東海于公，僅有一節，猶或戒鄉人侈其門閭，矧迺鄭公之德，而無騶牡之路。可廣開門衢，令容高車，號爲通德門。

〔鄰笛〕文選向秀思舊賦序：余與嵇康、吕安，居止接近，其人並有不羈之才，後各以事見法。余逝將西邁，經其舊廬，於時日薄虞淵，寒冰淒然，鄰人有吹笛者，發聲寥亮，追思曩昔游宴之好，感音而歎，故作賦云。

【箋證】

按：劉、柳交情非等倫，故詩既真率復沉摯，柳以書名，據其詩集，在永州種果樹藥草，頗費經營，故草聖木奴之句皆紀實也。令人想見其在時風致，得此僧所言而詩愈有味。詩引云：柳殁三年，則當是長慶二年（八二二）禹錫在夔州時遇此僧。

〔愚溪〕柳集有愚溪詩序云：「灌水之陽有溪焉。東流入於瀟水，或曰冉氏嘗居也，故姓是溪爲冉溪，或曰可以染也，名之以其能，故謂之染溪。余以愚得罪，謫瀟水上，愛是溪，入二三里，得其尤絶者家焉。古有愚公谷，今予家是溪而名莫能定，土之居者猶齗齗然，不可以不更也，故更之爲愚溪。」又與楊誨之書云：「方築愚溪東南爲室，耕野田圃堂下以詠至理。」

碧澗寺見元九侍御和展上人詩有三生之句因以和

廊下題詩滿壁塵，塔前松樹已皴鱗。古來唯有王文度，重見平生竺道人。

【校】

〔題〕紹本和展上人之和字作如，崇本以和下有之字。

〔皴鱗〕紹本、崇本、絶句二字均乙，纖本注云：一作皴鱗。

【箋證】

按：元九侍御謂元稹，展上人爲如展。元集中有詩題云：「八月六日，與僧如展，前松滋主簿韋戴，同遊碧澗寺，賦得扉字韻，寺臨蜀江，内有碧澗，穿注兩廊，又有龍女洞，能興雲雨。」詩云：「空闊長江礙鐵圍，高低行樹倚巖扉。穿廊玉澗噴紅旭，湧塔金輪拆翠微。草引風輕馴虎睡，洞驅雲入毒龍歸。他生莫忘靈山别，滿壁人名後會稀。」其後又有詩題云：「僧如展及韋戴同遊碧澗寺，各賦詩，予落句云，他生莫忘靈山座，滿壁人名後會稀。展共吟他生之句，因話釋氏緣會所以，莫不悽然久之，不十日而展公長逝，驚悼返覆，則他生豈有兆耶？其間展公仍賦黄字五十韻，飛札相示，予方屬和未畢，自此不復撰成，徒以四韻爲識。」詩云：「重吟前日他生句，豈料踰旬便隔生。會擬一來身塔下，無因共繞寺廊行。紫毫飛札看猶溼，黄字新詩和未成。縱使得如羊叔子，不聞兼記舊交情。」踰年復有公安縣遠安寺水亭見展公題壁漂然淚流因書四韻詩云：「碧澗去年會，與師三兩人。今來見題壁，師已是前身。芰葉迎僧夏，楊花度俗春。空將數行淚，偏灑塔中塵。」此元稹爲如展題詩之本事，可見禹錫此詩「廊下題詩、塔前松樹」之語皆有所據。元詩三云他生，劉詩作三生，蓋偶誤記耳。禹錫作此詩疑在自朗州赴召入京時。

〔碧澗寺〕輿地紀勝：江陵府：碧澗溪在松滋縣西六十里，有碧澗寺。

〔竺道人〕晉書王坦之傳：「初坦之與沙門竺法師甚厚，每共論幽明報應，便要先死者當報其事，後經年師忽來云：貧道已死，罪福皆不虛，惟當勤修道德以升濟神明耳。言訖不見，坦之尋亦卒。」文度，坦之之字。此詩云：「古來唯有王文度，重見平生竺道人。」亦沿用此傳説耳，其言固不足信。

傷秦姝行 并引

河南房開士前爲虞部郎中，爲余話曰：「我得善箏人于長安懷遠里。」其後開士爲赤縣，牧容州，求國工而誨之，藝工而夭。今年開士遺予新詩，有悼佳人之目。顧予知所自也，惜其有良伎，獲所從而不克久，乃爲傷詞以貽開士。

長安二月花滿城，插花女兒弄銀箏。南宮仙郎下朝晚，曲頭駐馬聞新聲。馬蹄逶遲心蕩漾，高樓已遠猶頻望。此時意重千金輕，鳥傳消息紺輪迎。芳筵銀燭一相見，淺笑低鬟初目成。蜀弦錚摐指如玉，皇帝弟子韋家曲。青牛文梓赤金簧，玫瑰寶柱秋雁行。斂蛾收袂凝清光，抽弦緩調怨且長。八鸞鏘鏘渡銀漢，九雛威鳳鳴朝陽。曲終韻盡意不足，餘思悄絶愁空堂。從郎鎮南别城闕，樓船理曲瀟湘月。馮夷蹁蹮舞緑波，鮫人出聽停綃梭。北池含煙瑶草短，萬松亭下清風滿。北池、萬松皆容州勝槩。秦聲一曲此時聞，嶺泉嗚咽容南斷。來自長陵小市東，蕣華零落瘴江風。侍兒掩泣收銀甲，鸚鵡不言愁玉籠。博山鑪中香自滅，鏡匳塵暗同心結。從此東山非昔遊，長嗟人與弦俱絶。

【校】

〔話曰〕全唐詩、畿本話均作語。

〔之目〕全唐詩目作句。

〔所自〕崇本自作目。

〔插花〕崇本、明鈔本均作花前。

〔弄〕全唐詩作彈，注云：一作弄。

〔韋家〕紹本、崇本、中山集韋均作常。

〔威鳳〕全唐詩威下注云：一作成。

〔躚躚〕全唐詩作蹁躚。

〔秦聲〕全唐詩聲下注云：一作歌。

〔容南〕紹本、崇本、畿本均作南雲，畿本、全唐詩均注云：一作腸堪。

〔收銀甲〕全唐詩收下注云：一作悲。

【箋證】

按：房開士謂房啓，韓愈清河郡公房公墓碣銘云：「公諱啓字某（按字當據本文補），河南人，其大王父融，王父琯，仍父子爲宰相……公胚胎前光，生長食息，不離典訓之内，目擩耳染，不學以能。始爲鳳翔府參軍，尚少，人吏迎觀望見，咸曰：真房太尉家子孫也。不敢弄以事。轉同州澄城丞，益自飭理，同官憚伏。衛晏使嶺南黜陟，求佐得公，擢摘良姦，南土大喜，還進昭應主簿。裴冑領湖南，表公爲佐，拜監察御史，部無遺事。冑遷江西，又以節鎮江陵，公一隨遷佐冑。累功進至刑部員外郎，賜五品服，副冑使事，爲上介。上聞其名，徵拜虞部員外，在省籍籍，遷萬年令，果辨憿絶。貞元末，王叔文用事，材公之爲，舉以爲容州經略使，拜御史中丞，服佩視三品，管有嶺外十三州之地。……在容九年，遷領桂州，封清河郡公，食邑三千户。中人使授命書，應對失禮，客主違言，徵貳太僕，未至，貶虔州長史而坐使者，以疾卒官，年五十九。」此詩引云前爲虞部郎中，與墓碣作員外郎者微異。據紀，元和八年（八一三）四月乙酉，啓遷桂管，此詩引所謂今年不知爲何年，要之爲禹錫在朗州時。啓貶官之由具載於紀，云：「啓初拜桂管，啓吏賂吏部主者，私得官告以授啓，俄有詔命中使賫告牒與啓，曰受之五日矣。上怒，杖吏部會史，罰郎官、啓亦即降之。」然此乃官書，墓碣云客主違言，似得其實。必中官索賕不遂而摭此坐之耳。柳河東集先友記云，啓善清言。據墓碣知啓固王、韋之黨，宜劉、柳皆與之相稔。順宗實録云：「初，啓善於叔文之黨，因相推致，遂獲寵於叔文，求進用，叔文以爲容管經略使，使行，約至荆南授之，云脱不得荆南，即與湖南。故啓宿留於江陵，久之方行至湖南，又久之而叔文與執誼争權，數有異同，故不果。尋聞皇太子監國，啓惶駭奔馳而往。」據此，則啓之與宦官齟齬或不僅由索賄不遂，仍以王叔文餘黨之故，宦官假此報怨，亦未可知。

〔懷遠里〕唐兩京城坊考四：西京懷遠坊在朱雀門西第四街西市之南。

夔州竇員外使君見示悼妓詩顧余嘗識之因命同作

前年曾見兩鬟時，今日驚吟悼妓詩。鳳管學成知有籍，龍媒欲换歎無期。空廊月照常行地，後院花開舊折枝。寂寞魚山青草裏，何人更立智瓊祠？

【校】

〔題〕畿本、全唐詩之下注云：一作面。

【注】

〔兩鬟〕按兩鬟用陌上桑兩鬟千萬餘語意，謂量珠以聘也。

【箋證】

按：竇員外謂竇常，已見本集卷二十四。新唐書一七五常傳云，歷朗、夔、江、撫四州刺史。

其任朗州時，禹錫亦正爲朗州司馬，故云前年嘗見。常自朗遷夔，此時當爲禹錫在連州時作。

〔魚山〕王維集有魚山神女祠歌，即智瓊祠，當在東阿。搜神記：「魏濟北郡從事掾弦超，字義起，以嘉平中夜獨宿，夢有神女來從之，自言天上玉女，東郡人，姓成公，字知（智）瓊。早失父母，天帝哀其孤苦，遣令下嫁從夫。……作夫婦經七八年，……後人怪問，漏泄其事，玉女遂求去。……去後五年，超奉郡使至洛，到濟北魚山下陌上西行，遥望曲道頭有一車馬似知瓊。驅馳前至，果是也。……至太康中猶在，但不日日往來，每於三月三日、五月五日、七月七日、九月九日、旦、十五日，輒下往來，經宿而去。張茂先爲之作神女賦。」皆不經之談，而後之文士多引用之。

竇夔州見寄寒食日憶故姬小紅吹笙因和之

鸞聲窈眇管參差，清韻初調衆樂隨。幽院妝成花下弄，高樓月好夜吹時。忽驚暮槿飄零盡，唯有朝雲夢想期。聞道今年寒食日，東山舊路獨行遲。

【校】

〔吹時〕紹本、崇本、中山集、全唐詩均作深吹。

〔暮槿〕畿本、全唐詩槿下均注云：一作雨。

傷循州渾尚書

貴人淪落路人哀，碧海連翩丹旐回。遥想長安此時節，朱門深巷百花開。

【校】

〔碧海〕全唐詩海下注云：一作水。

〔連翩〕紹本、崇本、全唐詩均作連天，恐非。

【箋證】

按：渾尚書謂渾鎬。舊唐書一三四渾瑊傳云：「鎬，瑊第二子，性謙謹，多與士大夫遊。歷延、唐二州刺史，軍政吏職有可稱者。及元和中，諸道出師討王承宗，屬義武軍節度使任迪簡病不能軍，以鎬藉父威名，足以鎮定，乃以鎬檢校右散騎常侍充義武軍節度副使。九月六日，加檢校工部尚書，代迪簡爲節度使。鎬治兵練軍，頗有威望，然不能觀釁養鋭以期必勝。鎮、定相去九十里，元和十一年（八一六）冬，鎬率全師壓賊境而軍，距賊壘三十里，鎬謀慮不周，但耀兵鋒，無所控制，賊乃分兵潛入定州界，焚燒驅掠。鎬怒，進攻賊壘，交鋒而敗。師徒殆喪其半，餘衆還定州，亂不可遏，朝廷乃除陳楚代之。楚聞亂，馳入定州，鎬爲亂兵所劫，以至裸露。楚既整戢，於亂兵處率斂衣服還鎬，方得歸朝，坐貶韶州刺史。後代州刺史韓重華奏收得鎬供軍錢絹十餘萬貫匹，再貶循州刺史，歲餘卒。」蓋鎬之卒即禹錫在連州時，故有所感觸，非必與鎬有深交也。玩「碧海連翩丹旐回」之句，當是同時尚有遷客之歸櫬者。「朱門深巷百花開」之句，則指長安渾宅之名花，詳見本集卷二十五渾侍中宅牡丹及卷二十八送渾大夫赴豐州各詩。

哭龐京兆

少年有俊氣，嘗擢制科之首。

俊骨英才氣褎然，策名飛步冠羣賢。逢時已自致高位，得疾還因倚少年。天上別歸京兆府，人間空歎茂陵阡。今朝繐帳哭君處，前日見鋪歌舞筵。

【校】

〔得疾〕英華疾作病。全唐詩注云：一作病。

〔空歎〕全唐詩歎作數，注云：一作歎。

【箋證】

按：龐京兆謂龐嚴，舊唐書一六六、新唐書一〇四均有傳。舊傳云：「壽春人，父景昭。嚴，元和中登進士第，長慶元年（八二一），應制舉賢良方正、能直言極諫科，策入三等，冠制科之首。是月拜左拾遺。聰敏絶人，文章峭麗，翰林學士元稹、李紳頗知之。明年二月，召入翰林爲學士，轉左補闕，再遷駕部郎中，知制誥，嚴與右拾遺蔣防俱爲稹、紳保薦至諫官内職。四年，昭愍（敬宗）即位，李紳爲宰相李逢吉所排，貶端州司馬，嚴坐累出爲江州刺史。給事中于敖素與嚴善，制既下，敖封還，時人凛然相顧曰：于給事犯宰相怒而爲知己，不亦危乎？及覆制出，乃知敖駁制書貶嚴太輕，中外無不嗤誚，以爲口實。初，李紳謫官，朝官皆賀逢吉，唯右拾遺吴思不賀，逢吉怒，改爲殿中侍御史，充入蕃告哀使。嚴復入爲户部郎中。大和二年（八二八）二月，上試制舉人，命嚴與左散騎常侍馮宿，太常少卿賈餗爲試官，以裴休爲甲等。制科之首有應直言極諫舉人劉蕡條對激切，凡數千言，不中選，人咸以爲屈，其所對策大行於時，登科者有請以身名换蕡者，嚴再遷太常少卿。五年，權知京兆尹，以强幹不避權豪稱，然無士君子之檢操，貪勢嗜利，因醉而卒。」據此，二詩皆切肖嚴之爲人。文宗紀：大和五年（八三一）八月丙戌，京兆尹龐嚴卒，是時禹錫猶未奉蘇州之命，故在京與嚴有往還也。

又按：張祜有哭京兆龐尹詩云：「揚子江頭昔共迷，一爲京兆隔雲泥。故人昨日同時弔，舊馬同時別處嘶。向壁愁眉無復畫，扶牀稚子已能啼。也知世路名堪貴，誰信莊周物論齊？」是嚴有少妾幼子，與禹錫詩之「得疾還因倚少年」及「哭殺畫眉人」正相合。又馬戴同題云：「神州喪賢尹，父老泣關中。未盡平生願，纔留及物功。清光沉皎月，素業振遺風。履跡莓苔掩，珂聲紫陌空。從來受知者，會葬漢陵東。」末句亦與禹錫詩之「人間空歎茂陵阡」相合。可見禹錫詩多有本事，語無泛設，如此之比，不可悉數，文獻無徵，所能考見者亦不過鱗爪耳。

再傷龐尹

京兆歸何處？章臺空莫塵。可憐鸞鏡下，哭殺畫眉人。

哭王僕射相公

名播，時兼鹽鐵，暴薨。

于侯一日病，滕公千載歸。門庭颯已變，風物慘無輝。羣吏謁新府，舊賓沾素衣。歌堂忽暮哭，賀雀盡驚飛。

【校】

〔于侯〕崇本、緘本均作子侯，緘本、全唐詩均注云：一作于侯，又作子輿。按：詩意似言平日聲勢之煊赫，一旦炎涼頓改，故題下特注「時兼鹽鐵」一語。史記封禪書：武帝封泰山時，子侯暴病一日死。子侯，霍去病子，奉車都尉從登山者。禹錫當是用此。校者不知而臆改，乃扣槃捫燭之説也。

〔颯已〕全唐詩颯作愴，注云：一作颯。

〔慘〕全唐詩作憯。

〔賀雀〕英華賀作駕，非。

【箋證】

按：王僕射謂王播，舊唐書一六四、新唐書一六七均有傳。傳云：「擢進士第，登賢良方正制科，授集賢校理，再遷監察御史，轉殿中，歷侍御史。貞元末，倖臣李實爲京兆尹，恃恩頗横，嘗遇播於途不避。故事，尹避臺官。播移文詆之，實怒，後奏爲三原令，欲挫之。……順宗即位，除駕部郎中，改長安令，歲中，遷工部郎中知臺雜。刺舉綱憲，爲人所稱。轉考功郎中，出爲虢州刺史。李巽領鹽鐵，奏爲副使、兵部郎中。元和五年（八一〇），代李夷簡爲御史中丞，振舉朝章，百職修舉。十月，代許孟容爲京兆尹。……六年（八一一）三月，轉刑部侍郎，充諸道鹽鐵轉運使。……十年四月，改禮部尚書，領使如故。先是李巽以程异爲江淮院官，异又通泉貨，及播領使，奏之爲副。當王師討吴元濟，令异乘傳往江淮，賦輿大集，以至賊平，深有力焉。及皇甫鎛用事，恐播大用，乃請以使務命程异領之，播守本官而已。十三年（八一八），檢校户部尚書、成都尹、劍南西川節度使。穆宗即位，皇甫鎛貶，播累表求還京師。長慶元年（八二一）七月，徵還，拜刑部尚書，復領鹽鐵轉運等使。十月，兼中書侍郎、平章事，領使如故。長慶中，内外權臣，率多假借，播因銅鹽擢居輔弼，專以承迎爲事，而安危啓沃，不措一言。時河北復叛，朝廷用兵，會裴度自太原入覲，朝野物論言度不宜居外。明年三月，留度復知政事，以播代度爲淮南節度使、檢校右僕射，領使如故。仍請攜鹽鐵印赴鎮，上都院印請别給賜，從之。播至淮南，屬歲旱儉，人相啖食，課最不充，設法掊斂，比屋嗟怨。敬宗即位，就加銀青光禄大夫、檢校司空，罷鹽鐵轉運使。

時中尉王守澄用事，播自落利權，廣求珍異，令腹心吏內結守澄以爲之助。守澄乘間啓奏，謂播有才，上於延英言之。諫議大夫獨孤朗、張仲方，起居郎孔敏行、柳公權、宋申錫，補闕韋仁實、劉敦儒，拾遺李景讓、薛廷老等請開延英，面奏播之姦邪，交結寵倖，復求大用。天子沖幼，不能用其言；自是物議紛然不息。明年正月，播復領鹽鐵轉運使。播既得舊職，乃於銅鹽之內巧爲賦斂，以事月進，名爲羨餘，其實正額。務希獎擢，不恤人言。……大和元年（八二七）五月，自淮南入覲，進大小銀盌三千四百枚，綾絹二十萬匹。六月，拜尚書左僕射同平章事，領使如故。……四年（八三〇）正月，患喉腫暴卒，時年七十二。」據此，播之爲人亦大略可知矣。又觀李宗閔爲播撰神道碑，敍其筦鹽鐵云：「權征之外有雜緡，率貢內帑，號爲羨進，貞元中歲不過二十萬緡，及公歲貢百萬緡。凡國有大征伐，不慮其費之有無。洎丞相晉公專征討之事，兵食之給悉出於公，公方從容以贊其成。及滄景平，公有協力之助。自御史中丞京兆尹總賦秉政，未嘗書笏爲記，善於啓奏。天子不能自守其喜怒，公以專志持務密匡於上，行己寡徒，不喜伐露，由是數帝任遇，多被恩澤，權利去留如在諸己，人多意公能詭合於時。及公再持相印，與晉公洎一二公同輔於上，趨向甚直，雅符於道。苟所舉公是，公必扶之，即非是，公遂嘿嘿不和。由是上知公厚重而同列亦聳待之，乃見公之所爲，與向之所知者期公蓋甚戾也。公既屈於名而伸於富貴，豈非盛德君子神明之所祐耶？」是時播之弟起已貴顯矣，而宗閔爲是碑詞氣抑揚若此，播之不爲公論所許更可想見。禹錫有代諸郎中祭王相國文，見外集卷十，此則自抒己意，亦似有微詞也。詩中「于侯一日病」之于侯，當作子侯，謂霍光子從武帝登泰山，暴病一日死。祭文云得君如此，故以霍子侯爲喻。歌堂暮哭之句亦以見其平日聲勢之煊赫也。

傷韋賓客縝 自工部尚書除賓客。

韋公八十餘，位至六尚書。五福唯無富，一生誰得如？桂枝攀最久，蘭省出仍初。海内時流盡，何人動素車？

【校】

〔題〕除賓客，結一本除下衍兵字。

〔八十〕崇本十作年。

〔攀最〕全唐詩注云：一作收實。

【箋證】

按：舊唐書文宗紀，開成元年（八三六）正月，祕書監韋縝爲工部尚書。此詩原注云：「自工部尚書除賓客」，去其卒必不甚遠，禹錫已自同州歸洛陽矣。韋縝事跡不詳。陸增祥金石續編有韋夫人王氏墓誌，哀子前鄉貢進士縝撰并書。陸氏云：「誌稱歸於下邽公，予曩時先得有韋公玄堂志，名端者即其人也。端後又官陽翟縣丞及國子監主簿而致仕，其卒葬在元和十五年（八二

○）。據玄堂志稱嗣子縝、系、綀、紓、絇，此作縝、潔、系、綰、紓，有潔、綰而無綀、絇，序次亦復不同。」又玄堂志，縝系銜爲工部郎中。則其人至大和中已八十餘，位至尚書，年代仕履應略相當，疑即其人。

再經故元九相公宅池上作

故池春又至，一到一傷情。雁鶩羣猶下，蛙蠙衣已生。竹叢身後長，臺勢雨來傾。六尺孤安在？人間未有名。

【校】

〔蠙〕全唐詩作螟，注云：一作蠙。

【注】

〔安在〕畿本、全唐詩安下均注云：一作猶。

〔蛙蠙衣〕莊子至樂：得水則爲㡭，得水土之際，則爲鼃蠙之衣。

【箋證】

按：元九相公謂元稹。白居易寄微之詩云：「樹依興善老，草傍靖安哀。」注云：「微之宅在靖安坊西近興善寺。」唐兩京城坊考三，靖安坊在朱雀門街東第一街。惟同書載東都履信坊有元稹宅，引白居易詩注云：微之履信新居多水竹。禹錫此詩題有「池上」之語，又有「竹叢春後長」之句，當是指東都之宅。稹以大和五年（八三一）七月卒於武昌，禹錫蓋於開成中以賓客分司東都時再經其宅。

劉禹錫集箋證外集卷第一

詩

翰林白二十二學士見寄詩一百篇因以答貺

吟君遺我百篇詩，使我獨坐形神馳。玉琴清夜人不語，琪樹春朝風正吹。郢人斤斲無痕跡，仙人衣裳棄刀尺。世人方内欲相尋，行盡四維無處覓。

【校】

〔題〕全唐詩貺下注云：一作贈。

【注】

〔郢人斤〕莊子徐無鬼：郢人堊慢其鼻端，若蠅翼，使匠石斲之。匠石運斤成風，聽而斲之，盡堊而鼻不傷。郢人立不失容。

【箋證】

按：白二十二謂白居易。據本傳，元和二年（八〇七）十一月，自盩厔尉、集賢校理召入爲翰林學士。三年五月，拜左拾遺。六年四月，丁母憂出翰林。其在翰林時，禹錫已謫朗州矣。二人於貞元末同在京，曾否過從，無明文可據。但居易既曾示以詩至一百篇，似非交誼深厚者不及此。今長慶集中居易在翰林時無投贈禹錫之作，蓋兩家之集皆罕存少作，不能斷其必無也。白集中劉白唱和集解敍二人之酬唱云：「一二年來，日尋筆硯，同和贈答，不覺滋多。至大和三年（八二九）春已前，紙墨所存者凡一百三十八首。」然則二人唱和之勤，實以大和元二年（八二八）爲始，揚州之相逢（酬樂天揚州初逢席上見贈詩見下）雖未必爲初見，亦可云在此以前未嘗有詩篇往來。意者居易在翰林時一度寄此百篇之詩，此後彼此蹤跡阻隔無由致聲耳。

又按：此詩評居易之詩以郢人斤斵、仙人衣裳爲喻，頗具別解，似謂其飛行絕迹無從摹擬。自今日觀之，殊有擬於不倫之感，疑居易早年之作與後來塗徑稍殊。

始至雲安寄兵部韓侍郎中書白舍人二公近曾遠守故有屬焉

天外巴子國，山頭白帝城。波清蜀村盡，雲散荒臺傾。迅瀨下哮吼，兩岸勢爭衡。陰風鬼神過，暴雨蛟龍生。硤斷見孤邑，江流照飛甍。蠻軍擊嚴鼓，筰馬引雙旌。望闕遥拜舞，分庭備將迎。銅符一以合，文墨紛來縈。暮色四山起，愁猿數處聲。重關羣吏散，静室寒燈明。故人青霞意，飛舞集蓬瀛。昔曾在池籞，應知魚鳥情。

【校】

〔蜀村〕紹本、全唐詩村作棟，崇本作栜。

〔荒臺〕紹本、崇本荒作楚，似是。

〔舞集〕紹本集作焦。

【注】

〔雲安〕天寶中夔州爲雲安郡。

〔巴子國〕蜀東地區在春秋爲巴國，夔州即漢、魏以後之巴東郡。

〔蠻軍〕杜甫詩：絶塞烏蠻北，孤城白帝邊。唐人指夔州之習用語。

〔筰〕史記西南夷列傳：自嶲以東北，君長以什數，徙、筰都最大。

〔銅符〕刺史頒魚符制。

【箋證】

按：禹錫授夔州刺史是長慶元年（八二一）冬事，韓愈除兵部侍郎在是年七月，居易拜中書舍人在十月，是詩必元年（八二一）冬二年（八二二）春作。元和之末，愈自刑部侍郎貶潮州刺史，未幾量移袁州，居易則自江州司馬除忠州刺史，故云二公近曾遠守。禹錫遥聞二人一則聲望方隆，一則初膺峻擢，指顧可期柄政，故望其援引。而不料居易未及一年即出守杭州，而愈亦停滯不進，兩年之間遂卒也。禹錫與愈爲素交，已見本集卷十。居易前此往還之迹雖不見於集中，據此詩亦可決其非夙無交誼者。

又按：韓、白二人在長慶初雖同躋貴近，似頗不相能，白詩中頗有微詞，如云：「近來韓閣老，踈我我心知。」而韓詩中亦寓調侃，如云：「曲江水滿花千樹，有底忙時不肯來？」是時國是紛紜，裴度與稹齟齬，元、白交誼素篤，人所共知，而韓則裴之舊僚，各有黨援。稹於二年（八二二）六月罷相，居易即於七月出守杭州，情事顯然。禹錫在外年久，或於朝端門户恩仇尚未深悉，故以韓、白並舉。

白舍人自杭州寄新詩有柳色春藏蘇小家之句因而戲酬兼寄浙東元相公

錢塘山水有奇聲，暫謫仙官守百城。女妓還聞名小小，使君誰許喚卿卿？鼇驚震海風雷起，蜃鬬嘘天樓閣成。莫道騷人在三楚，文星今向斗牛明。

【校】

〔守百城〕結一本守作有，誤。全唐詩作鎖。

【注】

〔小小〕李商隱詩：蘇小小墳今在否。馮注引樂府廣題云蘇小小，錢塘名倡也，南齊時人。

【箋證】

按：居易集中載原詩云：「望海樓明照曙霞，護江堤白踏晴沙。濤聲夜入伍員廟，柳色春藏蘇小家。紅袖織綾誇柿蒂；青旗沽酒趁梨花。誰開湖寺西南路？草綠裙腰一道斜。」玩詩意自是春時所作。長慶三年（八二三）爲居易任杭州刺史之第二春，元稹自同州刺史遷浙東觀察使在長慶三年（八二三）八月，故禹錫和此詩必在四年（八二四）春矣。杭、越皆近海，故詩有「鼇驚震海」，「蜃鬬嘘天」一聯，蜃鬬似暗指讒人之把持政局，爲稹之罷相出鎮鳴不平也。禹錫與稹於元和中同在謫籍，江陵、朗州，聲息相通，元和九年（八一四）同赴召，十年（八一五）又同貶，爲患難至交。又稹爲韋夏卿壻，禹錫曾遊夏卿之門，柳宗元、李景儉、吕温、李德裕、李紳諸人皆同與元、劉夙契，故元、劉在政潮中爲同臭味者，反較白、劉專爲文字交者更親密也。

春日書懷寄東洛白二十二楊八二庶子

曾向空門學坐禪，如今萬事盡忘筌。眼前名利同春夢，醉裏風情敵少年。野草芳菲紅錦地，游絲撩亂碧羅天。心知洛下閑才子，不作詩魔即酒顛。

【校】

〔題〕崇本二十二下有學士二字，按：與下文楊八二庶子不相應，顯不足據。

〔酒顛〕全唐詩酒下注云：一作醉。

【注】

〔庶子〕據職官志，太子左春坊左庶子二人，正四品上，右春坊右庶子二人，正四品下。

〔忘筌〕莊子外物：筌者所以在魚，得魚而忘筌。蹄者所以在兔，得兔而忘蹄。言者所以在意，得意而忘言。吾安得夫忘言之人而與之言哉？

【箋證】

按：白居易有除官赴闕留贈微之詩云：「去年十月半，君來過浙東。今年五月盡，我發向闕中。」謂居易長慶四年（八二四）除庶子也。禹錫以長慶四年（八二四）秋始離夔州，此詩既云春日書懷，則必爲寶曆元年（八二五）之春，已在和州矣。楊八謂楊歸厚，已見本集卷八、十八、二十四。居易與歸厚亦舊交，居易刺忠州，歸厚刺萬州爲鄰郡，屢有往還之詩。白集中有酬楊八一詩云：「君以曠懷宜静境，我因蹇步得閒官。閉門足病非高士，勞作雲心鶴眼看。」正編於庶子分司時。又有贈楊使君一詩云：「曾嗟放逐同巴峽，且喜歸還會洛陽。時命到來須作用，功名未立莫思量。銀銜叱撥欺風雪，金屑琵琶費酒漿。更待城東桃李發，共君沉醉兩三場。」首句似即指歸厚曾刺萬州，而末聯又頗似與禹錫此詩之「心知洛下閑才子，不作詩魔即酒顛」之句相應，蓋禹錫亦知二人爲詩酒之侶也。

白舍人見酬拙詩因以寄謝

雖陪三品散班中，資歷從來事不同。名姓也曾鐫石柱，詩篇未得上屏風。甘陵舊黨彫零盡，魏闕新知禮數崇。煙水五湖如有伴，猶應堪作釣魚翁。

【箋證】

按：白集中有答劉和州禹錫詩云：「换印雖頻命未通，歷陽湖上又秋風。不教才展休明代，爲罰詩争造化功。我亦思歸田舍下，君應厭卧郡齋中。好相收拾爲閒伴，年齒官班約略同。」此詩首句即答白詩之末句，故云「雖陪三品散班中，資歷從來事不同」。末句「煙水五湖如有伴，猶應堪作釣魚翁」，即答白詩之第五句也。唐人和答之詩必與來詩相應，此詩與居易之詩用韻又同，無疑爲唱和之作，惟居易題中謂答劉和州，則禹錫必尚有一詩，未知爲何篇耳。居易以長慶元年（八二一）十月除中書舍人，故以此稱之。

〔三品散班〕唐制職事官品與階官品不必相應，如上州刺史雖列爲三品，其任刺史者本身之階官未必已至三品，則三品亦止空名而已，故云三品散班也。禹錫任和州時，尚未賜緋，祇能按刺史例借緋，非但未至三品，且未至五品。但禹錫任郎官學士時則已加朝散銜，（見外集卷六酬嚴給事賀加五品詩）故至蘇州而加賜金紫。白居易任忠州刺史時借緋，及以郎官内召，反須脱緋著緑，故有詩云：「便留朱紱還鈴閣，卻着青袍侍玉除。無奈嬌癡三歲女，繞腰啼哭覓銀魚。」又重和元少尹詩云：「鳳閣舍人京亞尹，白頭俱未着緋衫。南宮起請無消息，朝散何時得入銜。」謂必階官加至朝散大夫，方得按階官五品例着緋。

〔石柱〕唐有尚書省郎官石柱，曾任郎官者皆鐫名其上，禹錫貞元中曾任屯田員外郎，唐時以尚書省郎官爲貴要，故有「名姓也曾鐫石柱」之語。

〔甘陵舊黨〕東漢甘陵南北部之争，由周福、房植兩家而起，遂成黨錮之禍，此借喻王、韋之黨。禹錫作此詩在長慶中，王、韋一黨中人，除已被害者外，如淩準、吕温、柳宗元、程异，皆先後物故，故有凋零盡之語。

〔魏闕〕魏闕謂朝廷，此謂居易方掌綸誥，行將貴顯也。以上兩聯，皆上句自指，下句指居易，承「資歷從來事不同」之故而加以疏解。

白舍人曹長寄新詩有遊宴之盛因以戲酬

蘇州刺史例能詩，西掖今來替左司。二八城門開道路，五千兵馬引旌旗。水通山寺笙歌去，騎過虹橋劍戟隨。若共吴王鬬百草，不如應是欠西施。

【校】

〔不如應是〕全唐詩注云：一作不知惟是。

【注】

〔二八〕二八十六，蓋指蘇州城門之數。

【箋證】

按：居易以寶曆元年三月除蘇州刺史，禹錫於先一年抵和州刺史任。此詩自是居易抵任以後，禹錫自和州寄酬。白集中有夜歸詩云：「逐勝移朝宴，留歡放晚衙。賓寮多謝客，騎從半吴娃。」所謂新詩有遊宴之盛，或即指此。又重答劉和州詩云：「分無佳麗敵西施，敢有文章替左司？隨分笙歌聊自樂，等閑篇詠被人知。花邊妓引尋香徑，月下僧留宿劍池。可惜當時好風景，吴王應不解吟詩。」即對禹錫此詩「蘇州刺史例能詩，西掖今來替左司」及「若共吴王鬬百草，不如應是欠西施」之句作答也。又居易有酬劉和州戲贈詩云：「錢唐山水接蘇臺，兩地褰帷愧不才。政事素無争學得，風情舊有且將來。雙蛾解珮啼相送，五馬嗚珂笑卻回。不似劉郎無景行，長抛春恨在天台。」似亦即答禹錫此詩，故前一首題云重答。劉郎天台之語，乃用劉晨入天台遇仙女之傳説，聊以關合其姓，乃戲言，無事實也。

〔曹長〕唐人郎官相呼爲曹長，以尚書六部即六曹也。居易以元和末年自司門員外郎遷主客郎中，禹錫與之先後任郎官，故以稱之。兼稱舍人者，唐人以中書舍人爲清資貴秩，雖去官猶以此爲榮也。

〔西掖〕唐中書省在西，故稱西掖，居易自中書舍人除蘇州刺史，故以此稱之。

〔左司〕左司謂韋應物曾爲左司郎官。唐制尚書省設左右司，分轄六部。左右司各有郎中、員外郎。韋以詩人爲蘇州刺史，有重名。詩意謂居易官職聲名足繼應物之後。

〔五千兵馬〕居易到蘇州後有詩云：「版圖十萬户，兵籍五千人。」又云：「五千子弟守封疆。」五千兵馬乃蘇州全境之兵額，非泛語。

〔鬬百草〕翟灝通俗編云：「鬬百草，兒戲也。劉禹錫有若共吴王鬬百草句，七修續稿謂起于吴王，非也。申公詩説以芣苢爲兒童嬉戲歌謡之詞，則周初已有此戲矣。」按：鬬草爲唐時流行之遊戲，詩意不過謂倘與吴王争勝云云，似非真謂吴王當時曾鬬百草。

蘇州白舍人寄新詩有歎早白無兒之句因以贈之

莫嗟華髮與無兒，卻是人間久遠期。雪裏高山頭白早，海中仙果子生遲。于公必有高門慶，謝守何煩曉鏡悲。幸免如新分非淺，祝君長詠夢熊詩。高山本高，于門使之高，二義有殊，古之詩流曉此。

【校】

〔題〕才調集只作寄樂天三字。

〔人間〕全唐詩間下注云：一作生。

〔如新〕又玄、才調集新均作斯，非。

〔有殊〕紹本、崇本無有字，全唐詩有作故。

【注】

〔如新〕古語：「白頭如新，傾蓋如故。」見史記鄒陽傳。謂舊交之淺者無異新交，而新相知反有勝於舊交者。此句言居易雖已頭白，而交情則不至蹈如新之譏也。

〔夢熊〕詩小雅斯干：維熊維羆，男子之祥語。

【箋證】

按：居易原詩題作自詠，詩云：「形容瘦薄詩情苦，豈是人間有相人？只合一生眠白屋，何因三度擁朱輪？金章未佩雖非貴，銀榼常攜亦不貧。惟是無兒頭早白，被天磨折恰平均。」又吟前篇因寄微之云：「君顔貴茂不清羸，君句雄華不苦悲。何事遣君還似我，髭鬚早白亦無兒。」故禹錫作此慰之。居易劉白唱和集解云：「今垂老復遇夢得，得非重不幸耶？夢得，夢得！文之神妙，莫先於詩，若妙與神，則吾豈敢？如夢得雪裏高山頭白早，海中仙果子生遲；沉舟側畔千帆過，病樹前頭萬木春之句之類，真謂神妙，在在處處應當有靈物護之，豈惟兩家子姪秘藏而已！」

又按：王士禛香祖筆記五云：「白樂天論詩多不可解。如劉夢得雪裏高山頭白早，海中仙果子生遲；沉舟側畔千帆過，病樹前頭萬木春等句，最爲下劣。而樂天乃極賞歎，以爲此等語在在當有神物護持，悖謬甚矣。元、白二集瑕瑜雜陳，持擇須慎，初學人尤不可觀之。白詩晚歲重複，十而七八，絶句作眼前景語，卻往往入妙。如上得籃輿未能去，春風敷水店門前；可憐九月初三夜，露似真珠月似弓之類：似出率意，而風趣非復雕琢可及。」王氏復載此説於池北偶談，而更綴一語云：「元、白於盛唐諸家興會超詣之妙全未夢見。」此語彌露出王氏本色矣。蓋王氏於詩專主神韻，但從虚處求風致之超妙，甚至但從字面求色澤之鮮華，而於興觀羣怨之本旨全不體會。彼云元、白未夢見盛唐諸家之妙，而不知盛唐諸家所謂妙者，至元和時代已爲土飯陳羹，不須更標舉矣。禹錫此二聯所以博居易之賞歎者，以其體物類情，感人深切。王氏際遇不同，宜其如秦、越之不相關也。至趙執信蓄意與王氏爲難，雖駁王氏，亦未爲真知禹錫者。其言曰：「詩人貴知學，尤貴知道。東坡論少陵詩外尚有事在是也。劉賓客詩云：沉舟側畔千帆過，病樹前頭萬木春，有道之言也，白傅亟推之，余嘗舉似阮翁，答曰我所不解。阮翁酷不喜少陵，特不敢顯攻之，每舉楊大年村夫子之目以語客，又薄樂天而惡羅昭諫。余謂昭諫無論矣，樂天秦中吟、新樂府而可薄，是絶小雅也。」（見談龍録）雖不足以盡劉、白二人之識解，論已高出王氏，且深中王氏之病矣。又王氏之論，明人已啓之，王世貞藝苑卮言云：「白極重劉雪裏高山頭白早，海中仙果子生遲；沉舟側畔千帆過，病樹前頭萬木春，以爲有神助，此不過學究之小有致者。」大抵當居易之時，諸家之詩非過求奇詭即墨守陳規，如禹錫之設譬使事清切動人者，似居易交遊中尚無其比也。自禹錫開此風氣，温、李繼之而起，宋人益加發揚，於律句尤多警鍊之作，轉而觀居易所舉禹錫之兩聯，遂覺其平平無足異。王世貞、王士禛二家之論，皆不深悉劉詩在元和有開創之功，而白、劉又各有短長。白所以深服劉者，自知不及劉之清切也。不能知人論世，則説詩終不免一隅之見。

〔于公〕漢書于定國傳：「定國父于公，其閭門壞，父老方共治之，于公謂曰：少高大門閭，令容駟馬高蓋車，我治獄多陰德，未嘗有所寃，子孫必有興者。」于公高門一語出文選劉孝標辨命論。高門之高是動詞，禹錫自注，本於漢書，可謂一字不苟。

〔謝守〕謝朓冬緒羈懷詩云：「寒燈耿宵夢，清鏡悲曉髮。」即禹錫此句所本，居易原詩有形容疲薄之語，故用此爲答，于公承子生遲而言，謝守承頭白早而言，非但詩律細密而有變化，且見唐人無不熟精二謝者。

和汴州令狐相公到鎮改月偶書所懷二十二韻

受脤新梁苑，和羹舊傅巖。援毫動星宿，垂釣取韜鈐。赫奕三川至，歡呼百姓瞻。綠油貔虎擁，青紙鳳凰銜。外壘曾無警，中廚亦罷監。推誠人自服，去殺令逾嚴。赳赳容皆飾，幡幡口盡鉗。爲兄憐庾翼，選壻得蕭咸。鬱屈咽喉地，駢闐水陸兼。渡橋鳴紺幰，入肆颺雲帆。端月當中氣，東風應遠占。管絃喧夜景，燈燭掩寒蟾。酒每傾三雅，書能發百函。詞人羞布鼓，遠客獻貂襜。歌榭白團扇，舞筵金縷衫。旌旗遥一簇，舄履近相攙。花樹當朱閣，晴河逼翠簾。夜風飄鬖鬡，燭淚滴巉巖。玉斝虚頻易，金爐暖重添。映鐶窺豔豔，隔袖見纖纖。謝傅何由接？桓伊定不凡。應憐郡齋老，旦夕鑷霜髯。

【校】

〔百姓〕紹本百作萬。

〔屈〕紹本、崇本、全唐詩均作倔。

〔闐〕全唐詩作臻。

〔夜風〕全唐詩夜作衣，似是。

〔重添〕紹本、崇本、全唐詩重均作更。

〔映鐶〕崇本鐶作鬟。

【注】

〔受脤〕左傳閔二年：帥師者受命於廟，受脤於社。

〔梁苑〕漢書梁孝王傳：於是孝王築東苑，方三百餘里。西京雜記：梁孝王苑中有落猨巖，棲龍岫，雁池、鶴洲，鳬島，諸宫觀相連，奇果佳樹瑰禽異獸靡不畢備。按唐人以梁苑爲汴州之通稱。

〔傅巖〕用書説命「若作和羹，爾惟鹽梅」語。和羹皆指爲相。令狐楚曾爲相，故以傅説比之而云舊傅巖。

〔百函〕宋書劉穆之傳，穆之與朱齡石並便尺牘，常於高祖坐與齡石答書，自旦至中，穆之得百函。

〔布鼓〕「持布鼓，過雷門」，語出漢書王尊傳。此句謂楚爲文章宗匠，詞人不敢自炫其能。

〔貂襜〕美人贈我貂襜褕，語出張衡四愁詩。此泛指貴重之服御，亦趁韻而已，非必有所指。

【箋證】

按：文宗紀，長慶四年（八二四）九月，河南尹令狐楚遷宣武節度使。其到鎮改月必已在冬仲。舊唐書本傳云：「汴軍素驕，累逐主帥，前後韓弘兄弟率以峻法繩之，人皆偷生，未能革志。楚長於撫理，……解其酷法，以仁惠爲治，去其太甚，軍民咸悦，翕然從化，後竟爲善地。」外集卷三第一首及第三首亦云：「汴州忽復承平事」，又云：「梁苑仁風一變初。」此詩云：「推誠人自服，去殺令逾嚴。」固屬溢美，知禹錫亦采諸當時之衆論。據詩之末聯，禹錫已抵和州任矣。

又按：楚之原詩未見，白居易同作云：「客有東征者，夷門一落帆。二年方得到，五日未爲淹。在浚旌重葺，游梁館更添。心因好善樂，貌爲禮賢謙。俗阜知敦勸，民安見察廉。仁風扇道路，陰雨膏閭閻。文律操將柄，兵機釣得鈐。碧幢油葉葉，紅旆火襜襜。景象春加麗，威容曉助巖。搶森赤豹尾，纛吒黑龍髯。門静塵初斂，城昏日半銜。選幽開後院，占勝坐前簷。平展絲頭毯，高褰錦額簾。雷槌柘枝鼓；雪擺胡騰衫。髮滑歌釵墜，粧光舞汗霑。迴燈花簇簇，過酒玉纖纖。饌盛盤心殢，醅濃盞底粘。陸珍熊掌爛，海味蟹螯鹹。福履千夫祝，形儀四座瞻。羊公長在峴，傅説莫歸巖。眷愛人人遍，風情事事兼。猶嫌客不醉，同賦夜厭厭。」居易與楚之交誼遜於禹錫，故詞意亦稍泛。然比而觀之，亦可見唐時節鎮之規制。二人皆用一韻，必原詩如是。唐人和韻不必次韻也。

〔赫奕三川至〕此句謂令狐楚自河南尹遷。

〔爲兄憐庾翼〕此句指楚有二弟從與定也，參見本集卷二令狐氏先廟碑。故以庾亮、庾翼兄弟爲比。

〔選壻得蕭咸〕楚之壻未知爲何人，漢蕭咸爲張禹壻，禹非正人，此不過趁韻，非有深意。

〔端月〕此謂楚以十月履任，當陽氣之初生也。

〔三雅〕意林五引典論云：「荆州牧劉表跨有南土，子弟驕貴，以酒器名三爵，上者爲伯雅，受七勝，中雅受六勝，季雅受五勝。」太平御覽一三八引勝作升。又逸老堂詩話云：「隱窟雜志：宋時閬州有三雅池，古有修此池得三銅器，狀如酒杯，各有篆文，曰伯雅、仲雅、季雅。」此恐附會，吴景旭歷代詩話有詳考。

〔不凡〕此聯上下句相承。晉書桓伊傳：「謝安爲讒言所間，幾不自保。一日宴坐，安與伊皆在，帝命伊奏樂，伊乃撫箏而歌曰：爲君既不易，爲臣良獨難云云，音節慷慨，安泣下霑襟，捋其鬚曰：使君於此不凡。帝甚有愧色。」禹錫於篇終出此二語，蓋謂元和中彼此皆遭屈抑，由此而定交，惟桓伊能知謝傅故也。今者謝傅（謂楚）復起矣，猶記桓伊（自謂）否乎？故下文即接以「應憐郡齋老」，望楚之援引甚切，而不謂楚竟不能爲力。

白太守行

聞有白太守，棄官歸舊谿。蘇州十萬户，盡作嬰兒啼。太守駐行舟，閶門草萋萋。揮袂謝啼者，依然兩眉低。朱户非不崇，我心如重狴。華池非不清，意在寥廓棲。夸者竊所怪，賢者默思齊。我爲太守行，題在隱起珪。

【校】

〔棄官〕全唐詩棄作拋，注云：一作棄，紹本、崇本則棄均作地，未詳其故。

【箋證】

按：居易本傳云：「文宗即位，徵拜秘書監。」此詩即其去蘇州北上時所作。白集中有答白太守行云：「吏滿六百石，昔賢輒去之。秩登二千石，今我方罷歸。我秩訝已多，我歸慚已遲。猶勝塵土下，終老無休時。卧乞百日告，起吟五篇詩。朝與府吏別，暮與州民辭。去年到郡時，麥穗黄離離。今年去郡日，稻花白霏霏。爲郡已周歲，半歲罹旱飢。襦袴無一片，甘棠無一枝。何乃老與幼，泣别盡霑衣！下慚蘇人淚，上愧劉君辭。」即答禹錫之作也。居易又有寶曆二年八月三十日夜夢後作一詩云：「塵纓忽解誠堪喜，世網重來未可知。莫忘全吴館中夢，嶺南泥雨步行時。」八月三十日蓋即其去官之日，與「稻花白霏霏」之語差合。然履任甫一年，非報滿之時，何至請百日長告而亟亟去官？蓋寶曆元年（八二五）乃李逢吉用事之時，而二年（八二六）則裴度復入知政事。居易之所以赴官而又急於去官之故不言可喻矣。故去官還京，果相繼有秘書監、刑部侍郎之授，禹錫此詩云「棄官歸舊谿」，恐猶未深悉其中情事。

〔十萬户〕居易在蘇州之詩有云：「版圖十萬户，兵籍五千人。」又云：「十萬夫家供課税，五千子弟守封疆。」蓋蘇州户口約數如此。

〔隱起珪〕荀昶詩：「命僕開弋綈，中有隱起珪。長跪讀隱珪，辭苦意亦悽。」禹錫用此。

酬樂天揚州初逢席上見贈

巴山楚水淒涼地，二十三年棄置身。懷舊空吟聞笛賦，到鄉翻似爛柯人。沉舟側畔千帆過，病樹前頭萬木春。今日聽君歌一曲，暫憑盃酒長精神。

【校】

〔到鄉〕紹本、崇本鄉均作郡，誤。

【注】

〔聞笛〕聞鄰人吹笛而追思曩昔，語出向秀思舊賦，此句乃并潘岳懷舊賦而言之，古人常有合二事而併用者。庾信傷王褒詩：惟有山湯笛，悽餘思舊篇。禹錫亦暗用此語。

〔爛柯〕王質遇仙，歸鄉則所執之樵斧柄已爛矣。柯，斧柄也。事見述異記。

【箋證】

按：居易與禹錫前此晤面於何時，誠未可定，然詩札往還，已具如前述矣。所謂揚州初逢者，謂此時方得快晤耳。二人相契始終無間，實於此見其端。外集卷四二人聯句，白云：「憶罷吳門守，相逢楚水潯。」劉云：「笑言誠莫逆，造次必相箴。」皆此時情景之寫實也。自此亦直稱居易之字樂天，非公宴不稱其官矣。居易醉贈劉二十八使君詩云：「爲我引杯添酒興，與君把筯擊盤歌。詩稱國手徒爲爾，命壓人頭不奈何。舉眼風光長寂寞，滿朝官職獨蹉跎。亦知合被才名折，二十三年折太多。」禹錫即答此詩，故云：「今日聽君歌一曲，暫憑杯酒長精神。」居易僅以寂寞蹉跎爲之抱屈，禹錫則猶有不甘自棄之壯志焉。彼此皆言二十三年，當有實據，今試爲計之，禹錫以永貞元年貶官，永貞一年，元和十五年，長慶四年，寶曆二年，實止二十二年。揚州相逢在寶曆二年歲杪，意者并大和元年而預計之也？

又按：此詩「沉舟」一聯爲居易所極稱，已見前。取譬精切而有生氣，誠爲名句。沈德潛云：「沉舟二語見人事之不齊，造化亦無如之何。悟得此旨，終身無不平之心矣。」（見唐詩别裁）

雖亦有所見，恐適與禹錫之精神相背馳。蓋沉舟病樹雖喻己之淪滯，然仍屹然無恙，方與下文「暫憑杯酒長精神」之意相關合。

同樂天登棲靈寺塔

步步相攜不覺難，九層雲外倚欄杆。忽然語笑半天上，無限遊人舉眼看。

【校】

〔舉眼〕崇本舉作興，按：上句詞意，應以舉眼爲是。

【箋證】

按：白集中有與夢得同登棲靈塔詩云：「半月悠悠在廣陵，何樓何塔不同登。共憐筋力猶堪在，上到棲靈第九層。」蓋白唱而劉和。藉此可見二人在揚州勾留頗久。

〔棲靈寺〕李白集有秋日登揚州西靈塔詩，高適、李翱亦均有詩，作棲靈，實即一也。高僧傳二集一九：揚州西靈塔寺懷信傳：「會昌二年癸亥歲（八四二）……有淮南詞客劉隱之薄遊四明，旅泊之宵，夢中如泛海焉。迴顧見塔一所，東度見是淮南西靈寺塔。其塔峻峙，制度較胡太后永寧塔少分耳。其塔第三層見信憑欄與隱之交談，且曰：轉送塔過東海，……後數日天火焚塔俱燼，白雨傾澍，旁有草堂，一無所損。」疑此即會昌毀寺之傅會，此後棲靈寺無後入於吟詠者矣。

罷郡歸洛途次山陽留辭郭中丞使君

自到山陽不許辭，高齋日夜有佳期。管絃正合看書院，語笑方酬各詠詩。銀漢雪晴褰翠幕，清淮月影落金卮。洛陽歸客明朝去，容趁城東花發時。

【箋證】

按：郭使君謂楚州刺史郭行餘，舊唐書一六九、新唐書一七九均有傳。作此詩時禹錫方偕居易由揚州北至楚州。詩中「管絃正合看書院，語笑方酬各詠詩」，皆非泛語。行餘本傳云：「亦登進士第，大和初累官至楚州刺史。五年（八三一），移刺汝州兼御史中丞（據此詩題，刺楚州時已帶中丞，傳小誤。），九月，入爲大理卿。李訓在東都時，與行餘親善，行餘數相餉遺，至是用爲九列。十一月，訓欲竊發，令其募兵，乃授邠寧節度使，訓敗族誅。」知行餘本文士。白集中亦有贈楚州郭使君詩云：「淮水東南第一州，山圍雉堞月當樓。黄金印綬懸腰底，白雪歌詩落筆頭。笑看兒童騎竹馬，醉攜賓客上仙舟。當家美事堆身上，何啻林宗與細侯？」劉乃留辭，白乃贈詩，其實爲同時同會所作，立言不同，則製題各異，唐人詩題字句皆有斟酌。

〔清淮〕輿地紀勝云：「淮水在射陽縣北五里。水經注云，淮水之會即城角也。左右兩川夾翼，二水入之，即泗口也。」山陽即漢射陽縣，其爲由淮入泗、汴之通道以此。

楚州開元寺北院枸杞臨井繁茂可觀羣賢賦詩因以繼和

僧房藥樹依寒井，井有香泉樹有靈。翠黛葉生籠石甃，殷紅子熟照銅瓶。枝繁本是仙人杖，根老新成瑞木形。上品功能甘露味，遠知一勺可延齡。

【校】

〔瑞木〕紹本、崇本、全唐詩本均作犬，是。按：枸杞即取狗爲名。李時珍本草綱目引續仙傳云：「朱孺子見溪側二花犬，逐入於枸杞叢下，掘之得根，形如二犬」，亦引此詩。作木者必校者不識其義而臆改。

〔遠知〕紹本、崇本、全唐詩遠作還。

【箋證】

按：白集中有和郭使君題枸杞詩：「山陽太守政嚴明，吏静人安無犬驚。不知靈藥根成狗，怪得時聞吠夜聲。」昔人以枸杞根爲狗形，故得此名，白、劉二詩皆據此爲言。蘇軾和陶桃花源詩：「苓龜亦晨吸，杞狗或夜吠。耘樵得甘芳，齕齧謝炮製。」亦可爲此詩作注。餘詳李時珍本草綱目。禹錫此詩專就井上枸杞立言，以枸杞多生於井上也。唐人多實地體察，故賦詠雖小事，亦頗足爲博物之資。其證詳附録中。

〔開元寺〕唐會要四八：天授元年（六九〇）十月二十九日，兩京及天下諸州各置大雲寺一所，至開元二十六年（七三八）六月一日，並改爲開元寺。

附録一　孟郊　井上枸杞架詩

深鎖銀泉甃，高葉架雲空。不與凡木並，自將仙蓋同。影疎千點月；聲細萬條風。迸子鄰溝外；飄香客位中。花杯承此飲，椿歲小無窮。

附録二　皎然　湛處士枸杞架歌

天生靈草生靈地，誤生人間人不貴。獨君井上有一根，始覺人間衆芳異。拖線垂絲宜曙看，徘徊滿架何珊珊！春風亦解愛此物，裊裊時來傍香實。溼雲綴葉擺不去，翠羽銜花驚畏失。肯羨孤松不凋色，皇天正氣肅不得。我獨全生異此輩，順時榮落不相背。孤松自被斧斤傷，獨我柔枝保無害。黄油酒囊石棋局，吾羨湛生心出俗。擷芳生影風灑懷，其致翛然此中足。

和樂天鸚鵡

養來鸚鵡觜初紅，宜在朱樓繡户中。頻學喚人緣性慧，偏能識主爲情通。斂毛睡足難銷日，嚲翅愁時願見風。誰遣聰明好顏色，事須安置入深籠。

【箋證】

按：居易原作云：「隴西鸚鵡到江東，養得經年嘴漸紅。常恐思歸先翦翅，每因餧食暫開籠。人憐巧語情雖重，鳥憶高飛意不同。應似朱門歌舞妓，深藏牢閉後房中。」首聯謂到蘇州任經年，以下皆言己之鬱鬱不得意。禹錫和作末聯即針對其語，而反以安置入深籠爲祝，原作以後房喻閒官，而和作則以深籠喻近密也。此詩與居易之詩皆編在兩家集中分別自蘇州、和州解任以後，尤可見作者之心情。據文宗紀，居易以大和元年（八二七）三月拜秘書監，蓋是時李逢吉罷相，裴度復知政事，韋處厚又新得柄，故居易不俟駕而行，以得離蘇州爲快。禹錫則望其入居近密，已亦有彈冠之喜也。

歲杪將發楚州呈樂天

楚澤雪初霽，楚城春欲歸。清淮變寒色，遠樹含晴暉。原野已多思，風霜潛減威。與君同旅鴈，北向刷毛衣。

【校】

〔晴暉〕紹本、崇本、全唐詩晴作清，按：與上句複，非。

〔潛滅〕全唐詩滅下注云：一作滅。

【注】

〔楚城〕楚州以戰國時楚之東境得名，楚城亦泛指楚地而言。

〔清淮〕輿地紀勝云：淮水在射陽縣北五里。水經注云：淮水之會即城角也。左右兩川夾翼，二水入之，即泗口也。山陽即漢射陽縣。故楚州在宋爲淮安軍。

【箋證】

按：白集有除日答夢得同發楚州詩云：「共作千里伴，俱爲一郡迴。歲陰中路盡，鄉思先春來。山雪晚猶在，淮冰清欲開。歸歟吟可作，休戀主人杯。」是詩成後即至大和元年（八二七）之元旦矣。詳詩意，二人勾留楚州之久，乃由郭行餘之挽留。

洛中逢白監同話遊梁之樂因寄宣武令狐相公

曾經謝病各遊梁，今日相逢憶孝王。少有一身兼將相，更能四面占文章。開顏座内催飛盞，迴首庭中看舞槍。借問風前兼月下，不知何客對胡牀。

【校】

〔迴首〕紹本首作手。

【注】

〔謝病〕謂羅郡後遊汴州，此借用司馬相如遊梁事。

〔胡牀〕此白以庾亮比令狐楚也。庾亮在武昌，佐吏乘秋夜登南樓，亮至，諸人將起避之。亮曰：諸君少住，老子於此興復不淺，遂據胡牀談詠竟坐。

【箋證】

按：白居易以大和元年（八二七）三月拜秘書監，故此詩題以白監稱之。白集中有早春同劉郎中寄宣武令狐相公詩云：「梁園不到一年强，遥想清吟對緑觴。更有何人能飲酌，新添幾卷好篇章？馬頭拂柳時迴轡，豹尾穿花暫亞槍。誰引相公開口笑，不逢白監與劉郎。」令狐楚亦有節度宣武酬樂天夢得詩云：「蓬萊仙監客曹郎，（原注：劉爲主客）曾枉高車客大梁。見擁旌旄治軍旅，知親筆硯事文章。愁看柳色懸離恨，憶遞花枝助酒狂。洛下相逢肯相寄，南金璀錯玉淒涼。」三首用韻皆同，自是三人互酬之作。據白詩不到一年之語，則二人之遊大梁應在大和元年（八二七）自楚州北歸時。或即在由泗入汴時便道往遊，或到洛陽後復結伴往遊，雖無確證。此詩之作在大和二年（八二八）則不容疑矣。然居易於大和二年（八二八）正月已遷刑部侍郎矣，不應猶稱秘書監。蓋尚未得刑部之命，先偶至洛，故禹錫詩題云「洛中逢白監」，逢者，本相隔而暫會之詞。居易詩題云「早春」，早春者正月之謂也。此首當與下一首次第互易，則情事方合。

〔孝王〕此借漢之梁孝王以喻汴帥，蓋以孝王好賓客，鄒陽、枚乘、司馬相如皆以文士在其左右，與令狐楚情事粗合。

〔四面占文章〕此即文能八面受敵之意，謂令狐楚以箋奏擅名也。後村詩話云：「夢得貞元間已爲郎官、御史，牛相方在場屋，投贄文卷，夢得飛筆塗竄。既貴來能忘，有曾把文章謁後塵之句。夢得答云：初見相如成賦日，後爲丞相掃門人。且飭諸子以己爲戒。（按：此據韋絢嘉話録之説）然和令狐相云：鮮有一身兼將相，更能四面擅文章。則依然故態。此章本次楚韻，若施之於綯，豈止掇兔葵燕麥之怒耶？同時八司馬皆高才，一斥不復，或咎時宰無樂育意，惟新史謂貪帝病昏，抑太子之明，深當其罪，後裴度爲夢得脱播州之行，憲宗怒而未解，非但諸公忌才也。」語殊似是而非。楚以擅長箋奏得名於時，且以其術授李商隱，禹錫此聯稱之適如其分，詩意謂於禄位之外兼富文才，實無譏諷之意。禹錫與楚素分之深，見於集中，殆無其比，何至有意譏諷？況此是禹錫自寄楚之詩，不知何所見而云次楚韻。八面占文章之占字亦不應改爲擅。宋人好議論而多影響附會，往往如此。至謂憲宗怒尚未解，非但諸公忌才，則近似。

河南王少尹宅宴張常侍白舍人兼呈盧郎中李員外二副使

將星夜落使星來，三省清臣到外臺。事重各銜天子詔，禮成同把故人盃。捲簾松竹雪初霽，滿院池塘春欲迴。第一林亭迎好客，殷勤莫惜玉山頹。

【校】

〔題〕英華「張常侍白舍人」六字作「張常侍二十六兄白舍人大監」，是。按：此時居易已爲秘書監，不應仍稱舍人前官。

〔故人〕英華作友人。

〔捲簾〕紹本作卷櫳。

〔莫惜〕英華惜作笑。

【注】

〔將星〕隋書天文志：天將軍十二星在婁北，主武兵。中央大星，天之大將也。

〔使星〕後漢書李郃傳：郃指星示云：有二使星向益州分野，故知之耳。

〔事重〕此句謂題中之張、白二人各有使命來洛，其事則不可詳矣，據下句禮成一語，或爲慰撫弔諭之使。

〔玉山〕用世説嵇叔夜醉若玉山之將崩語。李白詩：玉山自倒非人推。

【箋證】

按：王少尹及盧、李二副使待考，張常侍則張正甫也。舊唐書一六二正甫本傳云：「登進士第，從樊澤爲襄陽從事，累轉監察御史。于頔代澤，辟留正甫，正甫堅辭之，遂誣奏貶郴州長史，後由邕府徵拜殿中侍御史，遷户部員外郎，轉司封員外、兼侍御史知雜事。遷户部郎中，改河南尹。由尚書右丞爲同州刺史，入拜左散騎常侍、集賢殿學士判院事，轉工部尚書。五年（八三一），檢校兵部尚書、太子詹事。明年，以吏部尚書致仕。……大和八年（八三四）九月卒，年八十三。」正甫與居易同奉使至洛，且有兩副使，不知爲何事，然據白集中奉使途中戲贈張常侍詩云：「早風吹土滿長衢，驛騎星軺盡疾驅。共笑籃舁亦稱使，日馳一驛向東都。」閒散如此，必非急務矣。又據禹錫此詩之首句「將星夜落」一語可以定其年月。文宗紀，大和元年十一月己未朔丙申，天平、横海等軍節度使烏重胤卒。（己未朔不當有丙申，字誤。）「將星夜落」自即指此。此時禹錫猶以主客郎中分司在洛，而居易官爲秘書監，題云白舍人不合，英華在舍人之下有大監二字則是矣。舍人稱其原官，大監稱其今職，唐人慣例如此。且緣詩中有三省之語，不得不舉其原官也。

〔三省〕常侍屬門下省，舍人屬中書省，盧、李二郎官則屬尚書省，合之則三省皆備，此所以題中必舉居易之舍人舊官也。常侍、舍人、郎官皆唐時所謂清望官，故稱以清臣。

〔外臺〕魏、晉以後稱政府爲臺，故在京者爲中臺，在外者爲外臺。若漢官儀以尚書爲中臺，謁者爲外臺，裴松之謂蘭臺爲外臺，皆非其義。王維同崔傅答賢弟詩，首云「洛陽才子姑蘇客」，後云「衣冠若話外臺臣」。唐人概以州府爲外臺，於此可證。

鶴歎二首　并引

友人白樂天，去年罷吴郡，挈雙鶴雛以歸。予相遇於揚子津，閑翫終日。翔舞調態，一符相書。信華亭之尤物也。今年春樂天爲秘書監，不以鶴隨，置之洛陽第，一旦予入門，問訊其家人，鶴軒然來睨，如記相識，徘徊俛仰，似含情顧慕，填膺而不能言者。因作鶴歎以贈樂天。

寂寞一雙鶴，主人在西京。故巢吴苑樹，深院洛陽城。徐引竹間步，遠含雲外情。誰憐好風月，鄰舍夜吹笙。東鄰即王家。

丹頂宜承日，霜翎不染泥。愛池能久立，看月未成棲。一院春草長，三山歸路迷。主人朝謁早，貪養汝南雞。

【校】

〔閑翫〕全唐詩閑作閲，注云：一作閑。

〔一旦予〕結一本予作也，誤。

〔因作〕崇本因下有以字，非。

【注】

〔華亭〕用陸機「華亭鶴唳，可復聞乎」一語，華亭爲吴地，故官吴者以鶴爲此地所産，必求而致之。

〔吹笙〕吹笙用王子晉事，以切鄰家之王姓也。

【箋證】

按：詩引云：「友人白樂天去年罷吴郡，」謂寶曆二年（八二六）也。「今年春樂天爲秘書監」，謂大和元年（八二七）也。紀年最爲明確。據居易答詩稱禹錫爲劉郎中，則作此詩時禹錫已得主客郎中分司之命矣。（答詩見附録。）

又按：前人之評此詩者，詩人玉屑云：「衆禽中唯鶴標致高逸……至如鮑明遠舞鶴賦云：鍾浮曠之藻思，抱清迥之明心，杜子美云：老鶴萬裏心。李太白畫鶴贊云：長唳風宵，寂立霜晚。劉禹錫云：徐行竹間步，遠含雲外情。此乃奇語也。」

〔揚子津〕李白詩：「横江西望阻西秦，漢水東連揚子津。」王琦注：「永淳元年（六八二），析江都縣置揚子縣。揚子縣有瓜步，步即渡江處。横江，建康之西津。揚子，建康之東津也。」禹錫蓋於罷和州後遊建康（見外集卷八），自建康渡揚子津，因與居易同到揚州。

〔相書〕文選舞鶴賦李善注云：「相鶴經者，出自浮丘公，公以之授王子晉，崔文子者，學仙於子晉，得其文藏於嵩高山石室，及淮南八公採藥得之，遂傳於世。」按：隋書經籍志不載相鶴經，蓋已佚，賴李注猶得見其一斑。

〔汝南雞〕古雞鳴歌云：「東方欲明星爛縵，汝南晨雞登壇喚。」漢舊儀云：「汝南出長鳴雞。」

附録　白居易有雙鶴留在洛中忽見劉郎中依然鳴顧劉因爲鶴歎二篇寄予予以二絶句答之

辭鄉遠隔華亭水，逐我來棲緱嶺雲。慚愧稻粱長不飽，未曾回眼向雞羣。

荒草院中池水畔，銜恩不去又經春。見君驚喜雙迴顧，應爲吟聲似主人。

有所嗟

庾令樓中初見時，武昌春柳闘腰肢。相逢相笑盡如夢，爲雨爲雲今不知。

鄂渚濛濛煙雨微，女郎魂逐暮雲歸。只應長在漢陽渡，化作鴛鴦一隻飛。

【校】

〔春柳闘〕絶句作城外似。紹本、崇本、全唐詩闘均作似。

〔相笑〕全唐詩注云：一作失，紹本與一作同。絶句笑作識。

〔魂逐〕絶句魂作夢。

【箋證】

按：白集有和劉郎中傷鄂姬詩云：「不獨君嗟我亦嗟，西風北雪殺南花。不知月夜魂歸處，鸚鵡洲頭第幾家。」據其稱謂及「君嗟我亦嗟」之語，詩定作於此時，且和此篇無疑。禹錫來往武昌，皆不在春時，此詩「武昌春柳」之句，或是泛言。玩第一首「庾令樓中初見時」之句，似指李程鎮鄂岳時而言，程自元和十三年（八一八）至長慶四年（八二四）皆在武昌，而寶曆、大和之間，即禹錫作是詩時，正在河東節度使任。頗疑禹錫所悼之鄂姬即程之後房，攜至太原，失意而死者。故居易有「西風北雪殺南花」之句。果如此，則禹錫與程之情分可謂不同尋常，否則不能不稍避嫌也。

又按：禹錫於婦女之遭際悲苦者，皆不憚爲之費筆墨，如韋夏卿、張憖、房啓之妾及此鄂姬皆是。

又按：全唐詩亦編此詩於元稹卷内，以白詩證之，必非。

〔庾令樓〕輿地紀勝云：「鄂州南樓在郡治正南黄鵠山頂，中間嘗改爲白雲閣。元祐間知州方澤重建，復舊名，記文以爲庾亮所登故基，非也。亮所登乃武昌縣安樂宫之端門也。……今鄂州乃漢沙羨，當晉咸康時，沙羨未始有鄂及武昌之名，庾亮安復從至此？」按：庾亮所治雖非後世之鄂州，然借庾樓以指鄂州，亦詩所不必泥也。

答樂天臨都驛見贈

北固山邊波浪，東都城裏風塵。世事不同心事，新人何似故人？

【箋證】

按：白集中有臨都驛答夢得六言二首云：「揚子津頭月下，臨都驛裏燈前。昨日老於前日，去年春似今年。」「謝守歸爲秘監，馮公老作郎官。前事不須問著，新詩且更吟看。」謝守，居易自謂，馮公以馮唐喻禹錫之屈爲主客郎中分司也。惟白詩題云答劉，劉詩又云答白，不知究誰首唱。當是居易入京任秘書監，禹錫送之至臨都驛，追念自揚州相逢以後之情事。

〔臨都驛〕臨都驛是洛陽近城第一驛，白集有臨都驛送崔十八云：「勿言臨都五六里，扶病出城相送來」，是也。

〔北固〕方輿勝覽云：「京口北固山勢臨長江，地險固，蔡謨起樓其上，以置軍實。」居易與禹錫北上皆取道潤州，由揚子津渡江，時在寶曆二年（八二六）之冬，故云北固山邊波浪。

再贈樂天

一政政官軋軋，一年年老鬖鬖。身外名何足算？別來詩且同吟。

【校】

〔別來〕全唐詩別下注云：一作到。

【注】

〔軋軋〕軋軋即乙乙，文選文賦李善注：「乙乙，難出之貌。」

【箋證】

見上詩答樂天臨都驛見贈。

和裴相公傍水閑行

爲愛逍遥第一篇，時時閑步賞風煙。看花臨水心無事，功業成來二十年。

【注】

〔逍遥〕謂莊子第一篇爲逍遥遊也。

【箋證】

按：裴度原詩云：「閒餘何處覺身輕，暫脱朝衣傍水行。鷗鳥亦知人意静，故來相近不相驚。」弦外之音可想，自是有爲而作。度之爲讒人所間，在長慶、寶曆年中。至寶曆、大和之間，則李逢吉已去位，度之名位非敵黨所能摇撼矣。文宗之立，度在定策之列。大和初年，官高事簡，恩仇漸泯。故云暫脱朝衣，又云鷗鳥不驚。詩蓋爲此時所作。度宅在長安興化坊，見長安志。興化池亭屢見白居易詩，故有傍水閑行之語。

和宣武令狐相公郡齋對新竹

新竹翛翛韻曉風，隔窗依砌尚蒙籠。數間素壁初開後，一段清光入座中。攲枕閑看知自適，含毫朗詠與誰同？此君若欲長相見，政事堂東有舊叢。

【校】

〔初開〕結一本開作閑，按：以令狐楚原詩及白和詩觀之，均應以作開爲是。

〔一段〕英華段作片。

【注】

〔此君〕晉書王徽之傳：嘗寄居空宅中，便令種竹，或問其故，徽之但嘯詠指竹曰：何可一日無此君？故以此君爲竹之代稱。

【箋證】

按：令狐楚原詩題云：郡齋左偏栽竹百餘竿炎涼已周青翠不改而爲牆垣所蔽有乖愛賞假日命去齋居之東牆由是俯臨軒階低映帷户日夕相對頗有翛然之趣。詩云：「齋居栽竹北窗邊，素壁新開映碧鮮。青藹近當行藥處，緑陰深到卧帷前。風驚曉葉如聞雨，月過春枝似帶煙。老子憶山心暫緩，退公閑坐對嬋娟。」楚鎮宣武始於長慶四年（八二四）秋冬，初到恐無此閒情逸致，此詩之作似在大和元二年（八二七、八二八）之間，二年九月即内召矣。詩有憶山之句，蓋亦自嫌久居於外也。禹錫以「政事堂東有舊叢」一語答之，固知其言外之意，因祝其再入相云。

〔郡齋〕唐制，節度使領駐在州刺史，此當指汴州刺史治所。

〔政事堂〕胡三省通鑑注云：政事堂在東省，屬門下，自中宗後徙堂於中書省，則堂在右省也。然開元以後不復有政事堂之名，但稱中書門下。

附録　白居易　和令狐相公新於郡内栽竹百竿拆壁開軒旦夕對玩偶題七言五韻

梁園修竹舊知名，久廢年深竹不生。千畝荒涼尋未得，百竿青翠種新成。牆開乍見重添興，窗静時聞别有情。煙葉蒙蘢侵夜色，風枝蕭颯欲秋聲。更登樓望尤堪重，千萬人家無一莖。（原注：汴州人家並無竹。）

答白刑部聞新蟬

蟬聲未發前，已自感流年。一入淒涼耳，如聞斷續絃。晴清依露葉，晚急畏霞天。何事秋卿詠，逢時一悄然？

【校】

〔畏霞〕紹本、崇本畏均作思。

〔一悄然〕紹本、崇本、全唐詩一均作亦。

【注】

〔秋卿〕刑部當周禮之司寇，司寇爲秋官，白居易官刑部侍郎，故稱秋卿。

【箋證】

按：白居易自秘書監遷刑部侍郎，據紀是大和二年（八二八）二月事（傳云正月），自閒曹而拜丞郎，是爲入居政地張本，自必由裴度、韋處厚二人之推轂，處厚既以是年之末暴卒於位，此後李宗閔、王涯相繼用事，度亦行將出鎮，居易亦不得不乞歸矣，聞蟬之詠當在二年（八二八）之秋，是時禹錫已除主客郎中入京，故題稱白刑部，詩又有秋卿之語。其原詩云：「蟬發一聲時，槐花帶兩枝。只應催我老，兼遣報君知。白髮生頭速，青雲入手遲。無過一杯酒，相勸數開眉。」以官職而論，居易正在最得意之時，而有「催我老」、「入手遲」之語，疑居易柄用不遂，緣有暗中齮齕之者耳。

和裴相公寄白侍郎求雙鶴

皎皎華亭鶴，來隨太守船。白君罷吴郡太守，攜雙鶴。青雲意長在，滄海到經年。留滯清洛苑，徘徊明月天。何如鳳池上，雙舞入祥煙？

【校】

〔來隨〕結一本來作未，誤。

〔青雲意長在〕全唐詩注云：一作青雲長在意。

〔雙鶴〕紹本、崇本均作鶴雛，是。紹本、崇本、全唐詩鶴下均有來字。

〔到經年〕紹本、崇本、英華、全唐詩到均作别。

【注】

〔華亭鶴〕按：白居易詩：一雙華亭鶴，數片太湖石。又：華亭鶴不去，天竺石相隨。自注：予罷杭州，得華亭鶴，天竺石，同載而歸。

〔鳳池〕魏晉以來皆以中書省爲鳳池。晉書荀勗傳：自中書監除尚書令，人賀之。勗曰：奪我鳳皇池，何賀耶？

【箋證】

按：度原詩題云：白二十二侍郎有雙鶴留在洛下予西園多野水長松可以棲息遂以詩請之。詩云：「聞君有雙鶴，羈旅洛城東。未放歸仙去，何如乞老翁！且將臨野水，莫閉在樊籠。好似長鳴處，西園白露中。」西園益即長安之興化池亭也。作此詩時度猶在相位，故禹錫和詩云：「何如鳳池上，雙舞入祥煙。」居易似亦未去官，當在大和二年（八二八）。居易有答裴相公乞鶴詩云：「警露聲音好，冲天相貌殊。終宜向遼廓，不稱在泥塗。白首勞爲伴，朱門幸見呼。不知疎野性，解愛鳳池無？」

和樂天送鶴上裴相公別鶴之作

昨日看成送鶴詩，高籠提出白雲司。朱門乍入應迷路，玉樹容棲莫揀枝。雙舞庭中花落處，數聲池上月明時。三山碧海不歸去，且向人間呈羽儀。

【校】

〔白雲司〕紹本、崇本司作辭，非。按：白雲司指居易時爲刑部侍郎，唐人多稱刑部爲白雲司。

〔不歸〕又玄、才調集不均作未。

〔容棲〕又玄集容作空。

【箋證】

按：居易送鶴原詩云：「司空愛爾爾須知，不信聽吟送鶴詩。羽翮勢高寧惜別，稻粱恩厚莫愁飢。夜棲少共雞爭樹，曉浴先饒鳳占池。穩上青雲勿回顧，的應勝在白家時。」夜棲句指朝端之争競，爲度之孤立危。大和三年（八二九），李宗閔爲相，牛僧孺、路隋、宋申錫相繼登庸，度已不甚任事，故居易不安而去位，度亦託於逸禽以自晦。「曉浴」句似居易有憾於不得秉鈞也，居易爲貞元十六年（八〇〇）進士，杜元穎、李宗閔、牛僧孺、楊嗣復、韋處厚、李固言、陳夷行、李珏、賈餗、舒元輿等皆在其後而相繼入相，元和初年之翰林學士，至大和初已二十年，猶僅得居刑部侍郎無足重輕之官，宜其有「青雲入手遲」之歎矣。（見聞新蟬詩）又居易送鶴雖是由洛陽送致長安，本人恐尚未解刑部侍郎之職，故禹錫此詩有「高籠提出白雲司」之語。

終南秋雪

南嶺見秋雪，千門坐早寒。閑時駐馬望，高處捲簾看。霧散瓊枝出，日斜鉛粉殘。偏宜曲江上，倒影入清瀾。

【校】

〔坐早寒〕紹本、崇本、全唐詩坐均作生。

【箋證】

按：白集有和劉郎中望終南秋雪詩云：「編覽古今集，都無秋雪詩。陽春先唱後，陰嶺未消時。草訝霜凝重，松疑鶴散遲。清光莫獨占，亦對白雲司。」據末句知居易正在刑部侍郎任，必大和二年（八二八）之秋，亦禹錫永貞政變後第一次入長安逢秋景也。本集卷二十二有初至長安詩云「不改南山色，其餘事事新」，可證。

〔南嶺〕唐大明宮正對終南山，故以「南嶺」與「千門」作偶。

闕下待傳點呈諸同舍

禁漏晨鐘聲欲絶，旌旗組綬影相交。殿含佳氣當龍首，閣倚晴天見鳳巢。山色葱蘢丹檻外，霞光泛灩翠松梢。多慚再入金門籍，不敢爲文學解嘲。

【校】

〔旌旗〕紹本作旌旌，誤。

〔泛灩〕紹本、崇本、全唐詩灩均作灎，是。

〔金門〕崇本門作闈。

【注】

〔鳳巢〕文選古詩十九首李善注引尚書中候：「黄帝軒轅，鳳皇巢阿閣。」遂爲詞章家所常用。

【箋證】

按：此爲禹錫初補主客郎中直集賢院時所作。白集有和集賢劉學士早朝詩云：「吟君昨日早朝詩，金御爐前喚仗時。煙吐白龍頭宛轉，扇開青雉尾參差。暫留春殿多稱屈，合入綸闈即可知。從此摩霄去非晚，鬢間未有一莖絲。」疑即和此篇。舊唐書禹錫本傳云：「禹錫甚怒武元衡、李逢吉，而裴度稍知之。大和中，度在中書，欲令知制誥，執政又聞詩序，滋不悦。累轉禮部郎中、集賢院學士（此語稍未核）。度罷知政事，禹錫求分司東都，終以恃才褊心，不得久處朝列。」觀居易此詩亦可見當時物望固以禹錫宜掌綸誥，一二年間便可拜中書舍人，繼入政地，而惜其僅居集賢散秩也。

〔傳點〕李商隱詩：「玉壺傳點咽銅龍。」待傳點即待漏之意。唐制，郎中爲常參官，每日入朝。

〔龍首〕班固西都賦：「挾灃浦，據龍首。」張衡西京賦：「疏龍首以抗殿。」皆謂未央前殿之高，唐人用此語，以殿下坡陀爲龍尾道。

〔再入金門〕漢代金馬門爲待詔之所，通籍者謂於門籍書名得以出入，漢書中所常見。禹錫在貞元中已曾爲尚書屯田員外郎，今仍爲主客郎中，故云再入。

〔解嘲〕揚雄解嘲有「位不過侍郎，擢纔給事黄門」之語。此詩言「不敢學解嘲」，謂不敢自怨卑屈也。但禹錫爲此語，殆别有深意。雄之作解嘲，乃以哀帝時丁、傅、董賢用事，文中有「言奇者見疑，行殊者得辟」之語，正與禹錫處境相合。不敢學解嘲者，謂今得再入金門，不敢復以孤直招忌也。入金門，上玉堂，亦解嘲中語。

和樂天早寒

雨引苔侵壁，風驅葉擁階。久留閑客話，宿請老僧齋。酒甕新陳接，書籤次第排。倏然自有處，摇落不傷懷。

【校】

〔題〕結一本寒作塞，誤。

〔倏然〕紹本倏作儵。

【箋證】

按：居易原作云：「黄葉聚牆角，青苔圍柱根。被經霜後薄，鏡遇雨來昏。半捲寒簷幕，斜開暖閣門。迎冬兼送老，只仰酒盈尊。」兩家編集次第略同，蓋大和二年（八二八）秋末冬初，兩人同在長安時也。是時兩人皆新被秩命，而語意蕭瑟如此，足見居易刑部侍郎之授仍是散秩，禹錫未得知制誥亦苦閒冷也。

又按：兩詩皆率意唱酬之作，白之傾倒於劉者，劉之簡鍊沈着勝於白之詞繁，劉之所長適足以補白之短。近人陳寅恪已於元白詩箋證稿中論及之，於此益信。至「摇落不傷懷」之句尤可見禹錫之以貫四時而不改柯易葉自矢，不徒如秋士之興悲也。與本集卷二十六秋詞「自古逢秋悲寂寥，我言秋日勝春朝」，意趣相近。

和樂天以鏡换酒

把取菱花百鍊鏡，换他竹葉十分盃。嚬眉厭老終難去，蘸甲須歡便到來。妍醜太分迷忌諱，松喬俱傲絶嫌猜。校量功力相千萬，好去從空白玉臺。

【校】

〔十分〕紹本、崇本、全唐詩分均作旬，按：觀原作似以作十分者爲勝。

【注】

〔菱花〕飛燕外傳：奏上三十六物，有七尺菱花鏡一匳。

〔竹葉〕文選張協七命：乃有荆南烏程，豫北竹葉。

【箋證】

按：居易鏡換杯原作云：「欲將珠匣青銅鏡，换取金樽白玉卮。鏡裏老來無避處，樽前愁至有消時。茶能散悶爲功淺，萱縱忘憂得力遲。不似杜康神用速，十分一盞便開眉。」兩詩相較，深見禹錫雖隨意酬答之詩亦多詠懷託興。「妍醜太分」，「松喬俱傲」二語，平生不得志之感盡之矣。

〔蘸甲〕按：白集中有早飲湖州酒詩云：「一榼扶頭酒，泓澄瀉玉壺。十分蘸甲酌，瀲灧滿銀盂。」蘸甲爲唐人習用語。

同樂天送河南馮尹學士

可憐玉馬風流地，蹔輟金貂侍從才。閣上掩書劉向去，門前修刺孔融來。崤陵路静寒無雨，洛水橋長晝起雷。共羡府中棠棣好，先於城外百花開。

【校】

〔玉馬〕全唐詩玉作五，注云：一作玉。按：作五者非。

〔洛水〕英華水作下。

〔共羡〕英華共作卻，詩末句下注云：「時公伯仲四人並以顯官居洛，士宗榮之。」全唐詩注同，並於題下注云：「馮自館閣出爲河南尹。」

【注】

〔玉馬〕用微子玉馬朝周事，玉馬風流地，謂洛陽。

〔金貂〕漢左貂金附蟬爲侍中冠服，指馮宿官散騎常侍也。

〔劉向〕指馮爲集賢殿學士，故以劉向校書天禄閣爲比。

〔修刺孔融〕後漢書孔融傳：河南尹李膺，以簡重自居，不妄接士賓客，勑外自非當世名人及與通家，皆不得白。融欲觀其人，故造膺門。語門者曰：「我是李君通家子弟。」

【箋證】

按：馮尹謂馮宿，舊唐書一六八、新唐書一七七均有傳。舊傳略云：「東陽人，登進士第，徐州節度使張建封辟爲掌書記。後建封卒，其子愔爲軍士所立。……宿以嘗從建封，不樂與其子處，乃從浙東觀察使賈全府辟。惜恨其去己，奏貶泉州司户。徵爲太常博士，轉虞部、都官二員外郎。元和十二年（八一七），從裴度東征，爲彰義軍節度判官，淮西平，拜比部郎中。……長慶元年（八二一），以本官知制誥。……拜中書舍人，轉太常少卿。出爲華州刺史，以父名拜章乞罷，改左散騎常侍兼集賢殿學士，充考制策官。大和二年（八二八）拜河南尹。四年（八三〇），入爲工部侍郎。……九年（八三五），出爲劍南東川節度使，檢校禮部尚書。開成元年（八三六）十二月卒。弟定，……權德輿掌貢士，擢居上第。後於潤州佐薛苹幕，得校書郎。尋爲鄠縣尉，充集賢校理。……登朝爲太常博士，轉祠部員外郎。寶曆二年（八二六），出爲郢州刺史。……尋除國子司業，河南少尹。大和九年（八三五）八月，爲太常少卿。……尋遷諫議大夫、知匭事。開成二年（八三七），改太子詹事。四年（八三九），遷衛尉卿。是歲上章請老，詔以左散騎常侍致仕。會昌六年（八四六），改工部尚書而卒。……子衮、頊、軒、巖四人皆進士第。宿從弟審、寬。審，貞元十二年（七九六）登進士第，自監察御史累遷至兵部郎中。開成三年（八三八），遷諫議大夫。四年（八三九）九月，出爲桂管觀察使。入爲國子祭酒。咸通中卒於秘書監。」以上具見宿之家世科名仕宦，詩所謂「共羡府中棠棣好」也。觀宿早年從事徐州張建封幕府，或曾與禹錫相識未可知，後此則宦轍相左矣。據紀，宿除河南尹在大和二年（八二八）十月，與詩中「路静寒無雨」之句相合，禹錫正在長安。

又按：白集中送河南尹馮學士詩云：「石渠金谷中間路，軒騎翩翩十日程。清洛飲冰添苦節，碧嵩看雪助高情。漫誇河北操旄鉞，莫羨江西擁旆旌。（原注：時除二鎮節度。）何似府寮京尹外，别教三十六峯迎。」二鎮謂李祐除横海節度，沈傳師除江西觀察，皆同時事也。唐詩紀事四三：「馮宿尹河南，樂天、夢得以詩送之，宿酬云：共稱洛邑難其選，何意天書用不才。遥約和風新草木，且令新雪浄塵埃。臨岐有愧傾三省，别酌無辭醉百杯。明歲杏園花下集，須知春色自東來。」（原注：每春常接諸公杏園宴會。）

同白二十二贈王山人

愛名之世忘名客，多事之時無事身。古老相傳見未久，歲年雖變貌常新。飛章上達三清路，受籙平交五嶽神。笑聽鼕鼕朝暮鼓，只能催得市朝人。

【校】

〔古老〕結一本老作來，誤。

〔未久〕紹本、崇本、全唐詩未均作來。

【注】

〔三清〕道家以玉清、上清、太清爲三清，指天界。

【箋證】

按：王山人未詳，白集中原詩云：「玉芝觀裏王居士，服氣餐霞善養身。夜後不聞龜喘息，秋來唯長鶴精神。容顏盡怪長如故，名姓多疑不是真。貴重榮華輕壽命，知君悶見世間人。」

題集賢閣

鳳池西畔圖書府，玉樹玲瓏景氣閑。長聽餘風送天樂，時登高閣望人寰。青山雲繞欄杆外，紫殿香來步武間。曾是先賢翔集地，每看壁記一慚顏。

【校】

〔雲繞〕紹本雲作雪。

【箋證】

按：唐會要六四：「集賢院，西京在光順門大衢之西，命婦院北。本命婦院之地，開元十一年（七二三），分置北院，全取命婦北屋。」光順門者，西内苑東面北來第一門，集賢院位置蓋在延英殿之南，中書内省之北。故此詩有「紫殿香來步武間」之句。又同卷：「開元十三年（七二五）四月五日，因奏封禪儀注，勅中書門下及禮官學士等，賜宴于集仙殿，上曰：今與卿等賢才同宴于此，宜改集仙殿麗正書院爲集賢院。乃下詔曰：仙者捕影之流，朕所不取；賢者濟治之具，當務其實。院内五品已上爲學士，六品已下爲直學士。中書令張説爲學士知院事，散騎常侍徐堅爲副。禮部侍郎賀知章、中書舍人陸堅並爲學士，國子博士康子元爲侍講學士，考功員外郎趙冬曦、監察御史咸廙業，左補闕韋述、李釗、陸元泰、呂向，拾遺毋煚，太學助教余欽，四門博士趙元默，校書郎孫季良並直學士，太學博士侯行果，四門博士敬會直，右補闕馮騭並侍講學士。」此詩云：「曾是先賢翔集地」，謂以上諸人也。

又按：白集中有和劉郎中學士題集賢閣詩云：「朱閣青山高庳齊，與君才子作詩題。傍聞大内笙歌近，下視諸司屋舍低。萬卷圖書天禄上，一條風景月華西。欲知丞相優賢意，百步新廊不踏泥。」丞相指大和初裴度以宰相充集賢殿大學士，蓋度新修閣廊也。〔圖書府〕張説麗正殿書院宴詩云：「東壁圖書府，西園翰墨林。」即集賢殿之故事，故禹錫用以入詩。

杏園花下酬樂天見贈

二十餘年作逐臣，歸來還見曲江春。遊人莫笑白頭醉，老醉花間有幾人？

【校】

〔有幾〕英華有作能，注云：一作有。全唐詩有下注云：一作能。

【箋證】

按：白集中杏園花下贈劉郎中詩云：「怪君把酒偏惆悵，曾是貞元花下人。自别花來多少事，東風二十四回春。」二十四回春者，自元和元年（八〇六）至大和三年（八二九）爲二十四年也。此與禹錫酬樂天揚州初逢席上見贈詩之「二十三年棄置身」微有異，彼當從永貞元年（八〇五）被貶數起，至大和元年（八二七）爲二十三年，其實揚州初逢時距大和元年（八二七）尚有月餘，姑甚言之耳。此詩則不能從永貞元年（八〇五）數起，因永貞元年（八〇五）之春尚未被貶也。大和三年（八二九）之春，禹錫入長安未久，恰爲居易尚官刑部侍郎時，二人在杏園同醉，只此一度矣。禹錫以二十四年前之老郎官，久別重來，宜其感慨之深。又張籍有同白侍郎杏園贈劉郎中詩云：「一去瀟湘頭欲白，今朝始見杏花春。從來遷客應無數，重到花前有幾人！」籍是時方官司業。

〔杏園〕杏園爲唐時新進士遊宴之地。唐摭言云：「神龍已來，杏園宴後皆於慈恩寺塔下題名。」故貞元中，劉太真有慈恩寺望杏園花發詩。摭言又云：「曲江亭子，安、史未亂前，諸司皆列於岸滸，幸蜀之後，皆燼於兵火矣，所存者唯尚書省亭子而已。進士關宴，常寄其間。」劇談録寫其狀云：「曲江池本秦世隑洲，開元中疏鑿，遂爲勝境。其東有紫雲樓、芙蓉苑，其南有杏園、慈恩寺。花卉環周，煙水明媚。都人遊玩，盛於中和上巳之節，綵幄翠幬，匝於隄岸，鮮車健馬，比肩擊轂。入夏則菰蒲葱翠，柳陰四合，碧波紅蕖，湛然可愛。」

和令狐相公初歸京國賦詩言懷

凌雲羽翮掞天才，揚歷中樞與外臺。相印昔辭東閣去，將星還拱北辰來。殿庭捧日彯纓入，閣道看山曳履迴。口不言功心自適，吟詩釀酒待花開。

【注】

〔外臺〕見本卷河南王少尹宅宴詩箋證。據白居易和詩中臺之語，知以外臺對中臺言。

〔相印〕此句謂楚以元和十四年（八一九）爲相，十五年（八二〇）貶出。

〔閣道〕此指含元殿前之龍尾道，正對終南山也。

〔曳履〕漢書鄭崇傳：每見曳革履，上曰：我識鄭尚書履聲。

【箋證】

按：令狐楚本傳，楚以大和二年（八二八）九月自宣武節度使徵入爲户部尚書。詩即是時所作。考是時户部尚書崔植出爲華州，而竇易直罷相替李逢吉鎮山南東道，逢吉則移宣武。楚之内召，蓋爲逢吉地，非美擢也。禹錫此詩云：「口不言功心自適，吟詩釀酒待花開。」亦有微詞，非賀遷之意。楚於次年三月即復出鎮天平，不復有秉鈞之望矣。原詩今佚。白集中令狐相公拜尚書後有喜從鎮歸朝之作劉郎中先和因以繼之詩云：「車騎新從梁苑回，履聲珮響入中臺。鳳池望在終重去，龍節功成且納來。金勒最宜乘雪出，玉觴何必待花開。尚書首唱郎中和，不計官資只計才。」當即繼禹錫此詩而作。時當已在冬間，故有「乘雪」之語。

曲江春望

鳳城煙雨歇，萬象含佳氣。酒後人倒狂，花時天似醉。三春車馬客，一代繁華地。何事獨傷懷？少年曾得意。

【注】

〔少年〕禹錫貞元末爲監察御史，旋轉屯田員外郎，即有騰達之望，時方三十三四歲。故云少年曾得意。

【箋證】

按：此詩似與杏園花下一首爲先後之作，白集中有和劉郎中曲江春望見示詩云：「芳景多遊客，衰翁獨在家。肺傷妨飲酒，眼痛忌看花。寺路隨江曲，宫牆夾樹斜。羡君猶壯健，不枉度年華。」亦似大和三年（八二九）春爲稱疾請告張本之語。禹錫原作乃唐人之仄韻律體，非古體也，故和者仍以平韻和之。曲江爲唐時帝京裙屐嬉遊之地，禹錫以二十餘年之遷客重臨，其感傷可想。「花時天似醉」一語與和詩「不枉度年華」一語皆可謂婉而多風。

〔鳳城〕唐人多以長安爲丹鳳城，簡稱鳳城。舊注多以秦穆公女弄玉吹簫鳳降其城附會，其實王維「雲裏帝城雙鳳闕」之句仍是用三輔故事建章宫闕上有銅鳳皇，西都賦所謂「設璧門之鳳闕，上觚稜而棲金爵」，後人因通謂帝城爲鳳城耳。

和令狐相公春日尋花有懷白侍郎閣老

芳菲滿雍州，鸞鳳許同遊。花徑須深入，時光不少留。色鮮由樹嫩，枝亞爲房稠。静對仍持酒，高看特上樓。晴宜連夜賞，雨便一年休。共憶秋官處，餘霞曲水頭。

【注】

〔雍州〕唐初之京兆尹猶稱雍州牧，此以雍州爲京畿之代稱耳。

〔枝亞〕亞猶低也，唐時俗語。

〔秋官〕謂白爲刑部侍郎。

〔餘霞〕用謝朓「餘霞散成綺」意，指白有和詩也。

【箋證】

按：令狐楚原詩佚。白集中酬令狐相公春日尋花見寄云：「病卧帝王州，花時不得遊。老應隨日至，春肯爲人留。粉壞杏將謝，火繁桃尚稠。白飄僧院地，紅落酒家樓。空裹雪相似，晚來風不休。吟君悵望句，知到曲江頭。」與禹錫此詩皆爲次韻之作。楚以大和三年（八二九）三月復出爲東都留守，居易亦旋去官歸洛，此蓋其未被命時所作。居易云「花時不得遊」者，必方在病告中，預爲乞休地也。白集病免後喜除賓客詩云「卧在漳濱滿十旬」，可證其自二年之末至三年三月皆稱疾未出也。

〔閣老〕唐國史補：兩省官相呼爲閣老。此蓋以楚與居易皆曾爲中書舍人之故。

和樂天南園試小樂

閑步南園煙雨晴，遥聞絲竹出牆聲。欲抛丹筆三川去，先教清商一部成。花木手栽偏有興，歌詞自作别生情。多才遇景皆能詠，當日人傳滿鳳城。

【箋證】

按：居易原詩云：「小園班駮花初發，新樂錚鏦教欲成。紅萼紫房皆手植，蒼頭碧玉盡家生。高調管色吹銀字，慢拽歌聲唱渭城。不飲一杯聽一曲，將何安慰老心情？」南園蓋居易在長安住宅。居易本傳云：「三年（八二九）稱病東歸，求爲分司官。」此詩已見其端，禹錫和詩所以云「欲抛丹筆三川去」也。詩用原韻而不次韻。詩云「當日人傳滿鳳城」，唐人所謂當日，乃即日之意。

和樂天春詞

新妝宜面下朱樓，深鎖春光一院愁。行到中庭數花朵，蜻蜓飛上玉搔頭。

【校】

〔宜面〕全唐詩宜下注云：一作粉。

【箋證】

按：居易原作云：「低花樹映小妝樓，春入眉心兩點愁。斜倚欄干背鸚鵡，思量何事不回頭。」唐人宫閨之詩取鸚鵡爲比興者，皆寓難言之隱。居易殆有所怨而不能釋者。以是時史事考之，大和元二年（八二七、八二八）間，韋處厚爲相，頗能有所主張，與裴度默爲表裏，是禹錫與居易屬望最殷之時。處厚以二年（八二八）十二月暴卒，李宗閔正起復行將入相，（居易以覆落宗閔之壻蘇巢進士，不能無舊怨。）朝局一變，故居易以三年（八二九）春辭刑部侍郎而歸洛，此當時政局變化之顯然可知者。此詩題爲春詞者，記三年（八二九）春初之事也。居易原詩涵意雖不能一一細解，禹錫和詩所謂「蜻蜓飛上玉搔頭」則亦武儒衡譏元稹「適從何來，遽集於此」之意。不但和詩，而且次韻，語意又針鋒相對，必非無因而作者。白詩編在其集之第五十五卷，其前一首繡婦歎云：「連枝花樣繡羅襦，本擬新年餉小姑。自覺逢春饒悵望，誰能每日趁功夫？針頭不解眉頭結，線縷難勝淚臉珠。雖憑繡牀都不繡，同牀繡伴得知無！」其後一首恨詞云：「翠黛眉低斂，紅珠恨暗銷。曾來恨人意，不省似今朝。」集爲居易所自編，年月不能隔越，自是此時重有所感：據紀，大和三年（八二九）正月己酉，以前山南西道節度使王涯爲太常卿，替李絳，爲大用張本，次年即復起領鹽鐵用事，至七年（八三三）入相。居易江州之謫，涯有力焉。居易固不能與之同立於朝矣。禹錫此詩雖久經傳誦，而未見有人爲之疏釋，姑導其竅竅如此，以俟知者。

和嚴給事聞唐昌觀玉蕊花下有遊仙二絶

玉女來看玉蕊花，異香先引七香車。攀枝弄雪時迴顧，驚怪人間日易斜。

雪蕊瓊絲滿院春，衣輕步步不生塵。君平簾下徒相問，長伴吹簫别有人。

【校】

〔題〕崇本無有字，全唐詩遊仙下注云：一作仙游。

〔玉女〕紹本玉作王。

〔瓊絲〕全唐詩絲下注云：一作葩。

〔衣輕步步〕全唐詩注云：一作羽衣輕步。

【箋證】

按：嚴給事謂嚴休復。舊唐書一四八裴垍傳：「垍在中書，有獨孤郁、李正辭、嚴休復自拾遺轉補闕。及參謝之際，垍廷語之曰：獨孤與李二補闕，孜孜獻納，今之遷轉，可謂酬勞無愧矣。嚴補闕官業或異於斯，昨者進擬，不無疑緩。休復悚恧而退。」休復之爲人如此。據元氏長慶集永福寺石壁法華經記，休復元和十二年（八一七）以吏部郎中爲杭州刺史。又文宗紀：大和四年

（八三〇）三月，以李虞仲代嚴休復爲華州刺史，休復爲右散騎常侍。七年（八三三）十二月，以河南尹嚴休復爲平盧節度使。蓋此詩作後不久即以給事中膺美擢，其巧宦非裴垍所及料矣。

又按：唐人詠神仙之事，非寓豔情，即寓政事。試觀康駢劇談録載此詩之本事云：「長安安業唐昌觀舊有玉蕊花，其花每發若瓊林瑶樹。唐元和中，春物方盛，車馬尋玩者相繼，忽一日有女子，年可十七八，衣緑繡衣，垂雙髻，無簪珥之飾，容色婉娩，迥出於衆。從以二女冠、三小僕，皆丱髻黄衫，端麗無比。既至下馬，以白角扇障面，而直造花所，香異芬馥，聞於數十步外，觀者疑出自宮掖，莫敢逼而視之。佇立良久，命女僕取花數枝而去。將乘馬，顧爲黄衫者曰：曩有玉峯之期，自此行矣。時觀者如堵，咸覺煙飛鶴唳，景物煇㬇，舉轡百餘步，有輕風擁塵，隨之而去，須臾塵滅，望之已在半空，方悟神仙之遊，餘香不散者經月。時嚴休復、元稹、劉禹錫、白居易俱作玉蕊院真人降詩。嚴休復曰：終日齋心禱玉晨，魂銷眼冷未逢真。不如一樹瓊瑶蕊，笑對藏花洞裏人。又曰：香車漸下玉龜山，塵世何由覩蕣顔？惟有無情枝上雪，好風吹綴緑雲鬟。元稹詩曰：弄玉潛過玉樹時，不教青鳥出花枝。的應未有諸人覺，只是嚴郎自得知。劉禹錫詩曰云云，白居易詩曰：嬴女偷乘鳳下時，洞中暫歇弄瓊枝。不緣啼鳥春饒舌，青瑣仙郎可得知。」此文元和中自是大和中之誤，蓋惟是時嚴、元、劉、白四人皆在京也。（元稹以大和三年自浙東觀察使入爲尚書右丞）詳元、白二詩，一則曰「只是嚴郎自得知」，一則曰「青瑣仙郎可得知」，似謂嚴自詡奇遇者，豈有夤緣禁掖之事耶！大和中，先後有漳王、杜秋之獄，女學士宋若憲之獄，皆此類也。禹錫詩云：「君平簾下徒相問，長伴吹簫別有人。」雖君平切休復之姓，然鮑照詩「君平獨寂寞，身世兩相棄」，苟非詩中有微旨，何得牽入此語？況唐人慣用吹簫事指仕宦汲引，如李商隱：「聞道神仙有才子，赤簫吹罷一相攜。」高駢：「不知子晉緣何事，纔學吹簫便得仙。」皆是。張籍亦有同嚴給事聞唐昌觀玉蕊近有仙過因成絶句二首，中有句云：「應共諸仙鬬百草，獨來偷得一枝歸。」尤似有寓意。

〔玉蕊花〕吴景旭歷代詩話云：「韻語陽秋云：江南野中有小白花木，高數尺，春開極香，土人呼爲瑒花。瑒，玉名，取其白也。魯直云：荆公欲作詩而陋其名，予請名曰山礬，野人取其葉以染黄，不借礬而成色，故以名爾。嘗有絶句云：高節亭邊竹已空，山礬獨自倚春風，是也。近見高齋詩話云：此花即玉蕊花，予恐未必然爾。玉蕊，佳名也，此花自唐流傳至今，當以玉蕊得名，不應捨玉蕊而呼瑒，魯直亦不應捨玉蕊而名山礬也。瓊花惟揚州后土祠中有之，其他皆聚八仙，近似而非也。鮮于子俊詩云：百蘤天下多，瓊花天上希。結根託靈祠，地着不可移。八蓓冠瓊芳，一株綴萬枝。而春明退朝録乃云：瓊花一名玉蕊，按唐昌觀有玉蕊，王建所謂女冠夜覓香來處，惟有階前碎月明，是也。長安觀亦有玉蕊，劉禹錫所謂玉女來看玉樹花，異香先引七香車，是也。（按此不確。）唐内苑亦有玉蕊，李德裕與沈傳師草詔之夕，屢同賞翫，故德裕詩云：玉蕊天中木，金閨昔共窺，而傳師和云：曾對金鑾直，同依玉樹陰，是也。招隱山亦有玉蕊，李德裕所謂吴人初不識，因予賞翫乃得此名，是也。由是論之，則玉蕊花豈一處有哉？其非瓊花明矣。東坡瑞香詞有后土祠中玉蕊之句，非謂玉蕊花，止謂瓊花如玉蕊之白爾。」按：前人論玉蕊之文甚多，姑取此以概其餘。

歎水别白二十二

水，至清，盡美。從一勺，至千里。利人利物，時行時止。道性浄皆然，交情淡如此。君遊金谷隄上，我在石渠署裏。兩心相憶似流波，潺湲日夜無窮已。

【校】

〔題〕崇本注雜言二字，全唐詩注云：一言至七言。

【注】

〔金谷〕晉石崇金谷園在洛陽。

〔石渠〕此句指已爲集賢院學士。集賢院爲圖書之府，比漢之天禄石渠也。

【箋證】

按：此爲大和三年（八二九）禹錫直集賢院時餞送居易辭官歸洛之作。故云：「君遊金谷隄上，我在石渠署裏。」唐人送别賦詩，往往分詠一物，限作一字至七字詩，於詠物中寓惜别之意，宋以後無此體製矣。

答樂天戲贈

才子聲名白侍郎，風流雖老尚難當。詩情逸似陶彭澤，齋日多如周太常。矻矻將心求浄土，時時偷眼看春光。知君技癢思歡宴，欲倩天魔破道場。

【校】

〔浄土〕紹本、崇本、全唐詩土均作法。

【注】

〔周太常〕後漢書周澤傳：「爲太常，常卧病齋宫，其妻哀澤老病，闚問所苦，澤大怒，時人爲之語曰：生世不諧，爲太常妻，一歲三百六十日，三百五十九日齋，一日不齋醉如泥。」用此語乃借以爲戲也。

〔天魔〕似用楞嚴經阿難遭摩登伽女攝入婬席之意。

〔道場〕梁書庾詵傳：晚年尤遵釋教，宅内立道場。通以修道之處爲道場。

【箋證】

按：白集中贈夢得云：「心中萬事不思量，坐倚屏風卧向陽。漸覺詠詩猶老醜，豈宜憑酒更麄狂？頭垂白髮我思退，脚踏青雲君欲忙。衹有今春相伴在，花前賸醉兩三場。」似爲此時所作，蓋欲别禹錫東歸也。然與禹錫此詩用韻雖同，語意殊不相應，仍存疑。「脚踏青雲」之語，乃祝禹錫留京仍有大用之望也。

同樂天送令狐相公赴東都留守 自户部尚書拜。

尚書劍履出明光，居守旌旗赴洛陽。世上功名兼將相，人間聲價是文章。衙門曉闢分天仗，賓幕初開辟省郎。從發坡頭向東望，春風處處有甘棠。自華林至河南，皆故治也。

【校】

〔題〕題下原注：自户部尚書拜，結一本脱拜字。

〔赴洛陽〕崇本赴作起，非。

〔華林〕紹本、崇本林均作陝，治作林。全唐詩林作陵。按：作陝者似是。

【箋證】

按：文宗紀，令狐楚以大和三年（八二九）三月，自户部尚書出爲東都留守。禹錫與居易皆在長安，故同作詩送之。楚非能以詩名者，然箋奏之文爲當時所推，故禹錫贈詩，一則曰「更能四面占文章」，再則曰「人間聲價是文章」。白集中送東都留守令狐尚書赴任云：「翠華黄屋未東巡，碧洛青嵩付大臣。地稱高情多水竹，山宜閒望少風塵。龍門即擬爲遊客，金谷先憑作主人。歌酒家家花處處，莫空管領上陽春。」觀五六兩句，已有求分司之意矣。據其將至東都先寄令狐留守詩云：「惜逢金谷三春盡，恨拜銅樓一月遲。」則四月即拜賓客分司之命。自此禹錫、居易二人暫别矣。

〔坡頭〕自長安東行以長樂驛爲始，驛在萬年縣東十五里長樂坡下，故云。

〔處處有甘棠〕此謂令狐楚先曾爲華州刺史，繼爲陝虢觀察使，赴東京沿路皆其舊治也。

劉禹錫集箋證外集卷第二

詩

同樂天和微之深春二十首 同用家、花、車、斜四韻。

何處深春好？春深萬乘家。宫門皆映柳，輦路盡穿花。池色連天漢，城形象帝車。旌旗暖風裏，獵獵向西斜。

何處深春好？春深阿母家。瑶池長不夜，珠樹正開花。橋峻通星渚，樓暄近日車。層城十二闕，相對玉梯斜。

何處深春好？春深執政家。恩光貪捧日，貴重不看花。玉饌堂交印，沙隄柱礙車。多門一已閉，直道更無斜。

何處深春好？春深大鎮家。前旌光照日，後騎蹴成花。節院收衙隊，毬場簇看車。廣筵歌舞散，書號夕陽斜。

何處深春好？春深貴戚家。櫪嘶無價馬，庭發有名花。欲進宮人食，先熏命婦車。晚歸長帶酒，冠蓋任傾斜。

何處深春好？春深恩澤家。爐添龍腦炷，綬結虎頭花。賓客珠成履，嬰孩錦縛車。畫堂簾幕外，來去燕飛斜。

何處深春好？春深京兆家。人眉新柳葉，馬色醉桃花。盜息無鳴鼓，朝迴自走車。能令帝城外，不敢徑由斜。

何處深春好？春深刺史家。夜闌猶命樂，雨甚亦尋花。傲客多憑酒，新姬苦上車。公門吏散後，風擺戟衣斜。

何處深春好？春深羽客家。芝田繞舍色，杏樹滿山花。雲是淮王宅，風爲列子車。古壇操簡處，一徑入林斜。

何處深春好？春深小隱家。芟庭留野菜，撼樹去狂花。醉酒一千日，貯書三十車。推衾從露體，不敢有餘斜。

何處深春好？春深富貴家。惟多貯金帛，不擬負鶯花。國樂呼聯轡，行廚載滿車。歸來看理曲，燈下寶釵斜。

何處深春好？春深豪士家。多沽味濃酒，貴買色深花。已臂鷹隨馬，連催妓上車。

城南踏青處，村落逐原斜。

何處深春好？春深貴胄家。迎呼偏熟客，揀選最多花。飲饌開華幄，笙歌出鈿車。

興酣樽易罄，連瀉酒瓶斜。

何處深春好？春深唱第家。名傳一紙牓，興管九衢花。薦聽諸侯樂，來隨計吏車。

杏園拋曲處，揮袖向風斜。

何處深春好？春深少婦家。能偷新禁曲，自翦入時花。追逐同遊伴，平章貴價車。

從來不墜馬，故遣髻鬟斜。

何處深春好？春深幼女家。雙鬟梳頂髻，兩面繡裙花。妝壞頻臨鏡，身輕不占車。

鞦韆争次第，牽拽綵繩斜。

何處深春好？春深蘭若家。當香收柏葉，養蜜近梨花。野徑宜行藥，遊人盡駐車。

菜園籬落短，遥見桔槔斜。

何處深春好？春深老宿家。小欄圍蕙草，高架引籐花。四字香書印，三乘壁畫車。

遲迴聽句偈，雙樹晚陰斜。

何處深春好？春深種蒔家。分畦十字水，接樹兩般花。櫛比栽籬槿，咿啞轉井車。

車。可憐高處望，綦布不曾斜。何處深春好？春深稚子家。争騎一竿竹，偷折四鄰花。笑擊羊皮鼓，行牽犢領車。中庭貪夜戲，不覺玉繩斜。

【校】

〔題〕崇本春下有好字。

〔玉梯〕全唐詩作日西，注云：一作玉梯。

〔柱礙車〕結一本柱作住，誤。

〔苦上車〕結一本苦作若，誤。

〔推衾〕紹本、全唐詩均作雉衣，崇本作短衾。

〔富貴〕紹本、崇本、全唐詩貴均作室。

〔幼女〕紹本幼作稚。

〔行藥〕紹本、崇本、全唐詩藥均作樂。

〔闔蕙〕結一本闔作鬥，誤。

〔稚子〕紹本稚作幼。

【注】

〔日車〕梁任昉禪位梁王策：「文教與鵬翼齊舉，武功與日車並運。」漢李尤九曲歌：「安得壯士翻日車？」

〔捧日〕三國志魏志程昱傳注引魏書：昱少時常夢上泰山，兩手捧日。昱私異之，以語荀彧。彧白太祖，太祖曰：「卿終當爲我腹心。」昱本名立，太祖乃加其上日，更名昱也。

〔沙隄〕唐故事：宰相初拜，京兆使人載沙填路，自私第至於城東街，名沙隄。

〔三十車〕晉書張華傳：嘗徙居，載書三十乘。秘書監摯虞撰定官書，皆資華之本以取正焉。

【箋證】

按：白集有和微之詩二十三首，序云：「微之又以近作四十三首寄來，命僕寄和。其間瘀絮四百字，車斜二十篇者，皆韻劇辭殫，瓌奇怪譎。」考其所謂車斜二十篇，即此深春二十首，今白、劉和作皆在，而元詩已佚，甚可惜也。元有何處生春早二十首，自注云丁酉歲。乃元和十四年（八一九），遠在此前，體製似同而實異。彼時三人皆在謫籍，此詩則白集編在大和初年，蓋元在浙東，而遥屬白、劉二人和之。諦觀詩意，蓋二人皆久別京華，假此題以賦詠所見之時世風俗耳。以劉詩而論，首萬乘家，次阿母家，蓋以其時文宗新即位，上有三宫太后故也。據此及白詩涉及宋學士事，益知詩作於大和初無疑。（三宫太后詳見本集卷十四賀册太皇太后等表）執政以下，皆暗寓文恬武嬉之狀，而以他題溷之。白詩寓意當亦相同。詩中故實，深可考見唐中葉長安風俗之一斑，兹以白詩列於附録，以供治史者之互參。

〔帝車〕史記天官書，斗爲帝車。長安城象北斗，見西京雜記。

〔書號〕外集卷六和陳許王尚書及酬太原狄尚書二詩，一云「飲中請號駐金卮」，一云「仍把天兵書號筆」，皆同此義，蓋唐軍中之制如此。北夢瑣言五：「戎車未届，乃先以帛書軍號其上，仍畫一符，於郵亭遞之以壯軍聲。」參見本集卷二十七邊風行箋證。

〔餘斜〕高士傳：「黔婁先生卒，覆以布被，覆頭則足見，覆足則頭見。曾西曰：斜其被則斂矣。妻曰：斜之有餘，不若正之不足。」

附録　白居易　和春深二十首

何處春深好？春深富貴家。馬爲中路鳥，妓作後庭花。羅綺驅論隊，金銀用斷車。眼前何所苦，唯苦日西斜。

何處春深好？春深貧賤家。荒涼三徑草，冷落四鄰花。奴困歸傭力，妻愁出賃車。途窮平路險，舉足劇褒斜。

何處春深好？春深執政家。鳳池添硯水，雞樹落衣花。詔借當衢宅，恩容上殿車。延英開對久，門與日西斜。

何處春深好？春深方鎮家。通犀排帶胯，瑞鶻勘袍花。飛絮衝毬馬，垂楊拂妓車。戎裝拜春設，左握寶刀斜。

何處春深好？春深刺史家。陰繁棠布葉，岐秀麥分花。五匹鳴珂馬，雙輪畫軾車。和風引行樂，葉葉隼旟斜。

何處春深好？春深學士家。鳳書裁五色，馬鬣剪三花。蠟炬開明火，銀臺賜物車。相逢不敢揖，彼此帽低斜。

何處春深好？春深女學家。慣看温室樹，飽識浴堂花。御印提隨仗，香牋把下車。宋家宫様髻，一片緑雲斜。

何處春深好？春深御史家。絮縈驄馬尾，蝶繞繡衣花。破柱行持斧，埋輪立駐車。入班遥認得，魚貫一行斜。

何處春深好？春深遷客家。一杯寒食酒，萬里故園花。炎瘴蒸如火，光陰走似車。爲憂鵩鳥至，只恐日光斜。

何處春深好？春深經業家。唯求太常第，不管曲江花。折桂名慚郄，收螢志慕車。官場泥鋪處，最怕寸陰斜。

何處春深好？春深隱士家。野衣裁薜葉，山飯曬松花。蘭索紉幽珮，蒲輪駐軟車。林間箕踞坐，白眼向人斜。

何處春深好？春深漁父家。松灣隨棹月，桃浦落船花。投餌移輕楫，牽輪轉小車。蕭蕭蘆葉裏，風起釣絲斜。

何處春深好？春深潮户家。濤翻三月雲，浪噴四時花。曳練馳千馬，驚雷走萬車。餘波落何處，江轉富陽斜。

何處春深好？春深痛飲家。十分杯裏物，五色眼前花。鋪歠眠糟甕，流涎見麴車。中山一沉醉，千度日西斜。

何處春深好？春深上巳家。蘭亭席上酒，曲洛岸邊花。弄水遊童棹，湔裾小婦車，齊橈争渡處，一匹錦標斜。

何處春深好？春深寒食家。玲瓏鏤雞子，宛轉綵毬花。碧草追遊騎，紅塵拜掃車。鞦韆細腰女，摇曳逐風斜。

何處春深好？春深博奕家。一先争破眼，六聚鬬成花。鼓應投棋馬，兵衝象戲車。彈棊局上事，最妙是長斜。

何處春深好？春深嫁女家。紫排襦上雉，黄帖鬢邊花。轉燭初移障，鳴環欲上車。青衣傳氈褥，錦繡一條斜。

何處春深好？春深娶婦家。兩行籠裏燭，一樹扇間花。賓拜登華席，親迎障幰車。催妝詩未了，星斗漸傾斜。

何處春深好？春深妓女家。眉欺楊柳葉，裙妬石榴花。蘭麝薰行被，金銅釘坐車。杭州蘇小小，人道最夭斜。

按：白詩有富陽及杭州、蘇州故實，則所詠不專限於長安。疑元詩體例如此，故白亦隨意涉及。

然「宋家宮樣髻」一語足見其切合長安時事。新唐書七七附尚宫宋氏事跡云：「自貞元七年（七九一），秘禁圖籍，詔若莘總領，穆宗以若昭尤通練，拜尚宫，嗣若莘所職，寶曆初卒，若憲代司秘書。文宗尚學，以若憲善屬辭，粹論議，尤禮之。大和中，李訓、鄭注用事，惡宰相李宗閔，譖言因駙馬都尉沈𥳑厚賂若憲求執政，帝怒，幽若憲外第，賜死，家屬徙嶺南。」此歸罪於訓、注之詞也。通鑑二四五：「李訓、鄭注爲上畫太平之策，以爲當先除宦官，後復河湟，次清河北，開陳方略，如指諸掌，上以爲信然，寵任日隆。初，李宗閔爲吏部侍郎，因駙馬都尉沈𥳑結女學士宋若憲、知樞密楊承和，得爲相。及貶明州，鄭注發其事。」是若憲預聞政事，勾結外廷，通鑑亦不以爲虚。大和初年宋學士之聲勢可想而知，宜居易取以爲詩料也。

刑部白侍郎謝病長告改賓客分司以詩贈别

鼎食華軒到眼前，拂衣高步豈徒然？九霄路上辭朝客，四皓叢中作少年。他日卧龍終得雨，今朝放鶴且沖天。洛陽舊有衡茅在，亦擬抽身伴地仙。

【校】

〔高步〕紹本、崇本、全唐詩步均作謝。

【注】

〔地仙〕列仙傳：馬明生從安期先生受金液神丹方，乃入華陰山合金液，不樂升天，但服半劑，爲地仙。

【箋證】

按：白集中有病免後喜除賓客詩云：「臥在漳濱滿十旬，起爲商皓伴三人。從今且莫嫌身病，不病何由索得身？」又長樂亭留别詩云：「灞滻風煙函谷路，曾經幾度别長安？昔時蹙促爲遷客，今日從容自去官。優詔幸分四皓秩，祖筵慚繼二疏歡。塵纓世網重重縛，迴顧方知出得難。」其謝病之故已於前卷論之。要之，韋處厚之暴卒，李宗閔之起復（據傳在大和二年八二八），崔羣之出鎮（在大和三年八二九二月），王涯之内召（在大和三年八二九正月），皆於居易不利，禹錫亦不能無失羣之感。據子劉子自傳，北魏時自北方遷洛陽，墳墓皆在，故詩之結聯云「洛陽舊有衡茅在，亦擬抽身伴地仙」。其不能即步後塵者，一時未得收身之所故也。詩之首聯云：「鼎食華軒到眼前，拂衣高步豈徒然？」正謂居易即將踐高位，而急流勇退者，乃有所不得已也。自此篇至赴蘇州酬别樂天詩，皆大和三年至五年禹錫在長安時作。

〔賓客分司〕唐會要六七：「太子賓客，顯慶元年（六五六）正月十九日置，初無員品，選高名重德者爲之。開元中始編入令，置四員。建中四年（七八三）九月二十五日，又加兩員，興元元年（七八四）正月二十九日又加四員。貞元四年（七八八）正月一日勅：宜留元額四員，餘並勒停。」據此，分司東都者亦在四員之内，故白詩云「起爲商皓伴三人」也。

遥和白賓客分司初到洛中戲呈馮尹

西辭望苑去，東占洛陽才。度嶺無歸思，看山不懊來。冥鴻何所慕？遼鶴乍飛回。洗竹通新徑，攜琴上舊臺。塵埃長者轍，風月故人盃。聞道龍門峻，還因上客開。

【校】

〔和〕全唐詩作賀，注云：一作和。

〔無歸〕全唐詩歸作愁。

【注】

〔望苑〕三輔黄圖：「（武帝）爲太子，開博望苑以通賓客。」博望苑在長安城南杜門外五里，有遺址。

〔長者轍〕漢書陳平傳：以席爲門，然門外多長者車轍。

【箋證】

按：馮尹謂馮宿，已見外集卷一。白原詩云：「相府念多病；春宫容不才。官銜依口得；俸料逐身來。白首林園在，紅塵車馬迴。招呼新客旅，掃掠舊池臺。小舫宜攜樂，新荷好蓋杯。

不知金谷主，早晚賀筵開。」是大和三年（八二九）初夏作，禹錫與居易相别未久，故云遥和。「早晚賀筵開」者，問其以何時開賀筵也。禹錫詩云：「西辭望苑去，東占洛陽才。」唐人多以博望苑指東宫官，疑是居易先除賓客，然後有分司之命。

〔龍門〕按：後漢書李膺傳：「膺獨持風裁，以聲名自高，士有被其容接者，名爲登龍門。」膺曾爲河南尹，故以膺比馮宿。

和留守令狐相公答白賓客

麥隴和風吹樹枝，商山逸客出關時。身無拘束起長晚，路足交親行自遲。官拂象筵終日待，私將雞黍幾人期？君來不用飛書報，萬户先從紙貴知。

【校】

〔麥隴〕全唐詩注云：一作蛟龍，結一本與一作同。但蛟龍無義，必麥隴字壞而誤，當依紹本改。崇本上一字缺，下作龍。

【箋證】

白集中有將至東都先寄令狐留守詩云：「黄鳥無聲葉滿枝，閒吟想到洛城時。惜逢金谷三春盡，恨拜銅樓一月遲。詩境忽來還自得，醉鄉潛去與誰期？東都添箇狂賓客，先報壺觴風月知。」蓋令狐楚得居易詩即次韻作答，而禹錫復次其韻。

始聞蟬有懷白賓客去歲白有聞蟬見寄詩云祇應催我老兼遺報君知之句

蟬韻極清切，始聞何處悲？人含不平意，景值欲秋時。此歲方晼晚，誰家無別離？君言催我老，已是去年詩。

【箋證】

按：禹錫答居易聞蟬見寄詩見上卷。白集中答夢得聞蟬詩云：「開緘思浩然，獨詠晚風前。人貌非前日，蟬聲似去年。槐花新雨後，柳影欲秋天。聽罷無他計，相思又一篇。」即答此詩。

憶樂天

尋常相見意殷勤，別後思量夢更頻。每遇登臨好風景，羨他天性少情人。

【校】

〔思量〕紹本、崇本作相思，全唐詩注云：一作思量。

【箋證】

按：此當亦是大和三年（八二九）禹錫在長安與居易乍別以後之作。答詩未見。

樂天寄洛下新詩兼喜微之欲到因以抒懷也

松間風未起，萬葉不自吟。池上月未來，清輝同夕陰。宮徵不獨運，塤篪自相尋。一從别樂天，詩思日已沈。吟君洛中作，精絶百鍊金。乃知孤鶴情，月露爲知音。微之從東來，威鳳鳴歸林。羨君先相見，一豁平生心。

【箋證】

按：文宗紀，大和三年（八二九）九月戊戌，以元稹爲尚書左丞，此是除官之月日，比稹從浙東到京，已在歲杪，次年正月乙丑，又出爲武昌節度使矣。故稹贈妻柔之詩云：「窮冬到鄉國，正歲别京華。自恨風塵眼，常看遠地花。」禹錫與稹之交誼，已見本集卷三十、外集卷一各篇，自長慶二年稹罷相爲同州刺史，旋改浙東觀察使，凡閱七年，始復至都，故禹錫此詩有「威鳳鳴歸林」之句，深盼其復入相也。乃甫到京即被命復出，其爲有人阻其大用，不言可知。元白、元劉之間各有深切逾常之交誼，居易在洛陽，爲稹入京必經之路，故云「羨君先相見，一豁平生心」。白集中有嘗黄醅新酎憶微之詩云：「世間好物黄醅酒，天下閒人白侍郎。愛向卯時謀洽樂，亦曾酉日放麄狂。醉來枕麴貧如富，身後堆金有若亡。元九計程殊未到，罋頭一盞共誰嘗？」禹錫所見或即此詩。

月夜憶樂天兼寄微之

今宵帝城月，一望雪相似。遥想洛陽城，清光正如此。知君當此夕，亦望鏡湖水。展轉相憶心，月明千萬里。

【校】

〔題〕全唐詩注云：一作月夜寄微之憶樂天。

〔鏡湖〕英華鏡作臨。全唐詩注云：一作臨。

〔月明〕英華作明月，全唐詩此句注云：一作月明十萬里。

【箋證】

按：白集中有酬集賢劉郎中對月見寄兼懷元浙東詩云：「月在洛陽天，天高淨如水。下有白頭人，攬衣中夜起。思遠鏡亭上，光深書殿裏。眇然三處心，相去各千里。」此必大和三年（八二九）夏秋間，居易已歸洛陽，禹錫留長安，而元稹尚未聞内召之命。當與前一首互易次第。

酬鄆州令狐相公官舍言懷見寄兼呈樂天

詞人各在一涯居，聲味雖同跡自疏。佳句傳因多好事，尺題稀爲不便書。已通戎路逢黄石，仍占文星耀碧虚。聞説朝天在來歲，霸陵春色待來車。

【校】

〔題〕崇本無兼字。

〔戎路〕紹本、崇本、全唐詩路均作略。

〔文星〕全唐詩二字乙。

〔來車〕紹本、崇本、全唐詩來均作行。

【箋證】

按：文宗紀，大和三年（八二九）十二月己丑，以東都留守令狐楚檢校右僕射天平軍節度使。楚到鄆州恐未能即有言懷之作。據禹錫詩「聞説朝天在來歲，霸陵春色待來車」之句。或者楚於到鄆州之次年歲杪作詩，自述望入覲之意，則當爲大和四年（八三〇），禹錫固猶在京也，故與下一首相接。楚之原詩未見，姑存疑。

吟白樂天哭崔兒上篇愴然寄贈

吟君苦調我霑纓，能使無情盡有情。四望車中心未釋，千秋亭下賦初成。庭梧已有雛棲處，池鶴今無子和聲。從此期君比瓊樹，一枝吹折一枝生。

【校】

〔題〕紹本、崇本樂天作君，紹本、崇本、全唐詩上均作二。

〔雛棲〕全唐詩二字乙。

【箋證】

按：崔兒是居易老年所生子，居易方爲河南尹。據本傳在大和五年（八三一），據紀實在四年（八三〇）十二月也。居易原作云：「掌珠一顆兒三歲，鬢雪千莖父六旬。豈料汝先爲異物？常憂吾不見成人。悲腸自斷非因劍，啼眼加昏不是塵。懷抱又空天默默，依前重作鄧攸身。」又有初喪崔兒報微之晦叔一詩云：「書報微之晦叔知，欲題崔字淚先垂。世間此恨偏敦我，天下何人不哭兒？蟬老悲鳴拋蛻後，龍眠驚覺失珠時。文章十帙官三品，身後傳誰庇蔭誰？」宜禹錫云「吟君苦調我霑纓」也。

〔四望車〕三望四望車爲公卿所乘，見晉書輿服志。此句泛用以指居易正在官位顯達之際而遭此悲痛耳。張説節義太子楊妃輓歌：「昔日三朝路，逶迤四望車。」

〔千秋亭〕潘岳西征賦云：「夭赤子於新安，坎路側而瘞之。亭有千秋之號，子無七旬之期。雖勉勵於延吴，實潛慟乎余慈。」注：「傷弱子序曰：三月壬寅弱子生，五月之長安，壬寅，次于新安之千秋亭，甲辰而弱子夭，乙巳葬于亭東。」此詩正用此事，禹錫隸事之精切每如此。

答樂天所寄詠懷且釋其枯樹之歎

衙前有樂饌常精，宅内連池酒任傾。自是官高無狎客，不論年長少歡情。驪龍頷被探珠去，老蚌胚還應月生。莫羨三春桃與李，桂花成實向秋榮。

【校】

〔題〕紹本釋作適，非。

〔胚還〕紹本、崇本胚均作胎。

【箋證】

按：白集中有府齋感懷酬夢得詩云：「府伶呼唤争先到，家醖提攜動輒隨。合是人生開眼日，自當年老斂眉時。丹砂鍊作三銖土，玄髮看成一把絲。勞寄新詩遠安慰，不聞枯樹再生枝。」原注云：「時初喪崔兒，夢得以詩相安云，從此期君比瓊樹，一枝吹折一枝生。故有此落句以報之。」禹錫乃重答其詩。

〔宅内連池〕居易在洛陽之履道坊宅以池水勝，見其集中之池上篇，但此似指府衙中之池，見下篇。

白侍郎大尹自河南寄示池北新葺水齋即事招賓十四韻兼命同作

公府有高致，新齋池上開。再吟佳句後，一似畫圖來。結構疏林下，夤緣曲岸隈。緑波穿户牖，碧甃疊瓊瓌。幽異當軒滿，清光繞砌迴。潭心澄晚鏡，梁口起晴雷。瑶草緣隄種，煙松上島栽。遊魚驚撥剌，浴鷺喜毰毸。爲客烹林筍，因僧採石苔。酒瓶常不罄，書案任成堆。簷外青雀舫，座中鸚鵡盃。蒲根抽九節，蓮萼捧重臺。芳訊此時到，勝遊何日陪？共譏吴太守，自占洛陽才。

【校】

〔高致〕紹本、崇本、全唐詩致均作政，似非。

〔幽異〕紹本、崇本異均作興。

〔晚鏡〕紹本、崇本晚均作曉。

〔梁口〕紹本、崇本、全唐詩梁均作渠。

〔煙松〕紹本、崇本、全唐詩二字均乙。

〔遊魚〕〔浴鷺〕崇本均乙。按：鶴浴魚遊乃原詩語，鷺似當作鶴。

【注】

〔吴太守〕漢書賈誼傳：洛陽人也，年十八，以能誦詩書屬文稱於郡中，河南守吴公聞其秀材，召置門下，甚幸愛。文帝初立，聞河南守吴公治平爲天下第一。

【箋證】

按：白集原作十六韻云：「繚繞府西面，潺湲池北頭。鑿開明月峽，決破白蘋洲。清淺漪瀾急，夤緣浦嶼幽。直衝行徑斷，平入卧齋流。石疊青稜玉，波翻白片鷗。噴時千點雨，澄處一泓油。絶境應難别，同心豈易求？少逢人愛玩，多是我淹留。夾岸鋪長簟，當軒泊小舟。枕前看鶴浴，床下見魚遊。洞户斜開扇，疎簾半上鈎。紫浮萍泛泛，碧亞竹修修。讀罷書仍展，棊終局未收。午茶能散睡，卯酒善銷愁。簷雨晚初霽，窗風凉欲休。誰能伴老尹，時復一閑遊。」據詩意池齋在府衙中無疑。居易以大和四年（八三〇）冬除河南尹，此詩之酬唱當在次年夏間。十六韻和爲十四韻者，原重遊字，或居易寄示禹錫時減去二韻也。

赴蘇州酬别樂天

吴郡魚書下紫宸，長安厩吏送朱輪。二南風化承遺愛，八詠聲名躡後塵。梁氏夫妻爲寄客，陸家兄弟是州民。江城春日追隨處，共憶東歸舊主人。

【校】

〔追隨〕紹本、崇本、全唐詩隨均作遊。

〔東歸〕紹本、崇本歸均作都。

【注】

〔八詠〕金華志：沈約爲東陽太守，作八詩題於元暢樓，後人更名八詠樓。

〔梁氏夫妻〕後漢書梁鴻傳：鴻字伯鸞，扶風人，家貧而尚節介，博覽無不通。娶同縣孟氏女，共入霸陵山中，以耕織爲業。適吴，依皋伯通，居廡下，爲人賃舂。

〔陸家兄弟〕晉書陸雲傳：「少與兄機齊名。雖文章不及機，而持論過之。號曰二陸。」陸氏，吴人也。

【箋證】

按：本集卷十七蘇州舉韋中丞自代狀，禹錫蘇州刺史之授在大和五年（八三一）之冬，此詩云：「江城春日追隨處，共憶東歸舊主人。」預計到任在次年春日也。舊主人指居易曾於寶曆中任蘇州刺史。白集中送劉郎中赴任蘇州詩云：「仁風膏雨去隨輪，勝地歡遊到逐身。水驛路穿兒店月，花船棹入女湖春，（原注：語兒店、女墳湖皆勝地也。）宣城獨詠窗中岫，柳惲單題江上蘋。何似姑蘇詩太守，吟詩相繼有三人。（原注：領吴郡日，劉嘗贈予詩云：蘇州刺史例能詩，西掖今來替左司。故有三人之戲耳。）」

〔長安厩吏〕漢書朱買臣傳：「長安厩吏乘駟馬車來迎，買臣遂乘傳去。」注：「張晏曰：故事，大夫乘官車駕駟，如今州牧刺史矣。」朱買臣爲會稽太守，唐之蘇州正漢之會稽郡治也。

贈樂天

一别舊遊盡，相逢俱涕零。在人雖晚達，於樹似冬青。痛飲連宵醉，狂吟滿座聽。終期抛印綬，共占少微星。

【注】

〔少微星〕晉書天文志：少微四星在太微西，士大夫之位也。一名處士。明大而黄，則賢士舉也。

【箋證】

按：禹錫與居易於揚州初逢，即有沉舟病樹及憑杯酒長精神之句（外集卷一），以表其不因沉滯而自甘頽廢，此詩又云：「在人雖晚達，於樹似冬青。」本卷復有樂天重寄和因成再答一首，中之曰：「秋隼自能凌汗漫，寒龜飲氣受泥塗。」與本集卷二十四始聞秋風詩之「馬思邊草拳毛動，雕盼青雲睡眼開」，卷二十六秋詞之「晴空一鶴排雲上，便引詩情到碧霄」，皆有窮當益堅，老當益壯之概。此首當是赴蘇州時留别之作，冬青亦指時令也。

福先寺雪中酬别樂天

龍門賓客會龍宫，東去旌旗駐上東。二八笙歌雲幕下，三千世界雪花中。離堂未暗排紅燭，别曲含淒向曉風。才子從今一分散，便將詩詠向吴儂。

【校】

〔向曉〕紹本、崇本、全唐詩向均作颺，曉均作晚。

【箋證】

按：前後各詩皆禹錫由長安赴蘇州過洛陽時與居易敍别，往復丁寧之語。才子句以洛陽才子成語喻居易，「便將詩詠」謂居易之詩也。

〔福先寺〕唐兩京城坊考五：東都延福坊福先寺有水 ，四輪齊轉。

醉答樂天

洛城洛城何日歸？故人故人今轉稀。莫嗟雪裏暫時别，終擬雲間相逐飛。

【箋證】

按：白集有醉中重留夢得詩云：「劉郎劉郎莫先起，蘇臺蘇臺隔雲水。酒盞來從一百分，馬頭去便三千里。」和詩即用其體，此唐人法也。

又按：白集有與劉蘇州書云：「去年冬，夢得由禮部郎中、集賢學士遷蘇州刺史，冰雪塞路，自秦徂吴，僕方守三川，得爲東道主。閤下爲僕税駕十五日，朝觴夕詠，頗極平生之歡，各賦數篇，視草而别。」即以上四首也。

和樂天耳順吟兼寄敦詩

吟君新什慰蹉跎，屈指同登耳順科。鄧禹功成三紀事，孔融書就八年多。已經將相誰能爾？拋卻丞郎争奈何？獨恨長洲數千里，且隨魚鳥泛煙波。

【注】

〔鄧禹〕後漢書鄧禹傳：禹字仲華，南陽人。年十三，受業長安。見光武，知非常人，遂相親附。及聞光武安集河北，杖策北渡，光武與定計議。即位，拜大司徒，封酇侯，時年二十四。按：二十四以三紀計之，約爲六十耳順之年也。

〔孔融〕孔融與曹操論盛孝章書：五十之年，忽焉已至，公爲始滿，融又過二。按：五十過二，增八年則六十也。

【箋證】

按：敦詩謂崔羣，已詳本集卷十七舉崔監察羣自代狀。居易原作云：「三十四十五慾牽，七十八十百病纏。五十六十卻不惡，恬淡清净心安然。已過愛貪聲利後，猶在病羸昏耄前。未無筋力尋山水，尚有心情聽管絃。閒開新酒嘗數盞，醉憶舊詩吟一篇。敦詩夢得且相勸，不用嫌他耳順年。」羣與禹錫、居易皆同歲生，大和五年（八三一）爲六十歲。「已經將相」，指羣，羣於元和十一年（八一六）入相，是年由荆南節度使內召；「拋卻丞郎」，指居易，居易曾於大和二、三年（八二八、八二九）任刑部侍郎，唐人通以尚書左右丞及六部侍郎爲丞郎也。

又按：集中涉及崔羣者有卷十七、二十二，外集卷六、八等篇。

到郡未浹日登西樓見樂天題詩因即事以寄

樂天自此郡謝病西歸。

湖上收宿雨，城中無晝塵。樓依新柳貴，池帶亂苔春。雲水正一望，簿書來繞身，煙波洞庭路，愧彼扁舟人。

【箋證】

按：本集卷十五蘇州謝上表所具月日爲大和六年（八三二）二月六日，故詩有「新柳」之句。

早夏郡中書事

水禽渡殘月，飛雨灑高城。華堂對嘉樹，簾廡含曉清。拂鏡整危冠，振衣步前楹。將吏儼成列，簿書紛來縈。言下辨曲直，筆端破交争。虚懷詢病苦，懷律操剽輕。闕吏告無事，歸來解簪纓。高簾覆朱閣，忽爾聞調笙。

【校】

〔懷律〕紹本懷作壞。

〔闕吏〕紹本、崇本、全唐詩闕均作闇。

【箋證】

按：此詩當作於到蘇州第一年之夏，白居易在蘇州時，亦有自到郡齋僅經旬日方專公務未及宴遊偷閒走筆詩，略云：「救煩無若静，補拙莫如勤。削使科條簡，攤令賦役均。以兹爲報效，安敢不躬親？襦袴提於手，韋弦佩在紳。敢辭稱俗吏，且願活疲民。」語意相似。

〔將吏〕唐代刺史沿舊制帶持節軍事，安史亂後又多帶本州團練使，州有戍兵。故劉、白詩皆言蘇州兵籍五千。韋應物爲蘇州刺史，其軍中冬燕詩云：「兹邦實大藩，伐鼓軍樂陳。是時冬服成，戎士氣益振。」此詩所以有將吏成列之語。

虎丘寺見元相公二年前題名愴然有詠 前年澬橋送之武昌。

澬水送君君不還，見君題字虎丘山。因知早貴兼才子，不得多時在世間。

【校】

〔題字〕崇本字作寺，似非。

【箋證】

按：元相公謂元稹，當其在時則稱其所居之官，既歿則舉其所歷最高之官，此唐人通例也。稹以大和三年（八二九）九月入爲尚書左丞，其過蘇州題字，當即在是年，其出鎮武昌在四年（八三〇），卒在五年（八三一）。此詩則禹錫到蘇州所作，必在六年（八三二），不應云二年前題名，二當是三字之誤。

又按：大和三四年間，元、白相會於洛陽，臨別元投白二詩云：「君應怪我留連久，我欲與君辭別難。白頭徒侶漸稀少，明日恐君無此歡。」「自識君來三度別，這回白盡老髭鬚。戀君不去君須會，知得後回相見無！」蓋元出鎮武昌，則要自長安取商山道，自此不復與白相見。若劉則於大和三四年（八二九、八三〇）間同在長安，雖爲時極暫，話舊同遊，諒非一度，不應詩無一首，知不獨元詩不完，劉詩佚者亦必不少。此詩云漨水送君，即指稹赴鎮武昌時之送行。

寄贈小樊

花面丫頭十三四，春來綽約向人時。終須買取名春草，處處將行步步隨。

【校】

〔取名〕全唐詩名下注云：一作多。

〔將行〕絶句作相將。全唐詩行下注云：一作來，一作相將。

【箋證】

按：本事詩：「白尚書姬人樊素善歌，妓小蠻善舞，嘗爲詩云：櫻桃樊素口，楊柳小蠻腰。年既高邁，而小蠻方豐豔，因爲楊柳之詞以託意云：一樹春風萬萬枝，嫩於金色輭如絲。永豐坊裏東南角，盡日無人屬阿誰？」吴景旭歷代詩話云：「樂天嘗稱妓有樊素者，年二十餘，善唱楊柳枝，人多以曲名名之。一日將放去，因作詩自題曰不能忘情吟。且謂楊柳枝再拜長跪而致辭，辭曰：素事主十年，凡三千有六百日，巾櫛之間，無違無失。此東坡所謂不似楊枝別樂天也。洪景盧言：白集中有詩云：菱角執笙簧，谷光抹琵琶。紅綃信手舞，紫綃隨意歌。自注曰：菱、谷、紫、紅皆小臧獲名。王勉夫又言，妓不止此。觀劉夢得贈小樊詩云，……又同州與樂天詩注云：

春草，白君之舞妓也。白詩云：小奴捶我足，小婢捶我背，又不知小奴小婢者是何名也。白别有詩云：小花蠻榼二三升，曰：還攜小蠻去，試覓老劉看。此小蠻乃酒榼名耳。」

憶春草

憶春草，處處多情洛陽道。金谷園中見日遲，銅駝陌上迎風早。河南大尹頻出難，只得池塘十步看。府門閉後滿街月，幾處遊人草頭歇？館娃宮外姑蘇臺，鬱鬱芊芊撥不開。無風自偃君知否？西子裙裾曾拂來。

【校】

〔題〕全唐詩題下注云：春草，樂天舞妓名。

【箋證】

按：居易本傳，五年（八三一）除河南尹，七年（八三三）復授太子賓客。長慶集中詠興五首序云：「七年（八三三）四月，予罷河南府，歸履道第。」此詩猶稱之爲河南大尹，則是禹錫於七年（八三三）之春自蘇州所寄，藉春草以言兩地游賞。長慶集中與劉蘇州書云：「夢得閣下：前者枉手札數幅，兼惠答憶春草、報白君已下五六章，發函披文而後喜可知也。又覆視書中有攘臂痛拳之戲，笑與抃會，甚樂甚樂。」

樂天寄憶舊遊因作報白君以答

報白君，别來已度江南春。江南春色何處好？燕子雙飛故宫道。春城三百七十橋，夾岸朱樓隔柳條。丫頭小兒蕩畫槳，長袂女郎簪翠翹。郡齋北軒卷羅幕，碧池逶迤繞畫閣。池邊緑竹桃李花，花下舞筵鋪彩霞。吴娃足情言語黠，越客有酒巾冠斜。座中皆言白太守，不負風光向盃酒。酒酣擘牋飛逸韻，至今傳在人人口。報白君，相思空望嵩丘雲。其奈錢塘蘇小小，憶君淚點石榴裙。白君在城，近自洛歸錢塘。

【校】

〔題〕崇本遊作送。

〔宫道〕紹本、崇本、全唐詩宫均作官。

〔畫閣〕紹本、崇本畫均作華。

〔淚點〕紹本點作黦。

〔白君在城〕紹本、全唐詩在城均作有妓。崇本作在妓。按：在城在妓不可解，若作有妓則謂白罷杭州時攜妓而去，全唐詩話之説蓋由此而起。

【箋證】

按：居易憶舊游詩云：「憶舊遊，舊遊安在哉？舊遊之人半白首，舊遊之地多蒼苔。江南舊遊凡幾處，就中最憶吴江隈。長洲苑緑柳萬樹，齊雲樓春酒一杯。閶門曉嚴旗鼓出，臯橋夕鬧船舫迴。修蛾慢臉燈下辨，急管繁絃頭上催。六七年前狂爛漫，三千里外思徘徊。李娟張態一春夢，周五殷三歸夜臺。虎丘月色爲誰好？娃宫花枝應自開，賴得劉郎解吟詠，江山氣色合歸來。」禹錫此詩云「別來已度江南春」，居易原詩亦編在大和六年（八三二）春贈分司東都諸公之後，自是禹錫初到蘇州第一年所作。答居易之作即效居易原詩之體。

〔三百七十橋〕按：白居易正月三日閒行詩云：「緑浪東西南北水，紅欄三百九十橋。」原注：「蘇之官橋大數。」疑此詩七十當作九十。

和白侍郎送令狐相公鎮太原

十萬天兵貂錦衣，晉城風日斗生輝。行臺僕射新恩重，從事中郎舊路歸。疊鼓蹴成汾水浪，門旗驚斷塞鴻飛。邊庭自此無烽火，擁節還來坐紫微。

【校】

〔新恩〕全唐詩新作深。

〔門旗〕紹本、崇本、全唐詩門均作閃。

【箋證】

按：令狐楚本傳云，大和六年（八三二）二月，改太原尹、北都留守、河東節度等使。是時禹錫甫到蘇州，居易猶任河南尹，楚自鄆州移鎮，無緣相會，知唐人送行之詩，雖遥寄亦謂之送，不可泥也。居易原作云：「六纛雙旌萬鐵衣，并汾舊路滿光輝。青衫書記何年去，紅旆將軍昨日歸。詩作馬蹄隨筆走，獵酣鷹翅伴觥飛。北都莫作多時計，再爲蒼生入紫微。」劉詩即次其韻。楚本傳云，楚以父掾太原，有庭闈之戀，李説、嚴綬、鄭儋相繼鎮太原，高其行義，皆辟爲從事，自掌書記至節度判官。故白詩云「青衫書記何年去」，劉詩云「從事中郎舊路歸」，舊府僚來爲節帥，是楚得意之事，而白、劉則望其勿久於外鎮也。

秋夕不寐寄樂天

洞户夜簾卷，華堂秋簟清。螢飛過池影，蛩思繞階聲。老枕知將雨，高窗報欲明。何人諳此景？遠問白先生。

【箋證】

按：此當即大和六年（八三二）秋間所作。居易答詩云：「碧簟絳紗帳，夜涼風景清。病聞和藥氣，渴聽碾茶聲。露竹偷燈影，煙松護月明。何言千里隔，秋思一時生。」即次其韻。

冬日晨興寄樂天

庭樹曉禽動，郡樓殘點聲。燈挑紅燼落，酒暖白光生。髮少嫌梳利，顔衰恨鏡明。獨吟誰應和？須寄洛陽城。

【箋證】

按：此當是繼前詩而作者。居易答詩云：「漏傳初五點，雞報第三聲。帳下從容起；窗間曨聰明。照書燈未滅，煖酒火重生。理曲絃歌動，先聞唱渭城。」亦次韻。

酬樂天見寄

元君後輩先零落，崔相同年不少留。華屋坐來能幾日？夜臺歸去便千秋。背時猶自居三品；三川、吴郡品同。得老終須卜一丘。投老之日，願樂天爲鄰。若使吾徒還早達，亦應簫鼓入松楸。

【校】

〔三川〕結一本作三州，誤。據紹本、崇本、全唐詩改。

〔吴郡〕結一本、全唐詩郡作郎，誤。

〔願樂天〕全唐詩願下有與字。

【箋證】

按：白集寄劉蘇州詩云：「去年八月哭微之，今年八月哭敦詩。何堪老淚交流日，多是秋風摇落時。泣罷幾回深自念，情來一倍苦相思。同年同病同心事，除却蘇州更是誰？」元稹本傳，大和五年（八三一）七月卒，年五十三。（按：聞訃當在八月）崔羣本傳，大和五年（八三一）拜檢校左僕射兼吏部尚書，六年（八三二）八月卒，年六十一。稹少禹錫、居易七歲，羣則與禹錫、居易同歲生。居易已於大和元年（八二七）拜秘書監時賜金紫，禹錫賜金紫在七年（八三三），（見本集卷十六謝賜章服表）此時未至三品階官，而云「三川吴郡品同」者，謂蘇州爲上州，刺史品從之也。

答樂天見憶

與老無期約，到來如等閑。偏傷朋友盡，移興子孫間。筆底心無毒，盃前膽不豩。唯餘憶君夢，飛過武牢關。

【校】

〔無毒〕紹本、崇本無均作猶。

【箋證】

按：原詩不詳。前人評此詩者，王世貞藝苑卮言云：「劉禹錫作詩欲入錫字，而以六經無之乃已，不知宋之問已用押韻矣。云馬上逢寒食，春來不見餳。劉用字謹嚴乃爾，然其答樂天而有筆底心猶毒，杯前膽不豩。豩，呼關反，此何謂也？」又宋長白柳亭詩話云：「豩，呼關切，讀作頑。劉夢得有杯前膽不豩，趙嘏有吞船酒膽豩，似劇飲淋浪之謂。唐韻無此字，禮部韻亦不收。」

按：豩字說文從二豕，當取豕突之義，引申爲粗莽。

和樂天誚失婢牓者

把鏡朝猶在，添香夜不歸。鴛鴦拂瓦去，鸚鵡透籠飛。不逐張公子，即隨劉武威。新知正相樂，從此脫青衣。

【箋證】

按：居易原詩云：「宅院小牆卑，坊門帖榜遲。舊恩慚自薄，前事悔難追。籠鳥無常主，風花不戀枝。今宵在何處，惟有月明知。」禹錫詩云「從此脫青衣」，與白詩「舊恩慚自薄」相應，非徒爲無告之女子鳴不平，且以儆遇人寡恩之輩。本集卷二十一有調瑟詞，彼爲逃奴而作，此爲逃婢而作。當時奴婢主之酷虐亦可想見，此亦樂府諷諭詩之類也，不得以遊戲筆墨視之。

〔張公子〕此似用漢書外戚傳：童謡曰：燕燕尾涎涎，張公子，時相見。成帝每微行出，常與張放俱，而稱富平侯，故曰張公子。張氏爲漢時最煊赫之豪族，故以張公子泛稱貴遊子弟耳。

〔劉武威〕李商隱聖女祠詩：「人間定有崔羅什，天上應無劉武威。」馮浩注但引神仙感遇傳劉子南者，漢武威太守、冠軍將軍以釋之，於事無當。亦引禹錫此詩，謂必有事在。蓋唐人所讀古籍，今未見者尚多，此在唐時或非僻典，而今則不可曉矣。

樂天重寄和晚達冬青一篇因成再答

風雲變化饒年少，光景蹉跎屬老夫。秋隼自能淩汗漫，寒龜飲氣受泥塗。東隅有失誰能免？北叟之言豈便誣？振臂猶堪呼一擲，争知掌下不成盧？

【校】

〔題〕紹本、崇本重寄二字均乙。

〔自能〕紹本、崇本均作得時，似是。

〔便誣〕紹本、崇本誣均作無。

【注】

〔一擲〕晉書何無忌傳：（桓）玄曰：「劉裕勇冠三軍，當今無敵。劉毅家無儋石之儲，樗蒱一擲百萬。何無忌，劉牢之之甥，酷似其舅。共舉大事，何謂無成？」

〔東隅〕後漢書馮異傳：璽書勞異曰：「始雖垂翅回谿，終能奮翼澠池。可謂失之東隅，收之桑榆。」

【箋證】

按：白集中有代夢得吟云：「後來變化三分貴，同輩凋零太半無。世上争先從盡汝，人間鬭在不如吾。竿頭已到應難久，局勢雖遲未必輸。不見山苗與林葉，迎春先緑亦先枯。」似即禹錫所和，以首聯語意相應也。

〔北叟〕此語或是用列子力命篇「北山愚公年九十」語，此聯謂已往之事不足回顧，但矢志期於有成耳。

河南白尹有喜崔賓客歸洛兼見懷長句因而繼和

幾年侍從作名臣，卻向青雲索得身。朝士忽爲方外士，主人仍是眼中人。雙鸞遊處天京好，五馬行時海嶠春。遥羡光陰不虛擲，肯令絲竹蹔生塵？

【箋證】

按：崔賓客謂崔玄亮，已見本集卷二十五。舊唐書一六五、新唐書一六四本傳皆不言其曾爲賓客。白居易唐故虢州刺史贈禮部尚書崔公墓志銘則云：拜太子賓客分司東都。白、劉兩詩皆以此稱之，必不誤，蓋史之略也。玄亮傳云：「遷右散騎常侍，來年，宰相宋申錫爲鄭注所搆，獄自内起，京師震懼，玄亮首率諫官十四人詣延英請對，與文宗往復數百言，文宗初不省其諫，欲寘申錫於法，玄亮泣奏……文宗爲之感悟，玄亮由此名重於朝。七年，以疾求爲外任，宰相以弘農便其所請，乃授檢校左散騎常侍、虢州刺史。是歲大和七年（八三三）七月卒於郡所。」故詩云「幾年侍從作名臣」，玄亮嘗爲密、歙、湖、曹等州刺史，「五馬行時海嶠春」，或即指此。賓客分司之授當在大和六年，禹錫此詩之作當與本卷寄白尹兼簡分司崔賓客詩相先後。白集中贈晦叔憶夢得詩云：「自别崔公四五秋，因何臨老轉風流？歸來不説秦中事，歇定唯謀洛下遊。酒面浮花應是喜，歌眉斂黛不關愁。得君更有無厭意，猶恨尊前欠老劉。」晦叔即玄亮字也。

和楊師皐給事傷小姬英英

見學胡琴見藝成，今朝追想幾傷情。撚絃花下呈新曲，放撥燈前謝改名。但是好花皆易落，從來尤物不長生。鸞臺夜直衣衾冷，雲雨無因入禁城。

【箋證】

按：師皐爲楊虞卿字，虞卿舊唐書一七六、新唐書一七五均有傳。傳云：「李宗閔、牛僧孺輔政，起爲左司郎中，大和五年（八三一）六月拜諫議大夫，充弘文館學士，判院事，六年（八三二）轉給事中。七年（八三三），宗閔罷相，李德裕知政事，出爲常州刺史。」此詩即大和六年（八三二）所作，其出爲常州時，禹錫別有詩，見外集卷八。

附録一　楊虞卿　過小妓英英墓詩

蕭晨騎馬出皇都，聞説埋冤在坐隅。別我已爲泉下土，思君猶是掌中珠。四絃品柱聲初絶，三尺孤墳草已枯。蘭質蕙心何所在？焉知過者是狂夫？

附録二　白居易　和楊師皐傷小姬英英詩

自從嬌騃一相依，共見楊花七度飛。玳瑁牀空收枕席，琵琶絃斷倚屏幃。人間有夢何曾入，泉下無家豈是歸？墳上少啼留取淚，明年寒食更沾衣。

附録三　姚合　楊給事師皐哭亡愛姬英英竊聞詩人多賦因而繼和

真珠爲土玉爲塵，未識遥聞鼻亦辛。天上還應收至寶，世間難得是佳人。朱絃自斷虚銀燭，紅粉潛消冷繡裀。見説忘情唯有酒，夕陽對酒更傷神。

和樂天洛下醉吟寄太原令狐相公兼見懷長句

舊相臨戎非稱意，詞人作尹本多情。從容自使邊塵静，談笑不聞桴鼓聲。章句新添塞下曲，風流舊占洛陽城。昨來亦有吴趨詠，唯寄東都與北京。

【注】

〔吴趨〕古今注：吴趨行，吴人以歌其地。陸機吴趨行曰：「聽我歌吴趨。」趨，步也。

【箋證】

按：白集有早春醉吟寄太原令狐相公蘇州劉郎中詩云：「雪夜閑遊多秉燭，花時暫出亦提壺。别來少遇新詩敵，老去難逢舊飲徒。大振威名降北虜，勤行惠化活東吴。不知歌酒騰騰興，得似河南醉尹無？」此自是大和七年（八三三）早春所作，居易猶未罷河南尹。來詩分貼太原蘇州，和詩云「舊相臨戎」、「詩人作尹」即分貼節度使與京尹，詩律之嚴如是。

郡齋書懷寄河南白尹兼簡分司崔賓客

謾讀圖書二十車，年年爲郡老天涯。一生不得文章力，百口空爲飽暖家。綺季衣冠稱鬢面，吴公政事副詞華。還思謝病今歸去，同醉城東桃李花。

【校】

〔題〕紹本、崇本、全唐詩河南均作江南，誤。

〔二十車〕紹本、崇本、全唐詩二十均作三十，按：以白和詩觀之，當作四十。

〔今歸〕紹本、全唐詩今作吟。

【箋證】

按：白集和夢得詩題下注引此詩前四句，詩云：「綸閣沉沉無寵命，蘇臺籍籍有賢聲。豈惟不得清文力，但恐空傳冗吏名。郎署回翔何水部，江湖留滯謝宣城。所嗟非獨君如此，自古才共與命争。」外集卷一闕下待傳點詩箋證中引白詩有「暫留書殿多稱屈，合入綸闈即可知」之句，參以此首「綸閣沉沉」之句，知當時物望皆以禹錫當入掖垣掌誥，集賢之命，蘇州之除，皆屈於不得已也。其梗之者究爲何人，不可詳矣。

酬樂天七月一日夜即事見寄

夜樹風韻清，天河雲彩輕。故花多露草，隔樹聞鶴鳴。摇落從此始，别離含遠情。聞君當是夕，倚瑟吟商聲。外物豈不足？中懷向誰傾。秋來念歸去，同聽嵩陽笙。

【校】

〔故花〕紹本花作茆，崇本、全唐詩花均作苑。

〔隔樹〕紹本、崇本、全唐詩樹均作城。

【箋證】

按：白集有立秋夕有懷夢得一詩，格韻皆同。雖題微異，必其原作也。詩云：「露簟荻竹清，風扇蒲葵輕。一與故人別，再見新蟬鳴。是夕涼飈起，閒境入幽情。迴燈見棲鶴，隔竹聞吹笙。夜茶一兩杓，秋吟三數聲。所思渺千里，雲外長洲城。」據「再見新蟬鳴」之句可知爲大和七年（八三三）之秋所作，蓋禹錫以五年（八三一）之冬與居易相别，至是凡兩度逢秋也。

題于家公主舊宅

樹滿荒臺葉滿池，簫聲一絶草蟲悲。鄰家猶學宫人髻，園客争偷御果枝。馬埒蓬蒿藏狡兔，鳳樓煙雨嘯愁鴟。何郎猶在無恩澤，不似當初傅粉時。

【校】

〔題〕結一本于作丁，誤。

〔樹滿〕崇本、全唐詩滿均作繞。

〔鳳棲〕紹本、全唐詩棲均作樓。

〔猶在〕紹本、崇本、全唐詩猶均作獨。

【箋證】

按：新唐書公主傳，梁國惠康公主下嫁于季友。季友得罪時，公主蓋已卒矣。事詳其父于頔傳，云：「以第四子季友求尚主，憲宗以長女永昌公主降焉。其第二子方屢諷其父歸朝入覲，册拜司空平章事。元和中，内官梁守謙掌樞密，頗招權利。有梁正言者，勇於射利，自言與守謙宗盟情厚，頔子敏與之游處，正言取頔財賄，言賂守謙以求出鎮。久之無效，敏責其貨於正言，乃誘正言之僮，支解棄於溷中。八年（八一三）春，敏奴王再榮詣銀臺門告其事，即日捕頔孔目官沈璧、家僮十餘人於内侍獄鞫問，尋出付臺獄。……頔率其男贊善大夫正、駙馬都尉季友素服單騎，將赴闕下，待罪於建福門，門司不納，退於街南負牆而立。遣人進表，閤門使以無引不受，日没方歸。明日復待罪於建福門，宰相諭令還第，貶爲恩王傅，敏長流雷州，錮身發遣，殿中少監、駙馬都尉季友追奪兩任官階令在家循省，左贊善大夫正、秘書丞方並停現任。」頔以元和十三年（八一八）卒。傳云，謚曰厲。其子季友從獵苑中，訴於穆宗，賜謚曰思。則季友後猶居近侍也。故詩云「何郎雖在無恩澤」。公主初封普寧，改封永昌，梁國乃其追封之號。季友後得明州刺史一職，亦能詩，詳見附録同時諸人之賦詠。

又按：前人之評此詩者，王夫之唐詩評選云：「點染工刻，初唐人不爲此，乃爲亦未必工。」

附録一　白居易　同諸客題于家公主舊宅詩

平陽舊宅少人遊，應是遊人到即愁。春穀鳥啼桃李院，絡絲蟲怨鳳皇樓。臺傾滑石猶殘砌，簾斷真珠不滿鈎。聞道至今蕭史在，髭鬚雪白向明州。

附録二　白居易　寄明州于駙馬使君三絶句

有花有酒有笙歌，其奈難逢親故何！近海饒風春足雨，白鬚太守悶時多。
平陽音樂隨都尉，留滯三年在浙東。吴越聲邪無法用，莫教偷入管絃中。
何郎小妓歌喉好，嚴老呼爲一串珠。海味腥鹹損聲氣，聽看猶得斷腸無？

附録三　王建　故梁國公主池亭詩（一作姚合詩）

平陽池館枕秦川，門鎖南山一朵煙。素柰花開西子面，緑榆枝散沈郎錢。裝簷玳瑁隨風落，傍岸鵁鶄逐暖眠。寂寞空餘歌舞地，玉簫聲絶鳳歸天。

附録四　楊巨源　酬于駙馬詩

綺陌塵香曙色分，碧山如畫又逢君。蛟藏秋月一片水，驥鎖晴空一片雲。戚里舊知何駙馬，詩家今得鮑參軍。陽和本是煙霄曲，須向花間次第聞。芳時碧落心應斷，今日清詞事不同。瑶草秋殘仙圃在，綵雲天遠鳳樓空。晴花暖送金羈影，涼葉寒生玉簟風。長得聞詩歡自足，會看春露濕蘭叢。

吟樂天自問愴然有作

親友關心皆不見，風光滿眼倍傷神。洛陽城裏多池館，幾處花開有主人？

【校】

〔題〕絶句作酬樂天自問。

〔倍傷〕全唐詩倍下注云：一作獨。

【箋證】

按：居易原作云：「依仁臺廢悲風晚，履信池荒宿草春。自問老身騎馬出，洛陽城裏覓何人！」依仁乃洛陽崔玄亮宅，履信乃洛陽元稹宅也。稹以大和五年（八三一）秋卒，玄亮以七年（八三三）秋卒。原詩雖有「宿草春」之語，禹錫詩亦有「幾處花開」之語，不可泥，仍是作於大和七年（八三三）之秋。

八月十五日夜半雲開然後翫月因詠一時之景寄呈樂天

半夜碧雲收，中天素月流。開城邀好客，置酒賞新秋。影透衣香潤，光凝歌黛愁。斜暉猶可翫，移宴上西樓。

【校】

〔題〕紹本、崇本、全唐詩詠均作書。

〔西樓〕全唐詩注云：西樓白居易常賦詩之所也。

【箋證】

按：白集有答夢得八月十五日夜玩月見寄詩云：「南國碧雲客，東京白首翁。松江初有月，伊水正無風。遠思兩鄉斷，清光千里同。不知娃館上，何似石樓中。」居易以大和七年（八三三）四月罷河南尹，見其詠興詩序，此必是年之秋所作，故原注云：「其夜余在龍門石樓上望月。」禹錫詩所謂西樓，亦見居易詩題，西樓喜雪命宴。全唐詩注云：「西樓，白居易常賦詩之所也。」此必非禹錫自注。

又按：卜陳彝握蘭軒隨筆云：「中秋玩月不知起何時，考古人賦詩，則始於杜子美，而戎昱登樓望月、冷朝陽與空上人宿華嚴寺對月、陳羽鑑湖望月、張南史和崔中丞望月、武元衡錦樓望月，皆在中秋，然則玩月盛於中秋，其在開元以後乎？」

秋日書懷寄白賓客

州遠雄無益，年高健亦衰。興情逢酒在，筋力上樓知。蟬噪芳意盡，雁來愁望時。商山紫芝客，應不向秋悲。

【校】

〔向秋〕崇本秋作愁，誤。

【箋證】

按：白集答夢得秋日書懷見寄云：「幸免非常病，甘當本分衰。眼昏燈最覺；腰瘦帶先知。樹葉霜紅日；髭鬚雪白時。悲愁緣欲老，老過却無悲。」正次劉韻。題稱白賓客，是其七年（八三三）罷河南尹再授賓客分司時也。

又按：此詩中「筋力上樓知」一語，即辛棄疾詞「不知筋力衰多少，但覺新來懶上樓」所本，而禹錫此句知者甚少。

酬樂天見貽賀金紫之什

久學文章含白鳳，卻因政事賜金魚。郡人未識聞謡詠，天子知名與詔書。珍重和詩呈錦繡，願言歸計並園廬。舊來詞客多無位，金紫同遊誰得如？

【校】

〔未識〕紹本識作百，未知爲何字之誤。

〔和詩〕紹本、全唐詩和作賀。

【箋證】

按：禹錫賜金紫在大和七年（八三三）之冬，見本集卷十六謝恩賜加章服表。居易原作云：「海内姑蘇太守賢，恩加章綬豈徒然！賀賓喜色欺杯酒，醉妓歡聲過管絃。魚佩葺鱗光照地，鶻銜瑞草勢冲天。莫嫌鬢上些些白，金紫由來稱長年。」

酬樂天初冬早寒見寄

乍起衣猶冷，微吟帽半攲。霜凝南屋瓦，雞唱後園枝。洛水碧雲曉，吴宫黄葉時。兩傳千里意，書札不如詩。

【箋證】

按：居易原作云：「起戴烏紗帽，行披白布裘。爐温先暖酒，手冷未梳頭。早起煙霜白，初寒鳥雀愁。詩成遣誰和？還是寄蘇州。」全唐詩亦收此首入元稹卷中，白詩明是寄劉，劉和詩亦有吳宮黃葉之句，爲劉作無疑。

樂天見示傷微之敦詩晦叔三君子皆有深分因成是詩以寄

吟君歎逝雙絶句，使我傷懷奏短歌。世上空驚故人少，集中惟覺祭文多。芳林新葉催陳葉，流水前波讓後波。萬古到今同此恨，聞琴淚盡欲如何？

【箋證】

按：三君子謂元稹、崔羣、崔玄亮。稹卒於大和五年（八三一）七月，羣卒於六年（八三二）八月，玄亮卒於七年（八三三）七月。此詩當作七年（八三三）秋冬之際。所謂雙絶句者，指居易原作：「併失鵷鸞侶，空留麋鹿身。只應嵩洛下，長作獨遊人。」「長夜君先去，殘年我幾何！秋風滿衫淚，泉下故人多。」

春池泛舟聯句

鳳池新雨後，池上好風光。禹錫上相公。取酒愁春盡，留賓喜日長。度送兵部。柳絲迎畫舸，水鏡瀉雕梁。羣送賈閣長。潭洞迷仙府，煙霞認醉鄉。餗送張司業。鶯聲隨笑語，竹色入壺觴。籍送主客。晚景含澄澈，時芳得豔陽。禹錫。飛覺拂輕浪，緑柳暗迴塘。度。逸韻追安石，高居勝辟彊。羣。盃停新令舉，詩動彩牋忙。餗。顧謂同來客，歡遊不可忘。籍。

【校】

〔兵部〕全唐詩作户部。

〔鏡瀉〕紹本、崇本、全唐詩瀉均作寫。

〔賈閣長〕結一本閣作園，據紹本、崇本改，全唐詩作院。

〔笑語〕崇本語作雨，誤。

〔竹色〕結一本竹作行，誤。

〔時芳〕結一本芳作方，誤。

【箋證】

按：唐人聯句，仍互相贈答。甲送乙一聯，乙即送丙一聯，如此迭相傳遞。相公謂裴度。兵部謂崔羣，大和元年（八二七）自宣歙觀察使拜兵部尚書。閣長謂賈餗，大和二年（八二八）以太常少卿知制誥，次年拜中書舍人。司業謂張籍。餗，舊唐書一六九、新唐書一七九均有傳，籍，舊唐書一六〇、新唐書一七六均有傳。此當是大和二年（八二八）聯句。

杏園聯句

杏園千樹欲隨風，一醉同人此暫同。羣上司空。老態忽忘絲管裏，衰顔宜解酒盃中。絳上白二十二。曲江日暮殘紅在，翰苑年深舊事空。居易上主客。二十四年流落者，故人相引到花叢。禹錫。

【校】

〔宜解〕紹本、崇本宜均作頓。

【注】

〔杏園〕唐兩京城坊考三：曲江池……南即紫雲樓、芙蓉苑，西即杏園、慈恩寺，花卉周環，煙水明媚。都人游賞，勝于中和上巳之節。

【箋證】

按：司空謂李絳，據絳傳，長慶四年（八二四）曾加檢校司空，至大和三年正月，以太常卿檢校司空出爲興元尹、山南西道節度使。此詩似作於大和二年（八二八）之春，若三年春則絳已赴鎮矣。禹錫永貞（八〇五）之貶至大和二年（八二八）亦正二十四年，時猶未轉禮部，故與上一首均以主客稱之。

花下醉中聯句

共醉風光地，花飛落酒盃。絳送劉二十八。殘春猶可賞，晚景莫相催。禹錫送白侍郎。酒幸年年有，花應歲歲開。居易送兵部相公。且當金韻擲，莫遣玉山頽。絳送庾閣長。高會彌堪惜，良時不易陪。承宣送主客。誰能拉花住，争得換春迴？禹錫送吏部。我輩尋常有，佳人早晚來。嗣復送兵部。寄言三相府，欲散且徘徊。居易。時户部相公同會。

【校】

〔絳送〕紹本、崇本絳均作羣。

〔得換〕紹本、崇本、全唐詩二字均乙。

〔送兵部〕全唐詩作送白侍郎。

【箋證】

按：詩中稱禹錫爲主客，居易爲侍郎，亦當是大和二年（八二八）春所作。兵部相公似謂李絳，庾閣長謂庾承宣，吏部似謂楊嗣復，然傳未言其爲吏部，户部相公謂竇易直。三相府之語未明。意者易直同會而未聯句，是年同在相位者尚有裴度、王播、韋處厚，故憑易直寄言三相也。

宴興化池亭送白二十二東歸聯句

東洛言歸去，西園告别來。白頭青眼客，池上手中盃。度。離瑟殷勤奏，仙舟委曲迴。征輪今欲動，賓閣爲誰開？禹錫。坐弄琉璃水，行登緑縟臺。花低妝照影，萍散酒吹醅。居易。岸蔭新抽竹，亭香欲變梅。隨遊多笑傲，遇勝且徘徊。籍。澄澈連天鏡，潺湲出地雷。林塘難共賞，鞍馬莫相催。度。信及魚還樂，機忘鳥不猜。晚晴槐起露，新暑石添苔。禹錫。擬作雲泥别，尤思頃刻陪。歌停珠貫斷，飲罷玉峯頽。居易。雖有逍遥志，其如磊落才。會當重用日，此去肯悠哉？籍。

【校】

〔題〕結一本化作慶，誤。

〔縟臺〕紹本、崇本臺均作苔，非；全唐詩作堆。

〔新暑〕全唐詩暑作雨。

〔用日〕崇本二字乙，紹本、全唐詩均作入用，是。

【箋證】

按：此爲大和三年（八二九）初夏居易辭刑部侍郎歸洛時作。興化池亭，裴度在長安之第宅也。唐兩京城坊考五：朱雀門西第二街有興化坊。

西池送白二十二東歸兼寄令狐相公聯句

促坐宴迴塘，送君歸洛陽。彼都留上宰，爲我説中腸。度。威鳳池邊別，冥鴻天際翔。披雲見居守，望日拜封章。禹錫。春盡年華少，舟通景氣長。送行歡共惜，寄遠意難忘。籍。東道瞻軒蓋，西園醉羽觴。謝公深眷眄，商皓信輝光。行武。舊德推三友，新篇代八行。下闕。

【校】

〔題〕崇本無兼字。

〔行武〕紹本、崇本、全唐詩武均作式，下並同。

【箋證】

按：大和三年（八二九）三月，令狐楚出爲東都留守，作此詩時楚已赴任，故裴度有「彼都留上宰，爲我説中腸」之句。元和中，度出征淮西，楚當制，制詞失旨，爲度所短，楚遂罷禁直，二人有夙嫌。此時度爲元老，而楚亦躋高位，殆已釋怨矣。行武未詳。

又按：西池即興化坊裴度宅中之池，池由瀑布而成，見本卷西池落泉聯句。

首夏猶清和聯句

記得謝家詩，清和即此時。居易。餘花數種在，密葉幾重垂？度。芳謝人人惜，陰成處處宜。禹錫。水萍争點綴，梁燕共追隨。行武。亂蝶憐疏蕊，殘鶯戀好枝。籍。草香殊未歇，雲勢漸多奇。居易。單服初寧體，新篁已出籬。度。與春爲別近，覺日轉行遲。禹錫。繞樹風光少，侵階苔蘚滋。行武。唯思奉歡樂，長得在西池。籍。

【校】

〔戀好〕結一本戀字缺，紹本、崇本、全唐詩均有。

【注】

〔首夏〕文選謝靈運遊赤石進泛海詩：首夏猶清和，芳草亦未歇。

【箋證】

按：此與下薔薇花及西池落泉聯句二首皆大和三年（八二九）居易東歸以前所作。

薔薇花聯句

似錦如霞色，連春接夏開。禹錫。波紅分影入，風好帶香來。度。得地依東閣，當階奉上台。行武。淺深皆有態，次第暗相催。禹錫。滿地愁英落，緣隄惜棹迴。度。芳穠濡雨露，明麗隔塵埃。行武。似著胭脂染，如經巧婦裁。居易。奈花無別計，只有酒殘盃。籍。

西池落泉聯句

東閣聽泉落，能令野興多。行武。散時猶帶沫，淙處即跳波。度。偏洗磷磷石，還驚泛泛鵝。籍。色清塵不染，光白月相和。居易。噴雪縈絲竹，攢珠濺芰荷。禹錫。對吟時合響，觸樹更搖柯。籍。照圃紅分藥，侵階綠浸莎。居易。日斜車馬散，餘韻逐鳴珂。禹錫。

和樂天柘枝

柘枝本出楚王家，玉面添嬌舞態奢。鬆鬟改梳鸞鳳髻，新衫别織鬭雞紗。鼓催殘拍腰身軃，汗透羅衣雨點花。畫筵曲罷辭歸去，便隨王母上煙霞。

【校】

〔鬆鬟〕全唐詩鬆下注云：一作鬓，崇本作雲。

〔鸞鳳〕崇本鸞作翔，是。紹本鳳字缺。

〔軃〕紹本作亸，用古體。

〔畫筵〕崇本畫作華，此句全唐詩注云：一作畫席曲殘辭别去。

【箋證】

按：白集中柘枝妓云：「平鋪一合錦筵開，連擊三聲畫鼓催。紅蠟燭移桃葉起，紫羅衫動柘枝來。帶垂鈿胯花腰重，帽轉金鈴雪面迴。看即曲終留不住，雲飄雨送向陽臺。」又柘枝詞云：「柳暗長廊合，花深小院開。蒼頭鋪錦褥，皓腕捧銀杯。繡帽珠稠綴，香衫袖窄裁。將軍拄毬杖，看按柘枝來。」禹錫似和其第一首，第一首乃居易在杭州時作。蓋柘枝舞乃自南傳北者，爲中唐時流行之舞曲。故白集中有和同州楊侍郎誇柘枝見寄詩云：「細吟馮翊使君詩，憶作餘杭太守時。君有一般輸我事，柘枝看較十年遲。」居易在杭州時，禹錫方在夔州，原詩有「雲飄雨送向陽臺」之句，殆亦以此詩寄夔州而禹錫遥和之。

附録一　張祜　觀杭州柘枝

舞停歌罷鼓連催，軟骨仙娥暫起來。紅罨畫衫纏腕出，碧排方胯背腰來。旁收拍拍金鈴擺，卻踏聲聲錦袎摧。看着遍頭香袖褶，粉屏香帕又重偎。

附録二　前人　周員外席上觀柘枝

畫鼓拖環錦臂攘，小娥雙换舞衣裳。金絲蹙霧紅衫薄，銀蔓垂花紫帶長。鸞影乍迴頭並舉，鳳聲初歇翅齊張。一時欻腕招殘拍，斜斂輕身拜玉郎。

附録三　前人　感王將軍柘枝妓殁

寂寞春風舊柘枝，舞人休唱曲休吹。鴛鴦鈿帶抛何處？孔雀羅衫付阿誰？畫鼓不聞招節拍，錦靴空想挫腰支。今來座上偏惆悵，曾是堂前教徹時。

紅鉛拂臉細腰人，金繡羅衫軟著身。長恐舞時殘拍盡，却思雲雨更無因。

按：張祜諸詩所寫之柘枝舞重在衣衫妝梳之新豔，可與禹錫、居易之詩互證。

和樂天題真娘墓

薝蔔林中黄土堆，羅襦繡黛已成灰。芳魂雖死人不怕，蔓草逢春花自開。幡蓋向風疑舞袖，鏡燈臨曉似妝臺。吴王嬌女墳相近，一片行雲應往來。

【校】

〔繡黛〕紹本黛作岱，似是。

【注】

〔真娘墓〕吴地記：虎丘山寺側有貞娘墓，吴國之佳麗也。行客才子多題墓上。有舉子譚銖作一詩，其後人稍稍息筆。

〔薝蔔〕維摩詰經：「如人入薝蔔林，唯嗅薝蔔，不嗅餘香。」酉陽雜俎：「諸花少六出者，惟梔子花六出，陶貞白言：梔子剪花六出，刻房七道，其花香甚，相傳即西域薝蔔花也。」

【箋證】

按：居易原作云：「真娘墓，虎丘道。不識真娘鏡中面，惟見真娘墓頭草。霜摧桃李風折蓮，真娘死時猶少年，脂膚荑手不牢固，世間尤物難留連。難留連，易銷歇。塞北花，江南雪。」禹錫當亦是遥和居易在蘇州時之作。

又按：沈德潛評白詩云：不著迹象，高於衆作。夢得云，芳魂雖死人不怕，可笑人也。今按夢得詩雖非其至者，然白詩是雜言，以别調取勝，未可相提並論，沈氏未免成見。

〔真娘墓〕李紳真娘墓詩序云：「吴之妓人歌舞有名者，死葬於吴武丘寺前，吴中少年從其志也。墓多花草，已滿其上。嘉興縣前亦有吴妓人蘇小小墓。」又李商隱有和人題真娘墓詩，原注：真娘，吴中樂妓，墓在虎丘山下寺中。沈亞之亦有虎丘山真娘墓詩。

劉禹錫集箋證外集卷第三

詩

客有話汴州新政書事寄令狐相公

天下咽喉今大寧，軍城喜氣徹青冥。庭前劍戟朝迎日，筆底文章夜應星。三省壁中題姓字，萬人頭上見儀形。汴州忽復承平事，正月看燈户不扃。

【校】

〔大寧〕紹本、崇本大均作太。

【箋證】

按：令狐相公謂令狐楚。楚自元和十五年（八二〇）罷相屢貶，長慶初以賓客分司東都。時李逢吉作相，極力援楚，以李紳在禁密，沮之，未能擅柄。敬宗即位，逢吉逐李紳，尋用楚爲河南尹。長慶四年（八二四）九月，授宣武軍節度使。本傳云：「汴軍素驕，累逐主帥……楚長於撫理，……後竟爲善地。」故此詩有「汴州忽復丞平事，正月看燈户不扃」之句，與外集卷一和汴州令狐相公到鎮改月偶書所懷一詩大致相合，彼詩作於長慶四年初到鎮時，則此詩當作於寶曆元年之初春矣。於此可見元和用兵以後藩鎮武人之暴戾恣睢，亂形已兆，禹錫蓋深有慨焉，非專爲獻頌也。

和令狐相公郡齋對紫薇花

明麗碧天霞，丰茸紫綬花。香聞荀令宅，豔入孝王家。幾歲自榮落？高情方歎嗟。有人移上苑，猶是占年華。

【校】

〔榮落〕紹本、崇本落均作樂。全唐詩作樂，注云：一作辱。

〔猶是〕紹本、崇本、全唐詩是均作足。

【箋證】

按：唐人每以梁王事用於汴州，詩云「豔入孝王家」，自是寶曆中令狐楚鎮宣武時所作。末韻自喻，以寓猶有用世之志，寶曆中，禹錫方在和州。

令狐相公見示河中楊少尹贈答兼命繼聲

兩首新詩百字餘，朱絃玉磬韻難如。漢家丞相重徵後，梁苑仁風一變初。四面諸侯瞻節制，八方通貨溢河渠。自從郤縠爲元帥，大將歸來盡把書。

【注】

〔郤縠〕左傳僖二十七年：晉作三軍，謀元帥。趙衰曰：郤縠可，臣亟聞其言矣。説禮樂而敦詩書。詩書，義之府也，禮樂，德之則也。乃使郤縠將中軍。

【箋證】

按：楊少尹謂楊巨源。全唐詩小傳云：「楊巨源，字景山，河中人，貞元五年（七八九）擢進士第，爲張弘靖從事，由祕書郎擢太常博士，禮部員外郎，出爲鳳翔少尹，復召除國子司業，年七十致仕歸，時宰白以爲河中少尹，食其禄終身。」巨源年輩略在禹錫前，其集中有别鶴詞送令狐校書之桂府，則楚尚未登朝已與之相識矣。所存與楚酬唱各篇，多楚掌綸誥時作，其酬令狐舍人一首云：「曉禁蒼蒼换直還，暫低鸞翼向人間。亦知受業公門事，數仞丘牆不見山。」乃楚罷内制時所作，知二人交情不淺也。巨源與禹錫亦有酬唱，見外集卷五。與元稹、白居易亦皆相知。此詩漢家丞相一語用黄霸事，霸自潁川太守一徵爲京兆尹，再徵爲御史大夫，繼爲丞相。「大將歸來盡把書」，與本卷第一首「汴州忽復承平事」句意略同，全首無一字涉及巨源，僅以朱紘玉磬渾言之。

和令狐相公謝太原李侍中寄蒲桃

珍果出西域，移根到北方。昔年隨漢使，今日寄梁王。上相芳緘至，行臺綺席張。魚鱗含宿潤，馬乳帶殘霜。染指鉛粉膩，滿喉甘露香。醖成十日酒，味敵五雲漿。咀嚼停金盞，稱嗟響畫堂。慙非末至客，不得一枝嘗。

【校】

〔十日〕紹本、崇本十均作千。

【箋證】

按：李侍中謂李光顔，舊唐書一六一、新唐書一七一均有傳。傳云：「（長慶）四年，敬宗即位，正拜司徒，汴州李㝏逐其帥叛，詔光顔率陳、許之師討之，營于尉氏，俄而誅㝏，還太原尹、北京留守，河東節度使，進階開府儀同三司，仍於正衙受册司徒兼侍中，（寶曆）二年（八二六）九月卒。」光顔之除河東在寶曆元年（八二五）七月，在太原不過一年，此詩當是寶曆二年（八二六）作。

又按：蒲桃爲晉産，姚合有謝汾州田大夫寄茸氈葡萄詩云：「筐封紫葡萄，筒捲白茸毛。卧暖身應健；含消齒免勞。衾衣踈不稱，梨栗鄙難高。曉起題詩報，寒澌滿筆毫。」可見是時以爲珍果。據新唐書地理志，太原所貢有葡萄酒。

和令狐相公送趙常盈鍊師與中貴人同拜嶽及天台投龍畢卻赴京師

銀璫謁者引霓旌，霞帔仙官到赤城。白鶴迎來天樂動，金龍擲下海神驚。元君伏奏歸中禁，武帝親齋禮上清。何事夷門請詩送，梁王文字上聲名。

【校】

〔京師〕紹本、崇本、全唐詩均無師字。

【注】

〔赤城〕文選孫綽遊天台山賦：「赤城霞起而建標。」李善注：「支遁天台山銘序曰：往天台當由赤城山爲道徑。孔靈符會稽記曰：赤城，山名，色皆赤，狀似雲霞。」

【箋證】

按：投龍爲道教科儀之一。金石録跋尾有唐雲龍山投龍詩，北海太守趙居貞撰，序云：天寶玄黓歲下元日居貞投金龍環璧於此山。唐會要五〇：「開元二十四年（七三六）五月十三日勑：每年春季，鎮金龍王殿功德事畢，合獻投山水龍璧，出日宜差散官給驛送，合投州縣，便取當處送出，準式投告。」或稱投簡。元稹有春分投簡陽明洞天詩。

令狐相公俯贈篇章斐然仰謝

鄂渚臨流別，梁園衝雪來。旅愁隨凍釋，歡意待花開。城曉烏頻起，池春雁欲迴。飲和心自醉，何必管絃催？

【校】

〔飲和〕莊子則陽：故或不言，而飲人以和，與人並立而使人化。

【箋證】

按：禹錫在貞元、永貞之間與令狐楚不無往還，若元和一代，則禹錫皆在貶所，而楚已位居將相，自無由會面。直至元和十五年（八二〇），穆宗初立，楚罷相出爲宣歙觀察使，再貶衡州刺史，長慶元年（八二一）四月，量移郢州。此詩所謂「鄂渚臨流別」，或指二人此時於武昌相遇，但據外集卷九彭陽唱和集後引僅云：出爲衡州，方獲會面。未明言遇於武昌。至「梁園衝雪來」一語，指禹錫大和元年（八二七）自和州北歸時曾偕白居易一至汴訪楚，故楚詩有云：「蓬萊仙監客曹郎，曾枉高車客大梁。」外集卷一亦有洛中逢白監同話遊梁之樂一詩。

酬令狐相公贈别

越聲長苦有誰聞？老向湘山與楚雲。海嶠新辭永嘉守，夷門重見信陵君。田園松菊今迷路，霄漢鴛鴻久絶羣。幸遇甘泉尚詞賦，不知何客薦雄文。

【注】

〔夷門〕史記信陵君傳：魏有隱士曰侯嬴，年七十，家貧，爲大梁夷門監者。公子從車騎，虚左，自迎侯生，侯生攝弊衣冠，直上載公子上坐，不讓，欲以觀公子，公子執轡愈恭。

〔甘泉〕漢書揚雄傳：上方郊祀甘泉秦畤、汾陰后土，以求繼嗣，召雄待詔承明之庭。正月，從上甘泉，還奏甘泉賦以風。

【箋證】

按此詩亦即游梁將别時所作，據湘山楚雲之句，當指朗州至夔州之事，海嶠新辭永嘉守，則指罷和州刺史。永嘉守借用謝靈運事，非實指温州也。禹錫是時初爲主客郎中分司，文宗初政，四方仰望，故末聯甚有冀幸之想。

酬令狐相公寄賀遷拜之什

遭迴二紀重爲郎，洛下遥分列宿光。不見當關呼早起，曾無侍史與焚香。三花秀色通書幌，十字春波繞宅牆。白首青衫誰比數？相憐只是有梁王。相公昔曾以大寮分司，故有同病相憐之句。

【校】

〔書幌〕紹本、崇本、全唐詩書均作春，非。

〔春波〕紹本、崇本、全唐詩春均作清。

〔白首〕紹本、全唐詩首作髮。

〔昔曾以大寮〕崇本作天僚。全唐詩無曾字。

【注】

〔當關〕嵇康絶交書：卧喜晚起，而當關呼之不置，一不堪也。

〔梁王〕按唐人每借梁王指鎮汴州或留守東都者，不以爲嫌也。次首亦然。

〔相憐〕吴越春秋闔閭内傳：同病相憐，同憂相救。

【箋證】

按此：楚原詩必指禹錫罷和州後除主客郎中分司，故此詩云：「遭迴二紀重爲郎，洛下遥分列宿光。」未得入省，此云：「曾無侍史與焚香」。漢官儀：尚書郎給女侍史二人，執香爐從入臺，此言爲郎分司猶是閒官也。末聯云：「白首青衫誰比數，相憐只是有梁王。」則不勝沈滯之感，所望於楚者至深，而楚自此直至開成初始再入政地，亦無能爲力矣。

〔三花〕唐人慣以三花指嵩山。李白詩：「二室凌青天，三花含紫煙。」王琦注引述異記：「少室山有貝多樹，與衆木有異，一年三放花，其花白色香美。」

〔十字春波〕按：李商隱有十字水期韋潘侍御同年不至詩，首句云：「伊水濺濺相背流」，蓋指伊、洛兩水相會處。疑禹錫洛陽寓宅在此。

酬令狐相公早秋見寄

公來第四秋，樂國號無愁。軍士遊書肆，商人占酒樓。熊羆交黑矟，賓客滿青油。今日文章主，梁王不姓劉。

【注】

〔青油〕韓愈與李正封晚秋郾城夜會聯句詩：「從軍古云樂，談笑青油幕。」唐人以青油幕指方鎮幕府，沿爲習俗，不必據古書也。

【箋證】

按：此首仍當與本卷第一首合看。令狐楚以長慶四年（八二四）九月鎮宣武，經寶曆元二年

（八二五、八二六），大和元年（八二七），至二年（八二八）十月李逢吉出鎮替楚，始離宣武。詩云「公來第四秋」，正大和二年（八二八）之秋。

和令狐相公翫白菊

家家菊盡黄，梁國獨如霜。瑩静真琪樹，分明對玉堂。仙人披雪氅，素女不紅妝。粉蝶來難見，麻衣拂更香。向風摇羽扇，含露滴瓊漿。高豔遮銀井，繁枝覆象牀。桂叢慙並發，梅蕊妒先芳。一入瑶華詠，從兹播樂章。

【校】

〔羽扇〕崇本羽作雨，誤。

〔梅蕊〕紹本、崇本蕊均作援。

【箋證】

按：詩有「梁國」之句，自是令狐楚鎮宣武時作。

又按：李商隱九日詩：「曾共山翁把酒時，霜天白菊繞階墀。」馮浩注引禹錫此詩及酬庭前白菊花謝書懷見寄詩，以證令狐最愛白菊。可云獨具隻眼，使古人無一字無來歷之苦心躍然紙上。實則本卷尚有和令狐相公九日對黄白二菊花見懷一詩，亦爲一證。禹錫此詩頗嫌滯相，且無事實，殊非集中精品。然足爲商隱與令狐關係之旁證，知禹錫詩雖泛泛之作亦不可忽。

夏日寄宣武令狐相公

長憶梁王逸興多，西園花盡興如何。近來溽暑侵亭館，應覺清談勝綺羅。境入篇章高韻發，風穿號令衆心和。承明欲謁先相報，願拂朝衣逐曉珂。

【箋證】

按：令狐楚以大和二年（八二八）九月内召，紀傳均同。而本集卷十九令狐公集紀云：「文宗纂服，三年冬，上表以大臣未識天子，願朝正月。」所謂三年乃并寶曆二年（八二六）文宗已即位言之，非謂大和三年（八二九）也。蓋楚出鎮已久，請覲甚殷，禹錫已逆知之，故有「承明欲謁先相報」之句，亦足見禹錫盼楚入相之意至切。

令狐相公見示贈竹二十韻仍命繼和

高人必愛竹，寄興良有以。峻節可臨戎，虚心宜得士。衆芳信妍媚，威鳳難棲止。遂於鼙鼓間，移植東南美。封以梁國土，澆之浚泉水。得地色不移，凌空勢方起。新青排故葉，餘粉籠疏理。猶復隔牆藩，何因出塵滓？兹辰去前蔽，永日勞瞪視。槭槭林已成，熒熒玉相似。規摹起心匠，洗滌在頤指。曲直既瞭然，孤高何卓爾？垂梢覆内屏，迸筍侵前戺。妓席拂雲鬟，賓階蔭珠履。抱琴恣閒翫，執卷堪斜倚。露下懸明璫，風來韻清徵。堅貞貫四候，標格殊百卉。歲晚當自知，繁華豈云比？古詩無贈竹，高唱從此始。一聽清瑶音，琤然長在耳。

【校】

〔得士〕全唐詩得作待。

〔梁國〕紹本、崇本國均作園。

〔規摹〕崇本規作親，非。

〔雲鬟〕紹本、崇本鬟均作鬟。

〔云比〕紹本比作此。

【箋證】

按：令狐楚郡齋栽竹詩，禹錫已有和作，見外集卷一。其原詩有爲墻垣所蔽語，此詩亦云「猶復隔牆藩」，疑仍是同時所作。但詩中有「得地色不移，凌空勢方起。新青排故葉，餘粉籠疏理。猶復隔牆藩，何因出塵滓」等句，身世之感特深。

和令狐相公入潼關

寒光照旌節，關路曉無塵。吏謁前丞相，山迎舊主人。東瞻軍府静，西望敕書頻。心共黄河水，同昇天漢津。

【箋證】

按：令狐楚兩度自外鎮還朝，一爲大和二年（八二八）自宣武徵爲户部尚書，一爲七年（八三三）自河東徵爲吏部尚書。但七年禹錫方在蘇州，且爲夏令，不全相合。當與外集卷一和令狐相公初歸京國賦詩言懷一首同看，仍當是大和二年（八二八）秋間所作。楚曾任華州刺史，此行復經華山，故有第四句。

〔潼關〕潼關始建於東漢，以潼水得名，其故城即古桃林。唐代自東南州郡入長安不外三路，一潼關、一武關、一蒲津，令狐楚自汴州入長安，故取潼關一路，此爲冠蓋絡繹之地。故韓愈有詩云：「日照潼關四扇開，荆山已盡華山來。刺史莫辭迎候遠，相公親破蔡州回。」此詩亦有「吏謁前丞相」之句。

和令狐相公尋白閣老見留小飲因贈

傲士更逢酒，樂天仍對花。文章管星曆，情興占年華。宦達翻思退，名高卻不誇。唯存浩然氣，相共賞煙霞。

【校】

〔傲士〕紹本、崇本傲作㲄，按：㲄士，令狐楚之字也，然㲄仍當作慤。

【箋證】

按：白集有令狐相公許過敝居先贈長句詩云：「不矜軒冕愛林泉，許到池頭一醉眠。已遣平治行藥徑，兼教掃拂釣魚船。應將筆硯隨詩主，定有笙歌伴酒仙。祇候高情無別物，蒼苔石笋白花蓮。」蓋楚爲東都留守時作。

酬令狐相公雪中遊玄都見憶

好雪動高情，心期在玉京。人披鶴氅出，馬蹋象筵行。照耀樓臺變，淋漓松桂清。玄都留五字，使入步虛聲。

【校】

〔題〕紹本、崇本都下有觀字。

〔便入〕紹本、崇本、全唐詩便均作使。

【箋證】

按：題云「見憶」，則禹錫當不在京，或是大和七年（八三三）冬，楚入爲吏部尚書時，而禹錫則在蘇州也。

和令狐相公以司空裴相公見招南亭看雪四韻

重門不下關，樞務有餘閒。上客同看雪，高亭盡見山。瑞呈霄漢外，興入笑言間。知是平陽會，人人帶酒還。

【校】

〔題〕紹本、崇本、全唐詩無公字。

【箋證】

按：裴度曾以草制不合旨，使令狐楚因之罷學士，楚與皇甫鎛親厚，得其援引爲相，而度嚴劾鎛，兩人臭味不同如此。而大和初年同在朝列，其勢不得不釋嫌，至其心能否無芥蒂，則難言矣。禹錫周旋二人之間，或不無彌縫之意，此詩暗用蕭、曹之事，可以微窺其旨。據詩中時令，當是大和二年（八二八）冬所作。

〔平陽會〕平陽謂曹參。漢書本傳：「參代何爲相國，舉事無所變更……日夜飲酒，卿大夫以下，吏及賓客見參不事事，來者皆欲有言，至者參輒飲以醇酒，度之欲有言，復飲酒，醉而後去。」

和令狐相公別牡丹

平章宅裏一欄花，臨到開時不在家。莫道兩京非遠別，春明門外即天涯。

【箋證】

按：令狐楚原作云：「十年不見小庭花，紫萼臨開又別家。上馬出門回首望，何時更得到京華？」其實唱和兩詩皆非惜花之意。唐人以京官爲重，出京一步輒自謂有淪謫之憾。楚以大和二年（八二八）甫召入爲户部尚書，固望再入中書。乃不及半年，復出爲東都留守。東都留守雖重臣所居，實爲閒職，宜其怏怏而禹錫亦爲之不平也。禹錫詩末二句尤可玩味，蓋兼有「二十三年棄置身」之感耳。

又按：是時賞玩牡丹之風亦特盛，故時人屢以爲詩料。舒元輿牡丹賦序（全唐文七二七）：

「古人言花者牡丹未嘗與焉。蓋遁於深山，自幽而芳，不爲貴者所知，花則何遇焉。天后之鄉西河也，有衆香精舍，下有牡丹，其花特異。天后歎上苑之有闕，因命移植焉。由此京國牡丹日月寖盛。今則自禁闥至官署，外延士庶之家，彌漫如四瀆之流，不知其止息之地，每暮春之月，遨遊之士如狂焉。亦上國繁華之一事也。」據酉陽雜俎，楚宅在開化坊，牡丹最盛。

又按：前人之評此詩者，宋長白柳亭詩話云：「元微之西歸詩：春明門外誰相待，不夢閒人夢酒卮。劉夢得別牡丹詩：莫道兩京非遠別，春明門外即天涯。元句憤，有仰天大笑之概，劉句慘，有眷懷故國之思。」

〔春明門〕按：唐六典：「京師東面三門，中曰春明。」楚自長安東出赴洛陽，故舉此爲言。

酬令狐留守巡内至集賢院見寄

仙院文房隔舊宫，當時盛事盡成空。墨池半在頽垣下，書帶猶生蔓草中。巡内因經九重苑，裁詩又繼二南風。爲兄手寫殷勤句，徧歷三台各一通。

【注】

〔墨池〕按墨池見卷二十四。

〔書帶〕用鄭玄事。藝苑雌黄云：三齊略記云不其城東有故鄭康成宅，夢得詩：墨池半在頽垣下，書帶猶生蔓草中。東坡詩：庭下已生書帶草，使君疑是鄭康成。汪彥章詩：門外滿生書帶草，林間知是德星堂。何文縝送王正臣序云：煙波暈墨頭魚，風庭緑書帶草。

【箋證】

按：令狐楚以大和三年（八二九）任東都留守，禹錫方在長安直集賢院，故因至東都之集賢院而有所感。據唐會要六四：集賢院，東都在明福門外大街之西，本太平公主宅，（開元）十年三月，始移書院於此，西向開門，院内屋並太平公主所造。（參見本集卷二十二）

〔巡内〕張籍送令狐尚書赴東都留守詩有云：「行香暫出天橋上，巡禮常過禁殿中。」行香拜表與巡内，皆留守之職也。竇庠亦有陪留守韓僕射巡内至上陽宮感興詩。張籍又有洛陽行云：「洛陽宮闕當中州，城上峨峨十二樓。翠華西去幾時返，梟巢乳鳥藏蟄燕。御門空鎖五十年，税彼農夫修玉殿。六街朝暮鼓鼕鼕，禁兵持戟守空宮。百官月月拜章表，驛使相續長安道。上陽宮樹黄復緑，野豺入苑食麋鹿。陌上老翁雙淚垂，共説武皇巡幸時。」寫東都宮苑之荒廢，及官吏虛應故事之無聊，農民枉被驅迫之無告，尤爲真實。楚之原詩未見，或者詩中亦有所陳，故禹錫和詩有「爲兄手寫殷勤句，徧歷三台各一通」之語。

和鄆州令狐相公春晚對花

朱門退公後，高興對花枝。望闕無窮思，看書欲盡時。含芳朝競發，凝豔晚相宜。人意殷勤惜，狂風豈得知？

按：令狐楚以大和三年（八二九）十一月，自東都留守遷天平節度使，此詩必其到鄆州後即四年之春所作。

酬令狐相公春日言懷見寄

前陪看花處，鄰里近王昌。今想臨戎地，旌旗出汶陽。營飛柳絮雪，門耀戟枝霜。東望清河水，心隨鶣上郎。

【箋證】

按：此詩與上一首同爲令狐楚在鄆州時作，故有「旌旗出汶陽」之句。楚原詩多佚，不知其言懷作何語。

〔王昌〕碧雞漫志引李商隱詩：「本來銀漢是紅牆，隔得盧家白玉堂。誰與王昌報消息？盡知三十六鴛鴦。」謂王昌事世多不曉，以古樂府「人生富貴何所望，恨不早嫁東家王」爲即王昌。按：唐人詩多以王昌指情人，如崔顥之「十五嫁王昌，盈盈入畫堂」，韓偓之「何必苦勞魂與夢，王昌只在此牆東」，似已成爲習用常語，借喻歡場耳。

和令狐相公言懷寄河中楊少尹

章句慙非第一流，世間才子暗陪遊。吴宫已歎芙蓉死，張司業詩云：吴宫四面秋江水，天清露白芙蓉死。邊月空悲蘆管秋。李尚書。任向洛陽稱傲吏，分司白賓客。苦教河上領諸侯。天平相公。石渠甘對圖書老，關外陽公安穩不？

【校】

〔暗陪〕紹本、崇本、全唐詩暗均作昔。

〔李尚書〕全唐詩尚作白，誤。

【注】

〔傲吏〕郭璞游仙詩：「漆園有傲吏，萊氏有逸妻。」薛道衡老氏碑：「莊周云：老聃死，秦佚弔之，三號而出，是謂遁天之形，雖復傲吏之寓言，抑亦蟬蜕之微旨。」

〔楊公〕用漢楊僕事。漢書武帝紀：元鼎三年（前一一四），徙函谷關於新安，以故關爲弘農縣。注應劭曰：時樓船將軍楊僕數有大功，恥爲關外民，上書乞徙東關。

【箋證】

按：楊少尹謂楊巨源，已見本卷第三首。據詩中「石渠甘對圖書老」之句，及原注稱令狐楚爲天平相公，知亦是楚鎮天平而禹錫在集賢院時所作。詩之第三句「吴宫已歎芙蓉死」原注：「張司業詩云：吴宫四面秋江水，天清露白芙蓉死。」謂張籍吴宫怨之起句也。詩之第四句「邊月空悲蘆管秋」原注：「李尚書。」謂李益夜上受降城聞笛詩：「回樂烽（唐人稱烽火臺爲烽，刊本多誤作峯）前沙似雪，受降城外月如霜。不知何處吹蘆管，一夜征人盡望鄉。

遥和令狐相公座中聞思帝鄉有感

當初造曲者爲誰？說得思鄉戀闕時。滄海西頭舊丞相，停杯處分不須吹。

【箋證】

按：令狐楚原作云：「年年不見帝鄉春，白日尋思夜夢頻。上酒忽聞吹此曲，坐中惆悵更何人？」禹錫詩有「滄海西頭舊丞相」之句，亦是楚鎮天平時所作。

酬令狐相公見寄

羣玉山頭住四年，每聞笙鶴看諸仙。何時得把浮丘袂，白日將昇第九天？

【校】

〔浮丘袂〕紹本、崇本、絶句、全唐詩袂均作袖。

【箋證】

按：令狐楚寄禮部劉郎中詩云：「一别三年在上京，仙垣終日選羣英。除書每下皆先看，唯有劉郎無姓名。」意謂亟盼禹錫之得美遷也。禹錫詩云：「羣玉山頭住四年，」大和二年（八二八）入直集賢院，作詩時當在五年（八三一）除蘇州刺史之前。羣玉指中祕也。凡唐人言涉神仙，多暗指仕宦，如李商隱詩中之「聞道神仙有才子，赤簫吹罷好相攜」，「十八年來墮世間，瑶池歸夢碧桃間」，「玉郎會此通仙籍，憶向天階問紫芝」，「人間桑海朝朝變，莫遣佳期更後期」，幾不勝屈指。禹錫詩云：「每聞笙鶴看諸仙」及「何時得把浮丘袂」，皆「但見送人上郡」之意也。楚以不能提挈禹錫踐歷樞要爲恨，禹錫仍不能不以其再入秉政相期。又：白集有和令狐相公寄劉郎中兼見示長句詩云：「日月（疑當作日日）天衢仰面看，尚淹池鳳滯臺鸞。碧幢千里空移鎮，赤筆三年未改官。别後縱吟終少興，病來雖飲不多歡。酒軍詩敵如相遇，臨老猶能一據鞍。」即和此詩。「碧幢千里」謂楚自東都留守改天平節度使，「赤筆三年」謂禹錫久爲郎官也。池鳳臺鸞雙關楚與禹錫二人。

途次大梁雪中奉天平令狐相公書問兼示新什因思曩歲從此拜辭形於短篇以申仰謝

遠守宦情薄，故人書信來。共曾花下别，今獨雪中迴。紙尾得新什，眉頭還暫開。此時同雁鶩，池上一徘徊。

【校】

〔今獨〕全唐詩獨下注云：一作坐。

【箋證】

按：禹錫以大和五年（八三一）之冬，赴蘇州刺史任，在洛陽與白居易別時已逢雨雪，見外集卷二。蓋至大梁而雪益甚。「曩歲從此拜辭」者，指大和元年（八二七）春初自和州北歸時，與居易同赴大梁謁楚。「此時同雁鶩」，用梁孝王苑中雁池故事，可謂精切。

令狐相公自天平移鎮太原以詩申賀 相公昔爲并州從事。

北都留守將天兵，出入香街宿禁扃。鼙鼓夜聞驚朔雁，旌旗曉動拂參星。孔璋舊檄家家有，叔度新歌處處聽。夷落遥知真漢相，争來屈膝看儀形。

【校】

〔香街〕全唐詩香下注云：一作天。

〔儀形〕全唐詩形作刑。

【注】

〔并州從事〕舊唐書令狐楚傳：李説、嚴綬、鄭儋相繼鎮太原，高其行義，皆辟爲從事。

〔孔璋〕魏志王粲傳：廣陵陳琳字孔璋。魏文帝與吴質書：孔璋章表殊健，微爲繁富。

〔叔度〕後漢書廉范傳：范字叔度，遷蜀郡太守。舊制禁民夜作，以防火災。而更相隱蔽，燒者日屬。范乃毁削先令，但嚴使儲水而已。百姓爲便。乃歌之曰：廉叔度，來何暮？不禁火，民安作。平生無襦今五袴。

【箋證】

按：令狐楚以大和六年春自天平改河東節度使，時禹錫甫到蘇州。楚以昔日之幕僚，爲重來之節使，傳稱「始自書生隨計成名皆在太原，實如故里，及是秉旄作鎮，邑老歡迎。」是唐人所豔稱之書生榮遇。詩中孔璋舊檄，叔度新歌，徵事遣詞，精切生動，爲李商隱詩派之先聲，亦劉詩之特色。末句暗用王商事，尤超脱渾融。漢書王商傳：「爲人多質，有威重，長八尺餘，身體鴻大，容貌甚過絶人。河平四年（前二五），單于來朝，引見白虎殿，丞相商坐未央廷中，單于前拜謁商，商起離席與言，單于仰視商貌，大畏之，遷延却退。天子聞而歎曰：此真漢相矣。」楚本傳稱其「風儀嚴重」，知此語亦非泛設。又外集卷二有和白侍郎送令狐相公鎮太原詩，彼與白同作，此則獨寄，不妨重疊。

重酬前寄

邊烽寂寂盡收兵，宮樹蒼蒼静掩扃。戎羯歸心如内地，天狼無角比凡星。新成麗句開緘後，便入清歌滿座聽。吴苑晉祠遥望處，可憐南北太相形。

【校】

〔蒼蒼〕結一本蒼作倉，誤。

〔晉祠〕崇本祠作詞，誤。

〔太相形〕全唐詩太下注云：一作大。

【注】

〔天狼〕史記天官書：「參東有大星曰狼。晉書天文志：狼一星，在東井東南，狼爲野將，主侵掠。」屈原九歌東君：「舉長矢兮射天狼。」

【箋證】

按：此必令狐楚到太原後有答禹錫之詩，而禹錫再酬之，題疑有脱誤。時禹錫在蘇州，故有「南北相形」之語。河東節度使例兼北京留守，故有「宮樹蒼蒼」之語，指太原故宫也。

酬令狐相公秋懷見寄

寂寞蟬聲静，差池燕羽迴。秋燐多越絶，朔氣相臺駘。相去數千里，無因同一杯。殷勤望飛雁，新自塞垣來。

【校】

〔聲静〕紹本静作盡。

〔燐多〕紹本作風燐，崇本燐作鄰，非。

【注】

〔越絶〕越絶書爲記越國史事者，越嘗滅吴，故吴亦可蒙越稱。

〔臺駘〕在渭汾水之神。左傳昭公之年，晉侯有疾，卜人曰：實沈臺駘爲祟。子産釋之如此，故以之指晉地。

【箋證】

按：詩中秋燐一聯當指大和六年（八三二）之秋，是時令狐楚在太原，而禹錫在蘇州。

酬令狐相公六言見寄

已嗟離别太遠，更被光陰苦催。吴苑燕辭人去，汾川雁帶書來。愁吟月落猶望，憶夢天明未迴。今日便令歌者，唱兄詩送一杯。

【箋證】

按：吴苑汾川之句，似亦在大和六年（八三二）秋冬。本卷酬令狐留守巡内至集賢院見寄詩及此詩皆稱楚爲兄，知二人交誼之密。

令狐相公自太原累示新詩因以酬寄

飛蓬捲盡塞雲寒，戰馬閑嘶漢地寬。萬里胡天無警急，一籠烽火報平安。鐙前妓樂留賓宴，雪後山河出獵看。珍重新詩遠相寄，風情不似舊登壇。

【校】

〔舊登壇〕紹本、崇本、全唐詩舊均作四。按：楚一爲河陽，二爲宣武，三爲天平，四爲河東，云四登壇亦合。唐人每以授節鉞爲登壇，用韓信事也。

【箋證】

按：令狐楚以大和六年（八三二）移鎮太原，七年（八三三）六月即罷，此詩有雪後山河之語，自必六年（八三二）之冬所作。

酬太原令狐相公見寄

書信來天外，瓊瑶滿匣中。衣冠南渡遠，旌節北門雄。鶴唳華亭月，馬嘶榆塞風。山川幾千里，唯有兩心同。

【箋證】

按：此詩與下一首酬令狐相公歲暮遠懷見寄亦皆是大和六年（八三二）之冬所作。

酬令狐相公歲暮遠懷見寄

别侣孤鶴怨，沖天威鳳歸。容光一以間，夢想是耶非。芳訊還珍重，知音老更稀。不如湖上雁，北向整毛衣。

【校】

〔題〕紹本、崇本、全唐詩寄下均有依韻二字。

〔還珍重〕紹本、全唐詩均作遠彌重。崇本還作遠。

酬令狐相公親仁郭家花下即事見寄

荀令園林好，山公遊賞頻。豈無花下侶？遠望眼中人。斜日漸移影，落英紛委塵。一吟相思曲，惆悵江南春。

【箋證】

按：令狐楚以大和七年（八三三）之夏自太原還朝，已不及花時，此詩之作當在八年（八三四）之春。禹錫仍在蘇州，故有惆悵江南春之句。至七月禹錫始移汝州也，見本集卷十六汝州謝上表。

〔親仁〕唐兩京城坊考三：朱雀門街東第三街親仁坊有尚父汾陽郡王郭子儀宅。姚合有題郭侍郎幽居詩云：「入門塵外思，苔經藥苗間。洞裹應生玉，庭前自有山。帝城唯此静，朝客更誰閒？野鶴松中語，時時去復還。」當即指此地。

酬令狐相公首夏閒居書懷見寄

蕙草芳未歇，緑槐陰已成。金罍唯獨酌，瑶瑟有離聲。翔泳各殊勢，篇章空寄情。應憐三十載，未變使君名。貞元中自郎官出守，至今三十一年。

【箋證】

按：詩末原注云：「貞元中自郎官出守，至今三十一年。」據紀，開成元年（八三六）四月，令狐楚以左僕射諸道鹽鐵轉運使爲山南西道節度使，時禹錫方在同州刺史任。此詩之作當在楚尚未赴鎮時。計其年距貞元二十一年（八〇五，即永貞元年）正三十一年。云「未變使君名」者，謂三十一年仍是一刺史，可見禹錫是時猶望有節鉞之授。

酬令狐相公庭中白菊花謝偶書所懷見寄

數叢如雪色，一旦冒霜開。寒蕊差池落，清音斷續來。思深含別怨，芳謝惜年催。千里難同賞，看看又早梅。

【校】

〔題〕紹本、崇本均脱書字。

〔清音〕紹本、崇本、全唐詩音均作香。

〔別怨〕崇本二字乙。

【箋證】

按：此詩當是大和七、八年（八三三、八三四）初冬作。此白菊乃其長安宅中所植也，參本卷和令狐相公翫白菊詩。

酬令狐相公季冬南郊宿齋見寄

壇下雪初霽，城南凍欲生。齋心祠上帝，高步領名卿。沐浴含芳澤，周旋聽佩聲。猶憐廣平守，寂寞竟何成？

【校】

〔廣平守〕結一本作廣平宅，誤；據紹本、崇本、全唐詩改。

【箋證】

按：令狐楚歷年在外，此當是大和八年（八三四）事，九年（八三五）季冬當甘露之變，恐無此作。唐會要九載雜郊議，凡應祀之官散齋四日，致齋三日，散齋皆於正寢，致齋二日於本司，一日於祀所。

〔廣平守〕結一本作廣平宅，按：宅字誤，兩宋本均作守，是也。此用文選謝朓新亭渚別范零陵詩：「廣平聽方籍。」注：「王隱晉書曰：鄭袤，字林叔，爲中郎將、散騎常侍，會廣平太守缺，宣帝謂袞曰：賢叔大匠渾垂稱於平陽，魏郡蒙惠化，且盧子家、王子邕繼踵此郡，欲使世不乏賢，故復相屈。」據此，更可證此詩作於禹錫爲蘇州刺史時，故以廣平守自比。一字之訛，全詩之意俱晦矣。

貞元中侍郎舅氏牧華州時予再忝科第前後由華覲謁陪登伏毒寺屢焉亦曾賦詩題於梁棟今典馮翊暇日登樓南望三峯浩然生思追想昔年之事因成篇題舊寺

曾作關中客，頻經伏毒巖。晴煙沙苑樹，晚日渭川帆。昔是青春貌，今悲白雪髯。郡樓空一望，含意捲高簾。

【箋證】

按：禹錫舅家爲盧氏，外集卷九子劉子自傳云：「先太君盧氏由彭城縣太君贈至范陽郡太夫人。」此詩所謂侍郎舅氏，蓋盧徵也。徵爲劉晏從事，而禹錫父緒亦爲浙西鹽鐵副使，主埇橋鹽鐵院，疑即由徵汲引，禹錫以貞元九年（七九三）登進士第，次年登拔萃，去徵爲華州刺史時不遠。徵，舊唐書一四六、新唐書一四九均有傳。傳云：「徵，范陽人也，家於鄭之中牟。少涉獵書記，永泰中，江淮轉運使劉晏辟爲從事，委以腹心之任。累授殿中侍御史，晏得罪，貶珍州司户。元琇亦晏之門人，興元（七八四）中爲户部侍郎判度支，薦徵爲京兆司録、度支員外。琇得罪，坐貶爲信州長史，遷信州刺史。入爲右司郎中，驟遷給事中，户部侍郎竇參深遇之，方倚以自代。貞元八年（七九二）春，同州刺史闕，參請以尚書左丞趙璟補之，特詔用徵，以間參腹心也。數歲轉華州刺史。徵冀復入用，深結託中貴，厚遺之。故事，同、華以近地人貧，每正至端午降誕，所獻甚薄，徵遂竭其財賦，每有所進獻，輒加常數，人不堪命。疾病卧理者數年，貞元十六年（八〇〇）卒，時年六十四。」又權德輿有祭盧華州文（見全唐文五〇九）略云：「維貞元十六年四月，從表弟權德輿敬祭於故華州刺史御史大夫盧六兄之靈：追憶曩歲，鍾陵嘉招。兄時左遷，屈佐乘軺。幕庭山郭，並榻連鑣。心同則親，敢曰㝠寮。俄奏郡課，復升郎位。左掖斯密，教官已貴。」所謂位，謂徵之入爲右司郎中也，左掖即傳所謂驟遷給事中也。教官似謂其曾爲户部侍郎，唐人以户部擬掌邦教之司徒故也。下文又云：「帝念長人，出臨左輔。河潼襟要，復此居部。」即最後所居官華州刺史。惟徵曾爲户部侍郎，傳不載。據禹錫此詩，實與德輿之文合。並可知德輿與盧家之姻誼，宜其爲禹錫之父執矣。

又按：唐語林六引嘉話録云：「盧華州，予之堂舅氏也。嘗於元載宅門見一人頻至其門，上下瞻顧。盧疑其人，乃邀以歸，且問元相何如。曰：新相將出，舊者須去，吾已見新相矣。一人緋，一人紫，一人街西住，一人街東住，皆慘服也。然二人皆身小而不知姓名。不經旬日，元、王二相下獄，德宗以劉晏爲門下，楊炎爲中書，外皆傳説必定，疑其言不中。時國舅吴湊見王、元事訖，因賀德宗而啓之曰：新相欲用誰人？德宗曰：劉、楊。湊不語，上曰：五舅意如何，言之無妨。吴曰：二人俱曾用也，行當可見，陛下何不用後來俊傑？上曰：爲誰？吴乃奏常衮及某乙，翌日並用，拜二人爲相，以代王、元。果如其説，緋紫短小，街之東西，無不驗者。」考元載、王縉之得罪，在大曆十二年（七七七），旋以楊綰、常衮爲相，及大曆十四年（七七九）五月，德宗即位，則常衮且首被貶斥矣。且吴湊乃肅宗章敬吴后之弟，德宗安得稱爲五舅？此記非但爲荒誕不經之談，亦全與事實不符，蓋秉筆者之妄。然以其時考之，盧徵初挂朝籍，出劉晏門下，則其於大曆末年政局之牽涉元載、劉晏者，必特所關心，禹錫當聞其平日所談舊事，殆述之未盡其詞耳。然此亦是徵爲禹錫舅氏之一證。

〔伏毒寺〕張邦基墨莊漫録云：「杜子美有憶鄭南玭詩云：鄭南伏毒守，瀟灑到天心。殊不曉伏毒守之義，守當作寺。按華州圖經有伏毒寺。劉禹錫外集有貞元中侍郎舅氏牧華州時予再忝科第前後由華覲謁陪登伏毒嵓今世行本皆作守，誤也。」按：張氏所見劉集作伏毒嵓，不作伏毒寺，或偶誤記。

酬令狐相公杏園下飲有懷見寄

年年杏園望，花發即經過。未飲心先醉，臨風思倍多。三春看又盡，兩地欲如何？日望長安道，空成勞者歌。

【校】

〔題〕紹本、崇本園下均有花字。

〔杏園望〕紹本、全唐詩均作曲江望，崇本作曲江上。

【箋證】

按：此詩疑是大和九年（八三五）之春，禹錫在汝州時之作。

和令狐相公春早朝迴鹽鐵使院中作

柳動御溝清，威遲隄上行。城隅日未過，山色雨初晴。鶯避傳呼起，花臨府署明。簿書盈几案，要自有高情。

【箋證】

按：令狐楚於甘露變後，以左僕射領鹽鐵使，云「春早」則去年前之政變不過月餘。原詩不知云何，此詩云：「城隅日未過，山色雨初晴。」又云：「簿書盈几案，要自有高情。」恐有所託諷而未敢顯言。參本卷酬令狐相公首夏閒居見懷見憶詩。

令狐相公見示題洋州崔侍郎宅雙木瓜花頃接侍郎同舍陪宴樹下吟翫來什輒成和章

金牛蜀路遠，玉樹帝城春。榮耀生華館，逢迎欠主人。簾前凝小雪，牆外麗行塵。來去皆迴首，情深是德鄰。

【校】

〔木瓜〕紹本、崇本木均作文，似非。

〔生華館〕紹本、崇本均作華館裏。

〔凝小雪〕紹本、崇本、全唐詩凝均作疑。

【注】

〔金牛〕舊唐書地理志：梁州興元府金牛，漢葭萌縣地。武德二年，分綿谷縣置。

【箋證】

按：崔侍郎謂崔侑。文宗紀：大和九年（八三五）七月戊午，貶工部侍郎充皇太子侍讀崔侑爲洋州刺史，吏部郎中張諷夔州刺史，考功郎中皇太子侍讀蘇滌忠州刺史，户部郎中楊敬之連州刺史。皆坐楊虞卿事也。通鑑二四五載：「京城訛言鄭注爲上合金丹，須小兒心肝，民間驚懼，上聞而惡之。鄭注素惡京兆尹楊虞卿，與李訓共構之，云此語出於虞卿家人。上怒，六月，下虞卿御史獄。注求爲兩省官，中書侍郎同平章事李宗閔不許，注因毁之於上。會宗閔救楊虞卿，上怒，叱出之。壬寅，貶明州刺史。七月甲辰朔，貶楊虞卿虔州司馬。辛亥，以御史大夫李固言爲門下侍郎同平章事。初，李宗閔爲吏部侍郎，因駙馬都尉沈𥡴結女學士宋若憲、知樞密楊承和，得爲相，及貶明州，鄭注發其事。壬子，再貶處州長史。著作郎分司舒元輿與李訓善，訓用事，召爲右司郎中兼侍御史知雜，鞫楊虞卿獄。癸丑，擢爲御史中丞。貶吏部侍郎李漢爲汾州刺史，刑部侍郎蕭澣爲遂州刺史，皆坐李宗閔之黨。」此爲甘露變前政争之端。崔侑蓋亦附李宗閔者，故令狐楚亦與之厚。

和令狐僕射相公題龍迴寺

兹地迴鑾日，皇家禪聖時。路無胡馬跡，人識漢官儀。天子旌旗度，法王龍象隨。知懷去家歎，經此益遲遲。相公家本咸陽，有喬木之思。

【校】

〔去家〕結一本家作嗟，誤。

〔之思〕全唐詩思作意。

【箋證】

按：籠迴寺當是令狐楚出鎮興元時途中所經，即玄宗自蜀還都駐蹕處，故有「皇家禪聖時」之句。李商隱次陝州先寄源從事詩：「迴鑾佛寺高多少，望盡黄河一曲無。」馮浩注：「舊書紀：代宗廣德元年（七六三）十月，吐蕃犯京畿，駕幸陝州，十二月還京。徐曰：佛寺必還京後建以報功者。」此類佛寺蓋隨處有之。

和令狐相公晚泛漢江書懷寄洋州崔侍郎閬州高舍人二曹長

雨過遠山出，江澄暮霞生。因浮濟川舟，遂作適野行。郊樹映緹騎，水禽避紅旌。田夫捐畚鍤，織婦窺柴荆。古岸夏花發，遥林晚蟬清。沿洄方翫境，鼓角已登城。部内有良牧，望中寄深情。臨觴念佳期，泛瑟動離聲。寂寞一病士，夙昔接羣英。多謝謫仙侣，幾時還玉京。

【校】

〔病士〕結一本脱士字。

【箋證】

按：高舍人謂高元裕。元裕，舊唐書一七一、新唐書一七七均有傳。文宗紀：大和九年（八三五）八月壬寅，貶中書舍人高元裕爲閬州刺史。元裕爲鄭注除官制，説注醫藥之功，注銜之故也。通鑑二四五：「鄭注之入翰林也，中書舍人高元裕草制，言以醫藥奉君親，注銜之，奏元裕嘗出郊送李宗閔。」令狐楚與宗閔厚，禹錫此詩亦不得不周旋其間，逢迎其意，而望二人之能除謫籍也。崔侍郎已見前一首。此詩自是開成元年（八三六）夏日作，楚甫抵興元任。

酬令狐相公使宅别齋初栽桂樹見懷之作

清淮南岸家山樹，黑水東邊第一栽。影近畫梁迎曉日，香隨緑酒入金杯。根留本土依江潤，葉起寒棱映月開。早晚陰成比梧竹，九霄還放綵鵬來。

【校】

〔綵鵬〕紹本、崇本鵬均作雛。全唐詩作雛，注云：一作鵬。按：鵬即鳳字，亦無不合。

【箋證】

按：使宅謂梁州使宅，故第二句用禹貢「華陽黑水惟梁州」之語。詩既專懷禹錫，故答以「清淮南岸家山樹」，禹錫雖爲洛陽人，先世實居淮南，故得云家山，且合於淮南王劉安招隱士之故實也。

令狐相公頻示新什早春南望遐想漢中因抒短章以寄情愫

軍城臨漢水，旌旆起春風。遠思見江草，歸心看塞鴻。野花沿古道，新葉映行宫。唯有詩兼酒，朝朝兩不同。

【校】

〔題〕全唐詩遐下注云：一作遥。紹本、崇本情愫均作誠愫。全唐詩注云：一作誠素。

【箋證】

按：此詩題既云早春，必爲令狐楚莅興元之第二年，即開成二年（八三七）也。漢中爲德宗避朱泚之難曾駐之地，故有行宫。

酬令狐相公見寄

才兼文武播雄名，遺愛芳塵滿洛城。身在行臺爲僕射，書來甪里訪先生。閒遊占得嵩山色，醉卧高聽洛水聲。千里相思難命駕，七言詩裏寄深情。

【注】

〔用里〕史記留侯世家：四人從太子，年皆八十有餘，鬚眉皓白，衣冠甚偉。上怪之，問曰：彼何爲者？四人前對，各言名姓，曰：東園公、用里先生、綺里季、夏黄公。

〔命駕〕晉書嵇康傳：吕安與康友，每一相思，輒千里命駕。

【箋證】

按：禹錫以開成元年（八三六）罷同州後除太子賓客分司，故此詩以角里先生自喻。禹錫以賓客歸洛，在是年之秋，以外集卷四自左翊歸洛下酬樂天兼呈裴令公詩有「華林霜葉紅霞晚，伊水晴光碧玉秋」之句也。令狐楚以檢校左僕射鎮興元，故云「身在行臺爲僕射」。

令狐相公春思見寄

一紙書封四句詩，芳晨對酒遠相思。長吟盡日西南望，猶及殘春花落時。

【校】

〔芳晨〕絶句晨作辰。

【箋證】

按：令狐楚有春思寄夢得樂天詩云：「花滿中庭酒滿尊，平明獨坐到黄昏。春來詩思偏何處，飛過函關入鼎門。」鼎門謂洛陽，參見本卷奉和裴令公新成綠野堂即事詩。蓋二人皆爲東都分司官，而楚在興元，故禹錫詩有「盡日西南望」之語。

令狐相公見示新栽蕙蘭二草之什兼命同作

上國庭前草，移來漢水潯。朱門雖易地，玉樹有餘陰。豔彩凝還泛，清香絶復尋。光華童子佩，柔輭美人心。惜晚含遠思，賞幽空獨吟。寄言知音者，一奏風中琴。

【校】

〔知音〕紹本音作聲。

【箋證】

按：此是牽率酬應之作，然分貼蕙蘭二草，殊不易措詞，「光華」、「柔輭」一聯，猶足見禹錫晚年詩律入細。

和令狐相公南齋小宴聽阮咸

陋巷久蕪沈，四絃有遺音。雅聲發蘭室，遠思含竹林。座絶衆賓語，庭移芳樹陰。飛觴助真氣，寂聽無流心。影似白團扇，調諧朱絃琴。一毫不平意，幽怨古猶今。

【校】

〔陋巷〕紹本、全唐詩陋作阮。

【箋證】

按：白集中和令狐僕射小飲聽阮咸詩云：「掩抑復凄清，非琴不是箏。還彈樂府曲，別占阮家名。古調何人識？初聞滿座驚。落盤珠歷歷，摇佩玉琤琤。似勸杯中物，如含林下情。時移音律改，豈是昔時聲。」劉、白二詩皆以阮咸非時世音。據元行沖傳：「有人得古銅器，似琵琶，身正圓，人莫能辨，行沖曰：此阮咸所作器也，命易以木，絃之，其聲亮雅，樂家遂謂之阮咸。」想當時好之者不多。惟此二詩均不似爲楚在興元時賦，當存疑。

和令狐相公詠梔子花

蜀國花已盡，越桃今正開。色疑瓊樹倚，香似玉京來。且賞同心處，那憂別葉催。佳人如擬詠，何必待寒梅。

【箋證】 按：此詩首聯蜀國越桃二語乍見似不可解。據本草綱目引蘇頌曰：今南方及西蜀州郡皆有之，……入藥用山卮子，方書所謂越桃也。蜀國蓋指漢中，乃令狐楚在興元時作。

〈同心〉徐悱妻劉氏摘同心梔子贈謝娘詩：「同心何處恨，梔子最關人。」韓翃送王少府詩：「葛花滿把能消酒，梔子同心好贈人。」唐人習用此。

〈別葉〉按：鮑照玩月詩：「歸華先委露，別葉早辭風。」禹錫蓋用其語。

酬令狐相公新蟬見寄

相去三千里，聞蟬同此時。清吟曉露葉，愁噪夕陽枝。忽爾絃斷絕，俄聞管參差。洛橋碧雲晚，西望佳人期。

【箋證】 按：末聯有「洛橋碧雲」語，自是令狐楚在興元時，禹錫閑居東都，當已入開成二年夏秋矣。

和令狐相公九日對黄白二菊花見懷

素萼迎寒秀，金英帶露香。繁華照旄鉞，榮盛對銀黄。琮璧交輝映，衣裳雜綵章。

晴雲遥蓋覆，秋蝶近悠揚。空想逢九日，何由陪一觴？滿叢佳色在，未肯委嚴霜。

【校】

〔榮盛〕全唐詩盛下注云：一作茂。

【箋證】

按：此詩當是開成二年（八三七）之九日所作，距令狐楚之卒不遠，恐此後遂無詩矣。

城内花園頗曾遊翫令公居守亦有素期適春霜一夕委謝書實以答令狐相公見謔

樓下芳園最占春，年年結侶採花頻。繁霜一夜相撩治，不似佳人似老人。今年春霜百花顛頓，唯近水處不衰。

【校】

〔題〕紹本適下有值字。

〔撩治〕紹本、全唐詩冶均作治。

〔今年春……〕以下原注，結一本脱。

【箋證】

按：令公居守者，裴度以大和八年（八三四）以本官判東都尚書省事，充東都留守，九年（八三五）十月進位中書令，開成二年（八三七）五月始復改河東節度使。禹錫以賓客分司在洛陽與度頻相往還，即在開成元二年（八三六、八三七）間。而令狐楚原作皇城中花園譏劉白賞春不及詩云：「五鳳楼西花一園，低枝小樹盡芳繁。洛陽才子何曾愛，下馬貪趨廣運門。」廣運門者，據唐兩京城坊考五，在東都宮城之西南，入門即中書省及集賢書院。蓋楚在興元遥以詩戲之耳。非同在東都也。

令狐僕射與予投分素深縱山川阻峭然音問相繼今年十一月僕射疾不起聞予已承訃書寢門長慟後日有使者兩輩持書并詩計其日時已是卧疾手筆盈幅翰墨尚新新詞一篇音韻彌切收淚握管以成報章雖廣陵之紘於今絶矣而蓋泉之感猶庶聞焉焚之繐帳之前附於舊編之末

前日寢門慟，至今悲有餘。已嗟萬化盡，方見八行書。滿紙傳相憶，裁詩怨索居。危絃音有絶，哀玉韻猶虚。忽歎幽明異，俄驚歲月除。文章雖不朽，精魄竟焉如？零淚沾青簡，傷心見素車。淒涼從此後，無復望雙魚。

【校】

〔題〕紹本、全唐詩阻峭均作阻脩，新詞作律詞。

〔猶虚〕紹本、全唐詩猶均作由。

〔見素車〕紹本見作具。

【注】

〔廣陵〕晉書嵇康傳：康將刑東市，顧視日影，索琴彈之曰：昔袁孝尼嘗從吾學廣陵散，吾每靳固之，廣陵散於今絶矣。初康嘗游於洛西，暮宿華陽亭，引琴而彈，夜分，忽有客詣之，稱是古人，與康共談音律，因索琴彈之而爲廣陵散。

〔蓋泉〕文選劉孝標重答劉秣陵沼書云：「蓋山之泉，聞絃歌而赴節。」李善注引宣城記略云：「臨城縣南四十里蓋山，昔有舒氏女與其父析薪，此泉處坐，牽挽不動，乃還告家，比還唯見清泉湛然。女母曰：吾女本好音樂，乃絃歌泉湧。」

【箋證】

按：令狐楚本傳，開成二年（八三七）十一月卒于山南西道節度使任。又云：未終前三日，猶吟詠自若，與此詩題合。白集中亦有詩題云：令狐相公與夢得交情素深眷予分亦不淺一聞薨逝相顧泫然旋有使來得前月未歿之前數日書及詩寄贈夢得哀吟悲歎寄情於詩詩成示予感而繼和。詩云：「緘題重疊語殷勤，存殁交情自此分。前月使來猶理命，今朝詩到是遺文。銀鈎見晚書無報，玉樹埋深哭不聞。最感一行絶筆字，尚言千萬樂天君。」原注：「令狐與夢得手札後云：見樂天君，爲伸千萬之誠也。」

又按：樊南文集補編五上令狐相公狀云：「前月末，八郎書中附到同州劉中琴書一封。仰戴吹噓，内惟庸薄。書生十上，曾未聞於明習；劉公一紙，遽有望於招延。雖自以數奇，亦未謂道廢。下情無任佩德感激之至。彼州風物極佳，節候又早，遠聞漢水，已有梅花。繼兔園賦詠之餘，不有博弈；蹈漳渠宴集之暇，以挹酒漿。優游芳辰，保奉全德。伏思昔日，嘗忝初筵。今者，緜隔山川，違擧旌旆。託乘且殊於文學，受辭不及於大夫。仰望恩輝，伏增攀戀。」錢振倫箋謂令狐楚於開成元年（八三六）出鎮興元，必此時所上。其實楚之出鎮在夏初，此書已有梅花之語，當在冬初，禹錫正在將去同州之時，所謂同州劉中琴必劉中丞之訛。唐人文字，擧州名必其所居之官，斷然非有姓劉名中琴之人。禹錫任汝州刺史時固已　御史中丞，同州近輔，無不帶中丞者，故外集卷四秋霖即事聯句，王起猶稱禹錫爲中丞大監。以楚與禹錫之交誼言之，亦必樂爲禹錫道及商隱，此則更可證楚有爲商隱道地之意矣。但商隱志在從楚於興元，觀狀末數語，頗有怨望之意，恐終未賚書往見禹錫，且禹錫亦行即去官，無能爲力。此後商隱旋即進士登科，或始終未及謁禹錫也。

又按：本卷皆與令狐楚唱和之作，疑即從彭陽唱和集鈔輯而來，惜編者未將原作并列耳。至貞元中侍郎舅氏一首，實不應厠於此卷，不知何緣誤入。

劉禹錫集箋證外集卷第四

詩

郡内書懷獻裴侍中留守

功成頻獻乞身章，擺落襄陽鎮洛陽。萬乘旌旗分一半，八方風雨會中央。兵符今奉黄公略，書殿曾隨翠鳳翔。心寄華亭一雙鶴，日隨高步繞池塘。

【校】

〔題〕紹本、崇本全唐詩書懷均作書情。

〔日隨〕紹本、崇本、全唐詩隨均作陪，是。以隨字與上聯複也。

【箋證】

按：裴度於寶曆末、大和初復知政事。四年（八三〇）九月，守司徒兼侍中，出爲山南東道節度使。八年（八三四）三月，充東都留守。傳云：「度素稱堅正，事上不回，故累爲姦邪所排，幾至顛沛，及晚節稍浮沉以避禍。」正謂此時。禹錫詩云：「功成頻獻乞身章，擺落襄陽鎮洛陽。」亦直舉度之心事也。禹錫於是年七月，自蘇州刺史移汝州，（見本集卷十六汝州謝上表）作此詩時或尚未得汝州之命。禹錫未出刺蘇州時，任集賢殿學士，時度以司徒同平章事充集賢殿大學士，故有「書殿曾隨翠鳳翔」之句。「心寄華亭一雙鶴」者，似指白居易送度雙鶴事，見外集卷一和裴相公寄白侍郎求雙鶴詩。

又按：前人之評此詩者，朱承爵存餘堂詩話云：「天子旌旗分一半，八方風雨會中州，此劉禹錫賀晉公留守東都詩也，其遠大之志自覺軒豁可仰。」

酬樂天閑卧見寄

散誕向陽眠，將閒敵地仙。詩情茶助爽，藥力酒能宣。風碎竹間日，露明池底天。同年未同隱，緣欠買山錢。

【校】

〔題〕紹本、崇本見寄均作見憶。

【箋證】

按：白集有閑卧寄劉同州詩云：「輭褥短屏風，昏昏卧醉翁。鼻香茶熟後，腰暖日陽中。伴老琴長在，迎春酒不空。可憐閑氣味，唯欠與君同。」即禹錫所酬之原作。禹錫以大和九年（八三五）十月除同州刺史，以居易授同州後謝病不就也。居易寄此詩，有相勸偕隱之意，似已預知朝局有變，欲慎風波，不及兩月，甘露之禍果作矣。禹錫答詩謂「同年未同隱，緣欠買山錢」，亦似實事。蓋同州地望素高，例爲擢任節度觀察之階梯，禹錫不無冀望。且居易已有園宅在兩京，而禹錫猶無一椽之寄，故不能如居易之早退。

酬樂天小亭寒夜有懷

寒夜陰雲起，疏林宿鳥驚。斜風閃燈影，近雪打窗聲。竟夕不能寐，同年知此情。漢皇無奈老，何況本書生？

【校】

〔宿鳥〕紹本、崇本宿均作暗。

〔近雪〕紹本、崇本、全唐詩近均作迸。

【箋證】

按：居易原作云：「庭小同蝸舍，門閑稱雀羅。火將燈共盡，風與雪相和。老睡隨年減，衰情向夕多。不知同病者，爭奈夜長何！」似禹錫已以病辭同州歸洛陽後所作，當在開成元年（八三六）之冬。題中小亭字，據原作當作小庭爲是。

奉和裴晉公涼風亭睡覺

驪龍睡後珠原在，仙鶴行時步又輕。方寸瑩然無一事，水聲來似玉琴聲。

【校】

〔原在〕紹本、崇本、絶句原均作元。按：原來之原，古皆作元。以原爲元，是明以後習尚，古無此例。

【箋證】

按：裴度原作云：「飽食緩行新睡覺，一甌新茗侍兒煎。脱巾斜倚繩牀坐，風送水聲來耳邊。」此當是大和八年（八三四）之夏度任東都留守時作，正深以退閑爲喜，情見乎詞，禹錫亦頗能窺其心事也。

和樂天閑園獨賞八韻前以蜂鶴拙句寄呈今辱蝸蟻妍詞見答因成小巧以取大咍

永日無人事，芳園任興行。陶廬樹可愛，潘宅雨新晴。傅粉琅玕節，熏香菡萏莖。榴花裙色好，桐子藥丸成。柳蠹枝偏亞，桑間葉再生。睢盱欲鬬雀，索漠不言鶯。動植隨四氣，飛沈含五情。搶榆與水擊，小大强爲名。

【校】

〔任興〕崇本任作住，誤。

〔桑間〕全唐詩間作空。

【箋證】

按：白集中閑園獨賞詩原注：「因夢得所寄蜂鶴之詠，因成此篇以和之。」蜂鶴之詠，指本集卷二十二池上亭獨吟之「静看蜂教誨，閑想鶴儀形」也。白詩云：「午後郊園静，晴來景物新。雨添山氣色，風借水精神。永日若爲度，獨遊何所親？仙禽狎君子；芳樹依佳人。蟻鬬王争肉，蝸移舍逐身。蝶雙知伉儷，蜂分見君臣。蠢蠕形雖小，逍遥性見均。不知鵬與鷃，相去幾微塵。」〔潘宅雨新晴〕潘岳閑居賦有「微雨新晴，六合清朗」語，此詩用之，以答原作之「雨添山氣色」，可謂無一字無來歷。上句則用陶詩「繞屋樹扶疏」及「吾亦愛吾廬」，人所易知也。

酬樂天衫酒見寄

酒法衆傳吴米好，舞衣偏尚越羅輕。動摇浮蟻香濃甚，裝束輕鴻意態生。閲曲定知能自適，舉杯應歎不同傾。終朝相憶終年別，對景臨風無限情。

【箋證】

按：白集劉蘇州寄釀酒糯米李浙東寄楊柳枝舞衫偶因嘗酒試衫輒成長句寄謝之詩云：「柳枝慢踏試雙袖，桑落初香嘗一杯。金屑醅濃吴米釀，銀泥衫穩越娃裁。舞時已覺愁眉展，醉後仍教笑口開。慙愧故人憐寂寞，三千里外寄歡來。」李浙東謂李紳，紳除浙東觀察使在大和七年（八三三）七月，次年七月，禹錫即自蘇州移汝州，故此詩必作於此一年之中。

兩何如詩謝裴令公贈別二首

一言一顧重，重何如？今日陪遊清洛苑，昔年別入承明廬。

一東一西別，別何如？終期大冶再鎔鍊，願託扶摇翔碧虚。

【校】

按：裴度進位中書令在大和九年（八三五）十月，自此方有令公之稱。禹錫亦即以十月除同州刺史，時度猶任東都留守，故於自汝州赴同州之便，在洛陽小作勾留。度原作未見，此詩蓋依原作之體，亦新創也。

將之官留辭裴令公留守

祖帳臨伊水，前旌指渭河。風煙里數少，雲雨別情多。重疊受恩久，邅迴如命何？東山與東閣，終冀再經過。

【校】

〔里數〕結一本里作星，誤。

【箋證】

按：此首與前首爲同時之作，詩云「前旌指渭河」，謂赴同州刺史任也。度雖不預政事，而禹錫宦屢不達，同州之授，非其所冀，猶望出膺旄鉞，内擢丞郎耳，故有邅迴之歎。與前詩皆預祝度再起能爲援手也。

酬喜相遇同州與樂天替代

舊託松心契，新交竹使符。行年同甲子，筋力羨丁夫。別後詩成帙，攜來酒滿壺。今朝停五馬，不獨爲羅敷。前章比言春草，白君之舞妓也。故有此答。

【校】

〔比言〕紹本、崇本、全唐詩比言均作所言。

【箋證】

按：居易大和九年（八三五）九月同州之除，實未履任，故有詔授同州刺史病不赴任因詠所懷一詩。雖未赴任，或曾至京，故其詩有「賣卻新昌宅，聊充送老資」之語，新昌是居易在長安之宅，禹錫此詩題云「喜相遇同州」，恐實係在長安相遇。居易喜見劉同州夢得詩云：「紫綬白髭鬚，同年二老夫。論心共牢落，見面且歡娱。酒好攜來否，詩多記得無！應須爲春草，五馬少踟躕。」

〔羅敷〕按：樂府雜曲陌上桑：「使君從南來，五馬立躊躇。使君遣吏往，問是誰家姝。秦氏有好女，自名爲羅敷。……」白居易羅敷水詩：「野店東頭花落處，一條流水號羅敷。芳魂豔骨歸在處？春草茫茫墓亦無。」自洛陽至同州，敷水爲必經之路，固非泛用典，但亦藉以答原詩應須爲春草之語。春草已見外集卷二憶春草詩。

奉和裴令公新成緑野堂即事

藹藹鼎門外，澄澄洛水灣。堂皇臨緑野，坐卧看青山。位極卻忘貴，功成欲愛間。官名司管籥，心術去機關。禁苑凌晨出，園花及露攀。池塘魚撥剌，竹徑鳥緜蠻。志在安瀟灑，嘗經歷險艱。高情方造適，衆意望徵還。好客交珠履，華筵舞玉顔。無因隨賀燕，翔集畫梁間。

【校】

〔及露〕崇本露作路。

〔撥剌〕紹本、崇本、全唐詩撥均作拔。

【箋證】

按：裴度本傳：「度以年及懸輿，王綱板蕩，不復以出處爲意，東都立第於集賢里，築山穿池，竹木叢萃，有風亭水榭，梯橋架閣，島嶼迴環，極都城之勝概。又於午橋創別墅，花木萬株，中起涼臺暑館，名曰緑野堂，引甘水貫其中，釃引脈通，映帶左右。度視事之暇，與詩人白居易、劉禹錫酣宴終日，高歌放言，以詩酒琴書自樂，當時名士皆從之遊。」其實作此詩時禹錫尚在同州，乃遥以此和之，故云無因隨賀燕，翔集畫梁間」。居易亦有奉和裴令公新成午橋莊緑野堂即事詩，亦五言十韻。

〔鼎門〕唐人習用鼎門爲洛陽之稱。唐兩京城坊考五：當皇城端門之南，渡天津橋南，至定鼎門，南北大街曰定鼎街。

自左馮歸洛下酬樂天兼呈裴相公

新恩通籍在龍樓，分務神都近舊丘。自有園公紫芝侶，時賓行四人盡在洛中。仍追少傅赤松遊。華林霜葉紅霞晚，伊水晴光碧玉秋。更接東山文酒會，始知江左未風流。王儉云：江左風流宰相惟有謝公。

【校】

〔題〕紹本、崇本、全唐詩相公均作令公，是。

〔謝公〕原注中謝公，紹本、全唐詩均作謝安，崇本作謝安公。

【箋證】

按：白集有喜夢得自馮翊歸洛兼呈令公詩云：「上客新從左輔回，高陽興助洛陽才。已將四海聲名去，又占三春風景來。甲子等頭憐共老，文章敵手莫相猜。鄒枚未用爭詩酒，且飲梁王賀喜杯。」據禹錫此詩「華林霜葉紅霞晚，伊水晴光碧玉秋」之句，其自同州歸洛陽應在開成元年（八三六）之秋，而白詩有「三春風景」之語，未詳。禹錫罷同州即除太子賓客分司東都，（見外集卷九彭陽唱和集後引）詩云「分務神都近舊丘」。光宅元年（六八四）曾改東都爲神都，禹錫家自北魏時已爲洛陽人，故有「近舊丘」之語。原注：「時賓行四人盡在洛中。」禹錫之外，可考者爲李德裕、李珏，其他一人未知是李仍叔否，待詳，李紳則已遷河南尹，居易則已除太子少傅，不在賓行之數矣。

〔左馮〕宋長白柳亭詩話云：「蘇頲長春宮詩：赫赫惟元后，經營自左馮。鄭谷上狄右丞詩：昔歲曾投贄，關河在左馮。亦如以河南尹爲河尹也。馮讀如字，不作平音。白樂天有左馮雖穩我慵來之句，劉禹錫有自左馮歸洛下詩。」

〔龍樓〕漢書成帝紀：「初居桂宮，上嘗急召太子，出龍樓門。」注：「張晏曰：門樓上有銅龍，若白鶴飛廉之爲名也。」後人遂以龍樓稱太子。

秋齋獨坐寄樂天兼呈吴方之大夫

空齋寂寂不生塵，藥物方書繞病身。纖草數莖勝静地，幽禽忽至似佳賓。世間憂喜雖無定，釋氏銷磨盡有因。同向洛陽閒度日，莫教風景屬他人。

【箋證】

按：吴方之謂吴士矩。新唐書一五九吴湊傳：溆子士矩，文學早就，喜與豪英遊，故人人助爲談説。開成初，爲江西觀察使，饗宴侈縱，一日費凡十數萬。初至，庫錢二十七萬緡，晚年纔九萬。軍用單匱無所仰，事聞，中外共申解，得以親議，文宗弗窮治也，貶蔡州别駕。諫官執處其罪，不納。於是御史中丞狄兼謩建言：陛下擢任士矩，非私也，士矩負陛下而治之，亦非私也。請遣御史至江西即訊，使江淮它鎮循習意。帝聽，乃流端州。」此傳有誤文。據文宗紀，士矩以大和七年（八三三）自同州刺史除江西，至開成中乃得罪耳。開成元二年（八三六、八三七）間，劉、白皆在洛陽，士矩適罷官歸洛，故得相聚，未幾即貶謫以去矣。本集卷二十四有酬端州吴大夫夜泊湘川見寄詩，可參看。士矩爲外戚吴湊之姪，蓋亦能文者，其官當歷常侍、祕監，傳皆未載，詳見下。白集中答夢得秋庭獨坐見贈詩云：「林梢隱映夕陽殘，庭際蕭疏夜氣寒。霜草欲枯蟲思急，風枝未定鳥棲難。容衰見鏡同惆悵，身健逢杯且喜歡。應是天教相暖熱，一時垂老與閑官。」似即答此詩。謂禹錫除賓客，居易除太子少傅，士矩蓋除祕書監，皆以分司在洛也。

和樂天齋戒月滿夜對道場偶詠懷

常修清淨去繁華，人識王城長者家。案上香煙鋪貝葉，佛前燈燄透蓮花。持齋已滿招閒客，理曲先聞命小娃。明日若過方丈室，還應問爲法來耶。

【箋證】

按：白集中齋戒滿夜戲招夢得詩云：「紗籠燈下道場前，白日持齋夜坐禪。無復更思身外事，未能全盡世間緣。明朝又擬親杯酒，今夕先聞理管絃。方丈若能來問疾，不妨兼有散花天。」

居易晚年以五月持齋，屢見其集中，本集亦三見。

吴方之見示獨酌小醉首篇樂天續有酬答皆含戲謔極至風流兩篇之中並蒙見屬輒呈濫吹益美來章

閑門共寂任張羅，静室同虚養太和。塵世歡虞關意少，醉鄉風景獨遊多。散金疏傅尋常樂，枕麴劉生取次歌。計會雪中争挈榼，鹿裘鶴氅遞相過。

【校】

〔題〕益美，結一本作益弄，誤。

〔虞關〕紹本、崇本、全唐詩均作娱開。

【箋證】

按：吴方之謂吴士矩，已見前。白集中吴祕監每有美酒獨酌獨醉但蒙詩報不以飲招輒此戲酬兼呈夢得詩云：「蓬萊仙客下煙霄，對酒唯吟獨酌謡。不怕道狂揮玉爵，亦曾乘興解金貂。（原注：吴監前任散騎常侍）君稱名士誇能飲，我是愚夫肯見招？賴有伯倫爲醉伴，何愁不解傲松喬？」又懶放二首呈劉夢得吴方之云：「青衣報平旦，呼我起盥櫛。今早天氣寒，郎君應不出。又無賓客至，何以消閒日？已向微陽前，暖酒開詩帙。」「朝憐一牀日，暮愛一爐火。牀暖日高眠，爐温夜深坐。雀羅門懶出，鶴髮頭慵裹。除卻劉與吴，何人來問我？」禹錫詩有「雪中挐榼」之句，當是開成元年（八三六）之冬所作。劉、白二人與士矩情分亦殊不淺，於此數詩見之。

酬樂天齋滿日裴令公置宴席上戲贈

一月道場齋戒滿，今朝華幄管絃迎。銜杯本自多狂態，事佛無妨有佞名。酒力半酣愁已散，文鋒未鈍老猶争。平陽不獨容賓醉，聽取喧呼吏舍聲。

【校】

〔從君〕全唐詩從下注云：一作是。

【注】

〔佞佛〕晉書何充傳：充性好釋典，崇修佛寺，糜費巨億。於時郗愔及弟曇奉天師道，而充與弟準崇信釋氏。謝萬譏之云：「二郗媚於道，二何佞於佛。」

〔喧呼吏舍〕史記曹相國世家：相舍後園近吏舍，吏舍日飲歌呼。從吏惡之，請參游園中，幸相國召按之。乃反取酒張坐飲，亦歌呼與相應和。按：參封平陽侯。

【箋證】

按：白集中長齋月滿攜酒先與夢得對酌醉中同赴令公之宴戲贈夢得詩云：「齋公前日滿三

句，酒榼今朝一拂塵。乘興還同訪戴客，解酲仍對姓劉人。病心湯沃寒灰活，老面花生朽木春。若怕平原慣先醉，知君未慣吐車茵。」

酬樂天偶題酒甕見寄

從君勇斷拋名後，世路榮枯見幾回。門外紅塵人自走，甕頭清酒我初開。三冬學任胸中有，萬户侯須骨上來。何幸相招同醉處，洛陽城裏好池臺。

【注】

〔三冬〕史記東方朔傳：年十二學書，三冬文史足用。

【箋證】

按：白集題酒甕呈夢得詩云：「若無清酒兩三甕，争向白鬚千萬莖？麴糵消愁真得力，光陰催老苦無情。凌煙閣上功無分，伏火爐中藥未成。更擬共君何處去，且來同作醉先生。」

答裴令公雪中訝白二十二與諸公不相訪之什

玉樹瓊樓滿眼新，的知開閤待諸賓。遲遲未去非無意，擬作梁園座右人。

【校】

〔未去〕全唐詩末下注云：一作來。

【箋證】

按：裴度原作云：「憶昨雨多泥又深，猶能攜妓遠過尋。滿空亂雪花相似，何事居然無賞心？」禹錫前後數詩皆開成元年（八三六）冬所作。蓋度於大和八年（八三四）以後開成二年（八三七）以前皆在東都留守任内。

〔梁園座右〕此用謝惠連雪賦：「相如末至，居客之右。」

酬樂天請裴令公開春嘉宴

高名大位能兼有，恣意遨遊是特恩。二室煙霞成步障，三州風物是家園。晨窺苑樹韶光動，晚渡河橋春思繁。絃管常調客常滿，但逢花處即開樽。

【校】

〔題〕嘉宴，紹本、崇本、全唐詩嘉均作加。

〔三州〕紹本、崇本、全唐詩州均作川，是。

【箋證】

按：白集中對酒勸令公開春遊宴詩云：「時泰歲豐無事日，功成名遂自由身。前頭更有忘憂日，向上應無快活人。自去年來多事故，從今日去少交親。宜須數數謀歡會，好作開成第二春。」開成二年（八三七）五月，裴度復除河東節度使，累表固辭不允，不得已之任。此詩似是先年之冬預作。是年之春宴亦其僅有之歡娱矣。

樂天示過敦詩舊宅有感一篇吟之泫然追想昔事因成繼和以寄苦懷

淒涼同到故人居，門枕寒流古木疏。向秀心中嗟棟宇，蕭何身後散圖書。本營歸計非無意，唯算生涯尚有餘。忽憶前因更惆悵，丁寧相約速懸車。敦詩與予友樂天三人同甲子，平生相約同休洛中。

【校】

〔前因〕紹本、崇本、全唐詩因均作言。

〔予友樂天三人同甲子〕崇本予作子，甲作田，誤。全唐詩友作及，是。蓋禹錫自注不當稱樂天爲予友也。

【注】

〔向秀〕文選向秀思舊賦序：余逝將西邁，經其舊廬。

〔蕭何〕謂蕭何入關，收秦圖籍。

【箋證】

按：敦詩謂崔羣。白集中與夢得偶同到敦詩宅感而題壁詩云：「山東纔副蒼生願，川上俄驚逝水波。履道凄凉新宅第，宣城零落舊笙歌。園荒唯有薪堪採；門冷兼無雀可羅。今日相逢偶同到，傷心不是故經過。」唐兩京城坊考載洛陽履道坊西門内刑部尚書白居易宅，宅南吏部尚書崔羣宅。云：「按白居易與劉夢得偶到敦詩宅感而題壁詩云：履道凄涼新第宅，蓋其宅在白宅之南，故居易聞樂感鄰詩注云：東鄰王大理去冬云亡，南鄰崔尚書今秋薨逝。又祭崔相公文云：雒城東隅，履道西偏。修篁迴合，流水潺湲。與公居第，門巷相連。」羣之卒在大和六年（八三二）八月，此詩有「門枕寒流」之語，當是開成元年（八三六）冬作。

吴方之見示聽江西故吏朱幼恭歌三篇頗有懷故林之思吟諷不足因而和之

侯門故吏歌聲發，逸處能高怨處低。今歲洛中無雨雪，眼前風景是江西。

【校】

〔題〕全唐詩注云：一作和人憶江西故吏歌。

〔侯門〕紹本、崇本、全唐詩侯均作家。

〔是江西〕紹本、崇本是均作似。

【箋證】

按：文宗紀，大和七年（八三三）四月癸酉，同州刺史吴士矩爲江西觀察使。而册府載開成二年（八三七），貶前秘書監吴士矩爲蔡州别駕。士矩前爲江西觀察使，在任日應軍中諸色加給錢八萬八千貫，故貶之。據白詩稱士矩爲祕監，此詩稱「江西故吏」，則士矩自江西入爲祕書監，必亦分司官，故與白、劉俱在洛，此詩有「今歲洛中無雨雪」之句，應與上一首同爲開成元年（八三六）冬作，而裴度詩題却云「雪中訝白二十二與諸公不相訪」，未詳何以抵觸。若開成二年（八三七）。度與士矩皆不在洛陽也，或禹錫此詩略在前，而度詩在後。

閒坐憶樂天以詩問酒熟未

案頭開縹帙，肘後檢青囊。唯有達生理，應無治老方。減書存眼力，省事養心王。君酒何時熟？相攜入醉鄉。

【校】

〔肘後〕隋書經籍志，肘後方六卷，葛洪著，又扁鵲肘後方三卷。

〔達生〕莊子達生：達生之情者，不務生之所無心爲。

〔心王〕涅槃經：是身如城，血肉筋骨，皮裹其上，手足以爲卻敵樓櫓，目爲竅孔，頭爲殿堂，心王處中。

和樂天洛城春齊梁體八韻

帝城宜春人，遊人喜意長。草生季倫谷，花出莫愁坊。斷雲發山色，輕風漾水光。樓前戲馬地，樹下鬬雞場。白頭自爲侶，緑酒亦滿觴。潘園觀種植，謝墅閲池塘。至閒似隱逸，過老不悲傷。相問焉功德？銀黄遊故鄉。

【校】

〔意長〕紹本意作日。

〔莫愁坊〕崇本坊作妨，誤。

〔焉功德〕紹本、崇本焉作爲，非。

【箋證】

按：白集洛陽春贈劉李二賓客詩云：「水南冠蓋地，城東桃李園。雲消洛陽堰，春入永通門。淑景方藹藹，遊人稍喧喧。年豐酒漿賤，日晏歌吹繁。中有老朝客，華髮映朱軒。從容三兩人，藉草開一尊。尊前春可惜，身外事勿論。明日期何處？杏花遊趙村。」（原注：洛城東有趙村，杏花千餘枝。）李謂李仍叔也。

又按：齊梁體者，實即永明體，漸講聲病而不若唐律之嚴，自沈謝至唐之景雲，大抵如此。景雲以後，古近體截然兩途，然猶偶有不拘者，大曆、元和，則幾無復爲此。至開成中，忽又暫行之於科場。雲谿友議云：「開成元年（八三六）秋，高鍇復司貢籍，上曰：宗正寺解送人恐有浮薄以忝科名，在卿精揀藝能，勿妨賢路，其所試賦則準常規，詩則依齊梁體格。」既功令如是，宜劉、白亦偶效之也。劉、白所謂齊梁體格，實不過略取形製之變，仍未脱律體本色，不若李商隱直標齊梁之詩，宛然入古。然皆時世風氣，非詩人好異標新也。

〔潘園〕此聯上句用潘岳閒居賦序「築室種樹」語，下句用謝靈運「池塘生春草」句，劉詩運典於不覺，皆此類。

三月三日與樂天及河南李尹奉陪裴令公泛洛禊飲各賦十二韻

洛下今修禊，羣賢勝會稽。盛筵陪玉鉉，通籍盡金閨。波上神仙妓，岸傍桃李蹊。水嬉如鷺振，歌響雜鶯啼。歷覽風光好，沿洄意思迷。棹歌能儷曲，墨客競分題。翠幄連雲起，香車向道齊。人誇綾步障，馬惜錦障泥。塵暗宮牆外，霞明苑樹西。舟形隨鷁轉，橋影與虹低。川色晴猶遠，烏聲暮欲棲。唯餘蹋青伴，待月魏王隄。

【校】

〔題〕李尹，結一本作季尹，誤。

【箋證】

按：白集詩題云：「開成二年（八三七）三月三日，河南尹李待價（李珏字）以人和歲稔，將禊於洛濱，前一日啓留守裴令公，令公召太子少傅白居易、太子賓客蕭籍、李仍叔、劉禹錫……等一十五人，合宴於舟中。」李珏已見本集卷二十二。據紀，是年三月戊子，珏自河南尹入爲户部侍郎，作此詩時尚未聞新命也。卷二十八奉送李户部侍郎自河南尹再除本官歸闕一首當編此首之後。

寄和東川楊尚書慕巢兼寄西川繼之二公近從弟兄情分偏睦早忝遊舊因成是詩

太華蓮峯降嶽靈，兩川棠樹接郊坰。政同兄弟人人樂，曲奏塤篪處處聽。楊葉百穿榮會府，芝泥五色耀天庭。各抛筆硯誇旄鉞，莫遣文星讓將星。

【校】

〔題〕崇本和作賀，是。結一本缺慕字。

〔人樂曲奏〕結一本樂曲二字乙，誤。

〔天庭〕崇本天作尺，誤。

【箋證】

按：慕巢爲楊汝士字，舊唐書一七六、新唐書一七五均有傳，繼之爲楊嗣復字，舊唐書一七六、新唐書一七四均有傳。文宗紀，大和九年（八三五）二月，楊嗣復自東川移鎮西川，替段文昌。開成元年（八三六）十二月，以楊汝士爲東川節度使。至二年（八三七）十月，則李固言出爲西川矣。此詩自是開成二年（八三七）之春所作。故白集中同夢得寄和東西川二楊尚書詩云：「龍節對持真可愛，雁行相接更堪誇。兩川風景同三月，千里江山屬一家，魯衛定知聯氣色，潘楊亦覺有光華。應憐洛下分司伴，冷宴閒遊老看花。」汝士爲居易妻兄，居易同州之授，即替汝士，而禹錫同州之授又替居易。

秋中暑退贈樂天

暑服宜秋著，清琴入夜彈。人情皆向菊，風意欲摧蘭。歲稔貧心泰，天涼病體安。相逢取次第，卻甚少年歡。

【校】

〔歲稔〕崇本稔作念，是字壞。

和樂天洛下雪中宴集寄汴州李尚書

洛城無事足杯盤，風雪相和歲欲闌。樹上因依見寒鳥，座中收拾盡閒官。笙歌要請頻何爽，笑語忘機拙更歡。遥想兔園今日會，瓊林滿眼映旂竿。

【箋證】

按：李尚書謂李紳，舊唐書一七三、新唐書一八一均有傳。傳云：「開成元年六月，檢校户部尚書、汴州刺史、宣武節度、宋亳汴潁觀察等使。武宗紀：開成五年（八四〇）九月，以宣武節度使、檢校吏部尚書、汴州刺史李紳代德裕鎮淮南。是紳在汴州凡歷四冬，禹錫皆在洛陽。白集有洛下雪中頻與劉李二賓客宴集因寄李尚書詩云：「水南水北總紛紛，雪裏歡遊莫厭頻。日日暗來唯老病，年年少去是交親。碧氈帳暖梅花溼，紅燎爐香竹葉春。今日鄒枚俱在洛，梁園置酒召何人？」此詩似開成二年（八三七）冬作，據白集開成二年（八三七）禊集詩，太子賓客爲李仍叔、劉禹錫。

喜遇劉二十八偶書兩韻聯句

裴度

病來佳興少，老去舊遊稀。笑語縱横作，杯觴絡繹飛。度。清談如水玉，逸韻貫珠璣。高位當金鉉，虚懷似布衣。禹錫。已容狂取樂，仍任醉忘機。捨眷將何適，留歡便是歸。居易。鳳儀常欲附，蚊力自知微。願假樽罍末，膺門自此依。紳。

【校】

〔水玉〕紹本水作冰，非。

【箋證】

按：以下數首皆裴度首唱聯句。此詩聯句者尚有白居易、李紳及禹錫。據李紳本傳，大和九年（八三五），李訓用事，李宗閔復相，與李訓、鄭注連衡排擯，德裕罷相，紳與德裕俱以太子賓客分司，度則爲東都留守也。

劉二十八自汝赴左馮途經洛中相見聯句

裴度

不歸丹掖去，銅竹漫云云。唯喜因過我，須知未賀君。　度。詩聞安石詠，香見令公熏。欲首函關路，來披緱嶺雲。居易。貂蟬公獨步，鴛鷺我同羣。插羽先飛酒，交鋒便戰文。紳。鎮嵩知表德，定鼎爲銘勳。顧鄙容商洛，徵歡候汝墳。禹錫。頻年多謔浪，此夕任喧紛。故態猶應在，行期永要聞。度。遊藩榮已久，捧袂惜將分。詎厭杯行疾，唯愁日向曛。居易。窮陰初莽蒼，離思漸氤氳。殘雪午橋岸，斜陽伊水濆。紳。上謨尊右掖，全略静東軍。萬頃徒稱量，滄溟詎有垠？禹錫。

【校】

〔題〕崇本無相見二字。

〔頻年〕紹本頻作頃，崇本作領，非。

〔永要〕紹本、崇本、全唐詩永均作未。

【箋證】

按：此詩聯句四人與前詩同。禹錫以大和九年（八三五）十月除同州刺史，過洛當在十一月間，故李紳句云「殘雪午橋岸」，紳時以賓客分司正在洛也。

又按：宋長白柳亭詩話云：「蘇頲長春宮詩：赫赫惟元后，經營自左馮。」鄭谷上狄右丞詩：「昔歲曾投贄，關河在左馮。」亦如以河南尹爲河尹也。馮讀如字，不作平音。白樂天有「左馮雖穩我慵來」之句，劉禹錫有自左馮歸洛下詩。

予自到洛中與樂天爲文酒之會時時構詠樂不可支則慨然共憶夢得而夢得亦分司至此歡愜可知因爲聯句 裴度

成周文酒會，吾友勝鄒枚。唯憶劉夫子，而今又到來。度。欲迎先倒屣，入座便傾杯。飲許伯倫右，詩推公幹才。並以本事。居易。久曾聆郢唱，重喜上燕臺。晝話牆陰轉，宵歡斗柄迴。禹錫。新聲還共聽，故態復相咍。遇物皆先賞，從花半未開。度。起時烏帽側，散處玉山頽。墨客喧東閣，文星犯上台。居易。詠吟君稱首，疏放我爲魁。憶戴何勞訪？指夢得，夢得分司而來。留髡不用猜。宴席上老夫暫起，樂天堅坐不動。度。奉觴承麴蘖，落筆捧瓊瑰。醉弁無妨側，詞鋒不可摧。此兩韻美令公也。居易。水軒看翡翠，石徑踐莓苔。童子能騎竹，佳人解詠梅。陪遊南宅之境。禹錫。洛中三可矣，鄴下七悠哉。自向風光急，不須絃管催。度。樂觀魚踊躍，閒愛鶴徘徊。煙柳青凝黛，波萍緑撥醅。居易。春榆初改火，律管又飛灰。紅藥多遲發，碧松宜亂栽。禹錫。馬嘶駝陌上，鵾泛鳳城隈。色色時堪惜，些些病莫推。度。涸流尋軋軋，餘刃轉恢恢。從此知心伏，無因敢自媒。禹錫。室隨親客入，席許舊寮陪。逸興嵇將阮，交情陳與雷。此二句屬夢得也。居易。洪鑪思哲匠，大厦要羣材。他日登龍路，應知免曝顋。禹錫。

【校】

〔題〕崇本無而夢得三字。紹本、崇本構均作措。疑以避宋高宗名而改。

〔入座〕紹本、崇本、全唐詩入均作亦，非。

〔伯倫右〕紹本、崇本右均作户。

〔堅坐不動〕紹本、崇本、全唐詩堅均作密，動下有足字。

〔七悠哉〕崇本七作士。

〔時堪惜〕紹本、崇本時均作事。

【注】

〔洛中三〕按洛中三似指賓客分司在洛者三人，鄴下七，則指所謂建安七子也。

〔陳與雷〕陳重少與同郡雷義爲友，鄉里爲之語曰：「膠漆自謂堅，不如雷與陳。」見後漢書獨行傳。後世因以雷陳喻友誼之篤。

〔曝顋〕南史何敬容傳：曝鰓之魚，不念杯酌之水。雲霄之翼，豈顧籠樊之糧。辛氏三秦記：河津一名龍門，大魚集龍門下數千不得上，上者爲龍，不上者魚也。故曰曝顋龍門。

【箋證】

按：此詩聯句者，祇三人，無李紳。禹錫句有「春榆」「紅葉」等語，似是開成三年（八三八）禹錫以賓客分司到洛之第二春所作。

洛中早春贈樂天

漠漠復靄靄，半晴將半陰。春來自何處？無迹日以深。韶嫩冰後水，輕盈煙際林。藤生欲有託，柳弱不自任。花意已含蓄，鳥言尚沈吟。期君當此時，與我恣追尋。翻愁爛熳後，春暮却傷心。

【箋證】

按：白集有和夢得洛中早春見贈七韻云：「衆皆賞春色，君獨憐春意。春意竟如何，老夫知此味。燭餘減夜漏，衾暖添朝睡。恬和臺上風，虚潤池邊地。開遲花養豔，語懶鶯含思。似訝隔年齋，如勸迎春醉。何日同宴遊，心期二月二。」此當是本卷開成三年（八三八）初春第一首詩。

和樂天宴李周美中丞宅池上賞櫻桃花

櫻桃千萬枝，照耀如雪天。王孫宴其下，隔水疑神仙。宿露發清香，初陽動暄妍。妖姬滿髻插，酒客折枝傳。同此賞芳月，幾人有華筵？杯行勿遽辭，好醉過三年。

【校】

〔周美〕按：白居易集作美周。

〔芳月〕全唐詩月下注云：一作日。

〔過三年〕紹本、崇本、全唐詩過均作逸。

【箋證】

按：李周美謂李仍叔。郎官石柱題名考一七輯李仍叔事跡云：「新表：蜀王房宗正卿李栻子仍叔，字周美，初名章甫。宗正卿。前定録：陳彦博以元和五年（八一〇）崔樞下及第，上二人李顧行、李仍叔。白居易李石可左補闕李仍叔可右補闕制：朕詔丞相求方略忠讜之士置于左右，而播等以石暨仍叔應詔，言其爲人厚實謇直，常以文行謀畫客于幕府之間，臨事敢言，當官能守，可使束帶，同升諸朝。」舊唐書李逢吉傳：「寶曆初，水部郎中李仍叔，宰相李程之族，謂刺史武昭曰：程欲與公官，但逢吉沮之。」（新唐書略同，又云，坐武昭事貶道州司馬。）白居易有開成二年三月三日禊於洛濱留守裴令公召太子賓客李仍叔等一十五人合宴舟中詩。

又按：白集有櫻桃花下有感而作詩原注：「開成三年（八三八）春季，美周賓客南池者。」（按句有脱誤)詩云:「藹藹美周宅,櫻繁春日斜。一爲洛下客,十見池上花。爛漫豈無意?爲君占年華。風光饒此樹,歌舞勝諸家。失盡白頭伴,長成紅粉娃。停杯兩相顧,堪喜亦堪嗟。」原注:「白頭伴、紅粉娃皆有所屬。」白頭伴似即指禹錫。美周二字當是白集誤倒。

和牛相公遊南莊醉後寓言戲贈樂天兼見示

城外園林初夏天,就中野趣在西偏。薔薇亂發多臨水,鸂鶒雙遊不避船。水底遠山雲似雪,橋邊平岸草如煙。白家唯有杯觴興,欲把頭盤打少年。

【箋證】

按:牛相公謂牛僧孺,舊唐書一七二、新唐書一七四均有傳。據傳,長慶三年(八二三),以户部侍郎拜同平章事。敬宗即位,出爲武昌軍節度使,大和三年(八二九),李宗閔輔政,屢薦僧孺有才,不宜居外,四年(八三〇)正月召還,守兵部尚書同平章事,六年十二月,出爲淮南節度使。開成二年(八三七)五月,加檢校司空、判東都尚書省東都留守,即替裴度也。此詩當是其就任留守後次年之初夏所作。南莊即次首所稱南墅也。

又按:前人之評此詩者,王夫之唐詩評選云:「腹頷兩聯七言勝境。結亦與樂府相表裏。唐七言律如此首者不能十首以上,乃一向湮没,總爲皎然一項人以烏豆换睛也,一歎。」按:此詩中兩聯云：「薔薇亂發多臨水，鸂鶒雙遊不避船。水底遠山雲似雪，橋邊平岸草如煙。」水字重出，於律未細。然古人不以爲嫌。

思黯南墅賞牡丹花

偶然相遇人間世，合在增城阿姥家。有此傾城好顏色，天教晚發賽諸花。

【校】

〔題〕絶句作賞牡丹，全唐詩無花字。

樂天少傅五月長齋廣延緇徒謝絶文友坐成睽閒因以戲之

五月長齋戒，深居絶送迎。不離通德里，便是法王城。舉目皆僧事，全家少俗情。精修無上道，結念未來生。賓閤田衣占，書堂信鼓鳴。戲童爲塔象，啼鳥學經聲。黍用青菰角，葵承玉露烹。馬家供薏苡，劉氏餉蕪菁。暗網籠歌扇，流塵晦酒鐺。不知何次道，作佛幾時成？

【校】

〔題〕紹本五月作一月。

〔田衣〕結一本田作緇，當依各本改。

〔菰角〕全唐詩菰下注云：一作蒲。

【注】

〔田衣〕釋氏要覽：僧祇律云：佛住王舍城，帝釋窟前經行，見稻田畦畔分明，語阿難言，過去諸佛衣相如是，從今依此作衣相。

〔薏苡〕後漢書馬援傳：援在交趾，嘗餌薏苡實，用能輕身省慾，以勝瘴氣。南方薏苡實大，援欲以爲種。軍還，載之一車，時人以爲南土珍怪，權貴皆望之。及卒，後有上書譖之者，以爲前所載還皆明珠文犀，帝益怒。

〔蕪菁〕三國志蜀志先主傳注：曹公數遣親近，密覘諸將，備時閉門種蕪菁。使人闚門。既去，備謂關張曰：吾豈種菜者乎？

〔何次道〕晉書何充傳：充字次道，性好釋典，崇修佛寺，供給沙門以百數。

【箋證】

按：白集有酬夢得以予五月長齋延僧徒絶親友見戲十韻云：「賓客懶逢迎，翛然池館清。簷閑空燕語，林静未蟬鳴。葷血還休食，杯觴亦罷傾。三春多放逸，五月暫修行。香印朝煙細，紗燈夕焱明。交遊諸長老，師事古先生。禪後心彌寂，齋來體更輕。不唯忘肉味，兼擬滅風情。蒙以聲聞待，難將戲論争。虚空若有佛，靈運恐先成。」

樂天池館夏景方妍白蓮初開綵舟空泊唯邀緇侶因以戲之

池館今正好，主人何寂然？白蓮方出水，碧樹未鳴蟬。静室宵聞磬，齋廚晚絶煙。番僧如共載，應不是神仙。

【校】

〔番僧〕紹本、崇本番均作蕃。

【箋證】

按：白集池上篇云：「罷蘇州刺史時得太湖石、白蓮、折腰菱、青板舫以歸。……每至池風春，池月秋，水香蓮開之旦，露清鶴唳之夕……靈鶴怪石，紫菱白蓮，皆吾所好，盡在我前。」此詩所云「白蓮」「綵舟」，皆實事也。

酬樂天晚夏閑居欲相訪先以詩見貽

池榭堪臨泛，翛然散鬱陶。步因驅鶴緩，吟爲聽蟬高。林密添新竹，枝低縋晚桃。酒醅晴易熟，藥圃夏頻薅。老是班行舊，閒爲鄉里豪。經過更何處？風景屬吾曹。

【校】

〔易熟〕紹本、崇本熟均作埶。

【箋證】

按：白集晚夏閒居絶無賓客欲尋夢得先寄此詩云：「魚筍朝餐飽，蕉紗暑服輕。欲爲窗下寢，先傍水邊行。晴引鶴雙舞，秋生蟬一聲。無人解相訪，有酒共誰傾？老更諳時事，閒多見物情。只應劉與白，二叟自相迎。」

酬樂天感秋涼見寄

庭晚初辨色，林秋微有聲。槿衰猶强笑，蓮迴卻多情。簷燕歸心動，韝鷹俊氣生。閒人占閒景，酒熟且同傾。

樂天以愚相訪沽酒致歡因成七言聊以奉答

少年曾醉酒旗下，同輩黄衣頷亦黄。蹴蹋青雲尋入仕，蕭條白髮且飛觴。今徵古事歡生雅，客喚閒人興任狂。猶勝獨居荒草院，蟬聲聽盡到寒螿。

【校】

〔今徵〕紹本、崇本、全唐詩今作令，是。

〔任狂〕紹本、崇本任作在。

【注】

〔頷亦黄〕北史崔㥄傳：神武葬後，㥄又竊言：「黄頷小兒堪當重任不？」暹外兄李慎以告暹。暹啓文襄，絶㥄朝謁。㥄要拜道左。文襄發怒曰：「黄頷兒何足拜也！」

【箋證】

按：白集與夢得沽酒閒飲且約後期詩云：「少時猶不憂生計，老去誰能惜酒錢？共把十千沽一斗，相看七十欠三年。閒徵雅令窮經史，醉聽清吟勝管絃。更待菊黄家醖熟，共君一醉一陶然。」開成三年（八三八），白、劉皆六十七歲，故云。

秋晚新晴夜月如練有懷樂天

雨歇晚霞明，風調夜景清。月高微暈散，雲薄細鱗生。露草百蟲思，秋林千葉聲。相望一步地，脈脈萬重情。

【箋證】

按：白集酬夢得暮秋晴夜對月相憶詩云：「霽月光如練，盈庭復滿池。秋深無熱後，夜淺未寒時。露葉團荒菊，風枝落病梨。相思懶相訪，應是各年衰。」禹錫詩云「相望一步地」，自是同在洛陽時作。

和思黯南莊見示

丞相新家伊水頭，智囊心匠日增修。化成池沼無痕迹，奔走清波不自由。臺上看山徐舉酒，潭中見月漫迴舟。從來天下推尤物，合屬人間第一流。

【校】

〔題〕紹本、崇本、全唐詩南上均有憶字。

【箋證】

按：思黯爲牛僧孺字，白、劉皆以字稱之，以其年輩較後也。白集奉和思黯自題南莊見示兼呈夢得云：「謝家別墅最新奇，山展屏風花夾籬。曉月漸沉橋脚底，晨光初照屋梁時。臺頭有酒鶯呼客，水面無塵鳳洗池。除卻吟詩兩閒客，此中情狀更誰知？」即指此詩。又早春憶遊思黯南莊因寄長句云：「南莊勝處心常憶，借問軒車早晚遊。美酒難忘竹廊下，好風爭奈柳橋頭。冰消見水多於地，雪霽看山盡入樓。若待春深始同賞，鶯殘花落卻堪愁。」並可略見其結構。禹錫詩所謂「智囊心匠日增修」也。唐時貴官役志於園林第宅如此。

同留守王僕射各賦春中一物從一韻至七

鶯，能語，多情。春將半，天欲明。始逢南陌，復集東城。林疏時見影，花密但聞聲。營中緣催短笛，樓上來定哀箏。千門萬户垂楊裏，百囀如簧煙景晴。

【箋證】

按：牛僧孺本傳，開成四年（八三九）八月後出爲山南東道節度使，以上各詩皆在此以前所作。王僕射謂王起，據起傳，開成五年（八四〇），文宗山陵畢，起檢校左僕射、東都留守，判東都尚書事，蓋即替僧孺，則此詩之作當在會昌元年（八四一）之春矣。

又按：前人之評此詩者，宋長白柳亭詩話云：「劉夢得一七字會詠鶯云：千門萬户垂楊裏，百囀如簧煙景清。雖用經語，卻從風景上描寫。章楓山禁中聞鶯曰：東風空費如簧舌，不道朝廷有鳳儀。下一舌字便刻入一層。」其實：禹錫詩自是唐人藴藉之風，不得與後人之詩相提並論。

和樂天春詞依憶江南曲拍爲句

春去也，多謝洛城人。弱柳從風疑舉袂，叢蘭裛露似霑巾。獨坐亦含嚬。

【校】

〔次首〕全唐詩有次首云：「春過也，笑惜豔陽年，猶有桃花流水上，無辭竹葉醉尊前。惟待見青天。」

【箋證】

按：白原作憶江南詞三首注云：此曲亦名謝秋娘，每首五句。其一云：「江南好，風景舊曾諳。日出江花紅勝火，春來江水緑如藍。能不憶江南？」其二云：「江南憶，最憶是杭州。山寺月中尋桂子，郡亭枕上看潮頭。何日更重遊？」其三云：「江南憶，其次憶吴宫。吴酒一杯春竹葉，吴娃雙舞醉芙蓉。早晚復相逢！」白、劉創爲此曲，遂爲小令濫觴。

又按：樂府詩題又載一首云：「春過也，共惜豔陽年。猶有桃花流水上，無辭竹葉醉樽前。惟待見青天。」似非禹錫手筆。

謝樂天聞新蟬見贈

碧樹有蟬後，煙雲改容光。瑟然引秋風，芳草日夜黄。夾道喧古槐，臨池思垂楊。離人下憶淚，忠士激剛腸。昔聞阻山川，今聽同匡牀。人情便所遇，音韻豈殊常？因之比笙竽，送我遊醉鄉。

【校】

〔題〕紹本、全唐詩謝均作訓。

〔有蟬〕全唐詩有作鳴。

〔芳草〕紹本缺芳字。

〔忠士〕紹本、崇本、全唐詩忠均作志，似是。

【箋證】

按：白集有開成二年夏聞新蟬贈夢得詩，原注：「十年來常與夢得索居。同在洛下，每聞蟬多有寄答。今喜以此篇唱之。」（按語有脱誤）詩云：「十載與君别，常感新蟬鳴。今年共君聽，同在洛陽城。噪處知林静，聞時覺景清。涼風忽嫋嫋，秋思先秋生。殘槿花邊立，老槐陰下行。雖無索居恨，還動長年情。且喜未聾耳，年年聞此聲。」禹錫大和五年（八三一）冬赴蘇州過洛陽與居易别後，至開成二年（八三七），不過七年，云十年者舉成數耳。此詩當編在寄和東川楊尚書慕巢詩之後。

新秋對月寄樂天

月露發光彩，此時方見秋。夜涼金氣應，天静火星流。蛩響偏依井，螢飛直過樓。相知盡白首，清景復追遊。

【校】

〔復追〕紹本、崇本復均作設。

【箋證】

按：白集酬夢得早秋夜對月見寄詩云：「吾衰寡情趣，君病懶經過。其奈西樓上，新秋明月何！庭蕪凄白露，池色澹金波。況是初長夜，東城砧杵多。」居易所居履道坊在東都長夏門東第四街，故有東城之語。

酬樂天小臺晚坐見憶

小臺堪遠望，獨上清秋時。有酒無人勸，看山祇自知。幽禽囀新竹，孤蓮落静池。高門勿遽掩，好客無前期。

【校】

〔人勸〕結一本勸作歡，誤。

〔新竹〕紹本、崇本新作深。

【箋證】

按：白集小臺晚坐憶夢得詩云：「汲泉灑小臺，臺上無纖埃。解帶面西坐，輕襟隨風開。晚涼閑興動，憶同傾一杯。月明候柴户，藜杖何時來？」

早秋雨後寄樂天

夜雲起河漢，朝雨灑高林。梧葉先風落，草蟲迎溼吟。簟涼扇恩薄，室静琴思深。且喜炎前别，安能懷月陰。

【校】

〔扇恩〕結一本扇作府，誤。

〔炎前〕紹本、崇本炎均作火。

〔月陰〕紹本、崇本、全唐詩月均作寸。

和樂天秋涼閑卧

暑退人體輕，雨餘天色改。荷珠貫索斷，竹粉殘妝在。高僧埽室請，逸客登樓待。槐柳漸蕭疏，開門少光彩。

【校】

〔開門〕紹本、崇本、全唐詩開均作閒。

【箋證】

按：原作云：「殘暑晝猶長，早涼秋尚嫩。露荷散清香，風竹含踈韻。幽閒竟日卧，衰病無人問。薄暮宅門前，槐花深一寸。」是唐人仄韻律體，唐人和答之詩無不依其體，但不必同其韻。

秋晚病中樂天以詩見問力疾奉酬

耳虚多聽遠，展轉晨雞鳴。一室背燈卧，中夜拂葉聲。蘭芳經雨散，鶴病得秋輕。肯蹋衡門草，唯應是友生。

【校】

〔燈卧〕紹本燈作爐。

〔中夜〕紹本、崇本夜均作庭，全唐詩作宵。

〔拂葉〕紹本、崇本、全唐詩拂均作掃。

〔雨散〕紹本、崇本、全唐詩散均作敗。

〔肯蹋〕結一本肯作音，誤。

【箋證】

按：白集夢得卧病攜酒相尋先以此寄詩云：「病來知少客，誰可以爲娱？日晏開門未？秋寒有酒無？自宜相慰問，何必待招呼。小疾無妨飲，還須挈一壺。」未知所酬即此詩否。

和樂天燒藥不成命酒獨醉

九轉欲成就，百神應主持。嬰啼鼎上去，老貌鏡前悲。卻顧空丹竈，迴心向酒卮。醺然耳熱後，暫似少年時。

【校】

〔應主〕紹本、崇本應均作陰。

【箋證】

按：原作云：「白髮逢秋王，丹砂見火空。不能留姹女，爭免作衰翁？賴有杯中緑，能爲面上紅。少年心不遠，只在半酣中。」

酬樂天詠老見示

人誰不顧老，老去有誰憐？身瘦帶頻減，髮稀帽自偏。廢書緣惜眼，多灸爲隨年。經事還諳事，閲人如閲川。細思皆幸矣，下此便翛然。莫道桑榆晚，爲霞尚滿天。

【校】

〔題〕紹本、全唐詩酬均作誚，崇本無酬字。

〔顧老〕紹本、崇本、全唐詩顧均作願。

〔帽自〕紹本、崇本、全唐詩帽均作冠。

〔下此〕紹本此作比。

〔爲霞〕全唐詩爲作微，注云：一作爲。

【箋證】

按：原作云：「與君俱老也，自問老何如。眼澀夜先臥，頭慵朝未梳。有時扶杖出，盡日閉門居。懶照新磨鏡，休看小字書。情於故人重，跡共少年疎。唯是閒談興，相逢尚有餘。」

又按：前人之評此詩者，瞿佑歸田詩話云：「劉夢得初自嶺外召還，賦看花詩云：玄都觀裏桃千樹，盡是劉郎去後栽。以是再黜。久之又賦詩云：種桃道士歸何處，前度劉郎今又來。譏刺并及君上矣。晚始得還，同輩零落殆盡，有詩云：昔年意氣壓羣英，幾度朝回一字行。二十年來零落盡，兩人相遇洛陽城。又云：休唱貞元供奉曲，當時朝士已無多。又云：舊人唯有何戡在，更與殷勤唱渭城。蓋自德宗後，歷順、憲、穆、敬、文、武、宣凡八朝，暮年與裴、白優游緑野堂，有在人稱晚達、於樹似冬青之句。又云：莫道桑榆晚，爲霞尚滿天。其英邁之氣，老而不衰如此。」按：禹錫自朗州召還，非嶺外，卒於會昌初，亦不及宣宗朝，皆不考之過。謂英邁之氣老而不衰，則確論也。

又：胡震亨唐詩談叢云：「劉禹錫播遷一生，晚年洛下閑廢，與緑野、香山諸老優游詩酒間，而精華不衰，一時以詩豪見推，公亦自有句云：莫道桑榆晚，爲霞尚滿天。蓋道其實也。公自貞元登第，歷順、憲、穆、敬、文、武凡七朝，同人彫落且盡，而靈光巋然獨存，造物者亦有以償其所不足矣。人生得如是何憾哉？」諸説與後村詩話略同。

歲夜詠懷

彌年不得意，新歲又如何？念昔同遊者，而今有幾多？以閒爲自在，將壽補蹉跎。春色無情故，幽居亦見過。

【箋證】

按：唐詩紀事四九：「盧貞和劉夢得歲夜詠懷云：文翰走天下，琴尊卧洛陽。貞元朝士盡，新歲一悲涼。名早緣才大，官遲爲壽長。時來知病已，莫歎步趨妨。」語意相應，自是和此詩。

又按白集有詩題云：歲暮夜長病中燈下聞盧尹夜宴以詩戲之且爲來日張本也。詩云：榮鬧興多嫌晝短，衰閑睡少覺明遲。當君秉燭銜盃夜，是我停燈服藥時。枕上愁吟堪發病，府中歡笑勝尋醫。明朝强出須謀樂，不詎平公更詎誰？似亦爲此時所作。又牛僧孺樂天夢得有歲夜詩聊以奉和云：「惜歲歲將盡，少年應不知。淒涼數流輩，歡喜見孫兒。暗減一身力；潛添滿鬢絲。莫愁花笑老，花自幾多時。」僧孺以開成三年（八三八）九月徵拜左僕射，則此詩疑仍是開成三年（八三八）作。

元日樂天見過因舉酒爲賀

漸入有年數，喜逢新歲來。震方天籟動，寅位帝車迴。門巷埽殘雪，林園驚早梅。與君同甲子，壽酒讓先杯。

【箋證】

按：白集新歲贈夢得詩云：「暮齒忽將及，同心私自憐。漸衰宜減食，已喜更加年。紫綬行聯被，籃輿出比肩。與君同甲子，歲酒合誰先？」白詩編於開成三年（八三八），雖非和此詩，而禹錫必因有「歲酒合誰先」之句故答以「壽酒讓先杯」也。居易生於正月，故云。古時風俗，新年飲屠蘇酒自年少者始。見荆楚歲時記。

裴令公見示酬樂天寄奴買馬絶句斐然仰和且戲樂天

常奴安得似方回？争望追風絶足來。若把翠娥酬緑耳，始知天下有奇才。

【箋證】

按：白集酬裴令公贈馬相戲詩云：「安石風流無奈何！欲將赤驥换青娥。不辭便送東山去，臨老何人與唱歌！」

酬思黯代書見戲

官冷如漿病滿身，凌寒不易過天津。少年留守多情興，請待花時作主人。

【校】

〔題〕全唐詩注云一作：酬牛相見寄。

〔易過〕全唐詩過下注云：一作遇。

〔留守〕全唐詩守作取，注云：一作守。

【箋證】

按：牛僧孺以開成二年（八三七）五月任東都留守，次年九月徵拜左僕射，其與劉、白唱和皆在此一年中，此詩有凌寒語，恐仍是開成二年（八三七）冬作。

〔天津〕唐兩京城坊考五：東都跨洛水之橋曰天津橋，在皇城南門端門之南。

酬思黯見示小飲四韻

拋卻人間第一官，俗情驚怪我方安。兵符相印無心戀，洛水嵩雲恣意看。三足鼎中知味久，百尋竿上擲身難。追呼故舊連宵飲，直到天明興未闌。

【校】

〔恣意〕全唐詩注云：一作著。

【箋證】

按：牛僧孺自淮南除東都留守，雖未全去官，亦頗似以官爲隱。本傳云：「心居事外，不以細故介懷。洛都築第於歸仁里，任淮南時嘉木怪石置之階廷，館宇清華，木竹幽邃，常與詩人白居易吟詠其間，無復進取之懷。」此詩云：「三足鼎中知味久，百尋竿上擲身難。」即寫其心境。

酬樂天醉後狂吟十韻

來章有「移家住醉鄉」之句。

散誕人間樂，逍遥地上仙。詩家登逸品，釋氏悟真詮。制誥留臺閣，歌詞入管絃。處身於木雁，任世變桑田。吏隱情兼遂，儒玄道兩全。八關齋適罷，三雅興尤偏。文墨中年舊，松筠晚歲堅。魚書曾替代，香火有因緣。陸法和云：與梁元帝於空王寺佛前訂香火因緣。欲向醉鄉去，猶爲色界牽。好吹楊柳曲，爲我舞金鈿。

【校】

〔來章〕全唐詩此注作：來章有移家惟醉和之句。

〔訂香火〕紹本訂作有，崇本作結。

【箋證】

按：白集有題云：「分司洛中多暇，數與諸客宴遊，醉後狂吟，偶成十韻，因招夢得賓客，兼呈思黯奇章公。」詩云：「性與時相遠，身將世兩忘。寄名朝士籍，寓興少年場。老豈無談笑？貧猶有酒漿。隨時來伴侶，逐日用風光。數數遊何爽，些些病未妨。天教榮啓樂，人恕接輿狂。改業爲逋客，移家住醉鄉。不論招夢得，兼擬誘奇章。要路風波險，權門市井忙。世間無可戀，不是不思量。」此詩正答其招邀之意。據「八關齋適罷」之語，必作於六月間，以居易多於五月持齋也。似在開成二年（八三七）。

酬牛相公獨飲偶醉寓言見示

宮漏夜丁丁，千門閉霜月。華堂列紅燭，絲管靜中發。歌眉低有思，舞體輕無骨。主人啓酡顏，酣暢浹肌髮。猶思城外客，阡陌不可越。春意日夕深，此歡無斷絶。

【校】

〔肌髮〕崇本肌作映，誤。

〔酡顔〕崇本酡作駝，誤。

【箋證】

按：白集有題云和思黯居守獨飲偶醉見示六韻時夢得和篇先成頗爲麗絶因添兩韻繼而美之，詩云：「宫漏滴漸闌，城烏啼復歇。此時若不醉，争奈千門月？主人中夜起，妓燭前羅列。歌袂默收聲，舞鬟低赴節。絃吟玉柱品，酒透金杯熱。朱顔忽已酡，清奏猶未闋。妍詞黯先唱，逸韻劉繼發。鏗然雙雅音，金石相磨戛。」僧孺任東都留守在開成二、三（八三七、八三八）年間，此時有「春意日夕深」之語，自是三年（八三八）春所作。蓋留守宿於闕下，不能召城外之客，故有獨飲之作。

和僕射牛相公春日閑坐見懷

官曹崇重難頻入，第宅清閒且獨行。階蟻相逢如偶語，園蜂速去恐違程。人於紅藥唯看色，鶯到垂楊不惜聲。東洛池臺怨抛擲，移文非久會應成。

【校】

〔違程〕全唐詩違下注云：一作遲。

〔唯看色〕全唐詩注云：一作偏憐色。

【箋證】

按：此詩以僕射稱牛僧孺，蓋是開成四年（八三九）僧孺官左僕射時。方是時宰相中楊嗣復、李珏力援李宗閔之黨，與鄭覃、陳夷行動相齮齕，争端已兆矣。通鑑二四六載開成三年（八三八）及四年（八三九）中之事云：「楊嗣復欲援進李宗閔，恐爲鄭覃所沮，乃先令宦官諷上，上臨朝，謂宰相曰：宗閔積年在外，宜與一官。鄭覃曰：陛下若憐宗閔之遠，止可移近北數百里，不宜再用，用之臣請先避位。陳夷行曰：宗閔向以朋黨亂政，陛下何愛此纖人？楊嗣復曰：事貴得中，不可但徇愛憎。上曰：可與一州，覃曰：與州太優，止可洪州司馬耳。因與嗣復互相詆訐以爲黨。上曰：與一州無傷。覃等退，上謂起居郎周敬復、舍人魏謩曰：宰相諠争如此可乎？對曰：誠爲不可，然覃等盡忠，憤激不自覺耳。丁酉，以衡州司馬李宗閔爲杭州刺史。李固言與楊嗣復、李珏善，故引居大政，以排鄭覃、陳夷行，每議政之際，是非鋒起，上不能決也。」「上稱判度支杜悰之才，楊嗣復、李珏因請除悰户部尚書。陳夷行曰：恩旨當自上出，自古失其國，未始不由權在臣下也。珏曰：陛下嘗語臣云：人主當擇宰相，不當疑宰相。五月丁亥，上與宰相論政事，陳夷行復言不宜使威福在下。李珏曰：夷行意疑宰相中有弄陛下威權者耳。臣屢求退，苟得王傅，臣之幸也。鄭覃曰：陛下開成元年二年（八三六、八三七）政事殊美，三年四年（八三八、八三九）漸不如前。楊嗣復曰：元年二年鄭覃、夷行用事，三年四年臣與李珏同之，罪皆在臣。因叩頭曰：臣不敢再入中書。遂趨出。上遣使召還，勞之曰：鄭覃失言，卿何遽爾！覃起謝曰：臣愚拙，意亦不屬嗣復，而遽如是，乃嗣復不容臣耳。嗣復曰：覃言政事一年不如一年，非獨臣應得罪，亦上累聖德。退，三上表辭位，上遣中使召出之。癸巳，始入朝，丙申，門下侍郎同平章事鄭覃罷爲右僕射，陳夷行罷爲吏部侍郎。覃性清儉，夷行亦耿介，故嗣復等深疾之。」僧孺之召，必楊、李欲引之復相而未果，故作是詩以自明其無意復争權位耳。原詩雖未見，據題中「春日閑坐」四字略可窺知其意。至五月而鄭、陳罷矣。禹錫當已備知其故，故以「階蟻相逢如偶語」及「鶯到垂楊不惜聲」寓朋黨之交搆，而以「東洛池臺怨抛擲」諷其勿陷入黨争也。

又按：前人之評此詩者，王夫之唐詩評選云：「夢得深于影刺，此亦謗史也。鶯到垂楊不惜聲，情語無雙。」王氏於劉詩所得甚深，此聯在唐人集中殊罕其比，王氏拈出，足徵卓識。特須更以是年史事爲佐證，方得洞悉其衷曲耳。

牛相公見示新什謹依本韻次用以抒下情

劇韻新篇至，因難始有能。雨天龍變化，晴日鳳騫騰。遊海驚何極？聞韶素不曾。愜心時拊髀，擊節自麈肱。符彩添隃墨，波瀾起剡藤。揀金光熠熠，累璧勢層層。珠媚多藏賈，花撩欲定僧。封來真寶物，寄與愧文朋。已老無時疾，時洛中時癘多傷少年。長貧望歲登。雀羅秋寂寂，蟲翅曉薨薨。羸驥方辭絆，虛舟已絶絚。榮華甘死別，健羨亦生憎。玉柱琤瑽韻，金觥雹凸棱。何時良宴會？促膝對華燈。

【校】

〔題〕本韻，崇本無本字。

〔有能〕紹本、崇本有均作見。

〔隃墨〕結一本隃作渝，誤。

〔累璧〕紹本、崇本璧均作壁。

〔文朋〕紹本、全唐詩文均作交。

秋霖即事聯句三十韻

蕭索窮秋月，蒼茫苦雨天。泄雲生棟上，行潦入庭前。居易送上僕射。苔色侵三徑，波聲想五絃。井蛙争入户，轍鮒亂歸泉。起送上中丞大監。高霤愁晨坐，空階驚夜眠。鶴鳴猶未已，蟻穴亦頻遷。禹錫送上少傅侍郎。散漫疏還密，空濛斷又連。竹霑青玉潤，荷滴白珠圓。居易。地溼灰蛾滅，池添水馬憐。有苗霑霡霂，無月弄潺湲。起。

籬菊潛開秀，園蔬已罷鮮。斷行隨雁翅，孤嘯聳鳶肩。禹錫。橋柱黏黃菌，牆衣點緑錢。草荒行藥路，沙淀釣魚船。居易。長者車猶阻，高人榻且懸。此思劉君之來也。金烏何日見？玉爵幾時傳？起。近井桐先落，當簷石欲穿。趨風誠有戀，披霧邈無緣。禹錫以答懸榻之言。廩米陳生醭，庖薪溼起煙。鳴雞潛報曉，急景暗凋年。居易。蓋灑高松上，絲繁細柳邊。拂叢時起蝶，墜葉乍驚蟬。起。巾角皆爭墊，裙裾別似湔。人多蒙翠被，馬盡著連乾。禹錫。好客無來者，貧家但悄然。寒泥印鶴跡，漏壁絡蝸涎。居易。蚊聚雷侵室，鷗翻浪滿川。上樓愁冪冪，繞舍厭濺濺。起。律候今秋矣，歡娛久曠焉。但今高興在，晴後奉周旋。禹錫。

【校】

〔蒼茫〕紹本、崇本茫均作然。

〔驚夜〕紹本、崇本、全唐詩驚均作警。

〔又連〕全唐詩又作復。

〔灰蛾〕紹本、崇本均無蛾字，注云：逸一字。

〔隨雁〕紹本、崇本隨均作垂。

〔沙淀〕全唐詩淀作泛。

〔劉君〕紹本、崇本、全唐詩君均作白。

〔之言〕紹本、崇本言均作名，全唐詩作召。

〔別似〕紹本、崇本別作例。

〔盡著〕崇本著作看。

〔寒泥〕全唐詩寒作溼。

〔濺濺〕紹本、崇本作淺淺。

【箋證】

按：此首以下四首皆王起與白、劉聯句。起以開成五年（八四〇）檢校左僕射充東都留守，次年會昌元年即徵拜吏部尚書。聯句蓋作於開成五年之秋。僕射稱起，中丞大監稱禹錫，禹錫汝州、同州兩任刺史皆帶御史中丞，其除祕書監分司，本傳漏敍，據子劉子自傳與此詩正合。少傅侍郎則稱居易也。皆兼新舊官而稱之。

喜晴聯句

苦雨晴何喜？喜於未雨時。氣收雲物變，聲樂鳥烏知。居易送上僕射。蕙泛光風圃，蘭開皎月池。千峯分遠近，九陌好追隨。起送上尚書。白日開天路，玄陰卷地維。

餘清在林薄，新照入漣漪。禹錫。碧樹涼先落，青蕪溼更滋。曬毛經浴鶴，曳尾出泥龜。居易。舞去商羊速，飛來野馬遲。柱邊無潤礎，臺上有遊絲。起。橋凈行塵息，隄長禁柳垂。宮城開睥睨，觀闕麗罘罳。禹錫。洛水澄清鏡，嵩煙展翠帷。梁成虹乍見，市散蟻初移。居易。藉草風猶暖，攀條露已晞。屋穿添碧瓦，牆缺召金鎚。起。迴澈來雙目，昏煩去四支。霞文晚焕爛，星影夕參差。禹錫。爽助門庭肅，寒摧草木衰。黄乾向陽菊，紅洗得霜梨。居易。假蓋閒誰惜？彈絃燥更悲。散蹄良馬穩，炙背野人宜。起。洞户晨輝入，空庭宿霧披。推牀出書目，傾笥上衣椸。禹錫。道路行非阻，軒車望可期。無辭訪圭竇，且願見瓊枝。居易。山閣蓬萊客，古以祕書喻蓬萊。儲宮羽翼師。此言少傅。每憂陪麗句，何暇覿英姿？起以酬圭竇之言。翫景方搔首，懷人尚斂眉。因吟仲文什，高興盡於斯。禹錫。

【校】

〔城開〕紹本、崇本開均作明。

〔清鏡〕崇本、全唐詩鏡均作鎮。

〔蟻初〕結一本蟻作蟣，誤。全唐詩作蜃。

〔寒摧〕紹本、崇本摧均作催。

〔推牀〕紹本、崇本推均作堆，是。全唐詩牀作林。
〔書目〕崇本目作卷，紹本缺此字。
〔山閣〕紹本、崇本山均作仙。
〔每憂〕紹本、崇本、全唐詩憂均作優。
〔暇覲〕崇本覲作接，紹本缺此字。

【箋證】

按：此詩有「黄乾向陽菊，紅洗得霜梨」之句，當是繼前一首而作。王起句下云「起送上尚書」，次聯即禹錫之句，則禹錫此時已得尚書之命矣。參看次首會昌春連宴即事。

會昌春連宴即事

元年寒食日，上巳暮春天。雞黍三家會，鶯花二節連。居易。光風初淡蕩，美景漸暄妍。簪組蘭亭上，車輿曲水邊。禹錫。松聲添奏樂，草色助鋪筵。雀舫宜閒泛，螺杯任漫傳。起。園蔬香帶露，池柳暗藏煙。麗句輕珠玉，清談勝管絃。居易。陌喧金距鬬，樹動綵繩懸。姹女妝梳豔，遊童衣服鮮。禹錫。圃香知種蕙，池暖憶開蓮。怪石雲疑觸，夭桃火欲然。起。正歡唯恐散，雖醉未思眠。嘯傲人間世，追隨地上仙。

居易。燕來雙涏涏，雁去累翩翩。行樂真吾事，尋芳獨我先。禹錫。滯周慙太史，太史公留滯周南，今榮示慙古人矣。入洛繼先賢。此言劉、白聲價與二陸爭長矣。昔恨多分手，今歡謬比肩。起。病猶陪宴飲，老更奉周旋。望重青雲客，情深白首年。居易。徧嘗珍饌後，許入畫堂前。舞袖翻紅炬，歌鬟插寶蟬。禹錫。斷金多感激，倚玉貴遷延。說史呑顔注，論詩笑鄭箋。起。松筠寒不變，膠漆冷彌堅。興伴王尋戴，謂隨僕射過尚書也。榮同隗在燕。居易自謂。擲盧誇使氣，刻燭鬬成篇。實藝皆三捷，虛名愧六聯。禹錫。興闌猶舉白，話静每思玄。更説歸時好，高亭月正圓。起。

【校】

〔題〕崇本下有聯句二字。

〔池柳〕紹本、崇本、全唐詩池均作廚。

〔涏涏〕全唐詩作涎涎，非。

〔獨我〕紹本缺獨字。

〔今榮示〕紹本、崇本、全唐詩示均作忝，是。

〔紅炬〕紹本炬作矩，誤。

〔高亭〕紹本、崇本作亭亭。

【箋證】

按：穆宗紀，長慶元年（八二一）三月勅，今年錢徽下及第進士鄭朗等一十四人，宜令中書舍人王起、主客郎中知制誥白居易等重試以聞。起與居易聯職舊交，故居易句中有「松筠」「膠漆」之語。禹錫則於起較漠漠矣。此詩居易稱隨僕射過尚書，與前一首喜晴聯句起對禹錫之稱謂同，禹錫又自謂「虚名愧六聯」，是禹錫於開成五年（八四〇）加檢校禮部尚書，在李德裕將入秉政之際，可補史傳之舛略。惟白集病中詩十五首序云：「開成已未歲（八三九），余蒲柳之年六十有八」，其第十五首題云歲暮呈思黯相公皇甫朗之及夢得尚書，開成已未爲四年，參稽王起對禹錫聯句中之稱謂，似開成五年（八四〇）之秋以前，禹錫尚未得檢校尚書之命，何以居易於四年（八三九）歲暮即稱禹錫爲尚書？不無可疑。參看外集卷六酬宣州崔大夫見寄詩箋證。

僕射來示有三春向晚四者難并之説誠哉是言輒引起題重爲聯句疲兵再戰勍敵難降下筆之時䩟然自哂走呈僕射兼簡尚書

三春今向晚，四者昔難并。借問低眉坐，何如攜手行？居易。舊遊多過隙，新宴且尋盟。鸚鵡杯須樂，麒麟閣未成。起。分陰當愛惜，遲景好逢迎。林野薰風起，樓臺㲉雨晴。禹錫。牆低山半出，池廣水初平。橋轉長虹曲，舟迴小鷁輕。居易。殘花猶布繡，密竹自聞笙。欲過芳菲節，難忘宴會情。起。月輪行似箭，時物勢如傾。見雁隨兄去，聽鶯求友聲。禹錫。蕙長書帶展，菰嫩翦刀生。座密衣裳暖，堂虚絲管清。居易。峯巒侵碧落，草木近朱明。與點非沂水，陪膺是洛城。白嘗爲三川守，故云。起。撥醅争緑醑，卧酪待朱櫻。幾處能留客？何人唤解酲？禹錫。舊儀尊右揆，新命寵春卿。有喜鵲頻語，無機鷗不驚。居易。青林思小隱，白雪仰芳名。訪舊殊千里，登高賴九城。起。鄭侯司管籥，疏傅傲簪纓。綸綍曾同掌，煙霄即上征。禹錫。册庭嘗接武，書殿忝連衡。蘭室春彌馥，松心晚更貞。居易。琴招翠羽下，鈎掣紫鱗呈。只願迴烏景，誰能避兕觥？起。方知醉兀兀，應勝走營營。鳳閣鸞臺路，從他年少争。居易更呈二公。

【校】

〔杯須〕紹本、崇本、全唐詩杯均作林，誤。

〔宴會〕紹本、崇本、全唐詩會均作慰。

〔勢如〕全唐詩勢作始。

〔兄去〕按：去字未知何字之誤。

〔解酲〕崇本酲作醒，誤。
〔九城〕按：城韻重。
〔釣掣〕全唐詩釣作鈎。
〔應勝〕全唐詩勝作是。
〔更呈〕紹本、崇本更均作送。

【箋證】

此首當入白集。起於開成五年（八四〇）之末始至東都，則此詩必作於會昌元年（八四一）之春。

樂天是月長齋鄙夫此時愁卧里閭非遠雲霧難披因以寄懷遂爲聯句所期解悶焉敢驚禪

五月長齋月，文心苦行心。蘭葱不入户，薝蔔自成林。夢得。護戒先辭酒，嫌喧亦撤琴。塵埃賓位静，香火道場深。樂天。我静馴狂象，吾餘施衆禽。定知於佛佞，豈復向書淫？夢得。欄藥凋紅豔，庭槐换緑陰。風光徒滿目，雲霧未披襟。樂天。樹爲清涼倚，池因盥漱臨。蘋芳遭燕拂，蓮坼待蜂尋。夢得。舍下環流水，窗中列遠岑。

苔斑錢剥落，石怪玉嶔崟。樂天。鵲頂迎秋禿，鶯喉入夏瘖。柳絲垂色綫，棘刺露長鍼。夢得。散秩身猶幸，趨朝力不任。官將才共拙，年與病交侵。樂天。徇樂非時選，忘機似陸沈。鑒容稱四皓，捫腹有三壬。夢得。攜手慙連璧，同心許斷金。紫芝雖繼唱，前後各任賓客。白雪少知音。樂天。憶罷吴門守，相逢楚水潯。舟中頻曲宴，夜後各加斟。夢得。濁酒銷殘漏，絃聲間遠砧。酡顔舞長袖，密坐接華簪。樂天。持論峯巒峻，戰文矛戟森。笑言誠莫逆，造次必相箴。夢得。往事應如昨，餘歡迄至今。迎君常倒屣，訪我輒攜衾。樂天。陰魄初離畢，將有後雨。陽光正在參。五月之節。待公休一食，縱飲共狂吟。夢得。

【校】

〔文心〕結一本缺字，據全唐詩補。

〔我静〕崇本静作清，亦未是。

〔吾餘〕全唐詩吾作餐。

〔柳絲垂色綫〕全唐詩作緑楊垂嫩色。

〔棘刺〕全唐詩作綖棘。

〔將才〕紹本、崇本才作方。

〔共拙〕結一本拙作拱，誤。
〔濁酒〕紹本、崇本均作燭淚。
〔應如〕崇本應作渾，紹本作輒，非。
〔將有〕紹本、崇本、全唐詩將均作時，是。
〔後雨〕崇本二字乙，全唐詩作雨候。

【箋證】

按：此詩未能斷爲何年之作，然據注中前後各任賓客之語，似在禹錫未除祕書監以前，或即在是年。據詩中「陰魄初離畢」之句，亦似即在秋霖即事聯句前不久也。

劉禹錫集箋證外集卷第五

雜詩

答張侍御賈喜再登科後自洛赴上都贈别

又被時人寫姓名，春風引路入京城。知君憶得前身事，分付鶯花與後生。

【校】

〔題〕崇本無後字。

〔京城〕絶句城作塵，非。

【箋證】

按：再登科者，即子劉子自傳所云舉進士一幸而中試，間歲又以文登吏部取士科也。此時禹錫甫逾弱冠，爲集中最早年之作。詩云：「分付鶯花與後生」，以前輩待張賈也。

〔張侍御〕張賈有二，其一年輩稍前。郎官石柱考三，吏中有張賈。唐詩紀事：賈爲韋夏卿所知，後至達官，初以謫爲華州刺史。昌黎集五百家注本引眉山孫汝聽全解云：元和十二年（八一七）張賈初自兵部侍郎出爲華州刺史。褚藏言故國子司業贈給事中扶風竇府君詩序：貞元二年（七八六）舉進士，與故兵部侍郎張公賈等同年上第。又據新唐書一六二韋夏卿傳：所辟士如路隋、張賈、李景儉等至宰相達官。全唐詩小傳：張賈，弘靖之從姪。有和裴司空答張祕書贈馬詩。與禹錫之交游年輩相當，必此張賈也。又其一則略在後。文宗紀：開成二年（八三七）七月甲申，以太府卿張賈爲兗海觀察使。武宗紀：會昌三年（八四三）七月，宰相奏：聖旨欲遣張賈充使三鎮，臣等續更商量，張賈幹濟有才，甚諳軍中體勢，然性剛負氣，慮不安和。則殆非也。又按：本卷又有赴連州張員外賈以詩見贈率爾酬之一詩，則似賈先官御史，後至郎官。唐人自監察御史以上通稱侍御。賈既以貞元二年（七八六）登第，幾二十年方爲外郎，亦不得謂非淹滯。餘詳後。

和武中丞秋日寄懷簡諸寮故

退朝還公府，騎吹息繁音。吏散秋庭寂，烏啼煙樹深。威生奉白簡，道勝外華簪。風物清遠目，功名懷寸陰。雲衢念前侶，彩翰寫沖襟。涼菊照幽院，敗荷攢碧潯。感時江海思，報國松筠心。空愧壽陵步，芳塵何處尋？

【校】

〔繁音〕全唐詩音作陰。

〔鳥啼〕紹本、全唐詩鳥均作烏。

〔清遠目〕紹本清作倩。

〔幽院〕紹本、崇本院均作援，全唐詩作徑。

【注】

〔白簡〕晉書傅咸傳：每有奏劾，或值日暮，捧白簡，整簪帶，竦踊不寐，坐而待旦。於是貴游懾伏，臺閣生風。

〔壽陵步〕莊子秋水：且子獨不聞夫壽陵餘子之學行於邯鄲與？未得國能，又失其故行矣，直匍匐而歸耳。

【箋證】

按：武中丞謂武元衡，其秋日臺中寄懷簡諸僚詩云：「憲府日多事，秋光照碧林。干雲巖翠合，布石地苔深。憂悔耿遐抱，塵埃緇素襟。物情牽跼促，友道曠招尋。頹節風霜變，流年芳景侵。池荷足幽氣，煙竹又繁陰。簪組赤墀戀，池魚滄海心。滌煩滯幽賞，永度瑶華音。」據元衡本傳，其拜御史中丞在貞元二十年（八〇四），禹錫方爲監察御史，詩當即爲是年之秋所作，用其體亦用其韻。禹錫早年之作，所存無多，其風格之雅雋已足掩同時諸詩流矣。

赴連州途經洛陽諸公置酒相送張員外賈以詩見贈率爾酬之

謫在三湘最遠州，邊鴻不到水南流。如今暫寄樽前笑，明日辭君步步愁。

【校】

〔遠州〕絶句州作洲。

【箋證】

按：禹錫以永貞元年（八〇五）貶連州刺史，中途再貶朗州司馬，其出京時固但知赴連州也。張員外自即第一首之張侍御。據前後數詩之次第，此詩自應爲永貞元年（八〇五）之赴連州，而非元和十年（八一五）之再赴連州。然本集卷二十傷我馬詞云：「予之獲譴於闕下，背商顔，趨昭丘」，其取道商州不經洛陽甚明，何以與此詩題之途經洛陽相抵觸？未詳其故。姑識以俟知者。

贈元九侍御文石枕以詩獎之

文章似錦氣如虹，宜薦華簪緑殿中。縱使真飊生旦夕，猶堪拂拭愈頭風。

【校】

〔真颸〕紹本、絶句真均作良，崇本作商，全唐詩作涼。

【箋證】

按：元九侍御謂元稹，已見本集卷二十、三十、外集卷一各篇。稹傳云：「拜監察御史，（元和）四年（八〇九），奉使東蜀，劾奏故劍南東川節度使嚴礪違制擅賦，又籍没塗山甫等吏民八十八户，田宅一百一十一，奴婢二十七人，草一千五百束，錢七千貫。時礪已死，七州刺史皆責罰，稹雖舉職，而執政有與礪厚者，惡之，使還，令分務東臺。浙西觀察韓臯封杖決湖州安吉令孫澥，四日内死。徐州監軍使孟昇卒，節度使王沼傳送昇喪柩還京，給券乘驛，仍於郵舍安喪柩，稹並劾奏以法。河南尹房式爲不法事，稹欲追攝，擅令停務，既飛表聞奏，罰式一月俸，仍召稹還京，宿敷水驛，内官劉士元後至争廳，士元怒排其户，稹韈而走廳後，士元追之，以箠擊稹傷面，執政以稹少年後輩，務作威福，貶爲江陵府士曹參軍。」此稹貶官之由來，其酬翰林白學士代書一百韻詩所謂「使蜀常緜遠，分臺更嶮巇。匿姦勞發掘，破黨惡持疑」也。又據其泛江翫月詩序云：「予以元和五年（八一〇）自監察御史貶授江陵士曹掾。」此詩之作，必五年（八一〇）以後，九年（八一四）以前。以九年（八一四）稹已改唐州從事也。（見其酬樂天東南行詩注）禹錫與之同自臺官降謫，朗州又爲江陵巡屬，相去至近，故情尤親摯。

又按：釋皎然杼山集中有桃花石枕歌二首，其一送安吉康丞，序云：「安吉，古桃州也。今爲吴興右邑，士遐副焉。於南山獲桃花石，異而重之，珍於席上，士遐將赴京師，故即詩人以君所寶之物高歌贈行。」禹錫所贈文石枕蓋非湖州所産，必朗州所産，今桃源縣猶以産文石名，知唐時已重之矣。皎然又有花石長枕歌，以石爲枕，蓋唐時有此風。

酬元九侍御贈壁州鞭長句

碧玉孤根生在林，美人相贈比雙金。初開郢客緘封後，想見巴山冰雪深。多節本懷端直性，露青猶有歲寒心。何時策馬同歸去，關樹扶疏敲鐙吟。

【校】

〔題〕全唐詩州作竹。

【箋證】

按：元集有劉二十八以文石枕見贈仍題絶句以將厚意因持壁州鞭酬謝兼廣爲四韻詩云：「枕截文瓊珠綴篇，野人酬贈壁州鞭。用長時節君須策，泥醉風雲我要眠。歌眄彩霞臨藥竈，執陪仙仗引爐煙。張騫卻上知何日，隨會歸期是此年。」壁州鞭者，唐時人所貴，故朱慶餘送壁州劉使君詩亦云：「江分入峽路，山見採鞭人。」新唐書地理志，山南西道壁州土貢馬策。元稹時在江陵，蓋以路近得之。

又按：全唐文紀事一〇四引丹鉛摘録云：「柳宗元鞭賈云：市之鬻鞭者，人問之，其價值五千必曰五萬，復以五十則伏而笑之，以五百則小怒，以五千則大怒，必五萬而後可。此雖寓言，亦必因當時鞭價而立説也。然一鞭之值何至五萬？古今好尚不同如此。」此説足爲此詩參證，壁州鞭於後無聞矣。

和李六侍御文宣王廟釋奠作

歎息魯先師，生逢周室卑。有心律天道，無位救陵夷。歷聘不能用，領徒空爾爲。儒風正禮樂，旅象入蓍龜。西狩非其應，中都安足施？世衰由我賤，泣下爲人悲。遺教光文德，興王叶夢期。土田封後胤，冕服飾虚儀。鐘鼓膠庠薦，牲牢郡邑祠。聞君喟然歎，偏在上丁時。

【校】

〔旅象〕全唐詩旅下注云：一作旋，又作易。

【箋證】

按：李六侍御謂李景儉，已見本集卷二十三卧病聞常山旋師（略題）詩。據舊唐書一七一本傳云：「貞元末，韋執誼、王叔文東宫用事，尤重之，待以管、葛之才。叔文竊政，屬景儉居母喪，故不及從坐。韋夏卿留守東都，辟爲從事，竇羣爲御史中丞，引爲監察御史。羣以罪左遷，景儉坐貶江陵户曹。」景儉之貶江陵略先於元稹，故稹至江陵，景儉相與欸曲非常，屢見於稹之詩篇，江陵兩遷客，與禹錫皆同官同貶，宜其形迹相親也。此後元和九、十年（八一四、八一五）間之召還，亦蹤迹略同，故稹有留呈夢得子厚致用詩云：「泉溜才通疑夜磬，燒煙餘暖有春泥。千層玉帳鋪松蓋，五出銀區印虎蹄。暗落金烏山漸黑，深埋粉堠路偏迷。心知魏闕無多地，十二瓊樓百里西。」此蓋稹先到距長安不遠之地，留詩以待後來之劉、柳、李三人，時在元和九年（八一四）之冬暮，故所寫爲雪景也。景儉字致用，見柳集獨孤甲叔墓碣，舊唐書景儉傳則云字寬中，恐有兩字。猶吕温之字化光又字和叔也。

又按：禹錫素不以祀孔之虛文爲然。本集卷二十奏記丞相府論學事即云：「今之膠庠不聞絃歌，而室廬圮廢，生徒衰少，非學官不能振舉也，病無貲財以給其用。……與其煩於舊饗，孰若行其教道？今夫子之教日頽廢，而以非禮之祀媚之，斯儒者所宜憤悱也。」此詩云：「冕服飾虛儀」，又云：「牲牢郡邑祠」，皆謂此矣。

敬酬徹公見寄二首

淒涼沃州僧，憔悴柴桑宰。別來二十年，唯餘兩心在。

越江千里鏡，越嶺四時雪。中有逍遥人，夜深觀水月。

【校】

〔題〕絶句徹作徹，全唐詩作微，注云：一作徹。

【箋證】

按：徹公當即靈澈，據本集卷十九澈上人文集紀，靈澈以元和十一年（八一六）終於宣州，禹錫方在連州，故以柴桑宰自喻。白居易有讀靈徹詩云：「東林寺裏西廊下，石片鐫題數首詩。言句怪來還校別，看名知是老湯師。」其時靈澈或尚在，然距其歿殆不遠矣。沃州僧解見澈上人文集紀。

酬元九院長自江陵見寄

無事尋花至仙境，等閒栽樹比封君。金門通籍真多士，黄紙除書每日聞。

【校】

〔多士〕絶句士作事。

【箋證】

按：此詩當是元積初貶江陵時，互以相慰。「無事尋花」禹錫自謂來桃源，「等閒栽樹」喻積之謫居荆州，「金門通籍」指新進之多，「黄紙除書」指遷擢之速，意頗憤激。二人皆曾官監察御史，故以院長相稱。

〔江陵〕李商隱詩：「江陵從種橘。」馮浩注：「史記貨殖傳：江陵千樹橘。吴志孫亮傳注：丹陽太守李衡遣客十人於武陵龍陽泛洲上作宅，種甘橘千株。」禹錫詩蓋兼用兩事，半以比元，亦半以自比。

〔黄紙〕李商隱詩：「絳簡尚參黄紙案。」馮浩注：「唐會要：開元三年（七一五）始用黄麻紙寫詔。上元三年（七六二），詔制敕並用黄麻紙。通鑑注：唐故事，中書用黄白二麻爲綸命輕重之别。其後翰林學士專掌内命，中書用黄麻，其白皆在翰林院，拜授將相，德音赦宥則用之。

韓十八侍御見示岳陽樓别竇司直詩因令屬和重以自述故足成六十二韻

楚江何蒼然？曾瀾七百里。孤城寄遠目，一寫無窮已。蕩漾浮天蓋，迴環宣地理。積漲在三秋，混成非一水。冬遊見清淺，春望多洲沚。雲錦遠沙明，風煙青草靡。火星忽南見，月魄方東迆。雪波西山來，隱若長城起。獨專朝宗路，駛悍不可止。支川讓其威，蓄縮至南委。熊武走蠻落，（熊武二溪名。）瀟湘來奥鄙。炎蒸動泉源，積潦搜山趾。歸往無旦夕，包含通遠邇。行當白露時，眇視秋光裏。曙色未昭晰，露華遥斐亹。浩爾神骨清，如觀混元始。戕風忽震盪，驚浪迷津涘。怒激鼓鏗訇，蹴成山歸峗。鴟鵬疑變化，罔象何恢詭？噓吸寫樓臺，騰驤露鬐尾。景移羣動息，波静繁音弭。明月出中央，青天絶纖滓。素光淡無際，緑静平如砥。空影度鵷鴻，秋聲思蘆葦。鮫人弄機杼，貝闕騈紅紫。珠蛤吐玲瓏，文鰩翔旖旎。水鄉吴蜀限，地勢東南庳。翼軫粲垂精，衡巫屹環峙。名雄七澤藪，國辨三苗氏。唐羿斷脩虵，荆王殪青兕。秦狩跡猶在，虞巡路從此。軒后奏宫商，騷人詠蘭芷。茅嶺潛相應，橘洲旁可指。郭璞驗幽經，羅含著跡紀。觀津戚里族，按道侯家子。聯袂登高樓，臨軒笑相視。假守亦高卧，竇時權領郡事。墨曹正垂耳。韓亦量移江陵法曹。司法參軍或謂之墨曹。契闊話涼温，壺觴慰遷徙。地偏山水秀，客重杯盤侈。紅袖花欲然，銀鐙晝相似。興酣更抵掌，樂極同啓齒。筆鋒不能休，藻思一何綺？伊予負微尚，夙昔曁知己。出入金馬門，交結青雲士。襲芳踐蘭室，學古遊槐市。策慕宋前軍，文師漢中壘。陋容昧俯仰，孤恚無依倚。衛足不如葵，漏川空歎蟻。幸逢萬物泰，獨處窮途否。鎩翮重疊傷，兢魂再三褫。蘧瑗亦屢化，左丘猶有恥。桃源訪仙官，薜服祠山鬼。故人南臺舊，公爲御史時與禹錫同官。一别如弦駛。今朝會荆蠻，時禹錫出爲連州，途至荆南改武陵司馬，和韻於荆。斗酒相燕喜。爲予出新什，笑抃隨伸紙。曄若觀五色，歡然臻四美。委曲風濤事，分明窮達旨。洪韻發華鍾，淒音激清徵。羊璿要共和，江淹多雜擬。徒欲仰高山，焉能追逸軌？湘洲路四達，巴陵城百雉。何必顔光禄，留詩張内史？

【校】

〔楚江〕紹本、崇本、全唐詩江均作望。

〔無窮〕紹本、崇本二字均乙。

〔迴環〕全唐詩迴作四。

〔地理〕紹本、崇本理均作里。

〔月魄〕紹本、全唐詩魄均作硤。

〔方東〕紹本方作萬。

〔至南〕紹本、崇本至均作空。

〔戕風〕紹本、崇本戕均作我。全唐詩作北。

〔澤藪〕紹本、崇本藪作數。

〔殪青兕〕紹本、崇本、全唐詩殪均作憚。按：作憚者出楚辭，作殪者出戰國策。

〔跡紀〕紹本、崇本、全唐詩跡均作前。

〔觀津〕全唐詩津下注云：一作律，紹本與一作同，非。

〔司法參軍〕以下共九字，紹本、崇本、全唐詩均無。
〔蹔知己〕崇本、全唐詩蹔均作蹔。
〔恚〕紹本、崇本、全唐詩均作志。
〔仙官〕全唐詩官作宫。
〔公爲御史〕以下十字，紹本、崇本均無。
〔弦駛〕紹本、崇本、全唐詩駛均作矢。
〔時禹錫出爲連州〕以下二十字，紹本、崇本均無。
〔五色〕紹本、崇本色均作彩。
〔湘洲〕紹本、崇本洲均作州。

【注】

〔羅含〕晉書羅含傳：字君章，桂陽耒陽人也。……太守謝尚與含爲方外之好，乃稱曰：羅君章可謂湘中之琳琅。

【箋證】

按：韓十八謂韓愈。愈本傳略云：調授四門博士，轉監察御史。德宗末年，政出多門，宰相不專機務。宫市之弊，諫官論之不聽，愈嘗上章數千言極論之。不聽，貶爲連州陽山令，量移爲江陵府掾曹。韓詩集注云：「竇司直名庠，字胄卿，韓臯鎮武昌，辟庠幕府，陟大理司直，權領岳州。公自陽山移法曹，道出岳陽樓作此詩。永貞元年（八〇五）冬十月也。」其時正亦禹錫等被放南行，而愈則自嶺外量移北上，惟相遇之處似不在岳陽樓，故禹錫之詩云「今朝會荆蠻」、「爲予出新什」，所詠岳陽樓風物，似是據韓詩而虛擬之。當韓、劉相遇時，韓必以是年京邑之變問劉，乃理所當然者。韓之貶陽山，舊説以爲即王、韋所排，此未可信。彼時德宗尚健在，韓與王黨何從構仇隙？比其北還至江陵，則王、韋失勢，事已顯然，韓自不願被牽累。劉蓋逆知其情，故和此詩只淡著數語，而以虛譽之辭敷衍成章，幾不似逐臣之口吻。韓之永貞行末段云：「數君匪親豈其朋！郎官清要爲世稱。荒郡迫野嗟可矜。湖波連天日相騰。蠻俗生梗瘴癘蒸。江氛嶺祲昏若凝。……吾嘗同僚情可勝！具書目見非妄徵。嗟爾既往宜爲懲。」舊注云：「太皇謂順宗，小人謂叔文，元臣故老謂杜佑、高郢、鄭珣瑜等，嗣皇謂憲宗，郎官荒郡意指劉禹錫坐叔文黨貶連州也。公方量移江陵，而夢得出爲連州，邂逅荆蠻，故作是詩，觀終篇之意，可見其爲夢得作也。」舊説誠不誤，然是詩未必以之示劉、柳，蓋韓明知劉、柳爲王、韋之黨，何能斥爲「小人乘時」？其所以必爲是詩，緣韓爲劉、柳舊交是人所共知之事，不能有言而又不能無言也。是詩有「天位未許庸夫奸」之語，且以董賢、侯景爲比，即謂王、韋爲小人，何至於此？良以當時擁憲宗者必以王、韋謀廢太子之説煽惑憲宗，故憲宗於王、韋深疾痛恨，此語固難宣之於衆，故王、韋之罪狀始終皆架空之詞。情勢若此，韓詩非由衷之言，於赴江陵寄三學士詩又見之。韓自言貶陽山之由爲疏陳旱飢，其所指斥乃京兆尹李實也，而韓於李實固嘗致書譽爲赤心事上憂國如家者，若云陳旱飢而得罪，當得罪於李實，於王、韋何與？罷李實者，正王、韋得政之時，韓當頌王、韋之不暇，何又歸咎於王、韋乎？詩有云：「同官盡才俊，偏善柳與劉。或慮語言洩，傳之落冤讐。二子不宜爾，將疑斷還不！」冤讐指李實抑指王、韋，亦殊難測其意。

〔觀津〕漢書外戚傳：「竇皇后親早卒，葬觀津。」太平御覽三九六引三輔決録：「文帝竇后名漪，清河觀津人，父遭秦之亂，隱身漁釣，墜淵而卒。」禹錫用觀津二字以喻竇庠之姓。

〔按道〕漢書功臣侯表：「按道侯韓説以横海將軍擊東越，侯十九年，爲衛太子所殺。」禹錫用按道二字以喻韓愈之姓。

〔宋前軍〕宋書劉延孫傳：「世祖即位，以爲侍中，領前軍將軍。」又云：「延孫與帝室雖同是彭城人，别屬吕縣。劉氏居彭城縣者又分爲三里，帝室居綏輿里，右將軍劉懷肅居安上里，豫州刺史劉懷武居叢亭里，及吕縣凡四。」禹錫之意，或以延孫爲南朝劉氏之名人，且於宋室有定策之勞，故援以爲比。前軍與中壘皆用劉氏先世事。

〔羊璿〕文選謝靈運登臨海嶠初發强中作與從弟惠連見羊何共和之詩李善注：「沈約宋書曰：靈運既東還，與族弟惠連、東海何長瑜、潁川荀雍、太山羊璿之文章常會，共爲山澤之遊，時人謂之四友。」

〔顏光禄〕顏光禄謂顏延年。文選載其始安郡還都與張湘州登巴陵城樓作一首。張湘州謂張邵，宋書邵本傳：武帝分荆州立湘州，以邵爲刺史。後江夏王義恭鎮江陵，以邵爲撫軍長史。

此詩正用其事，稱長史者，舉其所終之官。

附録　韓愈　岳陽樓别竇司直詩

洞庭九州間，厥大誰與讓？南匯羣崖水，北注何奔放！瀦爲七百里，吞納各殊狀。自古澄不清，環混無歸向。炎風日搜攪，幽怪多冗長。軒然大波來，宇宙隘而防。巍峨拔嵩華，騰踔較健壯。聲音一何宏！轟輵車萬兩。猶疑帝軒轅，張樂就空曠。蛟螭露笛簴，縞練吹組帳。鬼神非人世，節奏頗跌踼。陽施競誇麗，陰閉感悽愴。朝過宜春口，極北缺隄障。夜纜巴陵洲，叢芮纔可傍。星河盡涵泳，俯仰迷下上。餘瀾怒不已，喧聒鳴甕盎。明登岳陽樓，輝焕朝日亮。飛廉戢其威，清晏息纖纊。泓澄湛凝緑，物影巧相況。江豚時出戲，驚波忽蕩漾。時當冬之孟，隙竅縮寒漲。前臨指近岸，側坐渺難望。滌濯神魂醒，幽懷舒以暢。主人孩童舊，握手乍忻悵。憐我竄逐歸，相見得無恙。開筵亦履舄，爛漫倒家釀。杯行無留停，高柱送清唱。中盤進橙栗，投擲傾脯醬。歡窮悲心生，婉孌不能忘。念昔始讀書，志欲干霸王。屠龍破千金，爲藝亦云亢。愛才不擇行，觸事得讒謗。前年出官由，此禍最無妄。公卿採虚名，擢拜識天仗。姦猜畏彈射，斥逐恣欺誑。新恩移府庭，逼側厠諸將。于嗟苦駑緩，但懼失宜當。追思南渡時，魚腹甘所葬。嚴程迫風帆，劈箭入高浪。顛沉在須臾，忠鯁誰復諒。生還真可喜，剋己自懲創。庶從今日後，粗識得與喪。事多改前好，趣有獲新尚。誓耕十畝田，不取萬乘相。細君知蠶織，稚子已能餉。行當掛其冠，生死君一訪。

按：二詩並觀，韓詩奇而有摧藏之態，劉詩麗而有澹蕩之情，亦風格之殊也。

酬竇員外使君寒食日途次松滋渡先寄示四韻

楚鄉寒食橘花時，野渡臨風駐綵旗。草色連雲人去住，水紋如縠燕差池。朱輪尚憶羣飛雉，青綬初懸左顧龜。非是湓城魚司馬，水曹何事與新詩？時自水部郎出牧。

【校】

〔魚司馬〕全唐詩魚作舊，紹本作白，似是後人修補，惟崇本、結一本均不誤。按：魚司馬見何遜詩，校者不識其出處，遂多臆改。又此句下紹本、崇本、全唐詩皆有注云：「時自水部郎出牧。」如無此注，則魚司馬之語無根。

【注】

〔羣飛雉〕按此似用魯恭治中牟，小兒不捕雉事，見後漢書魯恭傳。

〔左顧龜〕初學記二六引何法盛晉中興書曰：孔愉經餘亭，放龜溪中，龜中流左顧，後以功封餘亭侯，及鑄侯印，而龜左顧，更鑄亦然。

【箋證】

按：竇員外謂竇常，已見本集卷九。原作題云：「之任武陵，寒食日途次松滋渡，先寄劉員外禹錫。」詩云：「杏花榆莢曉風前，雲際離離上峽船。江轉數程淹驛騎，楚曾三户少人煙。看春又過清明節，算老重經癸巳年。幸得杜山當郡舍，在朝長詠卜居篇。」又柳宗元有朗州竇常員外寄劉二十八詩見促行騎走筆酬贈一首云：「投荒垂一紀，新詔下荆扉。疑此莊周夢，情如蘇武歸。賜環留逸響，五馬助征騑。不羨衡陽雁，春來前後飛。」此則當是元和九年（八一四）之末所作，想竇常更有一詩爲禹錫之北歸壯行色也。禹錫當亦有和作，今佚矣。常詩「算老重經癸巳年」一語殊有疑蘊，蓋舊唐書一五五其本傳云：寶曆元年（八二五）卒，年七十。則元和八年癸巳（八一三）尚止五十七歲，未及六十，恐年七十當作年七十三耳。又其詩題云先寄禹錫，而詩意殊不相關，亦不可解。

〔魚司馬〕何遜有日夕望江山贈魚司馬詩云：「溢城帶溢水，溢水縈如帶。」何遜例稱水曹，以何比竇常之自水部員外郎出守，而以魚司馬自比，可謂警切之至。魚司馬適在溢城，而白居易之爲江州司馬乃盡人所知之事，淺人未讀何詩，遂逞臆改竄，不知白貶江州時，竇、劉皆不在朗州也。

和竇中丞晚入容江作

漢郡三十六，鬱林東南遥。人倫選清臣，天外頒詔條。桂水步秋浪，火山凌霧朝。分圻辨風物，入境聞謳謡。莎岸見長亭，煙林隔麗譙。日落舟益駛，川平旗自飄。珠浦遠明滅，金沙晴動摇。一吟道中作，離思懸層霄。

【校】

〔步秋浪〕崇本步作涉。

【箋證】

按：竇中丞謂竇羣，已見本集卷十。據羣本傳，元和六年（八一一），自黔中觀察使貶開州刺史。八年（八一三）改容管觀察使。九年（八一四）即召還。此詩必其初履任時作。羣雖與禹錫論舊，而禹錫未必許其人，故詩意殊泛。

吕八見寄郡内書懷因戲而和

文苑振金聲，循良冠百城。不知今史氏，何處列君名？

【箋證】

按：吕八謂吕温，已見本集卷十九。其集中郡内書懷寄劉連州竇夔州詩云：「朱邑何爲者？桐鄉有古祠。我心常所慕，二郡老人知。」然竇常自朗州遷夔州略與禹錫之遷連州同時。而柳宗元有同劉二十八哭吕衡州兼寄江陵李元二侍御詩，李、元者李景儉與元稹也，二人之在江陵，皆是元和五年（八一〇）至八年（八一三）間事，此數年中，柳在永州，劉在朗州，竇尚未出任朗州刺史。比劉任連州，竇任夔州時，温之卒久矣。呂之詩題中安得有劉連州、竇夔州之名，然呂詩與劉所和赫然具在，又無他人之作誤收之理。蓋劉連州竇夔州之稱爲後人所臆加也。據此知古人之詩文非由手訂者殊難必其無誤，即由手訂亦不能盡無誤。本集卷二十八送湘陽熊判官詩及此詩皆其明徵，非詳加比勘，豈能抉其疑竇？

寄楊八拾遺　時出爲國子主簿分司東都，王（韓）十八員外亦轉國子博士，同在洛陽。

聞君前日獨庭争，漢帝偏知白馬生。忽領簿書遊太學，寧勞侍從厭承明？洛陽本自宜才子，海内而今有直聲。爲謝同寮老博士，范雲來歲即公卿。

【校】

〔題〕題下原注王十八員外，紹本王作韓，是，崇本作之，誤。洛陽上缺字，紹本、崇本、全唐詩均作在。

【注】

〔白馬生〕後漢書張湛傳：常乘白馬，帝每見湛，輒言：白馬生且復諫矣。

【箋證】

按：楊八拾遺謂楊歸厚，已見本集卷八。原注云：「時出爲國子主簿分司東都，韓十八員外亦轉國子博士，同在洛陽。」據憲宗紀，元和七年（八一二）十二月丙辰，左拾遺楊歸厚以自娶婦進狀借禮會院，貶國子主簿分司。又新唐書一七六韓愈傳：「元和初，擢知國子博士分司東都，三歲爲真。改都官員外郎，即拜河南令，遷職方員外郎。華陰令柳澗有罪，前刺史劾奏之，未報而刺史罷，澗諷百姓遮道索軍頓役直，後刺史惡之，按其獄，貶澗房州司馬。愈過華，以爲刺史陰相黨，上疏治之，既御史覆問得澗贓，再貶封溪尉，愈坐是復爲博士。」不言分司，蓋史略之。若然，則愈前後兩爲博士皆分司也。（舊唐書愈傳皆不言分司，故不引）禹錫與愈於永貞元年（八〇五）一晤於南遷道中，至此始有詩懷之。

又按：韓十八之韓，各本多誤作王，據洪興祖韓子年譜，是韓爲韓愈無疑。

〔庭争〕新唐書一四六李吉甫傳：左拾遺楊歸厚嘗請對，日已旰，帝令它日見，固請不肯退，既見極論中人許遂振之姦（許遂振爲嶺南監軍，見本卷和楊侍郎詩箋證）。詩中既云「聞君前日獨庭争」，則作詩時必去其得罪貶降時不久也，禹錫方在朗州。

〔范雲來歲即公卿〕南史范雲傳，雲在齊東昏時除國子博士，梁臺建，即爲公卿。詩用此亦祝韓愈之早遷也。公卿二字確有來歷。禹錫之熟於史傳如此。

酬竇員外郡齋宴客偶命柘枝因見寄兼呈張十一院長元九侍御

員外郎兼節度判官佐平蠻之略，張初罷郡，元方從事。

分憂餘刃又從公，白羽胡牀嘯詠中。彩筆諭戎矜倚馬，華堂留客看驚鴻。渚宮油幕方高步，澧浦甘棠有幾叢？若問騷人何處酌，門臨寒水落江楓。

【校】

〔題〕侍御，結一本、崇本作侍郎，誤。原注員外郎，紹本、崇本、全唐詩郎均作時，是。罷郡，結一本郡作都，下一字缺，全唐詩作都官，皆誤，紹本、崇本作郡，無缺字，是。

〔華堂〕紹本堂作棠。

〔何處酌〕紹本、崇本、全唐詩處均作所。

【箋證】

按：張十一謂張署，韓愈署墓誌云，爲澧州刺史，署與愈俱貶江陵，在元和初。禹錫原注：「員外兼節度判官，佐平蠻之略，張初罷郡，元方從事。」是作詩時署已離澧州而暫寓朗州。元九謂元稹，或以事亦至朗州有所勾當。是時節度荆南者爲嚴綬，即史所稱招討溆州首領張伯靖者也，已見本集卷二十二元和癸巳歲（略題）一詩。其時守官於邊地土著妄施殘害，而號爲平蠻，亦誣之甚矣。此詩當亦作於元和八年（八一三）。

酬竇員外旬休早涼見示 奉書報言明朝有宴。

新秋十日澣朱衣，鈴閣無聲公吏歸。風韻漸高梧葉動，露光初重槿花稀。四時苒苒催容鬢，三爵油油忘是非。更報明朝池上酌，人知太守字玄暉。

【校】

〔題〕題下原注：奉書報言明朝有宴，紹本作詩奉書報詰朝有宴，崇本詩作時，餘與紹本同。全唐詩無言字。

〔油油〕全唐詩注云：一作醺醺。

和楊侍郎憑見寄二首

翔鸞闕底謝皇恩，纓上滄浪舊水痕。疏傅揮金忽相憶，遠擎長句與招魂。

十年毛羽摧頹，一旦天書召迴。看看花時欲到，故侯也好歸來。

【校】

〔題〕紹本、崇本和均作酬。

〔花時〕紹本、崇本花均作瓜。

【箋證】

按：楊憑已見本集卷十答道州薛郎中論書儀書。據詩中疏傅揮金之語，蓋與禹錫同在遷謫中而猶分囊以濟禹錫之乏。又據一旦天書召迴之語，蓋憑聞禹錫賜環而賀之也。

又按：柳宗元祭楊憑詹事文略云：「世榮甲科，亦務顯處。公之俊德，有而不顧。御史之選，朝之所注。公勤於養，投劾引去。時任方隅，威刑是務。公施其惠，亦莫有迕。京兆之難，下多怨怒。或由以黜，瓦石盈路。（按此指李實）公捍其强，仁及童孺。左遷而出，擁道牽慕。道峻多謗，德優見憎。煩言既詆，倚法斯繩。南過九疑，東逾秣陵。顛沛三載，天書乃徵。入傅王國，嘉聲聿興。詹事東宮，致政是膺。」似憑以元和四年（八〇九）貶臨賀尉，七年（八一二）量移杭州。祭文中宗元自述又有「謗言未明，黜伏逾紀」之語，則憑之卒在元和十二年（八一七）後。又宗元有詩題云：「弘農公以碩德偉材，屈于誣枉，左官三歲，復爲大僚。天監昭明，人心感悦。宗元竄伏湘浦（永州），拜賀末由，謹獻詩五十韻以畢微志」，詩有「遠遷逾桂嶺，中徙滯餘杭」及「高居遷鼎邑，遥傅好書王」之語，則憑自杭州召還爲王傅分司也。

南海馬大夫見惠著述三通勒成四帙上自邃古達於國朝采其菁華至簡而富欽受嘉貺詩以謝之

紅旗閱五兵，絳帳領諸生。味道輕鼎食，退公猶筆耕。青箱傳學遠，金匱納書成。一瞬見前事，九流當抗行。編蒲曾苦思，垂竹愧無名。今日承芳訊，誰言贈衮榮？

【校】

〔題〕紹本、崇本邃均作遂，結一本、全唐詩而均作如，誤。

〔納書〕紹本納作紬。

〔芳訊〕結一本芳作訪，誤。

【箋證】

按：馬大夫謂馬總，已見本集卷四。舊唐書一五七、新唐書一六三均有傳。傳略云：「字會元，扶風人，少孤貧好學，性剛直不妄交遊。貞元中，姚南仲鎮滑臺，辟爲從事，南仲與監軍使（按謂薛盈珍）不叶，監軍誣奏南仲不法。及罷免，總坐貶泉州別駕。監軍入掌樞密，福建觀察使柳冕希旨欲殺總，從事穆贊鞫總，贊稱無罪，總方免死，後量移恩王傅。（按：王傅爲三品朝官，非量移可得，史蓋有闕文。）元和初，遷虔州刺史。四年（八〇九），兼御史中丞，充嶺（按：此字有誤。）南都護、本管經略使。八年（八一三），轉桂州刺史、桂管經略觀察使。」此詩當作於元和八年（八一三）以後，總實爲嶺南節度使，而二傳皆未書。柳宗元有嶺南節度饗軍堂記云：「今御史大夫扶風公廉廣州。」舊注云：「八年自桂管觀察使爲廣州刺史、嶺南節度使。」蓋本於舊紀。吴廷燮唐方鎮年表繫於元和八年(八一三),至十一年(八一六),然舊紀八年(八一三)十二月始命,則到廣州是九年(八一四)事,及十年(八一五)而禹錫、宗元皆至連、柳州,故得與之往還也。

又按:戴叔倫意林序(見全唐文五一〇)云:「大理評事扶風馬總家有子史,幼而集録,探其旨趣,意必有歸,遂增損庾(按謂庾仲容。)書,詳擇前體,裁成三軸,目曰意林。上以防守教之失,中以補比事之闕,下以佐屬文之緒,有疏通廣博符信之要,無僻放拘刻激蔽邪蕩之患。」又本傳云:所著奏議集、年曆、通曆、子鈔等書百餘卷行於世。此詩所云著述三通,或指後三種言之。

南海馬大夫遠示著述兼酬拙詩輒著微誠再有長句時蔡戎未弭故見於篇末

漢家旌旆付雄才,百越南溟統外臺。身在絳紗傳六藝,腰懸青綬亞三台。連天浪静長鯨息,映日帆多寶舶來。聞道楚氛猶未滅,終須旌旆埽雲雷。

【校】

〔題〕紹本、崇本弭均作殄。篇末二字乙。

〔旌旆〕全唐詩作旄節。

【箋證】

按:詩有「楚氛猶未滅」之語,必作於元和十年(八一五)至十一年(八一六)之間。淮西亦古楚地。據紀，十二年（八一七）六月，總以刑部侍郎充淮西宣慰副使矣。

和楊侍郎初至郴州紀事書情題郡齋八韻

旌節下朝臺，分圭從北迴。城頭鶴立處，驛樹鳳棲來。蘇耽傳云：後化爲仙鶴，止城東北隅樓上，又州北棲鳳驛，圖經云：常有威鳳降於寒梧也。舊路芳塵在，新恩驛騎催。里閭風偃草，鼓舞抃成雷。吏散山禽囀，庭香夏蕊開。郡齋堪四望，壁記有三台。人訝徵黄晚，文非弔屈哀。一吟梁甫曲，知是卧龍才。

【校】

〔題〕崇本無書情二字。

〔蘇耽〕崇本耽作寂，輿地紀勝五七引此注亦作寂。

〔樓上〕崇本樓作牆。

〔寒梧〕紹本、崇本、全唐詩寒均作庭。

【箋證】

按：楊侍郎謂楊於陵，已見本集卷二。舊唐書一六四、新唐書一六三均有傳。據舊傳云：「元和初，以考策昇直言極諫牛僧孺等，爲執政所怒，出爲嶺南節度使。會監軍使許遂振悍戾貪恣，干撓軍政，於陵奉公潔己，遂振無能奈何，乃以飛語上聞，憲宗驚惑，賴宰相裴垍爲於陵申理，憲宗感悟。五年（八一〇），入爲吏部侍郎。……九年（八一四），妖人楊叔高自廣州來干於陵，請爲己輔，於陵執奏殺之。改兵部侍郎判度支。時淮西用兵，於陵用所親爲唐鄧供軍使，節度使高霞寓以供軍有闕，移牒度支，於陵不爲之易，其闕如舊，霞寓軍屢有摧敗，詔書督責之，乃奏以度支饋運不繼，憲宗怒，十一年（八一六），貶於陵爲桂陽郡守。」據紀，貶郴州是四月事，到任仍在夏中，故詩有「庭香夏蕊開」之語。其貶官之由，據李翺集中所作於陵墓誌，則云：「高霞寓怯懦不敢直進，欲南抵申州，其路險狹，糧運難繼，公累言利害，并以疏陳霞寓逗留之狀，霞寓深怨之，遂内外結構，出爲郴州刺史。」翺爲於陵鎮嶺南時幕僚，當不免略有飾詞耳。

和郴州楊侍郎翫郡齋紫薇花十四韻

幾年丹霄上，出入金華省。暫别萬年枝，看花桂陽嶺。南方足奇樹，公府成佳境。緑陰交廣除，明豔透蕭屏。雨餘人吏散，燕語簾櫳静。懿此含曉芳，翛然忘簿領。紫茸垂組綬，金縷攢鋒穎。露溽暗傳香，風輕徐就影。苒弱多意思，從容占光景。得地在侯家，移根近仙井。開樽好凝睇，倚瑟仍迴頸。遊蜂駐綵冠，舞鶴迷煙頂。興生紅藥後，愛與甘棠並。不學夭桃姿，浮榮有俄頃。

【校】

〔曉芳〕紹本、崇本曉均作晚。

〔組綬〕全唐詩綬作縷。

〔金縷〕全唐詩縷作樓。

〔有俄頃〕紹本、崇本有作在。

【箋證】

按：唐人以紫薇喻中書舍人，白居易詩所謂「紫薇花對紫微郎」也。楊於陵於貞元中任中書舍人，故有「出入金華省」之句。謝脁詩：「紅藥當階翻，蒼苔依砌上。」「風動萬年枝，日華承露掌。」皆直中書省詩中語，故用以喻紫薇花。又韓偓詩題有云：「自長沙抵醴陵，山水益秀，村籬之次忽見紫薇花，因思玉堂及西掖廳前皆植是花。」可徵湘南盛産此花，此詩所詠亦非泛泛。

又按：於陵原作題云：「郡齋有紫薇雙本，自朱明接於徂暑，其花芳馥，數旬猶茂。庭宇之內，迥無其倫。予嘉其美而能久，因詩紀述。」詩云：「晏朝受明命，繼夏走天衢。逮兹三伏候，息駕萬里途。省躬既跼蹐，結思多煩紆。簿領幸無事，宴休誰與娱？內齋有嘉樹，雙植分庭隅。緑葉下承幄，紫花紛若鋪。摛霞晚舒豔，凝露朝垂珠。炎沴盡方鑠，幽姿閑且都。夭桃固難匹，芍藥寧爲徒？懿此時節久，詎同光景驅？陶甄試一致，品彙乃散殊。濯質非受彩，無心那奪朱？粤予負羈縶，留賞益踟躕。通夕靡云倦，西南山月孤。」

和南海馬大夫聞楊侍郎出守郴州因有寄上之作

忽驚金印駕朱轓，遂别鳴珂聽曉猿。碧落仙來雖暫謫，赤泉侯在是深恩。玉環慶遠瞻台座，銅柱勳高壓海門。一詠瓊瑶百憂散，何勞更樹北堂萱。

【注】

〔赤泉侯〕史記項羽本紀：「赤泉侯爲騎將，追項王，王瞋目叱之，赤泉侯人馬俱驚。」漢書功臣表：「赤泉嚴侯楊喜以郎中騎從起杜。後從灌嬰斬項籍，侯。」

【箋證】

按：楊於陵謫郴州在元和十一年（八一六），馬總尚未離嶺南任，故有此詩。玉環銅柱分貼二人，齊諧記載有黄衣童子自稱王母使者以四玉環與弘農楊寶，曰令君子孫潔白，且從登三事，如此環矣。寶即楊震之父，其後四世爲公。傳説雖無稽，然與於陵身世相類。此時於陵年已逾六十，其子相繼登科，而嗣復且已爲郎官矣。故此句非僅泛用楊氏之典。銅柱，新唐書馬總傳：「建二銅柱於漢故處，劖著唐德，以明伏波之裔。」詩句指此。

奉和鄭相公以考功十弟山薑花俯賜篇詠

採擷黄薑蕊，封題青瑣闈。共聞調膳日，正是退朝歸。香爲綺筵發，情隨綵翰飛。故將天下寶，萬里共光輝。

【校】

〔題〕考功上紹本有寄字，崇本無奉字。

〔共聞〕紹本、崇本共均作供。

〔香爲〕紹本、崇本、全唐詩香均作響。

〔綺筵〕紹本、崇本、全唐詩綺均作纖，誤。

〔綵翰〕結一本綵作録，誤。

〔共光輝〕紹本、崇本、全唐詩共均作與。

【箋證】

按：鄭相公謂鄭覃，舊唐書一七三、新唐書一六五均有傳。舊傳云：「故相珣瑜之子。……文宗即位，改左散騎常侍。三年（八二九），以本官充翰林侍講學士。四年（八三〇）四月，拜工部侍郎。覃長於經學，稽古守正，帝尤重之。嘗從容奏曰：經籍訛謬，博士相沿，難爲改正，請召宿儒奧學，校定六籍，準後漢故事，勒名於太學，永代作則，以正其闕，從之。五年（八三一），李宗閔、牛僧孺輔政，宗閔以覃與李德裕相善，薄之。時德裕自浙西入朝，復爲閔、孺所排；出鎮蜀川，宗閔惡覃禁中言事，奏爲工部尚書，罷侍講學士。文宗好經義，心頗思之，六年（八三二）二月，復召爲侍講學士。七年（八三三）春，德裕作相，五月，以覃爲御史大夫。文宗嘗於延英謂宰相曰：殷侑通經學，爲人頗似鄭覃。宗閔曰：覃、侑誠有經學，於議論不足聽覽。李德裕對曰：殷、鄭之言，他人不欲聞，唯陛下切欲聞之。覃嘗嫉人朋黨，爲宗閔所薄故也。八年（八三四），遷户部尚書。其年德裕罷相，宗閔復知政，與李訓、鄭注同排斥李德裕、李紳。二人貶黜，覃亦左授祕書監。九年（八三五）六月，楊虞卿、李宗閔得罪長流，復以覃爲刑部尚書。十月，遷尚書左僕射，兼判國子祭酒。訓、注伏誅，召覃入禁中草制敕，明日以本官同平章事。」此後與楊嗣復、李珏齟齬事已别詳於前。本集卷二高陵縣令劉君遺愛碑中禹錫許覃爲端士，迹其生平，實深惡李、牛，而志趣與李德裕相近者，禹錫之親德裕而薄宗閔、僧孺、嗣復諸人，確無可疑矣。其弟朗事亦附傳中，云：「長慶元年（八二一）登進士甲科，再遷右拾遺，開成中爲起居郎，……轉考功郎中，四年，遷諫議大夫。」此詩自作於開成三年（八三八）三月覃罷相以前。考功十弟即謂鄭朗也。

〔山薑花〕山薑花爲唐時珍味，見本集卷二十三崔元受遺山薑花詩。

馬大夫見示浙西王侍御贈答詩因命同作

大夫榮踐舊府，又歷交趾桂林，南人歌之，列在風什。王侍御公易一别歲餘，寄末篇以代札。

憶逐羊車凡幾時，今來舊府統戎師。象筵照室會詞客，銅鼓臨軒舞海夷。百越酋豪稱故吏，十洲風景助新詩。秣陵從事何年别？一見瓊章如素期。

【校】

〔題〕題下原注：桂林，結一本作桂枝，據紹本、崇本、全唐詩改。寄末篇，紹本、崇本寄下有詞字，是。又全唐詩大夫榮踐以下另行作序。

〔羊車〕紹本、崇本羊均作年。

〔統戎師〕全唐詩統下注云：一作總，戎作戎。

〔故吏〕崇本吏作史。

【注】

〔羊車〕晉書衞玠傳：總角乘羊車入市，見者皆以爲玉人。按詩意是否用此，頗難揣測。

【箋證】

按：原注云：「大夫榮踐舊府，又曆交趾桂林，南人歌之，列在風什。王侍御公易一别歲餘，寄末篇（當作篇末）以代札。」詩與注皆尚有難解者。馬總傳但言曾從事滑州姚南仲幕府。而南仲之鎮滑州在貞元十五六年（七九九、八〇〇）間，其年事與禹錫相若，而蹤跡則相違可知。不知「憶逐羊車」何謂，總所歷兩鎮亦無所謂舊府，王公易亦待考。

酬馬大夫登涯口戍見寄

新辭金印拂朝纓，臨水登山四體輕。猶念天涯未歸客，瘴雲深處守孤城。

【校】

〔題〕全唐詩注云：一作酬海南馬大夫。絶句與一作同。涯口，全唐詩注云：一作匯口，一作涯口。戍，結一本作成。

〔金印〕紹本、全唐詩金均作將。

〔孤城〕絶句城作燈。

【注】

〔涯口〕水經注，涯水出〔涯浦〕關右，合溱水，謂之涯口。元和郡縣志三四：廣州湞陽縣：「涯浦故關在縣西南四十五里，山谷深阻，實禁防之要地也。」

【箋證】

按：詩有「新辭金印拂朝纓」之句，指元和十一年（八一五）馬總自嶺南内召爲刑部侍郎。

「瘴雲深處守孤城」，則禹錫自謂猶在連州，佇望量移也。

酬馬大夫以愚獻通芨葜酒感通拔二字因而寄别之作

泥沙難振拔，誰復問窮通？莫訝提壺贈，家傳枕麴風。成謡獨酌後，深意片言中。不進終無已，應須荀令公。

【注】

〔枕麴〕文選劉伶酒德頌：「枕麴藉糟。」禹錫自以姓劉用之也。

【箋證】

按：通下疑脱一字，當作通草或通芃。本草綱目：「蘇頌曰：爾雅離南活芃，即通脱也，山海經名寇脱，又名倚商。陳藏器曰：通脱木生山側，葉似蓖麻，其莖空心，中有白瓤，輕白可愛。女人取以飾物，俗名通草。芨葜，陶宏景曰：此有三種，大略根苗並相類，芨葜莖紫而短小多刺，稍似萆薢而色深，人用作飲。李時珍曰：孫真人元旦所飲辟邪屠蘇酒中亦用之。又附方：風毒脚弱，痺滿上氣，田舍貧家用此最良，芨葜洗剉一斛，以水三斛煮取九斗，漬麴去滓，取一斛漬飲如常釀酒，任意日飲之。」禹錫諳醫藥，其製此酒，通脱主除蟲毒，或以有祛瘴之功也。

答楊八敬之絶句

楊生時亦謫居。

飽霜孤竹聲偏切，帶火焦桐韻本悲。今日知音一留聽，是君心手不平時。

【校】

〔本悲〕絶句本作不。

〔心手〕紹本、崇本、絶句手均作事，全唐詩作事，注云：一作手。

〔不平〕絶句平作同。

【箋證】

按：新唐書一六〇楊凝傳：「子敬之，字茂孝，元和初擢進士第，平判入等。遷右衛冑曹參軍，累遷屯田、户部二郎中。坐李宗閔黨貶連州刺史。文宗向儒術，以宰相鄭覃兼國子祭酒，俄以敬之代。未幾，兼太常少卿，是日，二子戎、戴登科，時號楊家三喜。轉大理卿、檢校工部尚書兼祭酒，卒。敬之嘗爲華山賦以示韓愈，愈稱之，士林一時傳布，李德裕尤咨賞。敬之愛士類，得其文章，孜孜玩諷，人以爲癖。」又唐文粹九九李商隱李賀小傳：「最先爲韓愈所知，所與遊者，王參元、楊敬之、權璩、崔植爲密。」又尚書故實：「楊敬之愛才公正，知江表士有項斯，贈詩云：平生不解藏人善，到處逢人説項斯。斯因此名達長安，遂登科第。」此皆敬之生平所可知者。至敬之自户部郎中貶連州刺史，據紀是大和九年（八三五）七月事，同貶者，工部侍郎皇太子侍讀崔侑爲洋州刺史，吏部郎中張諷爲夔州刺史，皆以楊虞卿、李宗閔之獄也。而此詩注云「楊生時亦謫居」，則必在此以前，已曾一度遷謫，而禹錫似猶在連州，非指大和九年（八三五）之事。

鄂渚留別李二十一表臣大夫

高檣起行色，促柱動離聲。欲問江深淺，應如遠別情。

【校】

〔題〕紹本一作六。

【箋證】

按：李二十一謂李程，程字表臣，已見本集卷十八及卷二十二、二十三、二十八等篇。本卷中此下有答表臣贈别二首，始發鄂渚寄表臣二首，出鄂州界懷表臣二首，重寄表臣二首。皆當是一時所作。其詞氣之纏綿親厚，殊非他人之比。舊唐書程傳云：「貞元十二年（七九六）進士擢第，又登宏辭科，累辟使府。二十年（八〇四）入朝爲監察御史，其年秋，召充翰林學士。順宗即位，爲王叔文所排，罷學士，三遷爲員外郎。」但韓愈集有赴江陵途中寄贈王二十補闕李十一拾遺李二十六員外三學士詩。舊注云：王二十補闕名涯，李十一拾遺名建，李二十六員外名程。而愈之由陽山令量移江陵士曹參軍，是永貞元年（八〇五）事。其詩云：「昨者京書至，嗣皇傳冕旒。赫然下明詔，首罪誅共吺。」明是王叔文已得罪之後，則程似非順宗即位後因叔文之排而罷學士，三遷始爲員外郎，史文恐未可信。程與禹錫於貞元末同爲監察御史，則二人之交誼固應獨厚矣。程傳又云，元和中出爲劍南西川節度行軍司馬。（按：元稹貽蜀詩五首，其一爲寄李中丞表臣，詩作於元和九年（八一四）。十年（八一五）入爲兵部郎中，尋知制誥。韓弘爲淮西都統，詔程銜命宣諭。明年拜中書舍人，權知京兆尹事。十二年（八一七）權知禮部貢舉。十三年（八一八）四月，拜禮部侍郎。六月，出爲鄂州刺史、鄂岳觀察使，入爲吏部侍郎。禹錫夔州刺史之除在長慶元年（八二一），此數詩皆當是赴夔州中途酬贈之作。據本集卷十四夔州謝上表，以長慶二年（八二二）正月二日到任，則各詩中「風雪」等語亦無不合，蓋元年（八二一）冬過武昌，程猶在鎮也。若元和十四五年（八一九、八二〇）禹錫丁母憂北歸，雖亦於冬春之際路經武昌，恐不能於銜恤之中，猶從容賦詠。惟出鄂州界懷表臣詩有「却恨江帆駛」及「舟行忽千里」之句，又不似泝江上至夔州景象，姑俟再考。程傳又云，敬宗即位之五月，（按：即長慶四年八二四）以本官（吏部侍郎）同平章事，寶曆二年（八二六）罷相，檢校兵部尚書、同平章事、太原尹、北京留守、河東節度使。大和四年（八三〇）三月，檢校尚書左僕射、平章事、河中尹、河中晉絳節度使。六年（八三二）就加司空，七月徵爲左僕射。七年（八三三）六月，檢校司空、汴州刺史、宣武軍節度使。九年（八三五）復爲河中晉絳節度使，就加檢校司徒。開成元年（八三六）五月，復入爲右僕射，兼判太常卿事。十一月，兼判吏部尚書銓事。二年（八三七）三月，檢校司徒，出爲襄州刺史、山南東道節度使，卒。觀其仕履，知禹錫自夔州遷和州，正程入相後之事，或即出於程之汲引。後此程皆在方鎮，不復操權，亦無緣爲禹錫道地。本集卷二十二分司東都蒙襄陽李司徒相公書問因以奉寄一詩，乃最後之往還矣。

又按：題中李二十一之一字當爲六字之訛。岑仲勉唐人行第録已辨之。

答表臣贈别二首

昔爲瑶池侣，飛舞集蓬萊。今作江漢别，風雪一徘徊。

嘶馬立未還，行舟路將轉。江頭暝色深，揮袖依稀見。

【箋證】

按此數首皆當爲長慶元年（八二一）赴夔州任時作，說詳前，惟玩出鄂州界懷表臣二首又不似泝江而上之情景，存疑。

始發鄂渚寄表臣二首

祖帳管絃絶，客帆淒風生。迴車已不見，猶聽馬嘶聲。

曉發柳林戍，遥城聞五鼓。憶與故人眠，此時猶晤語。

【校】

〔淒風生〕絶句、全唐詩淒均作西。

出鄂州界懷表臣二首

離席一揮杯，別愁今尚醉。遲遲有情處，卻恨江帆駛。

夢覺疑連榻，舟行忽千里。不見黄鶴樓，寒沙雪相似。

重寄表臣二首

對酒臨流奈別何！君今已醉我蹉跎。分明記取星星鬢，他日相逢應更多。

世間人事有何窮？過後思量盡是空。早晚同歸洛陽陌，卜鄰須近祝雞翁。

【校】

〔已醉〕全唐詩醉下注云：一作貴。

〔須近〕全唐詩須下注云：一作願。

【注】

〔卜鄰〕左傳昭公三年：且諺曰：非宅是卜，惟鄰是卜，二三子先卜鄰矣。

〔祝雞翁〕搜神記，漢洛陽人，居尸鄉北山下，養雞百年餘，雞至千餘頭，皆有名字，欲取，呼之名，則種別而至。水經注，偃師西山，即祝雞翁之故居也。

【箋證】

按舊唐書一六七李程傳：李程字表臣。貞元十二年（七九六）進士擢第，又登宏辭科，累辟使府，二十年（八〇四）入朝爲監察御史。其年秋，召充翰林學士。順宗即位，爲王叔文所排，罷學士。三遷爲員外郎。但韓愈集有赴江陵途中寄贈王二十補闕李十一拾遺李二十六員外三學士詩。舊注云：王二十補闕名涯，李十一拾遺名建，李二十六員外名程。而愈之由陽山令量移江陵士曹參軍是永貞元年（八〇五）事，其詩云昨者京書至，嗣皇傳冕旒。赫然下明詔，首罪誅共吺。明是王叔文已得罪之後，則程似非於順宗即位後因叔文之排而罷學士，三遷始爲員外郎也。然程與禹錫於貞元末同爲監察御史，則二人之交誼固應獨厚矣。

程傳又云：元和中出爲劍南西川節度行軍司馬。十年（八一五），入爲兵部郎中，尋知制誥，韓弘爲淮西都統，詔程銜命宣諭。明年，拜中書舍人，權知京兆尹事。十二年（八一七）權知禮部貢舉，十三年（八一八）四月，拜禮部侍郎，六月出爲鄂州刺史、鄂岳觀察使，入爲吏部侍郎。按禹錫以長慶元年（八二一）授夔州刺史，此當是赴夔州時酬贈之詩。卷十四夔州謝上表，以長慶二年(八二二)正月二日到任,則各詩中風雪等語亦無不合,蓋元年(八二一)冬過武昌,程猶在鎮也。若元和十四五年禹錫丁母憂,雖路經鄂岳,恐不能於銜恤之時猶從容吟詠。然出鄂州界懷表臣詩有「却恨江帆駛」及「舟行忽千里」之句,又不似泝江而上景象,此疑未能決者,俟再考。

程傳又云:爲吏部侍郎,敬宗即位之五月(按即長慶四年八二四),以本官同平章事。寶曆二年(八二六),罷相,檢校兵部尚書、同平章事、太原尹、北京留守、河東節度使。大和四年(八三〇)三月,檢校尚書左僕射平章事、河中尹、河中晉絳節度使。六年,就加司空,七月,徵爲左僕射。七年六月,檢校司空,汴州刺史,宣武軍節度使。九年,復爲河中晉絳節度使,就加檢校司徒。開成元年(八三六)五月,復入爲右僕射,兼判太常卿事。十一月,兼判吏部尚書銓事。二年三月,檢校司徒,出爲襄州刺史、山南東道節度使,卒。按禹錫自夔州授和州刺史,正程入相後之事,或即出於程之汲引。後此程皆在方鎮,不復操權,亦無緣爲禹錫道地矣。

又按李程與柳宗元之交誼見劉集外集卷十祭柳員外文,而程與韓愈交誼不終,或因程偏厚劉柳之故,未可知也。韓集有除官赴闕至江州寄鄂岳李大夫詩云:盆城去鄂渚,風便一日耳。不枉故人書,無因帆江水。故人辭禮闈,旌節鎮江圻。而我竄逐者,龍鍾初得歸。別來已三歲,望望長迢遞。咫尺不相聞,平生那可計?我齒落且盡,君鬢白幾何?年皆過半百,來日苦無多。少年樂新知,衰暮思故友。譬如親骨肉,寧免相可否?我昔實愚蠢,不能降色辭。子犯亦有言,臣猶自知之。公其務貰過,我亦請改事。桑榆倘可收,願寄相思字。此詩乃愈自袁州召拜國子祭酒行次盆城作，時元和十五年（八二〇）九月也。（見舊注）爾時柳喪方北返，而劉亦或過鄂與李相見。

寄唐州楊八歸厚

淮西古地雍州師，畫角金鐃旦夕吹。淺草遥迎鸘鷞馬，春風亂颭辟邪旗。謫仙年月今應滿，戇諫聲名衆所知。何況遷喬舊同伴，一雙先入鳳凰池。時徐晦、楊嗣復二舍人與唐州俱同年及第。

【校】

〔淮西〕紹本、崇本、全唐詩西均作安。

〔雍州師〕紹本、崇本、全唐詩雍均作擁。

【注】

〔鸘鷞馬〕按左傳定三年，唐成公如楚，有兩肅爽馬。肅爽即肅霜，詩用此典以切唐州，唐州之名取古唐國也。

【箋證】

按：原注云：「徐晦、楊嗣復二舍人與唐州俱同年及第。」據舊唐書一六五徐晦傳：「入拜中書舍人，寶曆元年（八二五）出爲福建觀察使。」一一七六楊嗣復傳：「長慶元年（八二一）十月，以庫部郎中知制誥，正拜中書舍人。」則此詩作於長慶中可知。「謫仙年月」謂其自拾遺左遷復歷刺萬州及唐州也。據外集卷一春日書懷寄東洛白二十二楊八二庶子詩，時爲長慶四年（八二四），知其自唐州即徵爲庶子分司矣。戆諫聲名本事，見本卷寄楊八拾遺詩。

又按：歸厚授唐州刺史制見白氏長慶集，其時居易正當制故也。制云：「歸厚文行器能，辱在巴峽，勵精爲理，績茂課高，區區萬州，豈盡所用？且移大郡，稍展奇才。」居易元和末爲忠州刺史，歸厚在萬州鄰郡，往還情好頗篤。

重寄絶句

淮西既是平安地，鴉路今無羽檄飛。聞道唐州最清静，戰場耕盡野花稀。

春日寄楊八唐州二首

淮西春草長，淮水透迆光。燕入新村路，人耕舊戰場。可憐行春守，立馬看斜桑。

漠漠淮上春，莠苗生故壘。梨花方城路，荻筍蕭陂水。高齋有謫仙，坐嘯清風起。

【校】

〔村路〕紹本、崇本、全唐詩路均作落。

【箋證】

按：重寄絶句一首當編在此二首之後，一則云：「戰場耕盡野花稀」，再則云：「可憐行春守，立馬看斜桑。」蓋有慨於平淮西時之殘暴，再三諷勸歸厚加意撫循，勿以坐嘯爲自得也。由此可證禹錫素志不以憲宗之黷武殘民爲然。

寄朗州温右史曹長

暫别瑶墀鴛鷺行，綵旗雙引到沅湘。城邊流水桃花過，簾外春風杜若香。史筆枉將書紙尾，朝纓不稱濯滄浪。雲臺功業家聲在，徵詔何時出建章？

【校】

〔功業〕全唐詩功作公。

【注】

〔温右史〕謂温造，見卷二十四美温尚書鎮定興元詩。

【箋證】

按：穆宗紀，長慶元年（八二一）十二月戊寅，貶起居舍人温造爲朗州刺史。其抵任蓋在次年之春，故有「春風杜若香」之句。起居郎屬門下，起居舍人屬中書，舍人稱右史。造傳不載其先爲郎官，稱爲曹長未詳。造貶朗州，坐與李景儉飲酒事，見景儉傳中。雲臺功業〕温造傳云：「德宗愛其才，召至京師，謂曰：卿誰家子，年復幾何？造對曰：臣五代祖大雅，外五代祖李勣，臣犬馬之年三十有二。德宗奇之，欲用爲諫官，以語泄事寢。」此句頌其家世也。

和東川王相公新漲驛池八韻

今日池塘上，初移造物權。包藏成別島，沿濁致清漣。變化生言下，蓬瀛落眼前。泛觴鶩翠羽，開幕對紅蓮。遠寫風光入，明含氣象全。渚煙籠驛樹，波日漾賓筵。曲岸留緹騎，中流轉彩船。無因接元禮，共載比神仙。

【箋證】

按：王相公謂王涯，已見本集卷二。涯傳云：「穆宗即位，檢校禮部尚書、梓州刺史、劍南東川節度使。」稱相公者，謂涯先以元和十一年（八一六）拜相也，故有「初移造物權」之句。唐人用此等字稱宰相，殊不以爲嫌，如白居易寄元稹詩：「憐君不久在通川，知己新提造化權。」如此之類，不勝枚舉。

酬楊八副使將赴湖南途中見寄一絶

知逐征南冠楚材，遠勞書信到陽臺。明朝若上君山上，一道巴江自此來。

【校】

〔若上〕全唐詩上下注云：一作到，絶句與一作同。

〔君山上〕全唐詩山下注云：一作望。

【箋證】

按：此詩一則云「遠勞書信到陽臺」，再則云「一道巴江自此來」，明是長慶中禹錫在夔州所作，楊副使何人待考。昌黎集有送楊支使序，據舊注乃貞元二十年（八〇四）作，楊支使爲楊儀之，相距過遠，必非其人。

酬楊司業巨源見寄

壁雍流水近靈臺，中有詩篇絶世才。渤海歸人將集去，梨園弟子請詞來。瓊枝未識魂空斷，寶匣初臨手自開。莫道專城管雲雨，其如心似不然灰。

【注】

〔楊司業〕楊巨源，見外集卷三令狐相公見河中楊少尹詩。職官志：國子監司業二員，從四品下。

【箋證】

按：楊巨源有早春即事呈劉員外云：「明朝晴暖即相隨，肯信春光被雨欺。且任文書堆案上，免令杯酒負花時。馬蹄經歷須應遍，鶯語丁寧已怪遲。更待雜芳成艷錦，鄴中爭唱仲宣詩。」劉詩有「專城管雲雨」之句，是在夔州作。恐非酬此詩。楊爲貞元五年（七八九）進士，年輩在劉前，此劉員外是禹錫與否未可知。但與元白皆早有往還，寄元九詩在元和中，或禹錫永貞（八〇五）年以屯田員外郎判度支時所贈，故有「且任文書堆案上」之句也。俟再考。

酬國子崔博士立之見寄

健筆高科早絶倫，後來無不揖芳塵。徧看今日乘軒客，多是昔年呈卷人。胄子執經瞻講座，郎官共食接華裀。煩君遠寄相思曲，慰問天南一逐臣。

【箋證】

按：崔立之屢見昌黎集，有贈崔二十六立之、贈崔立之評事、酬崔二十六少府諸詩，文苑英華又有贈崔立之詩，文則有藍田縣丞廳壁記，稱：「博陵崔斯立……元和初以前大理評事言得失黜官，再轉而爲丞斯邑。」舊注云：「貞元四年（七八八），侍郎劉太真知舉，放進士三十六人，立之中第。」

又按：韓贈崔詩云：「崔侯文章苦捷敏，高浪駕天輸不盡。」禹錫此詩亦云：「健筆高科早絶倫。」容齋續筆一二論之云：「崔立之字斯立，在唐不登顯仕，他亦無傳，而韓文公推奬之備至，……觀韓公所言，崔作詩之多可知矣，而無一篇傳於今，豈非螻蚓之雜，惟敏速而不能工耶？」又云：「藍田丞壁記云：貞元初，挾其能戰藝於京師，再進再屈于人。蜀本作再進屈千人，文苑亦然，蓋他本誤以千字爲于也。」今證以禹錫健筆高科之句，不應作再屈于人明矣。

又按：詩有「天南一逐臣」之語，似是元和末在連州時作。立之官已遷至國子博士矣。

酬馮十七舍人宿衛贈别五韻

少年爲别日，隋宫楊柳陰。白首相逢處，巴江煙浪深。使星三蜀酒，春雨霑衣襟。王程促速意，夜語殷勤心。卻歸天上去，遺我雲間音。

【校】

〔題〕馮十七舍人爲馮宿，衛字各本均誤衍。

〔使星〕紹本此二句作使星上三蜀，酒雨霑衣襟。全唐詩酒作春，餘與紹本同。按：詩意本用東漢欒巴事，校者殆不識其義而臆改。

【箋證】

按：題中宿衛之衛字爲後人妄加無疑。馮宿已見外集卷一。據宿本傳，長慶元年（八二一），以考功郎中知制誥，後拜中書舍人。此詩云：「白首相逢處，巴江煙浪深，」則禹錫在夔州時，宿曾過此相見，白居易集中有送馮舍人閣老往襄陽詩，時代正合，當與此詩作於同時。再證以此詩「使星三蜀酒」及「王程促速意」之句，必宿有奉使來巴蜀襄漢之事，而史略之。使星用後漢書李郃傳「有二使星向益州分野」語，酒雨當從宋本，乃雜采郭憲、樊英、欒巴事用之。酒雨事，出神仙傳，略謂：欒巴爲尚書，正朝大會，巴獨後到，又飲酒西南噀之，自言成都市失火，故因酒爲雨以滅火。後成都言正旦大失火，會時有雨從東北來，火乃息，雨乃酒臭。

劉禹錫集箋證外集卷第六

律詩

唐侍御寄遊道林嶽麓二寺詩并沈中丞姚員外所和見徵繼作

湘西古刹雙蹲蹲，羣峯朝拱如駿奔。青松步障深五里，龍宮黯黯神爲閽。高殿呀然壓蒼巘，俯瞰長江疑欲吞。橘洲泛浮金實動，水郭繚繞朱樓騫。語餘百響入天籟，衆奇引步輕翻翻。泉清石布博棊子，蘿密鳥韻如簧言。迴廊架險高且曲，新徑穿林明復昏。淺流忽濁山獸過，古木半空天火痕。星使雙飛出禁垣，元侯餞之遊石門。紫髯翼從紅袖舞，竹風松雪香温黁。遠持青瑣照巫峽，一戛驚斷三聲猿。靈山會中身不預，吟想峭絶愁精魂。恨無黄金千萬餅，布地買取爲丘園。

【校】

〔橘洲〕結一本洲作州，誤。

〔博棋〕全唐詩博下注云：一作似。

〔不預〕崇本預作與。

【注】

〔橘洲〕御覽六九引湘中記：或曰：昭潭無底橘洲浮。昭潭，湘水至深處也。橘洲，每大水渚洲悉没而橘洲獨存焉。

〔布地〕金剛經：「一時佛在舍衛國祇樹給孤獨園，與大比丘衆千二百五十人俱。」解義：「舍衛國有一長者名須達拏。常施孤獨貧窮，故號給孤獨長老。欲請佛説法，令先卜勝地住，白太子祇陀。太子戲曰：若布金滿園即可。須達便運金布八十頃，園俱滿。太子不受金，同建精舍，請佛説法。」

【箋證】

按：唐侍御謂唐扶，已見本集卷二十八。舊唐書本傳云：元和五年（八一〇）進士登第，屢佐使府，入朝爲監察御史。沈中丞謂沈傳師，舊唐書一四九、新唐書一三二均有傳。舊唐書本傳云：「傳師擢進士，登制科乙第。授太子校書郎，鄠縣尉，直史館，轉左拾遺、左補闕，並兼史職。遷司門員外郎、知制誥，召充翰林學士，歷司勳、兵部郎中，遷中書舍人。性恬退無競，時翰林未有承旨，次當傳師爲之，固稱疾，宣召不起，乞以本官兼史職。俄兼御史中丞，出爲潭州刺史、湖南觀察使。入爲尚書右丞。出爲洪州刺史、江南西道觀察使、轉宣州刺史、宣歙池觀察使，入爲吏部侍郎。大和元年（八二七）卒，年五十九。」又據穆宗紀，長慶三年（八二三），宰相監修國史杜元穎奏，史官沈傳師除鎮湖南，其本分修史便令將赴本任修撰。是時禹錫正在夔州。故有「遠持青瑣照巫峽」之句。又唐、姚必奉使至潭州者，故云「星使雙飛出禁坦」。姚員外待考。

〔道林嶽麓〕按：方輿勝覽云：「道林寺在嶽麓山下，距善化縣八里。寺有四絶堂，保大中馬氏建，謂沈傳師、裴休筆札，宋之問、杜甫篇章。治平間，蔣穎叔作記曰：彼以杜詩沈書爲絶，吾無敢言，若夫遺歐陽詢而取裴休，置韓愈而取宋之問，則未然，乃爲詮次，沈書一也，詢書二也，杜詩三也，韓詩四也。」又：「嶽麓寺在山上，百餘級乃至，今名惠光寺，下有李邕麓山寺碑。」今考韓愈集有陪杜侍御遊湘西兩寺獨宿有題因獻楊常侍詩，是永貞元年（八〇五）作，其詩實非詠此二寺也。

附録一　唐扶　使南海道長沙題道林嶽麓寺詩

道林嶽麓仲與昆，卓犖請從先後論。松根踏雲二千步，始見大屋開三門。泉清或戲蛟龍窟，殿豁數盡高帆掀。即今異鳥聲不斷，聞道看花春更繁。從容一衲分若有，蕭瑟雨鬢吾能髠。逢迎侯伯轉覺貴，膜拜佛像心加尊。稍揖皇英頮濃淚，試與屈賈招清魂。荒唐大樹悉楠桂，細碎枯草多蘭蓀。沙彌去學五印字，静女來懸千尺幡。主人念我塵眼昏，半夜號令期至暾。遲回雖得上白舫，羈紲不敢言緑尊。兩祠物色採拾盡，壁間杜甫真少恩。晚來光彩更騰射，筆鋒正健如可吞。

附録二　沈傳師　次潭州酬唐侍御姚員外遊道林嶽麓寺題示詩

承明年老輒自論，乞得湘守東南奔。爲聞楚國富山水，青嶂邐迤僧家園。含香珥筆皆眷舊，謙抑自忘臺省尊。不令執簡候亭館，真許攜手遊山樊。忽驚列岫曉來逼，朔雪洗盡煙嵐昏。碧波迴嶼三山轉，丹檻繚郭千艘屯。華鑣躞蹀絢沙步，大旆綵錯輝松門。樛枝競鶩龍蛇勢，折幹不滅風霆痕。相重古殿倚嵓腹，別引新徑縈雲根。目傷平楚虞帝魂，情多思遠聊開尊。危絃細管逐歌飄，畫鼓繡靴隨節翻。鏘金七言凌老杜，入木八法蟠高軒。嗟余淹倒久不利，忍復感激論元元！

附録三　崔珏　道林寺詩

臨湘之濱麓之隅，西有松寺東岸無。松風千里擺不斷，竹泉瀉入千僧廚。宏梁大棟何足貴？山寺難有山泉俱。四時惟夏不敢入，燭龍安敢停斯須？遠公池上種何物？碧羅扇底紅鱗魚。香閣朝鳴大法鼓，天宫夜轉三乘書。野花市井栽不著，山雞飲啄聲相呼。金檻僧迴步步影，石盆水濺聯聯珠。北臨高處日正午，舉手欲摸黄金烏。遥江大船小於葉，遠村雜樹齊如蔬。潭州城郭在何處？東邊一片青模糊。今來古往人滿地，勞生未了歸丘墟。長卿之門久寂寞，五言七字誇規模。我吟杜詩清入骨，灌頂何必須醍醐。白日不照耒陽縣，皇天厄死飢寒軀。明珠大貝採欲盡，蚌蛤空滿赤沙湖。今我題詩亦無味，懷賢覽古成長吁。不如興罷過江去，已有好月明歸途。

附録四　韋蟾　岳麓道林寺詩

石門迥接蒼梧野，愁色陰深二妃寡。廣殿崔巍萬壑間，長廊詰曲千巖下。静聽林飛念佛鳥，細看壁畫駄經馬。暖日斜明螮蝀梁，濕煙散羃鴛鴦瓦。北方部落檀香塑，西國文書貝葉寫。壞欄迸竹醉好題，窄路垂藤困堪把。沈裴筆力鬥雄壯，宋杜詞源兩風雅。他方居士來施齋，彼岸上人投結夏。悲我未離擾擾徒，勸我休學悠悠者。何時得與劉遺民，同入東林遠公社？

今按升庵詩話誤以唐扶詩亦爲沈傳師詩，别録崔珏、韋蟾二詩，皆可與禹錫詩並觀，諸家皆淵源於杜甫此題而各極變化也。

遥和韓睦州元相公二君子

玉人紫綬相輝映，卻要霜髯一兩莖。其奈無成空老去，每臨明鏡若爲情？

【注】

〔韓睦州〕謂韓泰。集中涉及泰者，尚有卷九、二十八、外集卷八、十等篇。

〔元相公〕謂元稹。集中涉及稹者，尚有卷二十、三十、外集卷一、二、五、七等篇。

【箋證】

按：韓睦州謂韓泰，元相公謂元稹。郎官石柱題名考一三引嚴州重修圖經：韓泰，長慶四年（八二四）六月二十五日自郴州刺史拜。大和元年（八二七）七月三日自睦州刺史拜，遷常州刺史。則此詩當作於長慶四年（八二四）至大和元年（八二七）之間。疑泰已被金紫之賜，故云玉人紫綬，而禹錫猶著刺史緋，故云每臨明鏡若爲情也。唐制刺史借緋，禹錫若未至從五品下階朝散大夫，解刺史任即仍須再著青袍。白居易自忠州刺史召爲司門員外郎，繼遷主客郎中知制誥，作詩云：「卻着青袍侍玉除」是也。就禹錫集中觀之，其在蘇州繫銜爲朝議大夫，即已階正五品矣，其初加從五品階雖不能確知在何時，據本卷酬嚴給事賀加五品詩，似當在直集賢院時。

張郎中籍遠寄長句開緘之日已及新秋因舉目前仰酬高韻

南宮詞客寄新篇，清似湘靈促柱絃。京邑舊遊勞夢想，歷陽秋色正澄鮮。雲銜日腳成山雨，風駕潮頭入渚田。對此獨吟還獨酌，知音不見思蒼然。

【校】

〔蒼然〕全唐詩蒼作愴。

【箋證】

按：張籍，舊唐書一六〇、新唐書一七六均有傳，舊傳云，累授國子博士水部員外郎，轉水部郎中卒。新傳云仕終國子司業。皆甚簡略。籍寄和州劉使君詩云：「別離已久猶爲郡，閒向春風倒酒缾。送客特過沙口堰，看花多上水心亭。晚來江氣連城白，雨後山光滿郭青。到此詩情應更遠，醉中高詠有誰聽？」即禹錫所謂遠寄長句也。籍爲和州人，故能舉此州風物。二人相識蓋亦在貞元、永貞間，故原唱云「別離已久」，和作云「京邑舊遊」。又籍贈主客劉郎中詩云：「憶昔君登南省日，老夫猶是褐衣身。誰知二十餘年後，來作客曹相替人？」知禹錫罷和州後，始替籍爲主客郎中，此詩稱籍爲郎中，詩又有「南宮詞客寄新篇」之語，知禹錫在和州時，籍方爲郎中，亦確然不誤。唐詩紀事乃謂籍終主客郎中，必不然矣。

酬湖州崔郎中見寄

風箏吟秋空，不肖指爪聲。高人靈府間，律吕伴咸英。昔年與兄遊，文似馬長卿。今來寄新詩，乃類陶淵明。磨礱老益智，吟詠閑彌精。豈非山水鄉？蕩漾神機清。渚煙蕙蘭動，溪雨虹霓生。憑君虛上舍，待予乘興行。

【校】

〔不肖〕紹本、崇本均作不有。

〔佯咸英〕紹本、崇本佯均作佯。

【箋證】

按：崔郎中謂崔玄亮，本集卷二十五有湖州崔郎中曹長寄三癖詩……一詩。據白居易得湖州崔十八使君書喜與杭越鄰郡因成長句代賀兼寄微之詩云：「三郡何因此結緣？貞元科第忝同年。故情歡喜開書後，舊事思量在眼前。越國封疆通碧海，杭城樓閣入青煙。吴興卑小君應屈，爲是蓬萊最後仙。」據居易刺杭州在長慶二年（八二二）至四年（八二四），與玄亮刺湖州同時，則禹錫作此詩時在夔州也。詩蓋效原作之體，故與禹錫之風格稍不類。

酬楊八庶子喜韓吴興與予同遷見贈　依本韻次用。

早遇聖明朝，雁行登九霄。吴興與予中外兄弟。文輕傅武仲，酒逼蓋寬饒。捨矢同瞻鵠，當筵共賽梟。吴興與予同年判入等第。琢磨三益重，唱和五音調。臺柏煙常起，池荷香暗飄。吴興與予同爲御史，門外有蓮池也。星文辭北極，旗影度東遼。吴興自度支郎中出爲行軍司馬，所從即范僕射，昔范明友爲度遼將軍。直道由來黜，浮名豈敢要？三湘與百越，雨散又雲摇。遠守慙侯籍，徵還荷詔條。悴容唯舌在，别恨幾魂銷。滿眼悲陳事，逢人少舊寮。煙霞爲老伴，蒲柳任先凋。虎綬懸新印，龍舺理去橈。斷腸天北郡，攜手洛陽橋。幢蓋今雖貴，弓旌會見招。其如草玄客，空宇久寥寥。

【校】

〔御史門〕紹本、全唐詩門上有臺字，崇本門作臺。

〔范明友〕崇本明作朋，誤。

【注】

〔傅武仲〕文選魏文帝典論論文：文人相輕，自古而然。傅毅之於班固，伯仲之間耳，而固小之。毅字武仲。

〔蓋寬饒〕漢書蓋寬饒傳：許伯自酌曰：「蓋君後至。」寬饒曰：「無多酌我，我乃酒狂。」丞相魏侯笑曰：「次公醒而狂，何必酒也！」

【箋證】

按：楊八庶子謂楊歸厚，外集卷一有春日書懷寄東洛白二十二楊八二庶子詩：歸厚之爲庶子，是寶曆間事。韓吴興謂韓泰，泰本傳云：「貞元中累遷至户部郎中，王叔文用爲范希朝神策行營節度行軍司馬。泰最有籌畫，能決陰事，深爲伾、叔文之所重，坐貶自虔州司馬量移漳州刺史，遷郴州。」其自郴州遷睦州，又遷湖州、常州，已見前箋。據此詩題，必是大和元年（八二七）得湖州之命，而禹錫則於罷和州後除主客分司，兩命約略同時。詩云：「遠守慙侯籍，徵還荷詔條。」「滿眼悲陳事，逢人少舊寮。」「斷腸天北郡，攜手洛陽橋。」皆述此意。惟「斷腸天北郡」語意指韓，天北二字必訛。韓之赴任，嘗過洛陽，與禹錫留連話舊，見本集卷二十八洛中逢韓七中丞之吴興口號。攜手一語兼指楊而言也。韓加中丞，出爲大郡，劉從舊資，轉入正郎，自他人視之，猶喜其遷擢，故題云喜同遷耳。

秋日書懷寄河南王尹

公府想無事，西池秋水清。去年爲狎客，永日奉高情。況有臺上月，如聞雲外笙。不知桑落酒，今歲與誰傾。

【箋證】

按：王尹謂王璠，舊唐書一六九、新唐書一七九均有傳。舊傳云：「元和五年（八一〇）擢進士第，登宏辭科……元和中入朝爲監察御史……寶曆元年（八二五）二月，轉御史中丞。時李逢吉爲宰相，與璠親厚，故自郎官掌誥，便拜中丞，恃逢吉之勢稍横，嘗與左僕射李絳相遇於街，交車而不避。……乃罷璠中丞，遷工部侍郎……二年（八二六）七月，出爲河南尹。大和二年（八二八），以本官權知東都選，十月，轉尚書右丞。」禹錫此詩云「去年爲狎客」，蓋禹錫爲主客分司時，嘗與璠款曲，及大和二年（八二八）入長安，乃寄此詩也。作詩後璠即召還京矣。此後璠之行事，新唐書本傳言之較詳，云：「初，璠按武昭獄，意逢吉德己，及罷中丞，乃失望，久之出爲河南尹，……鄭注姦狀始露，宰相宋申錫，御史中丞宇文鼎密與璠議除之，璠反以告王守澄，而注由是傾心於璠，進左丞，判太常卿事。出爲浙西觀察使。李訓得幸，璠於逢吉舊故，故薦之，復召爲左丞，拜户部尚書，判度支，封祁縣男。李宗閔得罪，璠亦其黨，見注求解，乃免。」甘露之變，璠甫授河東節度使，未行及於難。璠既與二李相附，必與禹錫行逕各殊，或不得已而虚與委蛇耳。

浙東元相公書歎梅雨鬱蒸之候因寄七言

稽山自與岐山別，何事連年鸑鷟飛？百辟商量舊相入，九天祇候遠臣歸。平湖晚泛窺清鏡，高閣晨開埽翠微。今日看書最惆悵，爲聞梅雨損朝衣。

【校】

〔題〕崇本無書字，非。

〔遠臣〕紹本缺此二字，注云逸，崇本作謫仙，全唐詩作老臣。

【箋證】

按：元稹以長慶二年（八二二）罷相，出爲同州刺史，三年（八二三）八月除浙東觀察使，大和三年（八二九）九月始入爲尚書左丞。此詩云「何事連年鷟鸑飛」，歎其久淹，望其再相也，當是大和二年（八二八）禹錫入京時作。

酬嚴給事賀加五品兼簡同制水部李郎中

九天雨露傳青詔，八舍郎官换緑衣。初佩銀魚隨仗入，宜乘白馬退朝歸。雕盤賀喜開瑶席，彩筆題詩出瑣闈。聞道水曹偏得意，霞朝霧夕有光輝。

【校】

〔仗入〕結一本仗作使；紹本、崇本、全唐詩均作仗，是。

【注】

〔李郎中〕待考。

〔八舍〕乃唐人常語，蓋謂尚書左右司及六曹，皆有郎官也。

〔水曹〕謂何遜。遜有看伏郎新婚詩：「霧夕蓮出水，霞朝日照梁。」李商隱詩所謂「霧夕詠芙蕖，何郎得意初」也。

【箋證】

按：嚴給事謂嚴休復，已見外集卷一。賀加五品者，謂加五品階官方得服緋銀魚袋也。錢大昕十駕齋養新録云：「唐制服色不視職事官而視階官之品，至朝散大夫方换五品服色衣銀緋。白樂天爲中書舍人知制誥，元宗簡爲京兆尹（當作少尹），官皆六品（謂階官），尚猶著緑。其詩所謂鳳閣舍人京兆尹（當作亞尹），白頭猶未脱青衫，南宫啓請無多日。朝散何時得入銜。劉夢得賀給事加五品詩（按詩題誤）曰：八舍郎官换緑衣……唐時臣僚章服，不論職事官之崇卑，惟論散官之品秩，雖宰相之尊，而散官未及三品，猶以賜紫繫銜。」今按錢説甚確，惟引詩微誤。京兆尹無著緑之理，元乃少尹也。銀緋金紫之賜，不必敕命，可用口宣，大中以前，階官不及三品五品而得賜者猶少，故人以詩相賀，其後則緋紫不足貴矣。禹錫之加五品階，蓋在大和二年（八二八）直集賢院時。由遠州刺史而得江北之和州，由和州而得郎中分司，由分司而真除，由主客而遷禮部直集賢院，甫得衣緋，其艱阻可謂甚矣。

裴相公大學士見示答張祕書謝馬詩并羣公屬和因命追作

草玄門户少塵埃，丞相并州寄馬來。初自塞垣銜苜蓿，忽行幽徑破莓苔。尋花緩轡威遲去，帶酒垂鞭躞蹀迴。不與王侯與詞客，知輕富貴重清才。

【校】

〔威遲〕全唐詩注云：一作逶迤。

【箋證】

按：裴相公謂裴度，大學士者兼集賢殿大學士也。度之加集賢殿大學士在文宗即位後，此詩云「丞相并州寄馬來」，必是度於元和、長慶之間初鎮河東時。若度於開成二年（八三七）再鎮河東，則同時作詩之韓愈、李絳、元稹諸人皆早不在人世矣。綜觀附録各詩，並細參禹錫製題之意，乃可斷言事在元和、長慶之間，而詩作於大和初禹錫直集賢院之日，故能與度從容追話往事。意者，此一細事而名作蔚然，故度亦必欲禹錫竄名其間，以留一時話柄耳。諸人詩稱度爲司空，據穆宗紀，度加司空是元和十五年（八二〇）九月事，是爲一證。張祕書謂張籍，本傳云，自太常寺太祝轉國子助教、祕書郎。禹錫用諸人之例故仍稱以祕書而不稱其後來所歷之官。

附録一　張籍　謝裴司空寄馬詩

騄耳新駒駿得名，司空遠自寄書生。乍離華廄移蹄澀，初到貧家舉眼驚。每被閒人來借問，多尋古寺獨騎行。長思歲旦沙隄上，得從鳴珂傍火城。（按：唐詩紀事云，此馬乃是一遲鈍不能行而多驚之馬。詩人之微而顯亦少其比。）

附録二　裴度　酬張祕書因寄馬贈詩

滿城馳逐皆求馬，古寺閒行獨與君。代步本慙非逸足，緣情何幸枉高文？若逢佳麗從教换，莫共駑駘角出羣。飛控著鞭能顧我，當時王粲亦從軍。

附録三　元稹　和張祕書因寄馬贈詩

丞相功高厭武名，牽將戰馬寄儒生。四蹄筍距藏雖盡，六尺鬃頭見尚驚。減粟偷兒憎未飽，騎驢詩客罵先行。勸君還卻司空著，莫遣衙參傍子城。

附録四　白居易　和張十八祕書謝裴相公贈馬詩

齒齊臕足毛頭膩，祕閣張郎叱撥駒。洗了頷花翻假錦，走時蹄汗踏真珠。青衫乍見曾驚否，紅粟難賒得飽無？丞相寄來應有意，遣君騎去上雲衢。

附録五　韓愈　賀張十八祕書得裴司空馬

司空遠寄養初成，毛色桃花眼鏡明。落日已曾交轡語，春風還擬並鞍行。長令奴僕知飢渴，須着賢良待性情。旦夕公歸伸拜謝，免勞騎去逐雙旌。

附録六　李絳　和裴相國答張祕書贈馬詩

高才名價欲凌雲，上驅光華遠贈君。念舊露垂丞相簡，感知星動客卿文。縱横逸氣寧稱力，馳騁長途定出羣。伏櫪莫令空度歲，黄金結束取功勳。

附録七　張賈　和裴司空答張祕書贈馬詩

閣下從容舊客卿，寄來駿馬賞高情。（原注：司空詩云：古寺閒行獨與君。）任追煙景騎仍醉，知有文章倚便成。步步自憐春日影，蕭蕭猶起朔風聲。須知上宰吹噓意，送入天門上路行。（按：張賈見外集卷五，亦禹錫故舊也。）

奉和司空裴相公中書即事通簡舊寮之作

談笑在巖廊，人人盡所長。儀形見山立，文字動星光。日運丹青筆，時看赤白囊。佇聞戎馬息，入賀領鴛行。

【校】

〔山立〕禮記樂記：「揔干而山立，武王之事也。」注：「揔干，持盾也。山立，猶正立也。」郭璞賦：「百僚山立，萬乘雲屯。」

〔赤白囊〕漢書丙吉傳：驛騎持赤白囊，邊郡發奔命書。

【箋證】

按：裴度本傳：長慶元年（八二一），以河東節度使充鎮州四面行營招討使，……進位檢校司空。（據穆宗紀，實已於元和十五年（八二〇）九月加守司空矣。）……二年（八二二）三月，度至京師，既見，先敍克融、庭湊暴亂河北，受命討賊無功，次陳除職東都，許令入覲，翌日，以度……充淮南節度使。……即日以度守司徒同平章事，復知政事。中書即事之詩必此時所作。其原詩云：「有意效承平，無功答聖明。灰心緣忍事，霜鬢爲論兵。直道身還在，恩深命轉輕。鹽梅非擬議，葵藿是平生。白日長懸照，蒼蠅漫發聲。高陽舊田里，終使謝歸耕。」蓋度始則與元稹不叶，繼又爲李逢吉所構，灰心忍事及蒼蠅發聲之語，已頗露骨矣。度云：「無功答聖明」，而禹錫和詩云：「佇聞戎馬息」，皆以幽鎮未平之故也。

微之鎮武昌中路見寄藍橋懷舊之作淒然繼和兼寄安平

今日油幢引，他年黄紙追。同爲三楚客，獨有九霄期。宿草恨長在，傷禽飛尚遲。武昌應已到，新柳映紅旗。

【注】

〔藍橋〕據長安志，藍谷水流經藍關、藍橋，在藍田縣東南。唐時自長安南行多由藍田出商山路也。

【箋證】

按：微之，元稹字。安平，韓泰字。稹晚年詩多佚，所謂藍橋懷舊，必指元和十年（八一五）同被召還諸人，其集中留呈夢得子厚致用題藍橋驛詩即先至藍橋留呈後至者之作，已見外集卷五和李六侍御詩箋證中。故禹錫此首有「他年黃紙追」之句。蓋當時同召之人今惟韓泰尚在湖州，故云同爲三楚客。稹以大和四年（八三〇）正月出鎮，故有「新柳映紅旗」之句。歷觀禹錫與稹酬和諸詩，蓋稹與永貞人物多有契分，其性情抱負有相似者，尤以同在謫籍，不能無氣類之感也。

奉和裴侍中將赴漢南留别座上諸公

金貂曉出鳳池頭，玉節前臨南雍州。暫輟洪鑪觀劍戟，還將大筆注春秋。管絃席上留高韻，山水途中入勝遊。峴首風煙看未足，便應重拜富人侯。

【注】

〔漢南〕唐人通稱襄陽爲漢南。

〔春秋〕注春秋用杜預事。

〔峴首〕用羊祜鎮襄陽事。

【箋證】

按：度本傳云：「後進宰相李宗閔、牛僧孺等不悦其所爲，故因度謝病罷相，後出爲襄陽節度。」是其赴鎮爲受李、牛之排擯，禹錫亦因之不能久居中祕矣。此詩語殊膚泛，蓋有難言之隱也。

〔裴侍中〕文宗紀，大和四年（八三〇）九月壬午，以守司徒平章軍國重事晉國公裴度守司徒兼侍中，充山南東道節度使。詩題不稱司徒而稱侍中，蓋以侍中爲門下省長官，品雖稍次而位特重耳。

〔富人侯〕漢書車千秋傳：代劉屈氂爲丞相，封富民侯。改民爲人，避唐諱也。但千秋無重拜之事，以比裴度亦不切。或是用張安世爲富平侯事，誤富平爲富民，安世嘗歸侯乞骸骨而復强起視事也。

和兵部鄭侍郎省中四松詩十韻 松是中書相公任侍郎日手栽。

右相歷中臺，移松武庫栽。紫茸抽組綬，青實長玫瑰。便有干霄勢，看成構厦材。數分天柱半，影逐日輪迴。舊賞台階去，新知谷口來。息陰常仰望，翫境幾徘徊。翠粒晴懸露，蒼鱗雨起苔。凝音助瑶瑟，飄蕊泛金罍。月桂花遥燭，星榆半對開。終須似雞樹，榮茂近昭回。

【校】

〔題〕題下原注：「松是中書相公任侍郎日手栽。」結一本是作楚，誤。紹本、崇本、全唐詩日均作時，無手字。又四松紹本作柳松。

〔翫境〕全唐詩境下注云：一作意。按：似當作景。

〔桂花〕全唐詩花下注云：一作光。

〔遥燭〕結一本遥作摇，誤。

〔半對〕紹本、英華、全唐詩半均作葉。

【注】

〔谷口〕高士傳，鄭樸字子真，谷口人。漢書王貢兩龔鮑傳：其後谷口鄭子真，蜀有嚴君平，皆修身自保，非其服弗服，非其食弗食。成帝時，元舅大將軍王鳳以禮聘子真，子真遂不詘而終。

〔雞樹〕世説新語：劉放、孫資久典樞要，夏侯獻、曹肇心内不平，殿中有雞棲樹，二人相謂：「此亦久矣，其能復幾？」

【箋證】

按：鄭侍郎謂鄭澣，舊唐書一五八、新唐書一六五均有傳，澣，故相餘慶之子。傳云：「貞元十年（七九四）舉進士。……文宗登極，擢爲翰林侍講學士。……大和二年（八二八），遷禮部侍郎，典貢舉，選拔俊秀，時號得人。轉兵部侍郎，改吏部，出爲河南尹。」原注：「松是中書相公任侍郎日手栽。」中書相公謂李宗閔，舊唐書一七六、新唐書一七四均有傳。宗閔以元和初應制科，與牛僧孺均爲李吉甫所惡，裴度鎮淮西，曾奏爲判官，與韓愈共事相善。長慶初爲中書舍人，又以科場請託被謫居外，旋召還。寶曆元年（八二五），拜兵部侍郎，大和（八二八）二年，爲吏部侍郎，三年（八二九）八月同平章事。累轉中書侍郎。詩注稱中書相公，則必在五年（八三一）以前，蓋五年（八三一）三月，牛僧孺爲中書侍郎也。（據宰相表）此時禹錫尚未奉蘇州之命，宗閔既在相位，不得不作此酬應。

附録一　鄭澣原作

丞相當時植，幽襟對此開。人知舟楫器，天假棟梁材。錯落龍鱗出，襹褷鶴翅迴。重陰羅武庫，細響静山臺。得地公堂裏，移根澗水隈。吴臣夢寐遠，秦嶽歲年摧。轉覺飛纓繆，何因繼組來？幾尋珠履迹，願比角弓培。柏悦猶依社，星高久照台。後凋應共操，無復問良媒。

附録二　唐扶和作

幽抱應無語，貞松遂自栽。寄懷丞相業，因擢大夫材。日射蒼鱗動，塵迎翠箒迴。嫩茸含細粉，初葉泛新杯。偶聖爲舟去，逢時與鶴來。寒聲連曉竹，静氣結陰苔。赫奕鳴騶至，熒煌洞户開。良辰一臨眺，憩樹幾徘徊！恨發風期阻，詩從綺思裁。還聞後凋契，凡在此中培。

附録三　姚合和作

四松相對植，蒼翠映中臺。擢幹凌空去，移根劚石開。陰陽氣潛煦，造化手親栽。日月滋佳色，煙霄長異材。清音勝在澗，寒影遍生苔。静遶霜雲履，閒看酒滿杯。同榮朱户際，永日白雲隈。密葉聞風度，高枝見鶴來。芳心難可盡，麗什妙難裁。（按重用難字必誤。）此地無因到，循環幾百回。

按：餘人尚有和作皆不足録，録唐、姚二篇。亦終不及禹錫之作，然禹錫此詩在集中亦爲下駟。

和蘇郎中尋豐安里舊居寄主客張郎中

漳濱卧起恣閒遊，宣室徵還未白頭。舊隱來尋通德里，新篇寫出畔牢愁。池看科斗成文字，鳥聽提壺憶獻酬。同學同年又同舍，許君雲路並華輈。

【注】

〔畔牢愁〕漢書揚雄傳：乃作書，往往摭離騷文而反之。自岷山投諸江流，以弔屈原，名曰反離騷。又旁惜誦以下至懷沙一卷，名曰畔牢愁。注：畔，離也。牢，聊也。與君相離，愁而無聊也。

【箋證】

按：蘇郎中待考，宣室徵還似謂其遷謫後復召，故尋舊居。主客張郎中當指張籍。張籍贈主客劉郎中詩云：誰知二十餘年後，來作客曹相替人。則作此詩時籍必猶未罷主客，疑是大和元年（八二七）禹錫初歸洛陽時作。詩云「同學同年又同舍」，籍爲貞元十五年（七九九）進士，蘇必亦是年登科。

〔豐安里〕唐兩京城坊考五：豐安坊在朱雀門街西第二街。

將赴蘇州途出洛陽留守李相公累申宴餞寵行話舊形於篇章謹抒下情以申仰謝

歲杪風物動，雪餘宮苑晴。兔園賓客至，金谷管絃聲。洛水故人別，吴宮新燕迎。越郎憂不淺，懷袖有瓊英。

【校】

〔題〕崇本無累字。

〔越郎〕紹本郎作鄉，似是。

【箋證】

按：留守李相公謂李逢吉，已見本集卷十八。據紀，大和五年（八三一），李逢吉檢校司徒兼太子太師充東都留守。逢吉惡裴度，排元稹、李紳，皆與禹錫取徑不同。大和五年（八三一），禹錫赴蘇州時，逢吉已老病失勢，亦無恩怨可言矣。

吴興敬郎中見惠斑竹杖兼示一絶聊以謝之

一莖炯炯琅玕色，數節重重玳瑁文。拄到高山未登處，青雲路上願逢君。

【注】

〔敬郎中〕待考。

和浙西王尚書聞常州楊給事製新樓因寄之作

文昌星象盡東來，油幕朱門次第開。且上新樓看風月，會乘雲雨一時迴。尚書在南宮爲左丞，給事與禹錫皆是郎吏。

【校】

〔題〕全唐詩無王字，聞下注云：一無此。

〔文昌星象〕全唐詩昌下注云：一作章，星下注云：一作新。

【箋證】

按：王尚書謂王璠，已見本卷秋日書懷寄河南王尹詩。璠本傳云：大和六年（八三二）八月，檢校禮部尚書、潤州刺史、浙西觀察使。八年（八三四），李訓得幸，累薦於上，召還復拜右丞。楊給事謂楊虞卿，已見外集卷二，虞卿本傳云，大和六年（八三二）轉給事中，七年（八三三）出爲常州刺史。此詩正是七年八年（八三三、八三四）之間所作。原注云：「尚書在南宮爲左丞，給事與禹錫皆是郎吏。」則以虞卿本傳云：長慶四年（八二四）八月改吏部員外郎，大和二年（八二八）……以檢下無術，停見任。及李宗閔、牛僧孺輔政，起爲左司郎中。宗閔、僧孺輔政是大和四年（八三〇）間事，禹錫方爲禮部郎中，故云皆是郎吏。璠本傳云：大和二年（八二八）十月轉尚書右丞，四年（八三〇）十二月遷左丞，年月亦正合。

酬浙東李侍郎越州春晚即事長句

越中藹藹繁華地，秦望峯前禹穴西。湖草初生邊雁去，山花半謝杜鵑啼。青油晝捲臨高閣，紅旆晴翻繞古隄。明日漢庭徵舊德，老人争出若耶溪。後漢劉寵爲會稽，大治，及徵還，山陰忽有五六老叟自若耶山谷間出，人齎百錢以送寵，寵勞之。答曰：「自明府下車，民不見吏，年老遇值聖明，故自抉奉送。」寵爲人選一大錢受之。

【校】

〔忽有〕紹本、崇本忽均作縣。

〔遇值〕紹本遇作遭。

〔自抉〕紹本無此二字。

【注】

〔秦望〕南史何胤傳：胤以若耶處勢迫隘，不容學徒，乃遷秦望山。

〔禹穴〕史記自序：太史公有子曰遷，十歲則誦古文，二十而南游江淮，上會稽，探禹穴。注：會稽上有孔穴，民間云：禹入此穴。

〔若耶溪〕水經注：若耶溪水上承嶕峴麻溪，谿之下孤潭周數畝，麻潭下注若耶溪，水至清，照衆山倒影，窺之如畫。太平寰宇記：若耶溪在會稽縣東二十八里。

【箋證】

按：李侍郎謂李紳，舊唐書一七三、新唐書一八一均有傳。紳爲長慶、會昌間兩黨起伏中之最有關者，舊唐書本傳云：「穆宗召爲翰林學士，與李德裕、元稹同在禁署，時稱三俊，情意相善。尋轉右補闕。長慶元年（八二一）三月，改司勳員外郎、知制誥。二年（八二二）二月，超拜中書舍人，内職如故。俄而稹作相，尋爲李逢吉教人告稹陰事，稹罷相出爲同州刺史。時德裕與牛僧孺俱有相望，德裕恩顧稍深。逢吉欲用僧孺，懼紳與德裕沮於禁中，二年（八二二）九月，出德裕爲浙西觀察使，乃用僧孺爲平章事，以紳爲御史中丞，冀離内職，易掎摭而逐之。……乃改授户部侍郎。中尉王守澄用事，逢吉令門生故吏結託守澄爲援以傾紳，晝夜計畫。會紳族子虞，文學知名，隱居華陽，自言不樂仕進，時來京師省紳。虞與從伯耆、進士程昔範皆依紳。及耆拜左拾遺，虞在華陽寓書與耆求薦，書誤達於紳。紳以其進退二三，以書誚之，虞大怨望。及來京師，盡以紳嘗所密話言逢吉姦邪附會之語告逢吉。逢吉大怒，問計於門人張又新、李續之，……敬宗初即位，逢吉快紳失勢，慮嗣君復用之……言李紳在内署時嘗不利於陛下，請行貶逐。帝初即位，方倚大臣，不能自執，乃貶紳端州司馬。……及寶曆改元大赦，逢吉定赦書節文，不欲紳量移，但云左降官已經量移者與量移，不言左降官與量移，韋處厚復上書論之。……紳方移爲江州長史，再遷太子賓客分司東都。大和七年（八三三），李德裕作相。七月，檢校左散騎常侍、越州刺史、浙東觀察使。九年，李訓用事，李宗閔復相，與李訓、鄭注連衡，排擯德裕罷相，紳與德裕俱以太子賓客分司。開成元年（八三六），鄭覃輔政，起德裕爲浙西觀察使，紳爲河南尹。」及會昌中德裕秉政，紳亦自淮南節度入相，則非禹錫所及知矣。此詩是禹錫在蘇州時作，侍郎稱紳之舊官也。紳有卻渡西陵別越中父老一詩云：「海潮晚上江風急，津吏篙師語默齊。傾手奉觴看故老，擁流争拜見孩提。慙非杜母臨襄峴，自鄙朱翁別會稽。漸舉雲帆煙水闊，杳然鳧雁各東西。」語意格調均近似。

酬淮南牛相公述舊見貽

少年曾忝漢庭臣，晚歲空餘老病身。初見相如成賦日，尋爲丞相掃門人。追思往事咨嗟久，喜奉清光笑語頻。猶有登朝舊冠冕，待公三日拂埃塵。

【校】

〔登朝〕全唐詩注云：一作當時，唐詩紀事此句作：猶有當時舊冠劍。

〔三日〕紹本、崇本均作三日。全唐詩作三入，注云：牛相再入中書，故以三入期之。按：三入爲唐人常用語，外集卷十代裴相公祭李司空文云：「某忝三入，」李商隱獻杜悰詩亦云：「待公三入相，丕祚始無窮。」

【箋證】

按：唐詩紀事三九牛僧孺條下云：「公赴舉之秋，嘗投贄於劉補闕禹錫，對客展卷，飛筆塗竄其文。歷二十餘載，劉轉汝州，公鎮海（按：當作淮。）南，枉道駐旌信宿，酒酣賦詩，劉方悟往年改公文卷。僧孺詩曰：粉署爲郎四十春，今來名輩更無人。休論世上升沉事，且鬬尊前見在身。珠玉會應成咳唾，山川猶覺露精神。莫嫌恃酒輕言語，曾把文章謁後塵。禹錫和云……牛公吟和詩，前意稍解，曰：三日之事何敢望焉？（原注：宰相三朝後主印，可以昇降百司也。）於是移宴竟夕，方整前驅也。劉乃戒其子咸久、承雍曰：吾成人之志，豈料爲非？汝輩進修，守中爲上。」僧孺本傳：大和三年（八二九），李宗閔輔政，屢薦僧孺有才，不宜居外，四年（八三〇）正月召還，守兵部尚書同平章事。六年（八三二）十二月，檢校左僕射兼平章事、揚州大都督府長史，淮南節度副大使、知節度事。」禹錫詩題稱淮南牛相公，則必大和七年（八三三）以後作，禹錫與僧孺相識未必始於是年，若謂禹錫自蘇州赴汝州新任枉道至揚州謁之，則情理所有耳。至雲谿友議載此事而云僧孺鎮漢南，恐亦是淮南之誤。僧孺爲永貞（八〇五）進士，貞元、永貞之間，禹錫方爲時望所歸，僧孺以新進來謁，而禹錫待以後輩，固不足怪。唐人既傳聞如此，諒非虛構，恐載筆者記憶或偶疏耳。僧孺大和四年（八三〇）在相位，正禹錫以禮部郎中直集賢院時，丞相掃門人謂此也。惟僧孺詩云：「粉署爲郎四十春」，自貞元二十年（八〇四）至大和七八年（八三三、八三四）終尚不及此數。

〔掃門〕史記齊悼惠王世家：「魏勃少時欲求見齊相曹參，家貧無以自通，乃常獨早夜掃齊相舍人門外，相舍人怪之，以爲物而伺之，得勃，勃曰：願見相君無因，故願爲子掃，欲以求見。於是舍人見勃，曹參因以爲舍人，一爲參御言事，參以爲賢。」按：詩云「丞相掃門人」，與本事微不合，詩人之詞固不妨變通耳。

酬鄭州權舍人見寄二十韻

朱户凌晨啓，碧梧含早涼。人從桔槔至，書到溱洧傍。抃會因佳句，情深取斷章。愜心同笑語，入耳勝笙簧。憶昔三條路，居鄰數仞牆。舍人舊宅光福，時忝東鄰。學堂青玉案，綵服紫羅囊。麟角看成就，龍駒見抑揚。彀中飛一箭，雲際落雙鶬。舍人一舉登科，又判入等第。甸邑叨前列，天臺愧後行。鄙人爲渭南主簿十年，舍人方尉其邑，及罹譴謫，重入南宮爲禮部郎中，舍人方任考功員外。鯉庭傳事業，雞樹逐翺翔。書殿連鳷鵲，神池接鳳凰。追遊蒙尚齒，惠好結中腸。鄙人在集賢與西掖接近，日夕追遊。鍛翮方摧舉，危根易損傷。一麾憐棄置，五字借恩光。鄙人出牧姑蘇，舍人草制。汝海崆峒秀，溱流芍藥芳。風行能偃草，境静不争桑。鄙人轉臨汝，舍人牧滎陽。轉旆趨關右，頒條帀渭陽。病吟猶有思，老醉已無狂。塵滿鴻溝道，沙驚白狄鄉。佇聞黄紙詔，促召紫微郎。

【校】

〔題〕紹本、崇本、全唐詩均作十二韻，誤。

〔桔槔〕崇本作滎澤，必校者臆改，按：左傳莊二十八年：「楚子元伐鄭，入于桔柣之門。」即用此，字微異耳。全唐詩作桔柣。

〔光福〕全唐詩下有里字。

〔爲渭南〕紹本、崇本、全唐詩爲均作離。

〔樹逐〕紹本、崇本、全唐詩逐均作遂。

〔鵁鶄〕崇本、結一本鵁均作鳴，非。

〔鎩翮〕結一本鎩作微，非。

〔行能〕崇本二字乙。

〔牧滎陽〕崇本牧作收，誤。

【注】

〔争桑〕史記吴世家，楚邊邑卑梁氏之處女，與吴邊邑之女争桑，二女家怒相滅。

〔鴻溝〕指鄭州。

〔白狄〕指同州。

【箋證】

按：權舍人謂權璩，附見舊唐書一四八、新唐書一六五權德輿傳。璩，德輿之子也。世系表：璩字大圭，鄭州刺史。則鄭州爲其終官。嘉定鎮江志：璩，元和二年（八〇七）登第。據郎官石柱題名，璩曾爲司勳郎中。新唐書璩傳，自中書舍人貶閬州刺史，文宗憐其母病，徙鄭州。據紀爲大和九年（八三五）八月事，由李宗閔牽累貶官。

又按：璩之爲人無甚可考。昌黎集唐故相權公墓碑，德輿以元和十三年（八一八）卒，碑中稱璩之官爲監察御史，蓋在其任渭南尉以後也。德輿在日，璩已仕宦得志矣。故德輿有璩授京兆府參軍戲書以示兼呈獨孤郎詩云：「見爾府中趨，初官足慰吾。老牛還舐犢，凡鳥亦將雛。喜至翻成感，癡來或欲殊。因慙玉潤客，應笑此非夫。」

〔漆沮〕書禹貢，「漆沮既從，酆水攸同。」同州之名即取於此。水經注：漆水出扶風杜陽縣東，北入于渭，沮水出北地直路縣東，東入于洛。與春秋時白狄皆當同州之境。

奉和裴令公夜宴

天下蒼生望不休，東山雖有但時遊。從來海上仙桃樹，肯逐人間風露秋。

【校】

〔從來〕全唐詩從下注云：一作後。

洛濱病卧李侍郎見惠藥物謔以文星之句

隱几支頤對落暉，故人書信到柴扉。周南留滯商山老，星象如今屬少微。

【校】

〔題〕崇本無洛濱二字。紹本、全唐詩李上有户部二字，句下有裴然仰酬四字。

〔支頤〕絶句頤作頭。

【箋證】

按：此詩與本集卷二十八奉送李户部侍郎自河南尹再除本官歸闕一詩當是同時之作。彼詩有「華星卻復文昌位」之句，所謂謔以文星，未知即由此否。珏本傳云：大和五年（八三一），李宗閔、牛僧孺爲相，與珏親厚，改度支郎中知制誥，遂入翰林充學士。七年（八三三）三月，正拜中書舍人。九年（八三五）五月，轉户部侍郎充職。七月，宗閔得罪，珏坐累出爲江州刺史。開成元年（八三六）四月，以太子賓客分司東都，遷河南尹。二年（八三七）五月，李固言入相，召珏復爲户部侍郎判本司事。此即禹錫與之唱酬時也。傳又云：（開成）三年（八三八），楊嗣復輔政，薦珏以本官同平章事。珏與固言、嗣復相善，自固言得位，相繼援引居大政，以傾鄭覃、陳夷行、李德裕三人。此則與禹錫必不相洽者，故兩詩意皆浮泛。珏於武宗即位後得罪，禹錫仍酬以一詩，見本集卷二十二。至宣宗時再以牛黨召還，則禹錫所不及見。

又按：白居易有看夢得題答李侍郎詩中有文星之句因戲和之詩云：「看題錦繡報瓊瓌，俱是人天第一才。好遣文星守躔次，亦須防有客星來。」

酬留守牛相公宮樹早秋寓言見寄

曉月映宮樹，秋光起天津。涼風梢動葉，宿露未生塵。景氣尚芳麗，曠望感心神。揮豪成逸韻，開閤遲來賓。擺去將相印，漸爲逍遥身。如招後房宴，卻要白頭人。

【校】

〔題〕崇本、全唐詩樹均作城。

〔梢動〕紹本、崇本、全唐詩梢均作稍。

〔露未〕結一本作路木，誤。

〔景氣〕全唐詩景作星，注云：一作景。

【箋證】

按：白居易有酬牛相公宮城早秋寓言見示兼呈夢得詩云：「七月中氣後，金與火交争。一聞白雪唱，暑退清風生。碧樹未摇落，寒蟬始悲鳴。夜涼枕簟滑，秋燥衣巾輕。疏受老慵出，劉楨疾未平。何人伴公醉？新月上宮城。」疏受，居易自比爲太子少傅。劉楨，指禹錫方卧疾也。居易授太子少傅分司在大和九年（八三五），僧孺爲東都留守在開成二年（八三七）五月。次年九月即徵拜左僕射，此詩未知二年抑三年之早秋作。

牛相公留守見示城外新墅有溪竹林月親情多往宿遊恨不得去因成四韻兼簡洛中親故之什兼命同作

別墅洛城外，月明村徑通。光輝滿池上，絲管發舟中。隄豔菊花露，島涼松葉風。高情限清禁，寒漏滴深宮。

【校】

〔題〕紹本、崇本、全唐詩林均作秋，結一本作杖，誤。

〔村徑〕紹本、崇本、全唐詩徑均作埜。

〔池上〕紹本、崇本、全唐詩池均作地。

【箋證】

按：白居易有奉和思黯自題南莊見示兼呈夢得詩云：「謝家別墅最新奇，山展屏風花夾籬。曉月漸沉橋脚底，晨光初照屋梁時。臺頭有酒鶯呼客，水面無塵風洗池。除卻吟詩兩閒客，此中情狀更誰知？」又早春憶遊思黯南莊因寄長句云：「南莊勝處心常憶，借問軒東早晚遊。美景難忘竹廊下，好風争奈柳橋頭。冰消見水多於地，雪霽看山盡入樓。若待春深始同賞，鶯殘花落卻堪愁。」僧孺以園墅詩勝如此。

和僕射牛相公追感韋裴六相登庸皆四十餘未五十薨殁豈早榮早枯之義今年將六十猶粗强健因親故勸酒率爾成篇并見寄之作

坐鎮清朝獨殷然，閒徵故事數前賢。用材同踐鈞衡地，禀氣終分大小年。威鳳本池思泛泳，仙槎舊路望迴旋。猶憐綺季深山裏，唯有松風與石田。

【校】

〔題〕紹本、崇本、全唐詩率爾均作率然。

〔本池〕結一本缺本字。

【箋證】

按：自元和三四年（八〇八、八〇九）裴垍爲相後别無姓裴而早逝之宰相，韋或指韋貫之，餘不詳。

和僕射牛相公以離闕庭七年班行親故亡殁十無一人再覩龍顔喜慶雖極感歎風燭能不愴然因成四韻并示集賢中書二相公所和

久辭龍闕擁紅旗，喜見天顔拜赤墀。三省英寮非舊侣，萬年芳樹長新枝。交朋接武居仙院，幕客追風入鳳池。雲母屏風即施設，可憐榮耀冠當時。

【箋證】

按：牛僧孺以大和六年（八三二）出鎮淮南，旋爲東都留守，開成三年（八三八）徵拜左僕射，詩題所謂「離闕庭七年」指此。稱以「僕射」，正其初入京時，蓋僧孺寄詩而禹錫自洛陽遥和之也。中書相公爲楊嗣復爲李珏未可知，集賢相公或是陳夷行。然夷行非牛黨，此時非牛黨正失勢也。餘詳下篇。

〈雲母屏風〉後漢書鄭弘傳略云：「弘少爲鄉嗇夫，太守第五倫行春，見而深奇之，召署督郵。後弘代鄧彪爲太尉，時舉將第五倫爲司空，班次在下，每朝見，弘曲躬自卑，帝問知其故，遂聽置雲母屏風，分隔其間，由此以爲故事。」僧孺自寶曆中鎮武昌，至是十餘年，幕客有在朝端者矣。詩中要義在此，必僧孺原詩舉此爲言，以唐人唱酬通例揆之，答詩必與原詩相呼應，故必合唱酬諸詩通觀，方能深悉此中情事，惜本集中所涉及之篇章尚多零落耳。又：卓異記與使主同時爲相條，舉杜佑、權德輿與牛僧孺、李珏爲例。德輿與佑之事，則誠然矣。其敍僧孺與珏則云：「牛公自中書侍郎出鎮武昌，辟珏爲書記，始授殿中侍御史。其後十餘年間，珏已爲户部侍郎平章事，時牛公自右僕射再入爲相，正與珏同列相庭，當代以爲盛矣。」其實珏以開成三年（八三八）入相，至武宗即位得罪，僧孺雖爲端揆，未嘗秉鈞，不得謂「再入爲相與珏同列相庭」也。然禹錫詩中「幕客追風入鳳池」一語，自以卓異記所言爲最允當之注脚，特其措詞微不精確耳。

和僕射牛相公見示長句

静得天和興自濃，不緣宦達性靈慵。大鵬六月有閒意，仙鶴千年無躁容。流輩盡來多歎息，官班高後少過從。唯應加築露臺上，賸見終南雲外峯。

【箋證】　按：此詩當是開成三年（八三八）九月僧孺入爲左僕射以後，次年八月出鎮襄陽以前所作。「流輩盡來多歎息，官班高後少過從」二語亦與前一首有關，其爲先後之作無疑。據僧孺本傳云：「不獲已入朝，屬莊恪太子初薨，延英中謝，語及太子，乃懇陳父子君臣之義，人倫大經，不可輕移國本，上爲之流涕。是時宰輔皆僧孺僚舊，未嘗造其門，上頻宣召，託以足疾。」所謂僚舊似即指楊嗣復、李珏。嗣復與僧孺同年進士，名輩相若，惟珏於僧孺初相時，始自司勳員外郎知制誥入翰林。僧孺此時似有不復與聞朝政之意，詩中微旨可見。豈預測朝局將變，有懲於甘露四相之禍，抑以僕射爲閒職，不樂居此空名耳。

和牛相公雨後寓懷見示

金火交争正抑揚，蕭蕭飛雨助清商。曉看紈扇恩情薄，夜覺紗鐙刻數長。樹上早蟬纔發響，庭中百草已無光。當年富貴亦惆悵，何況悲翁髮似霜？

【校】

〔題〕紹本、崇本雨上有夏末二字。

【箋證】

按：當年富貴謂正當富貴時，此句指牛，下句自謂，仍寓不平之意。唐人製題皆無泛設之字。既云雨後寓懷，即非全寫雨後之景，既云寓懷，即必有言外之意，與下一首林亭雨後偶成之別無寓意者不同。金火交争，紈扇恩情、百草無光等語，非即大和、開成間黨争之謂乎？禹錫既與李德裕交厚，與李宗閔輩實無緣分，而於僧孺又不得不隨遇周旋。介於其間，頗難因應。故末語但以感慨出之，可不着邊際也。詩題但稱牛相公，無僕射字，必開成三年（八三八）僧孺未内召時所作。

牛相公林亭雨後偶成

飛雨過池閣，浮光生草樹。新竹開粉匳，初蓮爇香炷。野花無時節，水鳥自來去。若問知境人，人間第一處。

【箋證】按：白居易有奉和思黯相公雨後林園見示詩云：「新晴夏景好，復此池邊地。煙樹緑含滋，水風清有味。便成林下隱，都忘門前事。騎吏引歸軒，始知身富貴。」詩體正同，即唐人所常用之仄韻五律也。玩居易之詩，是僧孺任東都留守時作。

和牛相公題姑蘇所寄太湖石兼寄李蘇州

震澤生奇石，沈潛得地靈。初辭水府出，猶帶龍宫腥。登自江湖國，來榮卿相庭。從風夏雲勢，上漢古槎形。拂拭魚鱗見，鏗鏘玉韻聆。煙波含宿潤，苔蘚助新青。嵌穴胡雛貌，纖鋩蟲篆銘。孱顔傲林薄，飛動向雷霆。煩熱近還散，餘酲見便醒。凡禽不敢息，浮𧊮莫能停。静稱垂松蓋，鮮宜映鶴翎。忘憂常目擊，素尚與心冥。眇小欺湘燕，團圓笑落星。徒然想融結，安可測年齡？采取詢鄉耋，搜求按舊經。垂鈎入空隙，隔浪動晶熒。有獲人争賀，歡謡衆共聽。一州驚閱寶，千里遠揚舲。覩物洛陽陌，懷人吴御亭。寄言垂天翼，早晚起滄溟。

【校】

〔登自〕紹本、崇本、全唐詩、英華登均作發。

〔敢息〕英華息作宿。

〔鄉耋〕英華耋作老。

〔垂鈎〕英華鈎作釣。

【箋證】

按，僧孺原詩題云：李蘇州遺太湖石奇狀絶倫因題二十韻奉呈夢得樂天，詩末四句云：「念此園林寶，還須識别精。詩仙有劉白，爲汝數逢迎。」白居易亦有和詩，無深意，不録。此時風氣初以蘇州之太湖石爲珍玩，洛陽朝貴紛紛以此爲園林點綴，而蘇州之民勞矣。諸詩人往往以此爲言，如姚合云：「奇哉賣石翁，不傍豪貴家。負石聽苦吟，雖貧亦來過。貴我辨識精，取價復不多。」皮日休云：「白丁一云取，難甚網珊瑚。……求之煩耄倪，載之勞舳艫。通侯一以眄，貴却驪龍珠。」禹錫詩道及搜采載運之艱，尚存託諷之意，如牛僧孺之輩，未必能領會此旨也。

〔吴御亭〕趙殿成王右丞集注云：「太平寰宇記：御亭驛在常州東南一百三十八里。輿地記云：御亭在吴縣西六十里，吴大帝所立。梁庾肩吾詩云：御亭一回望，風塵千里昏，即此也。開皇九年（五八九）置爲驛。李襲譽改爲望亭驛。

和陳許王尚書酬白少傅侍郎長句因通簡汝洛舊遊之什

寥廓高翔不可追，風雪失路蹔相隨。方同洛下書生詠，又建軍前大將旗。雪裏命賓開玉帳，飲中請號駐金巵。竹林一自王戎去，嵇阮雖貧興未衰。

【校】

〔又建〕結一本、全唐詩建作見，誤。

【注】

〔白少傅〕謂白居易開成中授太子少傅，據職官志，三少俱正二品。少傅侍郎兼新舊官言之，以少傅官品雖崇而職事則以侍郎爲重，故可合稱。

〔洛下書生〕晉書謝安傳：安本能爲洛下書生詠，有鼻疾，故其音濁，名流愛其詠而弗能及，或手掩鼻以效之。按詩用此事，兼白與己身言之。

〔請號〕按請號爲軍中儀制。外集卷二何處深春好詩「書號夕陽斜」，本卷酬狄尚書詩：「仍把天兵書號筆」，皆謂此。

【箋證】

按：王尚書謂王彦威，舊唐書一五七、新唐書一六四均有傳。本傳云：「元和中遊京師，求爲太常散吏，卿知其書生，補充檢討官。……累轉司封員外、郎中。弘文館舊不置學士，文宗特置一員以待彦威。尋使魏博宣慰，特賜金紫。五年（大和五年八三一），遷諫議大夫。李宗閔重之，既秉政，授平盧軍節度……淄青等觀察使。開成元年（八三六），詔拜户部侍郎，尋判度支。……三年（八三八）七月，檢校禮部尚書代殷侑爲忠武軍節度使。此詩正作於彦威到任以後。惟彦威本傳云：以邊軍訴衣賜不時，兼之朽故，左授衛尉卿停務，不言在洛陽，似與「方同洛下書生詠」之語不合，然觀外集卷九王公神道碑，彦威之授衛尉卿，實分司東都。方知是本傳略去此語之故。則禹錫在其出鎮陳許以前曾共往還，情事悉符矣。「王戎」一語頗寓調侃，觀本傳載其貢奉羨餘，勾結内官，物議鄙其躁妄，無怪其然。禹錫必不許其爲端人也。

和僕射牛相公寓言二首

兩度竿頭立定誇，迴眸舉袖拂青霞。盡抛今日貴人樣，復振前朝名相家。御史定來休直宿，尚書依舊趁參衙。具瞻尊重誠無敵，猶憶洛陽千樹花。

心如止水鑒常明，見盡人間萬物情。鵰鶚騰空猶逞俊，驊騮齒足自無驚。時來未覺權爲崇，貴了方知退是榮。只恐重重世緣在，事須三度副蒼生。

【校】

〔誇〕結一本作洿，誤。

〔定來〕紹本、崇本定均作近。

〔齒足〕全唐詩齒作嚙。

【箋證】

按：此爲牛僧孺初上左僕射時之作。唐代尚書令不輕除授，故左右僕射代爲尚書省之長，上事之儀節非常隆重，其門下、中書兩省長官之侍中、中書令不能相比。然以其儀太重，事亦難行。據李漢傳，漢以大和八年（八三四）爲御史中丞，時李程爲左僕射，以儀注不定，奏請定制。先是，大和三年（八二九），兩省官同定左右僕射儀注：御史中丞已下與僕射相遇，依令致敬，斂馬側立待。僕射謝官日，大夫、中丞、三院御史就幕次參見。其觀象門外立班，既以後至爲重。大夫、中丞到班後，朝堂所由（執事胥吏）引僕射就位，傳呼贊導，如大夫就列之儀。班退，贊導亦如之。御史大夫與僕射道途相遇，則分道而行。舊事，左右僕射初上，御史中丞、吏部侍郎已下羅拜。四年，中書奏曰：僕射受中丞侍郎拜，則似太重，答郎官已下拜，則太輕。起今後，諸司四品已下官，及御史臺六品已下并郎官，並望準故事，餘依元和七年（八一二）敕處分。可之。至是因李程奏，漢議曰：「左右僕射初上，受左右丞諸曹侍郎、諸司四品及御史中丞已下拜，謹按開元禮及六典，並無此儀注，不知所起之由。或以爲僕射師長百寮，此語亦無證據，惟有曹魏時賈詡讓官表中一句語耳。且尚書令是正長，尚無受拜之文，故事，與御史中丞、司隷校尉號三獨坐。伏以朝廷比肩，同事聖主，南面受拜，臣下何安？縱有明文，尚須釐革，故禮記曰：君於士不答拜，非其臣則答之。況御史中丞、殿中御史是供奉官，尤爲不可云云。」此事幾經爭持，至李漢上此議仍未能決。推原其故，唐初之左右僕射即是真宰相，故得援禮絶百僚之制，固不料後來僕射之秩雖崇，而僕射之權已去，雖除授此官者多爲前宰相，而事權已去，即不爲人所重。中丞雖爲五品官，（會昌中始升四品）而職爲臺長，丞郎雖爲尚書省屬官，而已有入相之望（以左右丞及六部侍郎同平章事者，其例甚多），故尤不肯屈躬致敬。僧孺爲僕射，已在李程之後，未知用李漢之議否。禹錫詩中詞意牽涉唐制，雖可參稽而得其大概，細節猶未能詳。

〔名相家〕牛僧孺本傳云：隋僕射奇章公弘之後，故云。

和牛相公南溪醉歌見寄

脱屣將相守沖謙，唯於山水獨不廉。枕伊背洛得勝地，鳴皋少室來軒簷。相形面勢默指畫，言下變化隨顧瞻。清池曲榭人所致，野趣幽芳天與添。有時轉入潭島間，珍木如幄藤爲簾。忽然便有江湖思，沙礫平淺草纖纖。怪石釣出太湖底，珠樹移自天台尖。崇蘭迎風緑泛豔，拆蓮含露紅襛襜。修廊架空遠岫入，弱柳覆檻流波霑。渚蒲抽荻劍脊動，岸荻迸笋錐頭銛。攜觴命侶極永日，此會雖數心無厭。人皆置莊身不到，富貴難與逍遥兼。唯公出處得自在，決就放曠辭炎炎。座賓盡歡恣談謔，愧我掉頭還奮髯。能令商於多病客，亦覺自適非沈潛。

【校】

〔默指〕紹本、崇本默均作然。

〔抽荻〕紹本、崇本荻均作英，全唐詩作芽，注云：一作英。

【箋證】

按：南溪當即白居易詩所稱之南莊，僧孺在東都時所營别墅之名。所敍景物，與本卷各詩皆合，而詩之體格則在集中爲僅見，亦足見禹錫信筆率意爲之，非本懷所樂耳。「商於多病客」之語，自謂以足疾辭同州刺史改賓客分司也。

酬僕射牛相公晉國池上别後至甘棠館忽夢同遊因成口號見寄

已嗟池上别魂驚，忽報夢中攜手行。此夜獨歸還乞夢，老人無睡到天明。

【箋證】

按：甘棠館在壽安，已見本集卷二十五題壽安甘棠館詩。晉國池上似指假裴度之園池舉宴餞，僧孺自東都留守徵爲左僕射時也。本卷與僧孺唱和各詩皆有年月可尋，編集時每多倒置。

裴侍郎大尹雪中遺酒一壺兼示喜眼疾平一絶有閒行把酒之句斐然仰酬

捲盡輕雲月更明，金篦不用且閒行。若傾家釀招來客，何必池塘春草生。

【校】

〔疾平〕紹本、崇本平上均有初字。

【注】

〔金篦〕涅槃經：「如目盲人爲治目故，造詣良醫，是時良醫即以金篦抉其眼膜。」杜詩：「金篦空刮眼，鏡象未離銓。」

【箋證】

按：裴侍郎大尹謂裴潾，舊唐書一七一、新唐書一一八均有傳。舊傳云：「以門蔭入仕，元和初，累遷右拾遺，轉左補闕……忤旨貶爲江陵令。穆宗即位，柳泌等誅，徵潾爲兵部員外郎，遷刑部郎中。……寶曆初，拜給事中。大和四年（八三〇），出爲汝州刺史。……七年（八三三），遷左散騎常侍，充集賢殿學士。……八年（八三四），轉刑部侍郎，尋改華州刺史。九年（八三五），復拜刑部侍郎。開成元年（八三六），轉兵部侍郎。二年（八三七），加集賢院學士，判院事。尋出爲河南尹，入爲兵部侍郎。三年（八三八）四月卒。」此詩作於冬月，必是開成二年（八三七）之冬，潾之眼疾雖平，不及一年而辭世矣。

酬太原狄尚書見寄

家聲烜赫冠前賢，時望穹崇鎮北邊。身上官銜如座主，幕中談笑取同年。幽并俠少趨鞭弭，燕趙佳人奉管絃。仍把天兵書號筆，遠題長句寄山川。

【校】

〔山川〕按：山川二字於文理未愜，蓋三川之誤，禹錫時方在洛陽，集中稱洛陽爲三川者不可勝舉。

【箋證】

按：狄尚書謂狄兼謩，舊唐書八九、新唐書一一五均附狄仁傑傳中。舊傳云：「族曾孫兼謩，登進士第，元和末，解褐襄陽推官，試校書郎，言行剛正，使府知名，憲宗召爲左拾遺，累上書言事，歷尚書郎。長慶大和中，歷鄭州刺史，以治行稱。入爲給事中。開成初……遷御史中丞……尋轉兵部侍郎。明年，檢校工部尚書太原尹，充河東節度。會昌中歷方鎮卒。」傳中敍其仕履甚簡，但據元和末解褐襄陽推官一語推之，是時爲山南東道節度使者爲李逢吉，而逢吉又於元和十一年（八一六）曾知貢舉，此非兼謩於登第後即赴逢吉使府之證乎？詩云：「身上官銜如座主」，蓋即指此。至「幕中談笑取同年」，必别有其人。逢吉於大和九年（八三五）已卒，兼謩之除河東，乃以裴度内召之故，事在開成三年（八三八）。兼謩爲逢吉之黨，禹錫必不重之，姑以應酬語頌之耳。

酬宣州崔大夫見寄

白衣曾拜漢尚書，今日恩光到敝廬。再入龍樓稱綺季，應緣狗監説相如。中郎南鎮權方重，内史高齋興有餘。遥想敬亭春欲暮，百花飛盡柳花初。

【注】

〔白衣〕後漢書鄭均傳：公車特徵，再遷尚書。……帝東巡過任城，乃幸均舍，勑賜尚書禄以終其身，時人號爲白衣尚書。禹錫之禮部尚書乃檢校虛銜，故以白衣爲比。

〔狗監〕漢書司馬相如傳：蜀人楊得意爲狗監侍上，上讀子虛賦而善之，曰：朕獨不得與此人同時哉？得意曰：臣邑人司馬相如自言爲此賦。

〔中郎南鎮〕按南朝以南中郎將督江南州郡。

〔高齋〕按輿地紀勝一九：寧國府：高齋在府治東，齊永泰中謝元暉出守，有郡内高齋閒坐答呂法曹詩。

〔敬亭〕清一統志：敬亭山在寧國府城北十里。謝脁有敬亭山詩，脁爲宣城内史，故以比崔。

【箋證】

按：崔大夫似是指崔鄲，據崔邠傳附載云：「鄲登進士第，累遷監察御史，三遷考功郎中。大和三年（八二九），以本官充翰林學士，轉中書舍人，六年（八三二）罷學士，八年爲工部侍郎、集賢殿學士，權知禮部，真拜兵部侍郎，本官判吏部東銓事。……尋拜吏部侍郎，開成二年（八三七），出爲宣州刺史，兼御史中丞、宣歙觀察使，四年入爲太常卿，七月，以本官同中書門下平章事，尋加中書侍郎、銀青光禄大夫。會昌初，李德裕用事，與鄲弟兄素善，鄲在相位累年，歷方鎮太子師保卒。」鄲亦李德裕之黨，宜爲禹錫所親矣。此詩明是自宣州寄賀禹錫加尚書之作。故詩云：「白衣曾拜漢尚書，今日恩光到敝廬。再入龍樓稱綺季，應緣狗監説相如。」因禹錫先已自賓客遷祕書監，今加檢校尚書，仍爲賓客分司，即子劉子自傳所云罷同州後改太子賓客分司東都，又改祕書監分司，一年加檢校禮部尚書兼太子賓客也。惟惜所謂一年，未知確在何年，今考外集卷四秋霖即事聯句，是開成五年（八四〇）之秋王起任東都留守時作，稱禹錫爲中丞大監，次首喜晴聯句即稱禹錫爲尚書，白居易於會昌春連宴聯句亦稱禹錫爲尚書，其次一首亦有「新命寵春卿」之句，合之新書禹錫傳云會昌時加檢校禮部尚書，皆較相合，則又似不應於開成四年（八三九）已有崔鄲之詩以加尚書相賀。鄲自宣州寄詩又決不能在開成四年以後，以四年（八三九）之秋即入相也。細考文宗紀，開成四年（八三九）三月，以户部侍郎崔龜從爲宣歙觀察使代崔鄲，自此直至會昌中，龜從猶未去任。乃知禹錫此詩所指爲龜從而非鄲，以一歲之間兩宣歙觀察使皆崔姓，故易混淆耳。龜從，舊唐書一二六有傳，略云：「字玄告，清河人……元和十二年擢進士第。……（大和）九年（八三五），轉司勳郎中、知制誥。十二月，正拜中書舍人。開成初，出爲華州刺史。三年（八三八）三月，入爲户部侍郎。……大中四年（八五〇），爲中書侍郎同平章事，兼吏部尚書。……六年（八五二），罷相，檢校吏部尚書、汴州刺史、宣武軍節度觀察等使，累歷方鎮卒。」未載其爲宣歙觀察使事。新唐書附見一六〇崔元略傳中，尤簡略，其人蓋無甚可稱者，轉因禹錫此詩而一顯其姓名耳。

據秋霖即事及喜晴二聯句，則禹錫之加檢校尚書，不得早於開成五年（八四〇），似不必疑矣。但白居易病中詩十五首序云「開成己未歲（八三九）」，開成己未即開成四年。其第十四首爲歲暮呈思黯相公皇甫朗之及夢得尚書。開成四年（八三九）已稱禹錫爲尚書，何也？卞孝萱劉禹錫年譜以爲「本年已加尚書銜」，加尚書銜非唐代所有之體制，亦非也。疑居易編集時，年已衰老，記憶未真，偶爾筆誤。姑識於此，以俟知者。

又按：秋霖即事與喜晴二聯句相次，明是開成五年（八四〇）秋暮事，參見下篇。李德裕之入相在是年九月丁丑（四日），似未必於秉政之初即爲禹錫加官，亦當志疑。

酬皇甫十少尹暮秋久雨喜晴有懷見示

雨餘獨坐捲簾帷，便得詩人喜霽詩。摇落從來長年感，慘舒偏是病身知。埽開雲霧呈光景，流盡潢汙見路歧。何況菊香新酒熟？神州司馬好狂時。

【校】

〔埽開〕紹本開作閑。

【箋證】

按：皇甫十謂皇甫曙，已見本集卷二十八。據外集卷四秋霖即事聯句是王起開成五年（八四〇）爲東都留守時作。其首句云「蕭索窮秋月，蒼茫苦雨天」，與此詩題之暮秋久雨相合，其亦爲開成五年秋作無疑。卷四之秋霖即事聯句亦正是年之事。禹錫年近七十，故有「慘舒偏是病身知」之句。

〔神州司馬〕舊唐書職官志，開元初改京府司馬爲少尹。